論莫言

紅高粱上飛翔的自由精靈

張志忠 著

莫言獲獎的意義（增訂版代序）[1]

　　今晚吃飯，是在參加中國唐山國際作家寫作營的活動期中。正在進餐，一個學生打電話給我，在說了幾句話以後，她突然說出一個特大新聞，她的話音未落，我就大喊一聲：「莫言獲獎了！莫言獲獎了！」正在進餐的朋友們不禁振奮起來，我們紛紛為莫言獲獎而乾了一杯。

　　說來正巧。昨天我們在唐山的曹妃甸參觀，回到住處已經是晚上七點半。今天卻開餐很早，六點就坐在餐桌前了。也是鬼使神差，剛擺上酒杯，我就提議，為預祝莫言獲獎喝一杯。同桌飲酒者，既有莫言的最早的研究者李潔非和我，也有在大型文學雜誌《大家》編輯刊發莫言的《豐乳肥臀》的雲南漢子潘靈。在餐桌上，莫言自然是大家談論的一個焦點話題。然後，快到七點的時候，幾個朋友都頻頻用手機上網，查看最新資訊。再一次鬼使神差，我又非常偶然地在第一時間充當了這個資訊的發布者。

　　在我們的圈子裡，最早預言莫言會獲諾獎的是柳建偉，就是寫過《北方城郭》、《突出重圍》的那一位。為此，時在軍藝文學系主持教學的我，還專門請柳建偉就此話題做過一個專題講座。他舉出了幾條莫言獲獎的理由，我都非常認同，但是，個中情由，還是應該由他自己將其所預言率先發布吧。至於我自己，在莫言發表「紅高粱」系列小說不久，我就應中國社會科學出版社之約，寫出了研究莫言的專著《莫言論》，並且在九〇年代的第一個年頭就出版問世，可以說是對莫言進行了同步追蹤研究。還在於我後來的一直關注他的創作。前些年在湖南廣播電視大學做了一個講課錄影，選題是「莫言的《透明的紅蘿蔔》導讀」。人家害怕我對著一個空蕩蕩的錄影室和一個冷冰冰的攝像鏡頭，會不會打怵。讓他們沒有想到的是，儘管說我是第一次在沒有學生沒有聽眾的課堂上講課，我卻講得一氣呵成，我實在是對莫言的創作爛熟於心啊。

---

[1]　本文寫於2012年10月12日夜間，莫言榮獲諾貝爾文學獎的消息公佈之後，應《北京晚報》的約稿而作。

　　諾貝爾獎評選委員會的獲獎理由，現在能看到的是記者報導：莫言「將魔幻現實主義與民間故事、歷史與當代社會融合在一起」，此語固然不錯，但是語焉不詳。我想，頒獎儀式上應該會有更為詳盡的頒獎詞。在我看來，莫言的創作，確實是中國當代文學的一個高峰。

　　莫言創作的第一個特色，是他身為農民而寫出了中國農民的精神特徵。說起來，作為農業大國，數千年的中華文明就是農業文明。中國的現代化進程，仍然是農民充當了主力軍。從古至今，鄉村人口佔據中國人口的絕大多數，是舉足輕重、足以決定中國走向的社會力量。擊敗蔣介石的軍事力量是拿起武器的中國農民，揭開改革開放大幕的是冒死選擇了包產到戶的中國農民，創造了經濟騰飛奇蹟的是那些拋妻別子走進城市忍受最低工資而含辛茹苦從事工業生產的中國農民。

　　但是，在中國文學史中，農民卻一直是「沉默的大多數」，很少得到什麼表現。《水滸傳》被解讀為描寫農民起義的作品，但是，一百零八條好漢中，真正出身農民的卻微乎其微，不過是打漁的阮氏三雄、種菜的張青罷了。晁蓋、宋江、盧俊義、林沖，都和農民沾不上邊。二十世紀中國文學之所以被稱為「現代文學」，表現鄉村生活的作品佔據重要的位置，名作迭出，大家紛起，就是其標誌性的特徵之一。而每一位大作家，都有各自不同的文學視角。魯迅以「哀其不幸，怒其不爭」的啟蒙立場和魯鎮──未莊風光的精彩描繪開啟先河；蔣光慈作為革命作家矚望著革命風暴席捲的「咆哮的土地」；沈從文在喧囂嘈雜、人欲橫流的都市懷念清純的湘西世界；趙樹理以鄉村工作幹部的目光發現和報導著現實中的矛盾和問題；陳忠實的《白鹿原》則以雄渾的筆力考察儒家文化的鄉村形態……

　　莫言呢，在鄉村度過了自己的少年和青年時代，以切身的鄉村體驗、豐盈的生命感覺和內在的農民本位的立場，開創了鄉土文學的新篇章。如莫言自述所言，「我的祖輩都在農村休養生息，我自己也是農民出身，在農村差不多生活了二十年，我的普通話到現在都有地瓜味。這段難忘的農村生活是我一直以來的創作基礎，我所寫的故事和塑造的人物，甚至使用的語言都不可避免地夾雜著那裡的泥土氣息……我本質上一直是個地地道道的農民。」（見《文學視野之外的莫言》，《廣州日報》2002年09月15日）從其早期的《透明的紅蘿蔔》和《紅高粱》，到其飽受爭議的《豐

乳肥臀》，再到二十一世紀以來的《檀香刑》、《生死疲勞》、《蛙》，
鄉土氣息和農民本位，一直是貫穿其三十餘年創作的一根主線。他寫鄉村
生活的苦難與神奇，寫鄉村生活的貧困與飢餓，更從中寫出中國農民在沉
重悲涼中迸發出的蓬勃堅韌的生命力、創造力，塑造了余占鰲、戴鳳蓮、
小黑孩、上官氏、西門鬧等率情任性、卓爾不群的農民形象。請注意，
我這裡強調的是後者。如莫言所言，「我覺得寫痛苦年代的作品，要是還
像剛粉碎『四人幫』那樣寫得淚跡斑斑，甚至血淚斑斑，已經沒有多大意
思了。就我所知，即使在『文革』期間的農村，儘管生活很貧窮落後，但
生活中還是有歡樂，一點歡樂也沒有是不符合生活本身的；即使在溫飽都
沒有保障的情況下，生活中也還是有理想的。當然，這種歡樂和理想都被
當時的政治背景染上了奇特的色彩，我覺得應該把這些色彩表達出來。把
那段生活寫得帶點神祕色彩、虛幻色彩，稍微有點感傷氣息也就夠了。」
（《有追求才有特色》）

　　莫言創作的第二個特色，是以一種獨具的生命感覺和神奇想像將心靈
的觸角投向生生不息的大自然，獲得超常的神奇感覺能力，以觸覺、聽
覺、視覺、嗅覺、幻覺的體察入微和奇特顯現，更新了我們對似乎已經
熟視無睹的世界的體驗，創造出全新的意象、畫面和審美情境。法國學
者丹納在《論藝術》中闡述作家的感受能力時說，「一個生而有才的人的
感受力，至少是某一類的感受力，必然迅速而又細緻……這個鮮明的個人
所獨有的感受不是靜止的，影響所及，全部思想和機能都受到震動。」莫
言的獨特性在於，他的藝術感覺是以生命意識、生命本體為內核的，生命
的充分開放性和巨大的容受性，表現為感覺的充分開放性和感覺的巨大容
受性。開放的感覺，沒有經過理性的剪裁、刪削和規範，而是以其每一束
神經末梢、每一個張大的毛孔面向外界的，這樣的感覺活動，帶著它的原
始和粗糙，帶著它的鮮味與腐味，泥沙俱下、不辨涇渭，具有樸素、自
然、紛至逑來和極大的隨意性。許多風馬牛不相及的東西，都在感覺中統
一起來。這是一個充滿了生命的活力、生命的騷動的世界，這是一個生生
不息、變動不居世界，是一個農業民族在幾千年的生存和勞動中創造出
來的屬於人的世界。農業，包括種植業和養殖業，都是創造活的機體，都
是自然生命的誕生、成長、繁盛、枯朽的運動。萬物皆有生有滅，有興有

衰，都以自己的生命活動同他人的生命活動一起參加世界運行，既作為人們生存需要的物質環境，又作為人們的勞動對象，在幾千年間與人們建立了不可分割的密切關係。而且，作為農業勞動對象的自然物，不僅是有生命的，還是有情感有靈魂的。豐收的糧食，好像在酬答人們辛勤的汗水；馴化的禽畜，似乎能理解人們美好的心願；在人類自己的創造面前，人們驚呆了，彷彿冥冥之中有一個賦萬物以生命的神靈主宰著人和自然的命運。這也是我所說的莫言的農民本位的重要方面──他不但在情感和思想上代表了農民，他的感覺世界的方式也是地道的農民式的。這表現在若干方面。例如，他的修辭方式，總是在人─植物─動物之間進行換喻。如《透明的紅蘿蔔》中的一段經典描寫：「黑孩的眼睛原本大而亮，這時更變得如同電光源。他看到了一幅奇特美麗的圖畫：光滑的鐵砧子，泛著青幽幽藍幽幽的光。泛著青藍幽幽光的鐵砧子上，有一個金色的紅蘿蔔。紅蘿蔔的形狀和大小都像一個大個陽梨，還拖著一條長尾巴，尾巴上的根根鬚鬚像金色的羊毛。紅蘿蔔晶瑩透明，玲瓏剔透。透明的、金色的外殼裡苞孕著活潑的銀色液體。紅蘿蔔的線條流暢優美，從美麗的弧線上泛出一圈金色的光芒。光芒有長有短，長的如麥芒，短的如睫毛，全是金色……」蘿蔔像陽梨，像麥芒，像人的眼睫毛，而且充滿了動態的生命。例如，《生死疲勞》中的西門鬧，在遭受不公正的處決致死後，投入六道輪迴，變豬，變牛，變驢，都是鄉村中常見的家畜。而《紅高粱》中，紅高粱成為狂放不羈、盡情盡興的余占鰲和戴鳳蓮的生命象徵。當代著名文化人類學家凱西爾在論述生命一體化的觀念時說道：「在科學思維中，生命被劃分為各個獨立的領域，它們彼此是清楚地相區別的，植物、動物、人之間的界限，種、科、屬之間的區別，都是十分重要不能消除的。但在神話思維中，人們對此卻置之不顧，他們的生命觀是綜合的，不是分析的。生命沒有被劃分為類和亞類；它被看成是一個不中斷的連續整體，容不得任何涇渭分明的區別……有一種基本的不可磨滅的生命一體化溝通了多種多樣形形色色的個別生命形式。」（凱西爾《人論》）這和莫言表現出的農民式的感覺世界的方式非常吻合。

還有，莫言的創作，一直是在不倦的藝術性的探索中進行的，而且卓有成效。如果說，在《紅高粱》的時期，莫言明顯地得益於福克納和瑪

律克斯的啟迪，不久之後，他就意識到要「逃離這兩座高爐」，要創造具有充分的本土性的文學作品。莫言的小說，是接地氣的，他所在的膠東半島，是古齊文化的蘊藉之所在，神奇、浪漫，富有無窮無盡的想像力，遠紹司馬遷，近接蒲松齡。越到後來，他對藝術民族化的自覺和探索的力度越發強烈。他的重要作品，幾乎每一部都有鮮明的創新性。《檀香刑》將地方戲曲的「十字句」唱詞結構融入作品的語言構造，而且將作品分為「鳳頭」、「豬肚」、「豹尾」的三段式，其膽魄可嘉。《生死疲勞》採用了古典小說的章回體，語言上是文白雜糅。《蛙》的結構方式是多文體並置，既有書信體，也有劇本式，在藝術的表現力上，做出了很大的拓展。

還要囉唆幾句的是，莫言獲獎，不但是對作家的辛勤耕耘和藝術才華的肯定，也是對新時期文學的高度褒獎。莫言的出現並不是孤立現象，和他同時代的作家，是一個燦爛的星群，如老一代的王蒙、張潔，「五〇後」的賈平凹、王安憶、鐵凝、閻連科、張承志、韓少功、張煒，「六〇後」的余華、蘇童、畢飛宇等。近年來，屢有中外學人出面貶斥中國當代文學，對其表示極大不屑，這傷害了我們的情感，也給文壇帶來困惑。究其實質，大多是以他們所理解的西方的文學標準衡量中國文學所致。其實，在普世的價值與民族的稟賦的融匯上，需要把握恰切的尺度。排斥外來的東西，曾經給我們的社會生活和文化語境造成過嚴重的損害，而忘卻民族本性，也是要不得的大忌。

附言：

還要講到的是本書的緣起。1980年代的中國大陸文壇，狂飆突進，風雲激蕩，我曾經滿懷熱情地追蹤當代文壇的新動向新變化，在短短數年間，寫過幾十篇新人和新作品的評論。莫言也是我非常關注的一個，先是寫過幾篇作品論，1986年末，又受到中國社會科學出版社的約請，寫一部莫言研究的專論。回想莫言的創作，從1985年春《透明的紅蘿蔔》引人矚目，到1986年秋《紅高粱》名滿天下，其文學「爆炸」的烈度和密度都堪稱奇蹟，但是要以此建構一部兼具作家論和文學史論品格的研究專著，個中難度可想而知。好在那時，我的熱情和爆發力也是頗為可觀的，用了一年又半的時間，寫出本書，並且在1990年春天出版面世。這是莫言研究的

第一部專著，也是較早出現的同時代作家的個案研究專著。時值2012年莫言獲獎，也有幾個出版社和我聯繫再版此書，於是增補了幾篇後來寫的莫言作品研究，交由北京聯合出版集團於2012年12月付梓出版。此次本書得以在寶島臺灣問世，我想，這對於推動莫言研究，推動海峽兩岸的文學交流，都是有積極意義的。借此機會，我再度增補了近年發表的幾篇論文，以展現我對莫言研究的新的思考和收穫。對於推動此事的楊宗翰先生和臺灣的秀威出版社的厚愛，謹表謝忱。文末的《莫言作品編目》，是請我的學生霍雨佳做的。目前市面上所見諸種莫言作品編目，這一種是最全的，雖然說還會有遺漏，有待他人增訂。

《莫言論》初版序

徐懷中 [1]

　　據我所知，這是國內第一本比較全面地對莫言創作進行研究的專著，僅就這一點而言，它的出版就是一件不可不加以特別注意的事情。

　　莫言今年三十一歲，在他跨入「而立」之年的這段時間，中國文壇，尤其是小說創作發生了巨大而深刻的變化，莫言正是在文學潮頭的喧嘩與騷動中，駕起他的帆船駛出了港灣。無論是過分的讚譽，還是無情的討伐，他似乎並不放在心上，只管寫他的，直到吐了血。我不知道他已經寫了多少萬字，如果要把他近二年來所發表的作品全都讀過，已不是我力所能及的了。

　　我曾經講過一點意見，認為中國的戰爭文學有賴於兩個輪子一起轉動才能向前推進，一個輪子是有豐富戰爭經歷的老作家，另一個輪子是沒有過戰爭經歷的中青年作家。戰爭文學要掀起新的浪潮，要有重大收穫，在很大程度上要寄希望於中青年作家。說不曾經歷過真槍實彈的戰爭便寫不了戰爭，至少是不完全的，不確切的。我的這種看法，在莫言的「紅高粱」系列小說問世以後，就更加確信無疑了。莫言一定會感到遺憾，他沒有機會經受過血與火的考驗，但他毫不猶豫地進入了戰爭領域，他的小說把戰爭生活奇想化了，許多奇想構成了一種戰爭生活的詩意。他的「紅高粱」系列小說對於軍事題材創作所帶來的新鮮氣息，怕要過若干年之後再回過頭來看，才可能看得更清楚一些。山東高密縣的那一片充滿了神祕意味的高粱地，確實給我們提供了許多值得研究並亟待研究的東西。

　　現在果然就有了張志忠的這本《莫言論》。如果以中篇小說《透明的紅蘿蔔》為起點，莫言的作品引起普遍的注意，不過是三四年的事，這樣

---

[1]　大陸著名作家，解放軍藝術學院文學系創辦人和第一任系主任，莫言的伯樂和恩師。

短短幾年，為研究他而撰寫的第一本研究專著已經出來了。當我們驚異莫言文學腳步如此快捷的時候，不能不感謝張志忠同志，他的跟蹤研究竟也是如此快捷。張志忠的視角十分開闊；他沒有僅僅拘泥於軍事文學的格局，而是把莫言置於整個中國當代文學乃至整個當代大文化背景下來進行動態考察，從而形成了自己比較系統的莫言創作觀。而支持他整個莫言創作評判的，我認為主要是兩點，一是歷史感，二是當代性。歷史感主要表現為他以莫言為觀照點，輻射到整個中國農民文化傳統結構，並由此透視出莫言創作的優長及其局限性，特別是他對中國農民文化帶給莫言創作的消極因素的分析，可謂見人所未見，儘管這一點也許並不是所有的人都可以認同的；當代性則主要表現為他汲取西方現當代文藝學科的最新成果，從感覺→生命→藝術的轉換過程中來把握莫言小說的基本特色，而恰恰就是在張揚生命個性這一點上，充分顯示了當代意識對創作者和研究者的雙重意義。這本專著的深度，充分表明了作者扎實的理論修養和嚴格的批評訓練的功力，我們的軍事文學需要更多具有這兩方面優勢的評論工作者。因此，我還特別希望志忠同志在軍事文學批評尤其是理論建設方面，投注更多的精力與思考，發出更響亮的聲音。

引言

　　一個年輕的聲音，正在引起越來越多的關注。他以透明的「紅蘿蔔」、璀璨的「球狀閃電」、浩浩蕩蕩的「秋水」、洸成血海的「紅高粱」，異軍突起，漸成氣候，營造出了引人矚目的高密東北鄉的藝術世界。

　　這就是莫言。

　　莫言自撰的簡歷這樣寫道：莫言，原名管謨業，1955年生於山東高密東北鄉一個荒涼村莊中的四壁黑亮的草屋裡鋪了乾燥沙土的土炕上，落土時哭聲暗啞，兩歲不會說話，三歲方能行走，四五歲飯量頗大，常與姐姐爭食紅薯。六歲入學讀書，曾因罵老師是「奴隸主」受過警告處分。「文化革命」起，輟學回鄉，以放牛割草為業。十八歲時走後門入縣棉油廠做臨時工，每日得洋一元三角五分。1976年8月終於當上解放軍，在渤海邊站崗四年。1979年秋，調至「總參」某訓練大隊，先任保密員，後任政治教員。1982年僥倖提幹，至「總參」某部任宣傳幹事，1984年秋考入解放軍藝術學院文學系。1981年開始寫作。[1]

　　這樣平凡無奇的經歷，這樣一個先躬耕隴畝後廁身行伍的普通的農村青年，卻以一批「爆炸」性作品震動文壇，令人們驚奇、讚歎。這樣的現象後面潛藏著什麼呢？作為一個作家，他的人生經歷、他的創作甘苦、他的獨創性風格，向人們說明著什麼呢？在一個更廣闊的視野裡，他與新時期的文學思潮，他與中外文學，有哪些深刻的聯繫呢？問題也可以這樣提，在莫言這樣一個特定的作家身上，反映出自中共的十一屆三中全會以來的歷史新時期文學發展的哪些重要特點？他給文學創作和文學批評提出了哪些新的課題，帶來了哪些新的啟示？

　　帶著諸多疑問，我們走向莫言。

---

[1] 該簡介見莫言：《透明的紅蘿蔔》，作家出版社1986年版。

目次 │ CONTENTS

第一章

機遇只偏愛有準備的頭腦

因天之時。

就地之勢。

依人之利。

　　　　——《將苑》

　　法國文藝理論家丹納在談到文藝發展的必要條件時，提出了著名的時代、環境、種族三要素說，並且進一步指出時代要素中的「客觀形勢與精神狀態」，認為：「每個形勢產生一種精神狀態，接著產生一批與精神狀態相適應的藝術品。」[1]儘管丹納的理論有著機械論和實證論的暗影，但仍不失為我們研究作家與時代之關係的一把鑰匙。當莫言蜚聲文壇之時，他處於什麼樣的「客觀情勢」之下，又有著什麼樣的「精神狀態」呢？如果說，莫言自1985年初發表《透明的紅蘿蔔》以來，新作迭出，進入了一種文思泉湧的狀態，那麼，他的創作源泉又來自何方呢？

後來者和幸運兒

　　莫言的創作道路，是充滿了各種各樣的機遇的。他一次又一次地攫住了命運偶然拋給他的幸運的金羊毛，終於登堂入室，而生活也一再垂青於他，給他準備了一個個臺階。自他的小說處女作《春夜雨霏霏》問世到《透明的紅蘿蔔》「爆響」，先後不到四年時間。在二者之間本來存在著相當明顯的藝術造詣上的距離，莫言卻似乎是一蹴而就地躍上相當的高度的。

　　是時代玉成了他。從中共的十一屆三中全會以來，時代發生了偉大的歷史轉折，隨著經濟建設成為工作重心，一個空前規模的思想文化建設的高潮正在掀起。文學從各種各樣的束縛下掙脫出來，一步一步地前行：從最初的關於「傷痕」文學、關於文學的現實主義道路、關於歌頌與暴露的文學功能的論爭，到實踐是檢驗真理的唯一標準之原則在社會生活和思想文化領域的確立，從對於中國傳統文化的再評價再認識和對於世界各國思

---

[1]　丹納：《藝術哲學》，傅雷譯，人民文學出版社1981年版，第66頁。

想文化成果的大量翻譯介紹，到文學創作中「尋根派」和「現代派」的應運而生；這期間，產生了一批又一批令人矚目的作品，爆發了一次又一次激烈的文藝論戰……在打破了十年內亂的一潭死水之後，文學的浪潮洶湧澎湃卻並非平坦如砥，它在喧嘩與騷動之中奮進。前所未有的開放，前所未有的紛亂，前所未有的包容；創造的空間日見拓展，創造主體的心胸日見開闊，天地日見豁朗，文學競賽之勢日見形成。當莫言「橋洞裡長出紅蘿蔔」，文學的河床比之於1949年和1979年，都寬闊了許多，既可容納「秋水」，也不摒棄「枯河」了。

是具有積極的建設性目光的文學界培育了他。莫言的處女作《春夜雨霏霏》，曾經得到編輯的熱情幫助，幾經修改，在河北保定地區的文學刊物《蓮池》上問世，此後，該刊又幾次刊載他的作品，扶助他在文學創作上邁開最初的步伐。他的創作欲望因作品得到社會的承認而變得活躍起來，《售棉大道》被《小說月報》轉載，《民間音樂》受到老作家孫犁的賞識。命運又一次地向他微笑了。1984年春天，中國人民解放軍藝術學院文學系首屆招收學員，招生報名已經截止，他背著一隻挎包風塵僕僕地趕來，帶著他的《售棉大道》和《民間音樂》叩響辦公室的門，被著名作家、軍藝文學系主任徐懷中一眼看中，幾經交涉，破格地錄取這位既沒有什麼名氣（和他同班的同學中有已經獲過全國性文學獎的李存葆、宋學武、錢鋼等）、又沒有「合法手續」的後來者。不速之客遇到了意外的盛情款待。文學系講臺上，萃集了北京和外地的著名作家和學者，使莫言獲益匪淺。翌年春天，他的《透明的紅蘿蔔》——透露出他創作新變化的最初資訊的作品經徐懷中推薦，發表在中國作家協會主辦的大型刊物《中國作家》上，並同期刊載他的老師徐懷中和同學們座談該作品的紀要——《有追求才有特色》，積極地肯定了莫言的新追求。他也果然不負重望，由此一發而不可收，以他的數十部作品飲譽文壇。[2]

莫言的確是個後來者。當他開筆寫短篇《春夜雨霏霏》時，新時期文學從《班主任》算起已經走過了四個年頭，一大批中青年作家已經在文壇和人們心中建立了各自的形象。他的《透明的紅蘿蔔》冒出地面，時值

---

[2] 作品和座談紀要都刊載於《中國作家》1985年第2期。

1985年春天，剛剛閉幕的第四次全國作家代表大會，以高高揚起的創作自由的旗幟激發了老中青作家的勃勃雄心。文學的標杆已經定得很高，使後來者增加了騰躍的難度，要想「出人頭地」，談何容易！

後來者又是幸運的。由於長期以來的對文化的摧殘和閉鎖，新時期文學幾乎是從一片廢墟中站起來的，雖然中國古代文學和現代文學赫然在前，雖然世界文學已經湧現出輝煌的群星，但在自我封閉中都被人們漠視。人們首先要求的是真，是說真話，說真話能救中國，說真話就是好作家好文學——這是摧毀「瞞」和「騙」的文學的利器，這時還顧及不到藝術形式的探索和創新。歷史的大倒退，造成文學的大倒退，從一個近乎於零的起點上向前推進，新時期十年中湧現眾多的優秀作品，實際上體現了前後相續的運動過程，許多作品的價值不在於其藝術性，而在於它參加了藝術復甦的接力賽跑。因此，當後來者加入這一過程，他不是面對著幾乎不可超越的文學高峰，而是立於他人的探索所達到的高度上，立於他人的肩膀上，進行較為充分的借鑑和選擇。

莫言的機遇是存在的，但並不是「撞大運」。他的出現，既是這樣一個對精神文化建設空前重視的時代所使然，又滿足了文壇上才人代出、各領風騷的需要，滿足了文學自身運動的不斷探索、不斷創新的需要。

後來者居上。

生活與心靈的印記

著名生物學家巴斯德有一句名言：機遇只偏愛有準備的頭腦。時代可以成全一位作家，卻不能無中生有地炮製一位作家。莫言在登上文壇之前，做過哪些準備呢？

幼小的莫言，過早地嘗到了生活的痛苦。從莫言出生的五十年代後期起，「左傾」思潮愈演愈烈，剛剛從封建制度下解放出來的中國農村前行的步履艱難。那個做了多少代的富足興盛的夢，依然是虛幻的影子。大躍進、人民公社、大辦食堂、大煉鋼鐵、批判「三自一包」、割「資本主義尾巴」……隨著宣傳的調門越來越高，實際的境況越來越糟。莫言家裡是上中農成分，雖然尚未打成「敵人」，卻也是入了另冊的。經濟的貧困和

政治的歧視，給莫言留下慘痛記憶。在《枯河》中，他寫到一個上中農之家如何戰戰兢兢地苟活；在《黑沙灘》中，他寫過在飢餓中長大的農家青年參軍入伍後怎樣為飽餐白麵饅頭而興奮；他還敘述過這樣一件事，遭了天災，他這樣的家庭又沒有資格領取上級發給村裡的救濟糧，大年三十，他和村裡一位小姑娘到別人家去討要餃子──

> 我提著瓦罐，拉著冬妹的手，站在大門口外，鼻子裡似乎聞到了熟餃子的香氣，為了餃子，我高聲朗誦起來：財神爺，站門前，看著你家過新年……快開門，快開門，開門搬回聚寶盆……送出一個水餃，跑進去一個元寶……
>
> 大門開了，一個跟我年齡相仿的男孩，端著兩個餃子送出來。他擎著一個紙糊的紅燈籠，當我伸出瓦罐去接餃子時，我們互相看清了，他驚詫地叫著：「是你呀，你就是『財神爺』？」他把餃子扣進我的瓦罐裡，笑著跑回家去。我愣在那兒，聽著他很響地喊：「爸爸，『財神爺』是我的同學！」[3]

給莫言的心靈罩上又一層陰影的是他在家庭中感受到的壓抑。他父親有一定文化，當過農村生產隊的會計，他持身很嚴，[4]中國傳統文人的修身和他家的上中農成分，使他加緊對子女的約束，於是，許多農村孩子的歡樂和生趣，在莫言卻是被剝奪了的。他的家中兄弟姐妹四人，莫言是最小的孩子，可他卻依然感受不到家庭的溫暖，父母對於他是過於嚴屬了。他曾這樣寫道，「魯迅先生早就呼籲要對父親們進行訓練，他說僅僅會愛並不及格，因為母雞也會愛。何況最真摯的愛的另一面往往是最苛虐的酷政。……在某種意義上父母與子女是仇敵」[5]。在同一篇文字中，莫言還講到：他少年時最大的興趣是餵養鳥雀，但父親認為養鳥雀是浪蕩哥兒的特徵，扼殺了他的這一童趣。有一次他得到一隻雛雀，玩得忘了割豬草，

---

3 管謨業（莫言）《也許是因為當過「財神爺」》，《三十五個文學的夢》第121-123頁，解放軍出版社1985年版。
4 莫言提到他父親時，津津樂道的是他父親搞財會多年，從未動過公家一分錢，雖然家庭貧困。
5 莫言《「大肉蛋」》，《文學自由談》1986年第1期。

遭到父母親的斥罵，要他將雛雀送走。「『大肉蛋』（即雛雀——引者）通紅的皮膚在彩霞下很美，它好像看著我。我想著它長齊羽毛，它被我餵熟了，我走到哪裡它飛到哪裡，它成了我形影不離的朋友。我不敢跟父親爭取養鳥的權力，我不願將它還給那個小男孩，我進行了消極反抗。在草垛上挖了一個洞，我把它放進去，它擎著頭往外爬。我用一把草堵住洞口。我不敢耽擱了。夜裡，我夢見了它。」這真是一篇聲討「父道尊嚴」的檄文，其幼小的童心與小動物的親近和被迫的分離，讓我們想起魯迅《從百草園到三味書屋》，想起先生那深情的呼喚，「別了，我的覆盆子們！」「別了，我的蟋蟀們！」

　　無愛的家庭與現實生活中的重重陰影，給敏感多思的莫言留下濃厚的悲觀主義和煩躁不安。他需要的是溫暖、理解和童心的舒展。但是，在現實中，他更多地感到的是生活的孤獨和沉重，物質的乏匱，心靈的饑渴，給他的心靈造成永難平復的創傷。

　　你知道野草嗎？當它在地面上不斷地遭到自然和人為的戕害，它就拚命地向地下發展，把根紮得很深很深，只要根還在，它就可以再生。這是生命力的一種自我保護。當莫言渴望汲取、渴望生長的欲望，在孩提時代，在幾乎是最無憂無慮、最自由自在的幼年就受到現實的抑制，他只好向著內心發展，用各種各樣的幻想去填充生活的貧乏。他變得內向，變得沉默，變成了那個賣火柴的小女孩——在耶誕節的風雪中除了單薄的衣服和手中的火柴之外一無所有，卻能夠幻想出那樣溫暖、那樣光輝的屬於她自己的一片角落。「一顆天真爛漫而又騷動不安的童心，一副憂鬱甚至變態的眼光，寡言而又敏感多情，自卑而又孤僻冷傲，內向而又耽於幻想」，這是一位軍藝文學系同窗對莫言的描述[6]；「在他的記憶中，從沒有童話的世界，儘管他徒然地存有過那麼多美麗的幻想。」「『黑孩兒』是被扭曲的。連美麗的幻想也破碎了。心靈的扭曲所導致的是人生觀的壓抑，是對於生存的灰色認知，是逃避現實向自我龜縮的苦痛。『黑孩兒』於是終於逃離了人世的困撓而一心一意生活在自己的心靈王國裡。」這是莫言的自白。[7]

---

[6]　朱向前《「莫言」莫可言》，《昆侖》1987年第1期。
[7]　趙玫《莫言印象》，《北京文學》1986年第8期。

　　這樣的生活還培育了他性格的另一面——反抗和叛逆。他曾經把那一段「大肉蛋」的故事即他沒有遵照父命丟棄雛雀看作是對父親的消極反抗。他在讀書的時候，又曾經因為把老師稱作「奴隸主」而受到處罰。外力的壓迫，使他感到窒息，使他為保護自己而產生強烈的反抗情緒，使他對外界採取一種拒斥的眼光，抱有一種不自覺的批判態度——當一個人無法與他面對的世界認同，這種對立是自然而然的。他無法與貧困的生活認同，因為世界存在著值得他嚮往的生活和轟轟烈烈的英雄故事；他無法與嚴厲的父親認同，因為父親剝奪了他的童年歡樂；他的躲入自己的內心世界，也是一種反叛，精神上的反叛。

> 上小學的時候，我就糾集過一夥人反對老師，還辦過一張小報兒，我按捺不住，全部的動機就是為了突出我自己，也許是由於情況太糟、心情太壓抑……[8]

　　在這裡，反叛意識與自我表現欲連接起來了。一個幼小的、有著充足理由存在的生命卻遭到蔑視和壓迫，由此激發他的反叛意識，他要以反叛式的自我表現來證明自己的存在，為此，他不惜一切，甚至不惜生命。《枯河》中他寫了一個小男孩的自殺——

> 那個《枯河》裡的男孩兒死了。以死使人震驚，以死證明了他並不弱小可欺。死使他昇華，死使他升騰，死使他如精神的幽靈壓迫在人類和宇宙之上，死使他成為了一種不容忽視的存在。[9]

　　莫言對這個小男孩的死，不僅予以滿腔同情，還予以毫無保留的讚

8　趙玫《莫言印象》。他的反叛權威的意識，一直存在著，另一件事也可視為一個佐證。在軍藝文學系討論李存葆的《山中，那十九座墳塋》時，「他突然開口了，且大有石破天驚之勢——他費勁地、咬音嚼字地運用一口翻腔走板的山東普通話，當著作者的面慷慨激昂，其批評率直和大膽，用詞尖利和偏激，都足以使全體與會者猝不及防，乃至他說完以後，全場一片沉默，主持人不得不宣佈暫時休會。」（見朱向前《「莫言」莫可言》。）
9　趙玫《莫言印象》。

揚，讚揚他頑強證明自己的存在和不容淩辱的尊嚴，但是，莫言卻沒有意識到，這是一種蒼白的證明，軟弱的證明，是生活的弱者所萌發的超越自卑、戰勝環境的心理。

莫言是生活的弱者。正像他青少年時期的農村一樣，農民在政治上被愚弄，在經濟上被剝奪，他們被各種各樣的束縛捆住了手腳，堅韌而又痛苦地掙扎著，從現實中感到自己的無所作為和無能為力；莫言不但承受了這共同的痛苦，對於無愛的童年的慘痛記憶，以及過早地參加體力勞動而感到自己的年小力薄（就像《透明的紅蘿蔔》中黑孩被分配到婦女堆裡砸石頭，「『這也算個人？』劉副主任捏著黑孩的脖子搖晃了幾下，黑孩的腳跟幾乎離了地皮。『派這麼個小瘦猴來，你能拿動錘子嗎？』」）。這一切，都使他這顆敏感的心靈感到自己生命的蒼白。他無力支配生活，卻一直是被生活所支配的。

這就自然而然地造成他的自卑心理。「我的寫作動機一點也不高尚。當初就是想出名，想出人頭地，想給父母爭氣，想證實我的存在並不是一個虛幻。」[10]把寫作看作是自己的存在的證明，正是源之於生存虛幻的危機。一個人的存在，本來是無須證明的，你生活，你行動，在不同情境下充當不同的角色，這就是一切，難道還需要時時提醒他人關注自己的存在嗎？即使是寫作，也有所不同，以寫作證明自己的存在，與以生命的自然流露為文，二者之間無疑存在著境界差異。生命的自然流露，率情任性，信口而出，即如劉邦項羽，困厄烏江之際，得志還鄉之時，慨然而歌，是真性情真文字；為自己的存在作證明，卻必須經由取得社會的承認才能實現。就像莫言，他的《春夜雨霏霏》問世之時，正是社會上大力宣傳「五講四美」、文學中大寫「心靈美」之際，他也是寫了一個心靈美的軍人之妻。他的《售棉大道》，也是把棉農賣棉難之社會矛盾偷偷轉換為心靈美的命題。強者以生命為詩，弱者為生命而詩。

二者又不是決然對立的。許多傑出的文學家，都是由舞文弄墨開始，經過人生的磨礪和藝術的探索，而卓然成為大家的，無論是「庾信文章老更成，淩雲健筆意縱橫」之庾信，還是「我初學詩未有得，殘餘未免從人

---

[10] 趙玫《莫言印象》。

乞」到「詩家三昧忽見前，屈賈在眼元歷歷」的陸遊，都是由為文而造情達於為情而造文。莫言也很快地實現了這一過渡。以寫作來證明自己的存在，只是促使他走向文學的媒介罷了。

叛逆與自卑，為了克服自卑而反叛傳統，在這裡，自卑並不是一個貶義詞，而是一種心境。西方人格心理學家阿德勒指出，「一切人在開始生活時都具有自卑感，因為我們所有人的生存都要完全依賴成年人。兒童與那些所依賴的強壯的成人相比感到極其無能。這種虛弱、無能、自卑的情感激起兒童追求力量的強烈願望，從而克服自卑感。」「要成其為人就意味著感到自卑。這對於一切人都是共同的，所以，它並不是懦弱或者異常的跡象。實際上，這種情感是隱藏在所有個人成就後面的主要推動力。一個人由於感到自卑才推動他去完成某些事業。」[11]那麼，我們也可以說，自卑的感覺越強，促人奮鬥的力量或許也就越大。這頗有些中國古代賢哲所言「困而後學」、「生於憂患死於安樂」之意了。

鄉土薰陶和「自修學校」

生活還有它明朗的一面。「生活再貧困再落後也不會沒有太陽和溫暖，有太陽就有歡樂，有理想，儘管每一天太陽都要沉沒。」[12]這樣的話，莫言在別處也講過，「就我所知，即使在『文革』期間的農村，儘管生活很貧窮落後，但生活中還是有歡樂，一點歡樂也沒有是不符合生活本身的；即使在溫飽都沒有保障的情況下，生活中也還是有理想的。」[13]

莫言的家鄉高密縣，在山東膠州半島，位於從濟南到煙臺和青島的鐵路線上。山東，處於黃河下游，黃海和渤海之濱，是中華民族歷史上較早繁榮發達的區域，古代史上有大汶口文化，大汶口就位於山東境內的京滬線上。我國古代傳說中的帝王堯、舜、禹、湯都在山東生活過，相傳堯出生在鄄城，死後也葬在鄄城，舜即位前在定陶一帶居住，且躬耕於畎山，商湯曾以曹縣為根據地滅夏立商。山東又是孔子、墨子、孟子的故鄉，

---

[11] 轉引自〔美〕赫根漢著《人格心理學導論》第96-97頁，海南人民出版社1986年版。
[12] 趙玫《莫言印象》。
[13] 《有追求才有特色》，《中國作家》1985年第2期。

春秋戰國時期的四大顯學儒墨道法，有其二也。荀況曾遊學於齊（古膠東），三為祭酒，稷下學者雲集，乃一時之盛事。修《左傳》的左丘明，也是魯國的史官。山東地處貫通中國南方和北方的地理分界線上，同時，作為中國古文化之兩大源頭的周文化和楚文化，在這裡也形成交界處，魯西南的魯文化是商周文化之集萃，膠東半島上的齊文化則與楚文化同源。現代著名學者李長之在論「齊學」時說：

> 齊也是一個在經濟上富裕的地方，它所發展的文化，也和楚十分相似，便又同樣為漢所吸收。
>
> 我們試看齊楚兩國人同樣善於想像，齊人鄒衍有海外九州之說，楚人屈原也有「九州安錯？川谷何洿？」之問，這都是「閎大不經」，而且「迂怪」的……齊國最發達的是兵家，戰國時的兵家幾乎全是齊人，如司馬穰苴、孫吳、孫臏，一直到蒙恬，都可以為例……
>
> 在這些和楚文化相似之點上，卻也正是浪漫精神的寄託。閎大不經，不用說是浪漫精神，因為那其中含有想像力的馳騁，無限的追求故。……至於兵家，兵家是所謂出奇制勝的，「奇」又恰是浪漫精神之最露骨的表現。[14]

李長之還進一步論證了齊與魯之文化的不同，論證了齊楚文化在西漢的勝利，也就是以「好奇」和想像為特徵的浪漫主義文化的勝利。地氣使之然，由來非一朝，近年在文壇上頗有實力的山東作家，或者說膠東作家，寫《河魂》和《短篇小說八題》的矯健（矯健原是上海青年，卻相當程度地膠東化了），寫《古船》的張煒，其作品在加強地域色彩的同時，也不約而同地加強了怪異色彩；甚至還可以上溯到清人蒲松齡，「才非干寶，雅愛搜神，情類黃州，喜人談鬼」，而成《聊齋志異》，他也是膠東半島上淄博人。以此而論，莫言作品之奇，想像之狂，可謂有悠久的歷史根源了。

---

[14] 李長之《司馬遷之人格與風格》第6頁，三聯書店1984年版。

　　山東歷來還是戰爭頻仍、農民起義頻仍之地。經濟的富庶，人口的密集，給人們帶來的是無情的盤剝和繁重的勞役和兵役。西漢末年樊崇等領導的赤眉軍起義，隋末王薄起義和瓦崗寨起義，唐末黃巢起義（黃巢建立的國號就叫「大齊」），乃至清末的義和團運動，都是從山東舉起造反大旗的，陳勝吳廣、劉邦項羽、朱元璋等著名起義領袖，也都出在與山東比鄰的安徽、江蘇，並經由山東這一要衝北上作戰，撚軍在曹州地區殲滅僧格林沁的精銳騎兵並殺死僧格林沁。在沒有大規模農民起義的時候，闖關東是一條路（膠東半島與遼東半島隔海相望，有舟楫之便），占山為王是另一條路，臨城大劫案和土匪巢穴抱犢崗，都在膠東半島上。在中國新民主主義革命史上，軍閥，土匪、日寇、美軍都曾在此留下血腥的腳印，八路軍新四軍也都曾在此浴血奮戰。解放戰爭初期，山東和陝北是國軍重點進攻的兩個主戰場；建國後一批優秀作品，《黎明的河邊》，《紅日》，《苦菜花》，《鐵道遊擊隊》，便都是反映這一地區的鬥爭史的。莫言筆下最成功的人物形象余占鰲就半是占山為王的草寇半是保護鄉土的自發武裝的領袖。

　　與悠久的文化傳統，傳奇的鬥爭故事一道滲入莫言心靈的，還有生活中的俗文化——人們的口頭創作，粗俗的男女情事，以及狐魅鬼怪，佚聞祕錄。在小說《草鞋窨子》中，莫言寫到了他的「民辦大學」——草鞋窨子，也就是人們冬天晚上編草鞋、聊天的地方。這裡簡直是一個小小的人間舞臺，喜劇和悲劇，現實和幻想，人世和精靈，苦惱和隱私，都在這裡敘述出來。作品近萬字的篇幅，除了環境和場面的敘述、氛圍的渲染，竟然編織著十一個各色各樣的故事。這裡有生活的辛酸，有生活的喜劇，更多的是魔幻故事：「話皮子」、「蜘蛛精」、「笤帚精」、「陰宅」等。貫穿這些故事的是什麼呢？是關於男人與女人。這些故事，粗鄙，寒磣，卻透露著赤裸裸的真情。孔子云，食色，性也。作為人們最日常的生活內容，性的方面是不可或缺的，也是人們口頭上經常談論的趣事，在底層的勞動人民中尤其是如此。你說這是粗俗得不堪入目，你說這是缺乏文化教養所致，你說這是生活的病態導致心理的畸變，你因對此嚴加貶謫而覺出你自己的高尚純潔，這都可以，但是你卻無法否認它是生活中不容迴避的真實。而且，它除了帶有刺激性，還常常折射出生活的甘苦，性格的異

同，即使是帶著生命溫熱的肉欲，也未必就骯髒下流，它對於虛偽的道貌
岸然，對於淤塞的封建禮教，對於反人性的禁欲主義，不啻是強有力的衝
擊。莫言在小說中這樣回憶著：

> 我低著頭聽，生怕漏掉一個字，生怕別人知道我也在聽，而且還聽
> 得很懂。父親有時也加入這種花事的議論中去，出語粗穢；我心中
> 又愧又噁心，好像病重要死一樣。我不敢承認某些嚴酷的事實。想
> 像別家女人時，有時是美妙的，但突然想到自家的女人時，想到所
> 有的人都是按著同樣的步驟孕育產生，就感到神聖和莊嚴都是裝出
> 來的。

這種類似於亞當吃禁果時的忐忑不安，這種歡快、嚮往、慚愧、噁心
的心情，恐怕是許多少年人剛剛窺知性的奧祕，剛剛打破性的禁忌——性
禁忌在中國是很普遍的，很少有什麼科學的性教育，人們對此諱莫如深，
尤其對於少年人，它如同阿拉伯故事中囚禁在銅瓶中的魔鬼，一經放出便
會崇亂人類；於是，少年人總是以之為很神聖很神祕又很醜惡很罪過的。
「我」在這裡感到的「美妙」，是性意識初萌時欣悅的自我體驗，「又愧
又噁心」，則是那種原罪感——亞當和夏娃的墮落——的頑強抵禦。比這
種性啟蒙時的微妙心理更重要的是，對於今後成為作家的莫言，終於克服
了那種種潔與不潔的糾纏，終於能夠面對「嚴酷的事實」，終於窺到了人
們的真實欲望和真實存在，終於能從這一奇特的角度去撕破某些「神聖和
莊嚴」，為他粉碎父親不容冒犯的權威，以及由此否定各種權威，拂落泥
塑木胎上的金粉彩妝，提供了致命的武器。

這樣的莫言，幾乎有幾分無賴相了，不過，這與莫言性格的豐富性卻
相符合。他是很有幾分賴勁，有幾分農民式的狡猾的。「想到所有人都是
按著同樣的步驟孕育產生，就感到神聖和莊嚴都是裝出來的」；如佛洛伊
德所言，剛剛知道人的生育過程，會使少年人嫌惡自己的母親，把一向以
為神聖的母親與一向鄙棄的妓女混同起來，但是，有誰想到這樣竟可以把
「神聖和莊嚴」即高於自己存在的、過去敬畏的東西全部掃平，把他們
降到和自己平等、或把自己抬到與他們平等的地位？只有自卑而又不甘

屈辱、經常窺伺那「神聖和莊嚴」的馬腳的人，才能如此這般。阿Q自詡「我的祖先比你闊多了」，是無法證明的，「人人都是爹娘做的」，是不證自明，二者都是精神勝利法，不過，阿Q只是以此為自己的非人境遇裝點虛幻的花朵，莫言的招數卻是能夠使自己覺得充實，由生理的平等到做人的平等、生活和精神的平等，在新建立的平等的前提下與他人競賽、競爭，以實現自己的最佳競技狀態。這與他自小的反叛意識、褻瀆意識是相吻合的，與他後來睥睨他人、粗魯蠻野地闖上文壇也是相吻合的。

莫言是在農村長大的，他在那裡一直生活到二十歲，而且，他自小學五年級輟學之後就參加勞動，過早地進入成人世界，生吞活剝、支離破碎地接受幼小的童心尚無法理解的生活；二十歲離開農村，又使他不至於被不斷地重複的勞動和獨立地支撐生活的重擔而搞得麻木愚鈍，對於農村生活的感受始終停留在童年、少年和青年前期這感覺敏銳、情緒多變的階段。他既熟悉農村，又持有孩子似的童心和新鮮感。毛澤東在同斯諾的談話中說，他小時候讀古書，讀了很久，忽然發現，在這些書中，卻沒有寫農民的，由此而感到農民地位的低下和社會的不公。在中國現代以來，這種狀況被打破了，魯迅的《阿Q正傳》、《祝福》、《故鄉》，茅盾的《春蠶》、《秋收》、《殘冬》，以及從被魯迅稱作鄉土作家的魯彥、蹇先艾，黎錦明，到左翼文學時期的蔣光慈、葉紫、吳組緗、蕭紅、蕭軍、沙汀、艾蕪，解放區的趙樹理、周立波、柳青、丁玲、孫犁……都為表現風雲激蕩中的農村生活作出各自的貢獻，但他們自己卻很少是地道的、以從事農業勞動為主的農民。他們大多是農村或鄉鎮上的富家子弟，在鄉村讀過幾年書、有一些或深或淺的農村印象，然後又外出求學求職，也有解放區鄉村中的工作幹部和文化人。近年來寫農村作品的，則有下鄉數年的知識青年，有落難的右派和遣返原籍的「牛鬼蛇神」。他們對農村生活的感受，有童年的記憶，有成年的思索，有工作中的體會，有淪落中的感喟，在農村生活或長或短，最徹底的如柳青，舉家遷至陝西省長安縣皇甫村，要「化」入農村或「農村化」。但是，他們卻都是從客觀的、相異於農民的身分和眼光去看待農村的，啟蒙者感到「哀其不幸，怒其不爭」，革命家看到咆哮的土地，工作幹部注重的是開展各項工作遇到的問題，文化人讚美的是鄉村的田園情趣，異鄉客思念父親的花園，還鄉人驚奇故鄉

的凝滯……[15]莫言，卻是一位從小在鄉村長大、長期參加農業勞動、從裡
到外地打上農民印記的作家，是中國現當代文學歷史上僅見的農民作家。
這不僅在於他對農村的熟稔，更在於他有農民的血統、農民的氣質、農民
的心理情感和潛意識，他不必用眼睛和大腦去觀察和思索農村生活，他的
每一個毛孔裡都散發著熱烘烘的鄉土氣息。費孝通在《鄉土中國》中曾經
這樣寫道：

> 鄉土社會在地方性的限制下成了生於斯、死於斯的社會。常態
> 的生活是終老是鄉。假如在一個村子裡的人都是這樣的話，在人和
> 人的關係上也就發生了一種特色，每個孩子都是在人家眼中看著長
> 大的，在孩子眼裡周圍的人也是從小就看慣的。這是一個「熟悉」
> 的社會，沒有陌生人的社會。
> ……
> 這自是「土氣」的一種特色。因為只有直接有賴於泥土的生活
> 才會像植物一般的在一個地方生下根，這些生了根在一些小地方的
> 人，才能在悠長的時間中，從容地去摸熟每個人的生活，像母親對
> 於她的兒女一般。[16]

　　不是通過一星半點的接觸，不是通過有意識的理解，而是天然的聯
繫，天然的熟悉，天然的融合；甚至在參軍入伍之後，他仍然未能擺脫這
種感覺：「站在一個大門口，背著槍，要臉上沒有表情，要紋絲不動，要
像雕像一般。其餘的時間依舊餵豬種菜，就好像除了造塑像仍舊還沒有逃
離家鄉的土地。」[17]事實也的確如此，今天的軍人其主要來源是農民，其
去向也是農村，在很大程度上是一支農民軍隊，有強烈的農民色彩，與城
市文明相比，軍隊離鄉村文化更近。
　　他的生活動機也是農民式的，「莊稼人的想法很簡單，以為當了兵，

---

[15] 「哀其不幸，怒其不爭」，魯迅語，《咆哮的土地》即《田野的風》，蔣光慈力
　　作，趙樹理自稱寫「問題小說」，題材從工作中來，孫犁《荷花澱》、康濯《春種
　　秋收》可謂新田園詩，《父親的花園》，魯彥作，《還鄉記》，沙汀作。
[16] 費孝通：《鄉土中國》第4-6頁，三聯書店1985年版。
[17] 趙玫：《莫言印象》。

離開了這片土地，就准能夠改變生存的情況。」當兵之後又盼望提升為幹部，以徹底擺脫土地的纏繞，「那時候根本就沒想過要當青年作家什麼的，只關心到底能不能提幹，提了幹才能徹底擺脫厄運。後來遇上了一個愛才的幹部科長把我調到訓練大隊當政治教員，他們叫我教政治教哲學教黨史，說這樣就能提幹，所以我全幹。」[18]

莫言的農村生活中為未來作的另一項準備，是他的讀書和自修。雖然當時正在「大革文化命」，但中國農民對於文化的珍惜，也是根深蒂固的，雖然未必有什麼切近的功利效益，但能讀書，在鄉村中歷來是受到敬重的，因為翻那些磚頭一樣厚的書，並不是農村中大多數人所能做到的。有過農村生活經驗的人都知道，你能咬住牙挺住勁闖過勞動關，你會沾沾自喜，但農民卻不會很看重你，對於他們，賣力氣流汗水，是年深日久的必修課，何足掛齒。相反，你要是能替他們寫一副春聯，或是寫一塊人們不問其內容、只端詳你字寫得好看不好看、插圖畫得熱鬧不熱鬧的黑板報，他們都會稱讚你。連余占鼇那樣的綠林好漢，對任副官的才學不也佩服得五體投地嗎？更何況，在生活中受到歧視和排斥的莫言，只有在讀書的時候，方能找到一片淨土，方能感到自己精神上的優越。書呵，書！多少厄運，假汝而生，你卻又在厄運中給受難者以安慰和陶醉。這也許就是人們之永不放棄追求文化知識的動力吧。

莫言這樣回顧他的讀書和自修，「我十二歲輟學，收集村裡流傳的小說如『三國』、『水滸』之類罄盡，無書可看，則日日翻看一本『新華字典』，看來看去，也覺味道無窮。後偶爾發現家中一破箱中裝著我大哥讀中學時的全套教科書，便如獲至寶，日日翻看，數學化學自然是看不懂了，但漢語和文學（當時中學的語文教材一分為二）、歷史、生物學等課本則是無一遺漏地看過。尤其是那三本《文學》，上面有很多文章，像曹禺的話劇《日出》片斷，普希金的《漁夫和金魚的故事》，安徒生的《賣火柴的小女孩》，魯迅的《鑄劍》等都給我留下了深刻印象，連毛澤東的文章《反對黨八股》、《改造我們的學習》，也看得爛熟。」「再如一些流行小說如《林海雪原》、《青春之歌》、《紅日》、《保衛延

---

[18] 趙玫：《莫言印象》。

安》、《鋼鐵是怎樣煉成的》之類，則是在小學三年級時都讀過了。《苦菜花》、《迎春花》等也是在七、八歲時讀的，看得廢寢忘食，誤了放牛割草便要挨罵。後來「文革」開始，更無書可讀，於是連中醫的書也拿來亂翻亂背，好些湯頭歌訣和藥性賦至今出口能誦。」[19]

　　通常說來，農業文化和現代文化，在一個人身上是難以得兼的。在農村中，受過較高的現代教育的人正在越來越多，但他們接受現代教育，是以對鄉土文化的離棄為代價的；假如一個人要讀書至高中畢業，那麼，他就有十幾年時間主要在學校中度過，當他十七八歲離開學校，他已經初步形成他的人生觀和生活態度，已經不再是土生土長、徹頭徹尾的農民，而成為鄉村中的文化人，難以與鄉土完全認同（莫言非常推崇的陝西作家路遙《人生》中的高加林就是例證），被貶謫到鄉村中的「右派分子」和「牛鬼蛇神」，到農村中工作和體驗生活的作家，皆是帶著現代文化所塑造的心理情感去觀察和思考的，他們對於農村，終歸是過客。而對於莫言，生活的世界和現代文化凝集的書的世界，卻是同時在他面前展開的。固然，這兩個世界有迥別有對立，卻又互相參照互相補充，相反而相成。可以設想一下，如果莫言僅僅接受了鄉土文化，那麼，他所能寫出的，只會是那種傳統的評書、傳奇和民間故事，如果他身上現代文化壓倒鄉土文化，他也只能寫鄉村文化人的小說。鄉土文化的血脈，使他成為農民作家，現代文化的意義，則開拓了他的精神空間，激發了他的對鄉土愛恨交織的情感，也為他的鄉村生活帶來新的參照系，新的宏觀背景。當然，二者不是平分秋色，鄉土文化是他的根，是占主導地位的。他骨子裡仍是一位農民。

　　獨特的生活經歷和讀書自修，敏感而內向、耽於幻想的氣質，超越自卑、出人頭地的心理動力，反叛性地對待以父親和老師為代表的權威，以及褻瀆權威所增強的個人自信，直面活鮮鮮的也是沾滿污穢塵垢的生活的人生態度，古齊文化、鄉土文化的薰陶和現代文化的啟蒙，以及那不可或缺的軍藝文學系的深造——在此，他開闊了文學視野，感應到文學思潮的

---

[19] 莫言給筆者的信，1987年4月5日。可以作為旁證的是莫言以小學五年級的水準而充任以培養解放軍下級軍官為目標的訓練大隊政治教員，教哲學教政治教中共黨史，沒有一定自學基礎和自學能力是無法勝任的。

起伏更替，接收到當代世界文學的最新資訊，經歷了觀念、方法、價值觀和審美觀的更新——凡此種種，如八面來風，推動了莫言的文學之舟揚帆遠行。

從想像的真實到真實地想像

寫於1981年的《春夜雨霏霏》，是莫言的探路之作，他要在文壇上試著邁出第一步。這是一篇書信體小說，主人公「我」，一位軍人的妻子，一個樸實而多情的農家姑娘，正在綿綿春雨中給遠方的丈夫寫信，傾訴自己的思念。她與他結婚兩年，卻只在一起生活了二十天，因為他作為一個連隊指導員，太熱愛太掛念他的海島和士兵，公而忘私，國而忘家。無論是寫他的高尚品質，還是寫她的綿綿思念，都缺乏題材上的新鮮感。要是說，莫言的作品有什麼值得重視的地方，那就是他的營造意境的能力，有相當的色彩感和構圖感。霏霏春雨，悠悠長夜，孤寂的燈光下，孤寂的少婦向丈夫傾訴思情，回味他們苦澀而又甜蜜的愛，回憶他們兩年前也是在這樣一個春雨如絲、春光如醉的日子裡的新婚；充滿生機和希望的陽春煙景，與他們美好的愛情交織在一起，構成清麗的抒情詩。但是，在這哀而不傷、麗而不淫的春閨怨中，卻溢出了湧蕩的騷亂的生命之潮，帶有野性的生命衝動——這一在他成熟的作品中反復出現的對野性的生命力的激賞，在他的第一部作品中就按捺不住地湧將出來。

　　啊呀，老天爺，終於下雨了！我跳到院子裡，仰起臉，張開口，讓雨點兒盡情地抽打著，積聚在心頭的煩惱讓喜雨一下子沖跑了。雨愈下愈急，天空中像有無數根銀絲在搖曳。天墨黑墨黑，我偷偷地脫了衣服，享受著這天雨的沐浴，一直沖洗得全身滑膩時，我才回了房。擦乾了身子後，我半點睡意也沒有了，風吹著雨兒在天空中織著密密不定的網，一種惆悵交織著孤單寂寞的心情，也像網一樣罩住了我……

　　現在，大地正袒露著胸膛，吮吸著生命的源泉，而我，卻一個人跪在這不停地送來清風與水點的窗櫺前，羨慕著久盼甘霖而終於

得到了甘霖的禾苗，這是一個微妙的，變幻莫測的時刻，這是一種複雜的、混合著歡樂與痛苦的情緒，一個與土地息息相關的邊防軍的年輕妻子在春雨瀟瀟之夜油然而生的情緒。我打了一個寒噤。怕是要感冒了——今天夜裡我有點收束不住自己，亢奮輕狂。我不想進被窩，也不願拉件衣服來遮遮風寒。我雙手抱著圓潤平滑的肩頭，將身子舒適地蜷曲起來，像一隻嬌癡懵懂的小貓。

　　一個思春少婦的饑渴和焦灼，像久旱的禾苗盼甘霖，於是，當甘霖普降的時候，她也悄悄脫去衣服，和乾渴的大地一齊沐浴著春雨；然而，她的生命的饑渴、愛的饑渴並未得到解除，她只有藉雨夜的冷森森來給自己的生命狂熱降溫掃興。只有農家姑娘才能夠、才有條件作出的無所顧忌的、赤裸裸的生命與青春的顯示，躍然紙上。這樣的描寫，逸出了我們常見的溫情脈脈，纏綿悱惻，卻有些使人想到安格爾的名畫《泉》中那一位裸露出美麗的生命的純真少女，對生氣勃勃的肉欲，對旺盛火熾的生命力，莫言幾乎是不由自主地迷戀著的。

　　這就是莫言的第一步。《春夜雨霏霏》是抒情散文式的，熾熱的情感，構成作品的推動力，貫穿了散珠碎玉般的生活細節。情節、題材可以虛構，但感情卻是無法虛構的。它是想像的真實，是作家對於愛情生活的憧憬，是他的理想藍圖的勾勒，——老實說，農家姑娘也寫不出這樣一封才氣橫溢的情書。正因為是想像的真實，莫言在細節的選取上是很精心的，海邊的貝殼和卵石啦，家鄉的桃花春雨啦，構成生活的氛圍（雖然有些地方用力太過，顯得矯情）。莫言在談到想像的作用時說，「沒有想像就沒有文學。」「沒談過戀愛的人可以成為編撰羅曼史的大內高手。沒結婚的人可能寫出天下第一流的美滿姻緣，寫熟悉的東西呀，寫親身經歷的事情呀，如果強調過了頭，有可能像枷鎖一樣鎖住我們的手腳，」[20]這種想像固然重要，卻有一個必要前提，那就是推己及人，按照常理常情去揣測他人的心理活動，去盡量逼真地表現出他人的生活和心靈，這在文學觀上，依然是以社會生活的反映為其前提，不過，它不是以對生活的精確觀

[20] 管謨業（莫言）《天馬行空》，引自《迎著八面來風》第116-117頁，解放軍文藝出版社，1986年版。

察、對人與事的如實敘述為本位,而是以對生活的內在體驗為主,並把自己的情感貫注於表現對象,帶有較強的主觀色彩,因而在作品中表現出不同於嚴格寫實的抒情興味。

以反映論為內核的文學觀,儘管可以或重主觀或重客觀,但是,它們都有著共同的基石,很容易溝通。《售棉大道》和《三匹馬》,就是莫言用客觀寫實的方法寫成的。《售棉大道》是一個平淡無奇的故事,《三匹馬》卻寫得如作品中那三匹剽悍的駿馬,龍騰虎躍,風雲陡起,顯示出作家除了輕盈細膩,還能渲染出粗蠻狂野的畫面來,那個無心中帶出的兒童世界則使作品取得了某種意義上的平衡、豐實。這是情節性很強的小說,故事的乍開乍合,大起大落,以及它的收斂,都有出人意料之筆,都顯現出莫言對於傳奇性、對於平地起波瀾的情節的調度能力。莫言好奇,由此而起。

《黑沙灘》又把故事置於「我」的視野之中。「我」作為故事的目擊者和參與者,講述著一個動亂年代的往事。發生在黑沙灘農場的事情,作為那個痛苦、貧困的年代的一個縮影,並不新鮮,新時期以來的許多小說,已經反復詠歎過農民的貧困和辛酸。莫言的靈氣,在於小說中老場長的「大轱轆車」與老兵劉甲台的「黑沙灘雲滿天」這樣兩支對照鮮明的歌子,無須多言,它已經將作品的全部內容蘊於其間了。對於莫言,這是他把鄉村生活的苦痛辛酸帶入文學作品的第一行足跡,是他自己最痛切的生活感受的第一次宣洩;雖然它的外形還很笨拙、很一般化,但是,他身上的農民氣質,卻第一次表現得異常強烈,並以此與那些文化人寫農村苦難的作品區別開來。莫言不但寫了鄉村的現狀,還寫了農民的心願,寫了軍隊的農民化。

> 一頭黃牛一匹馬
> 大轱轆車呀轱轆轆轉呀
> 轉到了我的家

這支歌是老場長唱的。老場長,一位農民氣質很重的軍人這樣說:「我突然想起報名抗美援朝時,第二天就要去區裡集中了,趁著晚上大月

亮天，我和我媳婦趕著牛車往地裡送糞，她坐在車轅杆上，含著眼淚唱過這支歌……後來，她死了……難道共產黨革命就是為了把老百姓革得忍饑挨餓嗎？為什麼就不能家家有頭黃牛有匹馬，有輛大軲轆車呢？為什麼就不能讓女人坐在車轅杆上唱唱大軲轆車呢？……」

　　這是一個世世代代的夢，從孟子的「五口之家，十畝之田」，到太平天國的「耕者有其田」，再到共產黨領導農民革命時宣傳的消滅剝削，平分土地，人人有飯吃，人人有衣穿，都是它的一再閃現。它包含著豐富的歷史的和心理的內容，早已潛移默化在人們的心頭，以至於身為革命軍人、共產黨員的農場場長，在批判那氾濫一時的「左傾」思潮給人們帶來的災難時，他不是站在革命的高度，而是站在農民的立場上，以農民的生活現狀與夢想的巨大反差為批判的武器的。作品中的「我」對於這一支歌子的格外動心，使這種農民氣質由於涵蓋面的擴展而更加強化了。

　　夢幻之所以誘人，是因為它難以實現，當它一旦變為現實，在滿足之餘，就使人產生出一縷惆悵，幾許空虛；尤其是新的啟示就在眼前的時候。古人云：衣食足，然後知榮辱，思教化。《民間音樂》中雙目失明卻風流倜儻的小瞎子，在漂流四方中遇上美麗善良的花茉莉，留他食宿並愛上了他；小瞎子的琴聲使馬桑鎮人為之傾倒，也為開酒店的花茉莉招來更多顧客，造成新的繁榮。家庭和安樂，夫妻店的前景，令人垂涎，但他卻棄之而不顧，重新踏上漂泊的路途。「老是這幾個曲子……我的腦子空空了，我需要補充，我要去搜集新的東西……」；他要使自己的藝術不斷更新，不斷充實，花茉莉也尾隨他而去。儘管人們無法理解他們的舉動，她也未必能理解他的追求，但是，他們畢竟向著新的生活前進了。

　　莫言本來就有一種較強的音樂感，他捕捉天籟人聲是很精緻的，在《民間音樂》中，通過對小瞎子的簫聲和琴聲的反復刻畫，使作品獲得音樂美的韻致，其語言的表現力得到充分展現。

　　……這是小瞎子在吹簫！那最初吹出的幾聲像是一個少婦深沉而輕
　　軟的歎息，接著，歎息聲變成了委婉曲折的嗚咽，嗚咽聲像八隆河
　　水與天上的流雲一樣舒展從容，這聲音逐漸低落，彷彿沉入了悲哀
　　的無邊大海……忽而，悽楚婉轉一變又為悲壯蒼涼，聲音也愈來愈

大，彷彿有滔滔洪水奔湧而來，堤上人們的感情在音樂的波浪中起伏……簫聲愈加蒼涼，竟有穿雲裂石之聲。這聲音有力地撥動著最纖細最柔和的人心之弦，使人們沉浸在一種迷離恍惚的感覺之中。

《民間音樂》也是作家心願的自然流露。《黑沙灘》透露出莫言根深蒂固的農民氣質，《民間音樂》則表現出他心靈的另一面，即藝術上不滿足、不停頓的追求精神。莫言的作品陸續發表，且或此或彼地顯示出他的才氣，引起人們的注意，但他並未止步，他是很清醒很審慎的，「我需要補充，我要去搜集新的東西」，這是小瞎子的心聲，也是莫言自己的心聲。

《透明的紅蘿蔔》是莫言創作的重要轉折。它還帶有較多的藝術轉變時期的痕跡，黑孩的奇特感覺與別的人物和場景的敘述屬於不同層面，後者沖淡前者，並且使作品顯得不那麼完整。它最值得注意的是作品構思方式的變化。

> 我寫這篇作品的時候，已經聽老師講過很多課，構思時挺省勁的，寫作時沒有什麼顧慮。我跟幾個同學講過，有一天凌晨，我夢見一塊紅蘿蔔地，陽光燦爛，照著蘿蔔地裡一個彎腰勞動的老頭，又來了一個手持魚叉的姑娘，她叉出一個紅蘿蔔，舉起來，迎著陽光走去。紅蘿蔔在陽光下閃爍著奇異的光彩。我覺得這個場面特別美，很像一段電影。那種色彩，那種神祕的情調，使我感到很振奮。其他的人物、情節都是由此生酵出來的。當然，這是調動了我的生活積累，不足的部分，可以用想像來補足。[21]

日有所思，夜有所夢，但是夢卻不會與現實完全重合，在人的活躍的、擺脫了某些限制和束縛的夢境中，有超現實的奇想，有難於理喻的畫面，有心靈的放縱和情感的自由傾瀉，它是人的想像活動。「夢向我們提供白天難以意識到的手段──形象。夢幫助人們繼續白天的探索。有時，

---

[21] 《有追求才有特色》，《中國作家》1985年第2期。

夢中的情節似乎與白天的思考無關。但是，清晨起來，你會發現，夢中的成功行動會誘導我們脫離絕境。」[22]在這裡，想像的解放取代了邏輯的力量，神祕的情調取代了寫實的內容。超現實的、神祕的、想像的畫面不但成為莫言創作《透明的紅蘿蔔》的緣起，而且成為這篇小說的中心。超現實的想像，第一次在莫言創作中居於重要地位，從此，它也一再出現在莫言的作品中，成為他的極為重要的特色——東方式的魔幻色彩。

　　這已經由想像的真實進入真實地想像了。「從這時候起意識才能真實地這樣想像：它是某種和現存實踐的意識不同的東西；它不用想像某種真實的東西而能夠真實地想像某種東西。從這時候起，意識才能夠擺脫世界而去構造純粹的理論、神學、哲學、道德等等。」[23]在這裡，馬克思、恩格斯明確地指出了想像的兩種不同品質，想像某種真實的東西與真實地想像某種東西，即所謂想像的真實和真實地想像。想像的真實，屬於人類意識發展的前一階段，由於人類文明還不發達，人的力量還很低下，因而不得不處處受制於自然界，依賴於自然界，人只是用想像去應和、去揣測、去仿製某種真實的東西，它的準則是酷肖自然，它所注重的是依據已知，依據一定的邏輯關係、因果關係，去揣測事物，或者說，這是一種常態思維，是人們常說的合情合理、有始有終。在文學中，這樣的想像則在於通過想像去達到客觀真實。如高爾基所言，「想像是創造形象的文學技巧的最重要手法之一。……想像要研究和選擇材料的過程，並且最終地使這個材料成為活生生的、具有肯定或否定意義的社會典型。」[24]即如莫言寫《春夜雨霏霏》，寫《黑沙灘》，前者既然定出少婦思夫這樣的基調，那就不管用什麼樣細節、什麼樣結構，總得依照愛情和相思之常情去處理作品，經過研究、選擇和組織，令人感到情真意切，如在眼前。《黑沙灘》寫現實的苦難，寫農民的理想，都是生活中確實存在的，作家所做的是將現實的變成文學的。這樣的作品，貼近生活酷似生活，是與「現存實踐的意識」相同的。

[22]　《奇異的夢》，載《參考消息》1987年3月21日，作者為蘇聯高級研究員，醫學博士瓦季姆‧羅騰貝格。
[23]　《馬克思恩格斯選集》第1卷第36頁。
[24]　高爾基《論文學》第317頁，人民文學出版社1987年版。

　　真實地想像，是建立在人在自然界中的自主、獨立地位不斷建立和鞏固的基礎上的，人在現實中取得自由創造、改變自然的能力，人的意識「才能擺脫世界」去構造各種理論，後來，恩格斯又再次確認「那些更高地懸浮於空中的思想領域，即宗教、哲學等等」，[25]強調其與現實的不同，強調人的意識活動的相對獨立性。從想像的真實到真實地想像，想像活動有了質的飛躍，前者是依客觀真實為判別標準，是想像與現實的同一，後者是心靈活動即為真實，真實的心靈活動以其自身、以人的尺度為判別標準，想像的天地不再受外界的制約而只受心靈的拘羈，心靈與想像同一。在文學中，則是由反映論的真實演變為本體論的真實，由認識作用的強化演變為情感作用的凸顯。只要是心靈的大痛苦大歡樂，只要是靈魂的大顫悸大震盪，那麼，不論你寫的是人是神是鬼，是真是幻是夢，光怪陸離，荒誕不經，情之所至，莫不為文。明代戲劇家湯顯祖云：

> 予謂文章之妙，不在步趨形似之間。自然靈氣，恍惚而來，不思而至，怪怪奇奇，莫可名狀，非物尋常得以合之。[26]

　　想像的真實是依真而幻，真實地想像則是以想像本身為真，以幻為真。人的心靈，是歷史的內化，是人的全部物質活動和精神活動的彙集點，而且，它正在人的活動中佔有越來越大的比重。固然，人的心靈與人的外部世界是一同發展起來的，經歷了人類社會由低級向高級、由原始向文明的進化過程，但是，人類早已將肉體優越於心靈，憑肢體的力量採掘、狩獵的階段遠遠拋在腦後，人類智慧越來越成為巨大的創造力量。在人的體力發展到極限的終點，往往成為人的精神創造的起點：所謂人類已經進入電腦時代、資訊時代，正是標誌著人類的創造由力量向智慧的轉換。目前人類在三年間的創造已經相等於過去人類在三千年間的創造，人類的肢體卻未必就比三千年前有什麼根本改變。要是說，在人們為了基本的、必需的物質產品而勞作不已的時候，精神活動不得不過多地依賴物質保障，不得不受到物的制約，那麼，一旦人們的生存條件得到改善，獲取

---

[25]　《馬克思恩格斯選集》第4卷第484頁。
[26]　《中國美學史資料選編》下冊第137頁。中華書局1981年版。

生活必需品已不必搞得身心交瘁，人的精神就獲得了相對獨立性，可以擺脫現實的框架而去構造精神的空間，可以建立想像的世界，可以在「更高地懸浮於空中」的境域中遨遊。在這裡，想像擺脫了現實世界的羈絆，輕蔑地拒絕因果律、必然性，它珍重的是情感的真摯和想像力的非凡，它瀟灑地擺脫公共的規範，而優先考慮個性的權利、情感的需要，使得人們從物質世界中解脫，能夠呼吸到新鮮的空氣，能夠獲得心靈解放的快感。歌德筆下的浮士德，在現實中，他不過是一個皓首窮經的腐儒，但是，憑藉新的精神力量，他在想像的世界裡升天入地，歷盡人生的一切境遇，空前地充實了自己的生命。也許，理解這種真實地想像的作品並不容易，個人的情感，就像帕索斯的金羊毛，你尋得了它，就可以循此走進作家的心靈世界，你若失卻了它，就要迷失在迷宮之中，莫言的作品，使有些人看不懂，以為讀懂莫言的人，其實也是見仁見智，眾說紛紜，然而，多樣化的選擇，不是比單一的判斷要開闊得多、豐富得多嗎？

　　八〇年代之初，文壇上「尋找自己」之風大熾，一批已經頗有影響的作家反省自己的創作軌跡，尋找自己的創作優勢，建立各自的藝術風格；1985年，則是文壇上的「探索年」，以劉索拉、徐星為代表的現代派文學和以阿城、韓少功等為代表的「尋根」文學，如雙峰並峙，為文壇增添了新的高度。莫言在這幾年間，由游離於文學潮流之外的戲水頑童到文學大潮中的弄潮兒，促成這一決定性的轉變的，就是他由清淺的想像的真實到瑰奇的真實地想像，由在通常的小說做法的規範中寫作，到發掘出自己的生活和情感、體驗和想像的獨特優勢，自鑄偉辭，──這就是莫言短短數年的創作道路給予人們的啟示吧。

第二章

「帶著淡淡的憂愁尋找
自己失落的家園」

> 日暮鄉關何處是，
>
> 煙波江上使人愁。
>
> ——崔顥《黃鶴樓》

在《草鞋窨子》的附言中，莫言說道：「小說就是帶著淡淡的憂愁尋找自己失落的家園。」

尋找，是緣於失落。莫言失落了什麼，他尋找的家園又是什麼？

莫言曾對此作出解釋，「所謂『寫小說是帶著淡淡的鄉愁尋找失落的家園或精神故鄉』之說，並不是我的發明，好像一個哲學家說哲學如是。我不過挺受感觸便『移植』過來了。此種說法貌似深刻，但含義其實十分模糊，說穿了，文學是一種情緒，一種憂傷的情緒，向過去看，到童年裡去尋找，這種憂傷就更美更有神祕色彩。人如果太幸福了，怕是屁也寫不出來的，但痛苦過了度，也就離發瘋不遠了。淡淡的憂愁，是文學生長的好氣候，即使痛苦過度也應該稀釋才是。」[1]

但是，莫言的解釋並不能取代我們的探尋。讓我們去看看這位尋找者的憂愁和他的家園何在吧。

沉甸甸的荒涼和孤寂感

莫言年齡不算大，他對人生的感受卻不可謂不深。在第一章中，我已經對他的生活經歷作過一番描述。無愛，孤獨，貧困，受歧視，以及過早烙上的勞動的印記，構成他的總體感受，在他離開農村十年之後，他這樣寫道：

> 我無法準確地表達我對故鄉那片黑土大地的複雜情感，儘管我曾近乎癲狂地喊叫過：高密縣無疑是地球上最美的、最超脫、最聖潔、最英雄好漢、最能喝酒最能愛的地方，但喊叫之後，我依然、甚至更加悒鬱沉重。我在那裡生活了整整二十年，那裡留給我的顏

---

[1] 莫言致筆者的信，1987年4月5日。

色是灰暗的，留給我的情緒是淒涼的──灰暗而淒涼，是高密留給
我的印象。

離開故鄉之後，我的肉體生存在城市的高樓大廈裡，我的精神
卻依然徘徊遊蕩在高密荒涼的大地上。對高密的愛恨交織的情愫令
我面對前程躊躇、悵惘。[2]

是的，作為一個在那片土地上長大的、充滿了農民的鄉土觀的年輕
人，高密的黑土地是滲透到莫言的每一個毛孔之中的；孔子云，君子懷
德，小人懷土，民諺云：美不美，家鄉水，親不親，故鄉人，都是描述這
種人與鄉土的天然聯繫的。梁園雖好，不是久留之地，自己的那一寸土，
卻不論其肥沃貧瘠，不論其能否養人，都是世世代代的安身立命的所在。
於是，對土地的愛與恨、讚美與詛咒、嚮往與背棄、熱望與冷漠，就矛盾
而又和諧地交織在一起。由家而鄉，由家而國，土地成為國家最重要的因
素，天、地、君、親，師，地是僅次於天而高於君的。艾青詩云：

為什麼我的眼裡常含淚水，
因為我對這土地愛得深沉。

愛之愈深，痛之愈切，愛之愈深，恨之愈烈，這似乎是自屈原以來中
國人對鄉土對家園的共同情感。更何況，這情感已經融在莫言二十年生命
的年輪裡，他的鄉土之情、赤子之心也就愈加激切了，他依戀家鄉，家鄉
的荒涼灰暗卻使他感到無法忍受，他欲逃離這一切，也果真逃進軍營逃進
城市，卻發現，在新的生存環境中，他竟是這樣格格不入，決然對立，不
禁急切地思念家鄉。然而，一旦踏上家鄉的土地，他就又為新的幻滅感所
俘獲，急欲逃離⋯⋯這簡直是一個怪圈，在無始無終的循環中，碾壓著作
家的敏感而憂傷的心靈。遠遠不是什麼淡淡的憂愁，而是那種難言難訴、
難解難分的切膚之痛在折磨著他。

2　莫言：《高密之光》，《人民日報》1987年2月1日。這是一篇寫高密縣的農民企業
　　家王建章的報告文學。

> 去年暑假裡，你在憤怒中無聲地吼叫：我不讚美土地，誰讚美土地誰
> 就是我的不共戴天的仇敵；我厭惡綠色，誰歌頌綠色誰就是殺人不
> 留血痕的屠棍。……現在原野上是繁茂的、不同層次的綠，像不同
> 層次的感情和不同層次的感情需要，像一個偽君子的十幾副面孔。
>
> ——莫言《歡樂》

對於土地，對於生命的綠色，我們聽慣了對它們的讚美，我們也許會
想到郭沫若寫作「地球，我的母親」時的赤了足，撲到地上，想與大地母
親親熱的狂態，我們也許會想到古人「池塘生春草，園柳變鳴禽」和「有
風南來，翼彼隴畝」的欣喜，因此，當你讀到上面這一段話，它令你大吃
一驚，令你氣憤不止，這裡表現的是一種什麼樣的情感？

你儘管可以說，這感情太不健康、太頹唐、太灰暗了，可你別忘了，
莫言的身心並不是健康地成長起來的；說他有一點兒病態，有一點兒近乎
絕望的頹唐，是切乎實際的，他毫不掩飾地把這種情緒和盤托出，表現了
他的真誠，他把自己的真情實感——從生活底層和心靈深處掘出來的真情
實感，沉甸甸地捧給讀者，令人不忍卒讀，令人心靈戰慄，這正是他的可
愛之處。

莫言寫這恨愛交織，以至於咬牙切齒地詛咒的土地，也用他帶有病態
的目光攝取那些病態地生活著的人們。魯迅在評述陀思妥耶夫斯基時說，
「陀思妥耶夫斯基將自己作品中的人物們，有時也委實太置之萬難忍受
的，沒有活路的，不堪設想的境地，使他們什麼事都做不出來。用了精神
的苦刑，送他們到那犯罪，癡呆，酗酒，發狂，自殺的路上去。」[3]莫言
筆下的人物，也有著類似的命運，以自殺而與不堪忍受的境遇決裂的不在
少數。土地的形象變了，人的形象變了，人與土地的關係也變了。中國的
農民，是最看重土地的，「靠種地謀生的人才明白泥土的可貴。城裡人可
以用土氣來藐視鄉下人，但是鄉下，『土』是他們的命根。」[4]但是，莫
言這一代農民生長的境況卻已經發生了很大變化。一方面，傳統的小農經
濟在合作化、人民公社化的熱潮中解體，生產和分配方式的變化，割斷了

---

[3]　《魯迅論創作》第399頁，上海文藝出版社1983年版。
[4]　費孝通《鄉土中國》第2頁，三聯書店1985年6月版。

農民與土地之間那種衣食父母般的情感，和勞動與收穫之投桃報李的對應
關係，土地和勞動，不再成為他們生活狀況的決定因素，人對土地失去了
興趣，再也不會像《紅旗譜》中的嚴志和那樣，在失去土地之前捧一把泥
土咽到肚子裡；另一方面，走出鄉村，告別土地，過一種新的生活，也是
可能的；因此，土地失去了脈脈溫情，成了人們的生活桎梏，他們被束縛
在那裡，苦苦地掙扎著，遍布田野的綠色，彷彿大海洋，更使他們感到有
被淹沒的危險。「你能體會到一個常年以發黴的紅薯乾果腹的青年農民第
一次捧起發得暄騰騰的白麵饅頭，端起熱氣騰騰的大白菜燉豬肉時的心情
嗎？」（《黑沙灘》）這就是莫言終於得以離開貧困和飢餓的土地、穿上
軍裝之後的第一印象。然而，衣食溫飽，在最初的陶醉之後，卻把被物質
的貧困掩蓋下的精神的貧困凸顯出來了。當年曾經在書籍中尋找幻想的小
天地，如今卻感到了精神的無所歸依，強烈的農民性使他無法化入他已經
進入的城市，慘痛的記憶又使他拒斥家鄉那一片黑土地。他變成一個精神
上的流浪兒。

失樂園──一個永遠的神話

作為一個成年人，他失卻或從來就沒有過童年的歡樂、少年的純真。
作為一個農民，他承受了傳統的精神遺產，卻失去了世代依存的土地。
作為一個社會成員，他感到的是人與人之間的隔絕、冷漠。
作為一個人，作為人類的一分子呢？
……

莫言稱「小說就是帶著淡淡的憂愁尋找自己失落的家園」，並說這是
引自哲學家言。依筆者所見，這句話是從十八世紀德國著名浪漫派詩人諾
瓦利斯那裡脫胎的：

　哲學原就是懷著一種鄉愁的衝動到處去尋找家園。

這段話的中譯出現在趙鑫珊的一篇泛論哲學、科學與藝術的文章中，
趙鑫珊並對此語作了高度的稱讚和發揮：

　　前幾年，當我第一次讀到這個不同凡響的定義時，它宛如一道
劈開茫茫夜空的閃電，驟然照亮了我的內心世界。……

　　諾瓦利斯這個定義所以能扣響我的心弦，是因為它把哲學同全
部文學藝術創作緊密地聯繫起來；把科學語言說不清、道不明的廣
大朦朧情緒領域通通網羅進了哲學活動的範圍。比如，作為一種哲
學，宗教的探求就充滿了一種朦朧的情緒。音樂、繪畫和詩歌之妙
也在於表現這種朦朧的情緒。

　　從哲學角度看，這些情緒皆可歸結到綿綿不絕的鄉愁和尋找自
己的家園的衝動。

　　………

　　現代人整天龜縮在高層鋼筋混凝土製成的「火柴盒」裡，走在
人們比肩接踵的柏油馬路上，呼吸著被污染的混濁空氣，聽各種機
器的嘈雜轟鳴……，於是有一天，在你的內心深處會突然泛起一股
奇怪的情緒，一縷鄉愁猛地襲來，你恨不得馬上一口氣跑到荒野僻
靜處，在荷花池塘邊坐下；光著腳，躺在綠草地上，聞泥土的氣
息，聽蛙聲一片，看第一顆星星閃爍在天邊，發誓要去尋找生命的
根，渴望著歸真反璞……[5]

　　這一大段話，的確很容易使我們感到「於我心有戚戚焉」。尋找精神
上的家園，這也許是人類的生命本能，是熔鑄在人的生物遺傳中的資訊記
憶──候鳥遠飛千萬裡，仍然能夠返回最初的出發地，許多魚類在大海裡
生活，卻要回到江河的上游去產卵；它們之所以有如此之強的記憶能力，
或許是因為它們生存的必需：在一個已經適應和熟悉的環境裡，方能生存
和延續其種族；作為高級動物的人，其適應能力遠非候鳥遊魚可比，他具
有改造環境的能力，但是，他也無法在一個完全陌生的、格格不入的環境
下生活，他只不過是把生物式的條件反射轉化為精神的需要罷了。他總是
力圖用自己的感覺，知覺、情感、想像等全部能力去理解和認識他所面
對的現實世界，去熟悉和接受與他共同存在的一切。這一切，既包括現

---

[5] 趙鑫珊《科學‧藝術‧哲學斷想》第4-6頁，三聯書店1985年版。

在，也包括過去和未來。一切歷史都是現代史，同樣地，一切未來也與現在與過去相通。察古未必就能知今，卻給知今提供了一個參照系，預測未來也許只是一種真誠的謊言，卻給人以現時的勇氣和希望。如果沒有確切的解釋，那就借助於虛幻的神話去闡釋這一切。人，也許是一種矛盾重重的存在：他為自己能夠優越於動物而驕傲，他又羨慕著動物的自由自在的狀態；他因憂患和痛苦而感受到自身的存在，卻又總是想擺脫這憂患和痛苦；他能給大自然打上人的印記，卻又常常在浩瀚的大自然面前感到自己的渺小；他永遠渴望著滿足卻又永遠無法滿足，他永遠追求不朽卻又總是要面對死神；這與生俱來的憂慮是不可擺脫、不可理喻的，但人們又要理喻它、擺脫它。尋求擺脫的辦法，也就是尋求精神的樂土，尋找失去的家園，尋找遭受懲罰的原因同時也尋找超脫。「尋根溯源也許是人類最重要而最不受重視的需要」。[6]聖經故事中亞當和夏娃被逐出伊甸樂園，就是人類喪失精神故園的一種表述，並誘惑著人們去尋找失落的家園；孔子的祖述舜堯，憲章文武，老莊的崇尚太古之混沌迷蒙、人智未開，也是對精神在動盪的現實中失去依託的一種歸返，一種安慰。

隨著自然科學的發展，神話的地位淪落了，隨著人文科學的進步，上帝死了，隨著歷史學的深化，大同說也失去了魅力。這是好事，卻也給人們帶來了精神危機，人們的心靈在科學的衝擊下傾斜了。尼采抗言而為天下先，大聲疾呼「上帝死了！」兩次世界大戰使人們對人類理性的信仰瀕於崩潰，現代文明的發展與人類精神的惶恐之巨大反差，使人們日益感覺到人性的壓抑和生命的痛苦。「日暮鄉關何處是，煙波江上使人愁」，人是多麼渴望有一片使精神安寧舒展、得到撫慰的樂土啊！

尋找精神上的家園，不全是由消極的社會現象所致；從積極意義上講，它是與世界上弱小民族的崛起相適應的，二十世紀後半葉，的確如毛澤東所概括的那樣，是國家要獨立、民族要解放、人民要革命的偉大時代，民族的覺醒，必然表現為民族意識的高漲、民族尊嚴的高揚，必然會使人們格外重視民族的歷史、民族的文化，使人們從歷史的深處去尋找民族的榮光、民族的英雄史詩，去汲取現實中積極行動的力量。在美國黑人

[6] 法國作家兼哲學家西摩尼・威爾語，轉引自《福克納中短篇小說選・序言》，中國文聯出版公司1985年版。

的民族鬥爭和民族（種族）覺醒中，一位黑人作家呼籲：

> 將近四百年來，剝奪黑人的人格、摧毀他的自尊心的企圖一直沒有
> 停止過。從他帶著鐐銬被運到這塊土地上來的時候起，他不斷地聽
> 到這樣的最後通牒：「要麼放棄人格，要麼丟掉性命。」反抗白人
> 的這種進攻的藝術家和作家在哪裡？誰會替我們寫下黑人英雄的讚
> 歌？誰來給我們的子孫講述偉大的迦勒底人的業績？誰來向他們講
> 述居住在廷巴克圖和興都庫什山腳下、住在加納和塞內加爾的民族
> 遠古時代的聲譽？我們在地球上的歷史不是從背上的奴隸烙印才開
> 始的，瞭解這一點十分重要。[7]

從這種情緒中，我們才能夠理解追溯黑人之淵源的《根》何以會成為
最佳暢銷書，我們才能夠理解猶太民族的復興與辛格、貝婁等文學家的崛
起之內在聯繫，我們才能夠理解南美洲大陸反抗法西斯獨裁的鬥爭與拉美
文學爆炸之間的情緒感應。也只有在這個意義上，我們才能理解中國目前
的「文化熱」，哲學界談文化，文學藝術也對文化發生極大的興趣，人們
在珍惜今天、珍惜未來的同時，也懂得珍惜歷史（正像林彪江青之流在拚
命毀滅現實的同時也拚命毀滅歷史），尊重民族文化遺產，同時從歷史深
處尋找十年內亂的深遠根源，改造和重建民族文化心理結構。這就是尋找
精神家園的當代性了。

高密東北鄉──莫言藝術世界的建立

尋找精神上的家園，莫言以他的一組作品構成高密東北鄉的藝術世
界。高密東北鄉的字眼，最先出現在莫言的《秋水》和《白狗秋千架》
中，不過，從他的《透明的紅蘿蔔》始，他的作品都彌散著濃郁的鄉土氣
息，人們也就自然而然地把這視為高密東北鄉世界的第一塊奠基石了。
高密東北鄉的世界，如果按其歷史順序排列，《秋水》為其開端，是

7　約翰‧奧利佛‧吉林斯《祖國面前的黑人作家》，《美國作家論文學》第438頁，
　　三聯書店1984年版。

高密東北鄉的創世紀，是寫「爺爺奶奶」作為這塊土地的開拓者，在拓荒時的一段奇遇。然後，「爺爺奶奶」的形象在發展擴充和大幅度的改造後，又出現在《紅高粱》、《高粱酒》、《狗道》、《高粱殯》、《奇死》等「紅高粱」系列作品中。這是高密東北鄉歷史上最輝煌的時代，時間從本世紀二十年代到四十年代初期、抗日戰爭的相持階段。

> 我曾經對高密東北鄉極端熱愛，曾經對高密東北鄉極端仇恨，長大後努力學習馬克思主義，我終於悟到：高密東北鄉無疑是世界上最美麗最醜陋、最超脫最世俗、最聖潔最齷齪、最英雄好漢最王八蛋、最能喝酒最能愛的地方。
>
> ──《紅高粱》

雖然莫言在這裡是用矛盾修飾法編織他的句子，但莫言由衷的讚美之情是無法掩飾的。其後的《透明的紅蘿蔔》、《老槍》、《枯河》等篇，都是發生在當代，從六〇年代至八〇年代，即從「大躍進」時期到十年內亂時期到撥亂反正、經濟改革時期，尤以十年內亂為最常用的歷史背景。在一篇小說中，他曾這樣寫道：「我用低調觀察著人生，心弦纖細如絲，明察秋毫，並自然地戰慄」（《白狗秋千架》）。比之於高密東北鄉的草創時期，比之於「紅高粱」的濃郁、瑰奇，這一組作品大都色彩淒涼，曲調低回，令人感到壓抑和悲涼。這種悲涼感，在人物設置上也顯示出來，或者是肢體殘缺，或者是心靈遲鈍，或者是命運不濟：一言不發、在冷風中光著身子的黑孩（《透明的紅蘿蔔》），「總是迷迷瞪瞪，村裡人都說他少個心眼」的小虎（《枯河》），被母親剁掉了食指的大鎖（《老槍》），戰場上失去一隻右手的蘇社（《斷手》），一個幾近於勞改隊的築路隊（《築路》）；這個世界，充滿了這些被侮辱與被損害者的苦難、眼淚和死亡，而且斷然拒絕美在此容身，菊子和小暖兩位年輕姣好的女子，都在意外事故中失去一隻眼……

高密東北鄉的歷史和現實，是兩個對比鮮明的世界，後者是作家真實感受著的人生，沉重、淒涼，前者是作家心靈中的幻象世界，激越、神奇。它在歷史時間上是順延的，在作家的創作上卻是倒置的，不但在發表

時是《透明的紅蘿蔔》等在前，在作家的心理流程上，也是由現實而返照歷史的——這些寫現實的作品，或多或少地都是從童年寫起的，它清晰地表達出作家心靈上的創傷之深，生活的夢魘、生命的痛苦，幾乎是從作家和他筆下的人物降生之時起就已經罩籠於其中了。

　　文學的功能之一是宣洩。鍾嶸在《詩品・序》中曾經講道：「若乃春風春鳥，秋月秋蟬，夏雲暑雨，冬月祁寒，斯四候之感諸詩者也。嘉會寄詩以親，離群托詩以怨。至於楚臣去境，漢妾辭宮；或骨橫朔野，魂逐飛蓬；或負戈外戍，殺氣雄邊；塞客衣單，孀閨淚盡；或士有解佩出朝，一去忘返；女有揚蛾入寵，再盼傾國；凡斯種種，感蕩心靈，非陳詩何以展其義？非長歌何以騁其情？」[8]莫言正是借小說創作，以擺脫沉重的童年記憶糾纏的，他曾經說道，「我近年來的創作，不管作品的藝術水準如何，我個人認為，統領這些作品的思想核心，是我對童年生活的追憶，是一曲本質是憂悒的，埋葬童年的挽歌。我用這些作品，為我的童年，修建了一座灰色的墳墓」。[9]

　　直陳胸臆是一種宣洩，以濃烈的色彩塗蓋灰暗的記憶也是一種宣洩，而且是更自由的、任由想像力縱橫馳騁的宣洩，在這一點上，佛洛德把創作與白日夢聯繫起來，似乎是對神聖的文學的褻瀆，卻指出了文學與幻想的逃避現實的可能性。莫言之營造紅高粱的世界，仍然是在那童年記憶的「灰色的墳墓」旁邊建造一座關於英雄的祖先的豐碑，托庇祖德而使自己也光彩熠熠，那些童年聽來的故事傳說，都不由自主地編進了自己的家譜，童年的故事與自己的想像融為一片血紅的紅高粱。「這是我的想像。我的家鄉有紅高粱但卻並沒有血一般的浸染。但我要她有血一般的浸染，要她淹沒在血一般茫茫的大水中。我的這個家鄉是誰也不能侵入的。」[10]在生活中感到局促不安、痛苦不堪的莫言，在紅高粱的世界裡，卻有了叱吒風雲的雄姿，斷然宣布它是「我的家鄉」，「誰也不能侵入」，「心中的那個真實」被置於極端重要的地位，再也不是那不起眼的、沉默不語地忍受痛苦和歧視的富裕中農的兒子了。

---

[8]　《中國美學史資料彙編》上冊第212-213頁，中華書局1980年版。
[9]　轉引自金漢《再現與表現的結合》，《昆侖》1987年第1期。
[10]　趙玫：《莫言印象》。

文化的撞擊與融合

　　莫言在建立高密東北鄉的藝術世界的過程中，受到美國作家威廉・福克納和哥倫比亞作家加西亞・瑪律克斯的影響是很明顯的。他在陳述這種影響時說：

> 去年（指1985年──引者）《百年孤獨》、《喧嘩與騷動》與中國文學界見面，無疑是極大地開闊了一大批不懂外文的作家們的眼界。面對巨著產生惶恐和惶恐過後蠢蠢欲動，是我的親身感受，別人怎樣我不知道。蠢蠢欲動的自然成果就是使近二年的文學作品中出現了類似魔幻或魔幻的變奏、大量標點符號的省略和幾種不同字體的變奏。[11]

　　威廉・福克納（1897—1962）是美國現代最重要的小說家之一，1949年獲諾貝爾文學獎。他以自己的家鄉、美國南方的密西西比州奧克斯福為藍本，以數十部長中短篇小說創立了他的「約克納帕塔法縣」，以此反映出二百年來美國南方的歷史變遷、人物浮沉、精神興衰，如福克納所言，它們也是「一部綿延不斷的記錄，不僅是兩百年的事，再加一百年也不足以把欠的債還清；這是縮小的整個地區的大事記，只要累積起來再加以綜合，這也就是整個南方了」[12]。

　　加西亞・瑪律克斯（1927—2014　）是拉美文學的傑出代表人物，1982年獲諾貝爾文學獎。他以福克納為師，與約克納帕塔法相似，他在作品中建立了他的馬孔多小鎮，「他創造了一個獨特的天地，即圍繞著那個由他虛構出來的馬孔多小鎮的世界。自五十年代末，他的小說就把我們引進了這個奇特的地方。那裡匯聚了不可思議的奇蹟和最純粹的現實生活。作者的想像力在馳騁翱翔：荒誕不經的傳說、具體的村鎮生活、比擬與影射、細膩的景物描寫，都以新聞報導般的準確性再現出來。」（瑞典文學

---

[11]　莫言：《黔驢之鳴》，《青年文學》1986年第2期。
[12]　福克納語，《福克納評論集》第30頁，中國社會科學出版社1980年版。

院的授獎詞）

　　福克納和瑪律克斯，對於中國文壇「難忘的1985」，都具有不可低估的影響。一方面是想像力的解放，不可思議的奇蹟和最純粹的現實生活在作品中並存，現實世界和想像世界的分野消失了，人們可以自由地出入其間；一方面是以地域性特徵為基礎，營造各自的文學領地，使作家彼此之間距離拉大，個性由此而突出；此外，還有語言方式的變化，使表達更為隨意更為自由；這些都可以在中國作家的創作中找到其印記。尤其是對恰逢其時地興起的「尋根」文學，更是起了推波助瀾的作用。

　　影響與借鑑之中，潛藏著內在的選擇機制。新時期文學，處在一個經過長久的封閉之後對外開放的新環境之中，處在一個對世界文化和文學的重新認識、重新評價的時代，形形色色的外國文學流派都被介紹和翻譯進來，並在文學中引起或大或小的反響。但是，這種引進，又是有選擇性的，由民族的審美心理機制內在地決定了的，也是由文學的進程所決定的。福克納和瑪律克斯的影響，在新時期文壇是首屈一指的，恐怕只有蘇聯作家艾特瑪托夫可以與之相提並論；相反，同樣是榮獲諾貝爾文學獎並蜚聲世界的作家，如法國作家加繆，美國猶太人作家辛格，以及被稱為開二十世紀世界文學先河的卡夫卡，他們的作品翻譯和評介都不在少數，但影響卻很有限。這不能不令人深思。西方文化是個人本位，以個人的自由、幸福為價值判斷的標準，中國文化卻是集體本位，家與國，是兩個重要範疇；西方的個人，直接與上帝建立精神聯繫，個人為自己的存在負責，中國的個人，卻是歸屬於不同層次的社會群體，通過修齊治平，由個人而家庭而國家而天下。我們無法在這裡去評析這種差異，但差異之存在卻是毫無疑義的，只要接觸過中國文學的人，都不能不感到它所貫穿著的濃郁的憂國憂民之情，和對於有志報國、無力回天的感傷——屈原的《離騷》、《哀郢》和他的汨羅江自沉，建安詩風的悲涼慷慨，杜甫的「三吏」、「三別」，白居易的為民請命的「新樂府」……不是說他們的作品抹殺了個人的存在，而是說，他們的個人選擇與民族興亡取同一走向，是主動地承受民族的苦難，並由此顯出人格的崇高。因此，那些從個體價值審視生活的作家和作品，或者說是個人一人類式的，即由個體生存狀態折射人類生存狀態的作品，在中國現階段，它可能會引起注意，卻無法產生

較大較廣泛的共鳴。福克納、艾特瑪托夫和瑪律克斯，雖然他們的作品有
種種不同，但他們表現生活的層次，都是個人─民族式的，他們寫某個人
物，總是把他與民族性格、民族命運聯結在一起的；他們是站在民族歷史
的高度俯視個人的生活狀態的，福克納與美國南方，艾特瑪托夫與吉爾吉
斯族，瑪律克斯與南美大陸那種內在的血緣關係，他們對於民族文化、民
間故事和民族心理的高度重視，給他們以開闊的胸襟和廣被萬物的浩氣，
以及民族英雄主義的信念。即使是寫《百年孤獨》，讓一個英雄的家族在
百年孤獨中滅絕的瑪律克斯，他不但在《族長的沒落》中讓獨裁統治者也
遭受滅亡的命運，而且在獲獎演說中宣稱，「著手建造一個與之抗衡的理
想社會還為時不晚。這將是一個嶄新的、燦爛如錦的、生意盎然的烏托
邦，在那裡任何人都不會被他人決定死亡的方式，愛情真誠無欺，幸福得
以實現。而命中註定一百年處於孤獨的世家最終會獲得並永遠享有出現在
世上的第二次機會。」[13]對於經過深重的苦難和空前的浩劫、正在重新審
視自己的文化和心靈、正在以不可磨滅的英雄豪氣向著未來奮進的中國人
來說，上述作家作品正好在這裡產生了認同和呼應；而且，他們的創作還
表明，即使是人數甚少的民族，即使是相對地落後於世界潮流的民族，仍
然可能在文學創作中居於世界各民族之前列。同時，這三位藝術大師在藝
術表現上的獨特創造，也正好與中國文學想像力的解放的步伐在進度上相
合拍。文學發展有其內在節奏，正像當代拉美文學在其發展中是經歷了借
鑑西方現代派文學的各個階段之後，又汲取了強大的民族的文化源泉而結
出璀璨花朵一樣，中國的新時期文學，也是在經過對各種文學流派的瀏覽
和取法之後，才發現和理解了拉美文學的，並由此從思想和藝術上得到深
刻的啟示。

各人頭上一方天

　　並非偶然地，在莫言以小說尋找精神上的家園的同時，一批青年作家
也在尋文學的「根」。韓少功指出，「文學有根，文學之根應深植於民

13　《百年孤獨》中譯者序言，《加西亞‧瑪律克斯與他的〈百年孤獨〉》第5頁，上
　　海譯文出版社1984年版。

族傳統文化的土壤裡，根不深，則葉難茂。」「在民族的深厚精神和文學藝術方面，我們有民族的自我，我們的責任是釋放現代觀念的熱能，來重鑄和鍍亮這種自我。」[14]阿城認為，「中國文學尚沒有建立在一個廣泛深厚的文化開拓之中，……文化是一個絕大的命題。」「文化制約著人類。」[15]一批青年作家或以各自的文學主張響應這種宣導，或以取同一意向的創作壯大「尋根」的聲勢，形成一種有聲有色的文學現象。

我們已經談到過古齊文化對於莫言的影響，反之，我們也可以說，莫言是在他的創作中力求表現出古齊文化特色的。這一批「尋根」作家，也都是意識到了文化對社會生活和民族心理的影響，然後又在文學中積極表現文化內容、表現文化與社會生活、民族心理關係的。他們所宣導的文化又往往帶有很強的地域色彩，使他們的作品都帶有相當的地域性，如果按照雖不確切卻已通行的說法，韓少功是在湘西山區發掘「楚文化」的殘跡，李杭育是在葛川江（錢塘江）上打撈「吳越文化」的碎片，賈平凹是在商州古地踏勘「漢秦」遺風，烏熱爾圖在興安嶺上發出一個鄂溫克獵人的心聲，鄭萬隆是在原始大森林裡朝拜「生命的圖騰」，紮西達娃在西藏高原上試驗著今日西藏的魔幻現實主義，鄭義則在太行山上唱著太行兒女的舊歌與新歌……在這裡，地域性不僅是自然地理，也是一種人文地理。廣袤的地域為人們的生活提供了豐富多彩的環境，和不同的植物帶一起形成的還有獨特的地方風貌、民情習俗、心理特徵等等。尤其是在中華民族的內陸文化大系統中，存在著由於不同的文化淵源、歷史變遷所形成的不同文化圈。這裡我們仍然以古齊文化為例，略加說明地理特徵與地域心理之關係。膠東半島，位於渤海和黃海之濱，海洋，一直是他們生活和想像的廣闊世界，大海的豐饒，是齊國經濟富庶的自然條件之一，也給他們提供了內陸國家所極少有的海上通道；徐福奉秦始皇之命出海尋求長生不老之藥，就是從這裡起航的，蓬萊三島的傳說也發生在這裡。時至今日，張煒在其《古船》中仍然念念不忘大海的召喚，特意寫了航海人隋不召和古船，莫言《草鞋窨子》中的於大身，也以其到大海邊去挑蝦醬、見多識廣之故，成為草鞋窨子中的主要發言人。黑格爾在論地理環境對人們的影響

---

[14] 韓少功《文學的根》，《作家》1985年第4期。
[15] 阿城《文化制約著人類》，《文藝報》1985年7月6日。

時說：

> 助成民族精神的產生的那種自然的聯繫，就是地理的基礎；假如把
> 自然的聯繫同道德「全體」的普遍性和道德全體的個別行動的個體
> 比較起來，那麼，自然的聯繫似乎是一種外在的東西；但是我們不
> 得不把它看作是「精神」所從而表演的場地，它也就是一種主要
> 的、而且必要的基礎。……我們所注重的，並不是要把各民族所佔
> 據的土地當作是一種外界的土地，而是要知道這地方的自然類型和
> 生長在這土地上的人民的類型和性格有著密切的聯繫。[16]

造成這些尋根作家的又一共性的，是他們大多是以各種各樣的非正統文化或摒斥、或嘲弄地對待儒家正統文化，而且，他們的旗幟上或多或少地染有楚漢浪漫主義的印記。韓少功是要尋找「絢爛的楚文化」、是立足於楚之故地湖南的；李杭育的吳越故地，實是楚文化圈，幫助吳王夫差攻陷郢都的是楚國舊臣伍子胥和伯嚭，與吳對峙的越國也是全面地接受了楚國援助的；力陳「文化制約著人類」的阿城，浸潤於莊禪之道甚深，莊子與屈原一樣，都是楚文化的奠基人；莫言則明確表示，「山東是孔孟故鄉，是封建思想深厚博大、源遠流長的地方」，「我覺得爺爺和奶奶在高粱地裡的『白晝宣淫』是對封建制度的反抗和報復」。[17]紮西達娃、烏熱爾圖和鄭萬隆的作品，則與這些非正統的文化相呼應，開掘出少數民族文化和類原始文化，以擴大中華民族文化的多元格局，打碎一家獨尊（儒家獨尊）。孔子創立的儒家學說，對中國古代文化作出了巨大貢獻，但是，經過董仲舒和程朱理學的發展和改造，越來越成為維護封建秩序的思想工具，在政治上，它以君君臣臣各行其道各守其職和對「亂臣賊子」的誅伐，鞏固封建等級制度，在社會生活中，它以忠孝節義等倫理道德準則規範人們的思想和行動，在歷史發展和世界各國文化的交流中，它持一種停滯的、自我封閉的態度；「近代儒家文化缺乏一種在西方挑戰面前進行自我更新的內部機制，難以實現從傳統觀念向近代觀念的歷史轉變，從而

---

[16] 黑格爾《歷史哲學》第123頁，著重點為原文所有。
[17] 《〈奇死〉之後的信筆塗鴉》，《昆侖》1986年第6期。

只能繼續以傳統的自我中心的文化心理和陳舊的認識思維框架，來被動地處理種種事態和危局……由於觀念與現實的嚴重背離，從而使近代儒家文化陷入自身難以擺脫的困境」。[18]更為嚴重的是，它導致近代中國社會和近代中國文化都陷入難以自拔的困境。儒家文化，已經成為近現代中國走向改革和自強的巨大心理障礙，五四新文化運動的重要內容，就是打倒孔家店，魯迅先生在《狂人日記》中曾揭示封建的仁義道德的吃人本質。然而，作為統治中國近兩千年的思想文化，其源遠流長、根深蒂固，並非一兩次浪潮就可以沖刷得掉的，當我們憤怒地發掘十年內亂的根源時，不難發現儒家文化的痼疾。對此，我們無法在這裡詳加論述，只要我們想一下所謂自封的「世界革命中心」與「居天地之中者曰中國，居天地之偏者曰四夷」（宋·石介《中國論》）之自我封閉、妄自尊大的沿襲性，即可窺見一斑。為了實現從傳統觀念向現代觀念的轉變，在外來文化的衝擊的同時，從民族文化內部尋找打破儒家正統文化的力量，以促進民族文化的更新，就成為一種內在的要求和動力。就文學藝術而言，近年間對於楚漢唐之浪漫主義精神的汲取和吸收，是一種普遍傾向。曾侯乙墓編鐘的發現，秦始皇陵兵馬俑的出土，給人們以新鮮的、強烈的刺激；以舞蹈藝術而言，《絲路花雨》、《九歌》、《編鐘樂舞》、《秦俑魂》等，都激揚著浪漫主義色彩，都表現出民族文化和現代文化少有的想像性和唯美主義的徵兆。文學中對楚文化和邊疆文化的推重，則與之成呼應之勢。只是還很少有人對此作出整體性把握而已。

在這些相近的追求中，我們又可以發現「尋根」者們的各自不同。各人頭上一方天。地域性的不同，對歷史與現實的選擇的不同，對生活與藝術的理解的不同，個人氣質、教養和人生道路的不同，造成他們作品的內在差異。即以阿城、賈平凹與莫言作一番比較。阿城的「三王」（《棋王》、《樹王》、《孩子王》），追求的是一種「雅」文化，是瀟灑超脫的士人風範；注重生活的頓悟、內心的超越，在極俗極實的世事中解悟極高極遠的妙旨，一旦悟道，則能處於塵俗之中，不避塵俗之事又超凡脫俗，依乎天理順乎自然，無可無不可，隨遇而安，因此，他是諸尋根作

---

[18] 蕭功秦《儒家文化的困境·序言》，四川人民出版社1986年版。

家中唯一沒有地域色彩地域限制的。賈平凹之商州，則是「俗」文化，是
對於商州古地渾樸淳厚的民風在時代變革聲浪中的變遷的考察；商州，是
商山四皓隱居之地，雖然離漢唐故都西安不遠，但卻如賈平凹所言，漢
唐的博大沉雄隨著都城遷徙已在商州消失，[19]倒是那些傳統的倫理觀道德
觀，卻化入了日常生活和人際關係之中。這突出地表現在賈平凹作品中大
量的青壯年男女在愛情婚姻關係上的發乎情止乎禮義，以及新生活的衝擊
波對這種關係的瓦解和破壞。莫言的作品則是一種「野」文化，他寫的
是人的天性和人的基本的生存欲望：食與色。食色，性也，這是人的生存
的必然前提，天然地合理，也被莫言置於高於一切後天創設的文化規範。
在這裡，莫言的農民本色又一次顯示出來。世世代代的農民，一直是為解
決最基本的肉體生存的需要而勞作不息的，解決自身溫飽和子嗣是他們生
活中的兩件大事。莫言寫這些，正是「饑者歌其食，勞者歌其事」。當
然，這些人生的基本需要，並不就與精神與文化絕緣，而且，它本身也是
一種文化，生命之文化。阿城的《棋王》通過王一生的「吃」與下象棋，
表現出順乎自然，將物質需要與精神需要並置於生活之中的豁達的人生態
度，並以此超越了那個瘋狂的年代，保有了人格的完整和心靈的自由。莫
言的《透明的紅蘿蔔》中將生活的物質需要降到可有可無的黑孩對透明的
紅蘿蔔的追尋，則顯現出人們在最艱難的物質生活條件下與生命本能化合
在一起的對美的追求。《棋王》闡揚的是灑脫的文人不卑不亢、不矯情不
淪落的生活志趣，《透明的紅蘿蔔》表現的是貧困不堪而又堅忍不拔的農
民性格。莫言從小在農村長大，對農民的甘苦感同身受，體會頗深。作為
知青的阿城和他筆下的王一生，下鄉亦吃了不少苦頭，但日子畢竟比農民
好過，物質生活比農民高出一個層次，他們可以「沿街一個館子一個館子
地吃，都光只叫淨肉，一盤一盤地吞下去」，小鐵匠和黑孩們的聚餐則只
能是到地裡拔幾個蘿蔔地瓜；因此，阿城和王一生可以津津樂道於「現實
的吃」，黑孩卻只有在紅蘿蔔引出的幻覺中尋求美的享受──古今文人墨
客可以把美食的品鑒與藝術鑒賞聯繫在一起，講「詩味」，講「味之無
窮」，講「三月不知肉味」，中國農民卻只能在牛郎織女、董永七仙女這

---

[19] 賈平凹《變革聲浪中的思索》，《十月》1985年第6期。

樣一些神人相戀即靠神力幫助實現生活理想的故事中尋求安慰、寄託希望。衣食足然後有「雅趣」，現實無成方借助幻覺幻想，這區別在阿城與莫言的作品中是很容易覺察的。

賈平凹也與莫言一樣，是在農村中長大的，同樣關注著農村和農民的命運，但是，兩人仍然可以區分出差異來——賈平凹是已經城市化的作家，他的情感也是城市人式的，在城市的喧囂狹小中受到壓迫，一到家鄉的山野之中，得以親近自然，就感到豁然開朗；在城市中感到人際關係的利害相牽、以利相交，看到農村中溫情脈脈的鄰里關係就覺得心曠神怡；更重要的是，他的人生道路沒有莫言那樣坎坷凄涼[20]；他對於農村是非常熟悉的，但他更多地是以遊子還鄉的欣悅去審視今日鄉村的。莫言卻有點走投無路，本來是離開農村找出路的，但城市生活對他格格不入、無法安生，本來以為文學可以給他帶來點什麼，一旦深入文學的魂髓，卻又發現了自己痛苦的靈魂；他不是以遊子還鄉的目光而是挖掘自己的生活記憶以為文學的。賈平凹也寫生活的貧困，像《遠山野情》中的三大那樣漂泊四方的農民，但賈平凹很快就將此轉化為對婚姻倫理的思索；莫言也寫婚姻愛情，如《金髮嬰兒》，但他卻把性愛放在人的生命本性的基礎上。人際關係和衣食性愛，是農村生活的兩個基本方面；賈平凹既然注重於遊子還鄉的所見所聞，他是從鄉村外部看鄉村生活，是觀察型的，人際關係的戲劇性變化就使他容易捕捉和表現；莫言根據自己的切身經歷，是體驗型的，解決生存需要就成為他的關注中心。賈平凹重人倫，以至於為人倫而扼殺生命，像《天狗》中的老井匠自殺以成全天狗的婚姻關係真正實現，莫言卻為了生命背棄倫理，讓《築路》中的楊六九虐殺白蕎麥的形同僵屍的丈夫然後雙雙逃走。賈平凹是失而復得，重新發現農村生活，莫言卻一直是尋尋覓覓、慘慘凄凄的。

為了生命而背棄倫理，放縱生命，放縱情欲，這是對於生命個性的極度張揚。這也是莫言與其他的尋根作家之間的不同之處。對於民族的或某

---

[20] 在賈平凹的自傳性作品《童年家事》中寫道，他一出生，就被三代數十口人的大家庭捧作「騎著龍頭來的」，備受寵愛，這與莫言之無愛的童年恰成對比。他也沒有象莫言那樣飽嘗貧困滋味；雖然他也受過政治上的歧視，卻又僥倖地被推薦上了大學。

一地區的共同心理狀況的感知，整體地把握生活，是這些尋根作家的共同追求。他們總是希望自己的作品有較大較深的涵蓋力，有生活的廣度和歷史的深度，他們筆下的人物，也更多地受文化受群體意識的制約，在這種制約之下展開自己的生活圖畫。韓少功的作品，貫穿著對國民性的嚴峻批判；李杭育和烏熱爾圖寫的是因生活的發展所造成的原始自足的個性的失落；王一生的個性奇特，但這奇是隨心所欲而不逾矩，是與莊禪思想的認同，仍然是一種規範型文化。莫言則不然。他在選取人物的群落時，整體地選取了一群「最英雄好漢最王八蛋」，能愛能恨能殺人越貨能精忠報國的化外之民及其後裔，雖然他們的後人們有所謂「種的退化」的現象，卻依然保持了生命的原性，沉默的黑孩也罷，以死亡昭示人間的冷酷無情的小虎也罷，都自有其過人之處，有其「奇」。作為他筆下的主人公的，最無能最平庸者，也會有生命的偶爾迸發，如同《老槍》中那支鏽跡斑斑的老槍，沉默已久，多少次擊發都打不響，廢物一般，卻突如其來地以「沉悶鈍重的爆炸聲使秋天的原野上滾動起波浪」。這些「匪種寇族」，不堪教化，桀驁不馴，然而，在他們的骨子裡，又包含著農民文化的豐厚內容。要是說，阿城、韓少功等是從經典文化中去把握民族心理，視經典文化（典籍）為民族心理的凝聚和澱積，莫言則是從對生活原始形態的描述中散射出農民文化的色澤的，是推己及人式的、由農民的莫言寫出廣大的農民來──經典文化也是農民文化的提煉和昇華，不過，在這提煉和昇華中卻滲透了整理加工者的文人學士的觀點，無論是儒道法還是佛陀，而且剔除了農民文化中的蕪雜、粗陋。莫言作為農民，卻不諱言自身的醜陋、生命的血肉淋漓，這或許是莫言比之尋根作家、比之於新時期作家對生活的醜陋和殘酷揭示更深，以至有「溢惡」之誚的內因吧。

第三章

充滿生命感覺的世界

　　大地散發著生命的氣味，生命——不斷地被創造、不斷地回到其所
創造的原料中去——的濃烈刺鼻的氣味。

——歐文‧斯通《渴望生活——梵谷傳》

　　進入莫言創造的藝術世界，你會發現，莫言的筆，似乎有著非凡的魔
力，如同民間故事《神筆馬良》中的那枝神筆，揮灑點染之處，萬事萬物
莫不由此獲得生命的活力、生命的靈性；生命感覺和生命意識，是我們理
解莫言藝術個性的關鍵所在。在本章和隨後的幾章裡，我們將以生命感覺
為透視的焦點，逐次深入莫言的藝術世界，進行一次靈魂的探險。

生命的一體化和個體化

　　莫言的《白狗秋千架》，發表於《中國作家》時初名《秋千架》，收
入他的作品集《透明的紅蘿蔔》時改為現名，這種改動雖然很小，卻可以
見出作家的良苦用心。白狗是作品主人公「我」和暖的十餘年間生活及彼
此關係變遷的見證，更是他們的生活的積極參與者：他們結識解放軍文藝
宣傳隊蔡隊長，並由此編織起美好的未來圖畫時，黑爪子小白狗也被蔡隊
長所稱讚和喜愛；「我」和暖蕩秋千，暖一隻手攬住白狗，從秋千架上摔
落時，狗也摔暈了；橋頭十年久別後的重逢，狗作了他們相見的先導，暖
一心企盼著生一個會說話的「響巴」，又是善解人意的白狗把「我」引到
高粱地裡與她幽會……這樣通人性的動物，當然值得榜首題名了。

　　莫言的筆下，寫了各種各樣的動物，它們一個個健壯活潑，有靈性，
解人事：《金髮嬰兒》中「遍身火紅色的羽毛，像一團燃燒的火苗子」的
大公雞，《球狀閃電》中用紫色多刺的舌頭舔醒昏迷的主人、「把他蒼白
的面孔舔出桃花般的豔色來」的奶牛，《草鞋窨子》中會說人話的小「話
皮子」；連一向為人們所憎惡的蒼蠅，在一種特定的情境下都顯示出「惡
之美」，顯示出充沛的生命活力，「蒼蠅們一哄而起，滿飯堂烏雲翻滾，
蒼蠅們憤怒地叫著，衝撞著，玻璃窗子和牆壁嘭嘭啪啪地響，鐵絲驚恐不
安地跳動，我們的耳朵都被蒼蠅的尖嘯聲給震聾了」（《蒼蠅》）。

　　莫言喜歡在人與動物之間建立相親相助的關係，不過，他並不以人的

利害關係作為裁決一切的尺規；物各有所本，也各有其行為準則，人有人道，狗有狗道，他的《狗道》，就一反中外作家對於狗的深刻的依人性的描寫，寫出一幅人狗相食、人狗大戰的生存競爭、弱肉強食的嚴酷圖畫，在那裡，狗又恢復了狼的本性而與人對陣，使大屠殺的倖存者們深受其害。

莫言也喜歡寫莊稼樹木，寫土地陽光，寫《枯河》中那「如華蓋如毒蘑菇」的白楊樹，寫《紅高粱》系列小說中與人和歷史融為一體的紅高粱：

> 一穗一穗被露水打得精濕的高粱在霧洞裡憂悒地注視著我父親，父親也虔誠地望著它們。父親恍然大悟，明白了它們都是活生生的靈物。它們根繫黑土，受日精月華，得雨露滋潤，上知天文下知地理⋯⋯

> 八月深秋，天高氣爽，遍野高粱洗成汪洋的血海，他們是真正的、本色的英雄。如果秋水氾濫，高粱地成了一片汪洋，暗紅色的高粱頭顱擎在渾濁的黃水裡，頑強地向蒼天呼籲。如果太陽出來，照耀浩渺大水，天地間便充斥著異常豐富、異常壯麗的色彩⋯⋯

莫言作品中人、動物、植物三者在生命感覺上的相通和相同，表現在文學語言上，就是常常以三者互相修飾，用有生命的活物比喻另一個有生命的活物，形成生命感覺的融會貫通，——不僅僅是普通意義上的擬人化，而是生命體系的互相轉化，構成一個個斑斕的意象。

> 小狗一聲也不叫，心平氣和地走著，狗毛上泛起的溫暖漸漸遠去，黃狗走成黃兔，小成黃鼠⋯⋯
>
> ——《枯河》

> 這樣，妻子就面如金桔，唇如櫻桃，目如葡萄，照片上洋溢著水果的氣味⋯⋯
>
> ——《金髮嬰兒》

　　山上生著一些毛栗子樹，東一棵西一棵，不像人工所為，樹不大，
尚未到結果的年齡，白天已見到葉子上落滿了秋色，月下不見樹
葉，恍惚間覺得樹上掛滿了異果，枝枝杈杈都彎曲下墜，把葉子搖
得窸窣響，細看才知樹上也全是大鳥。

——《秋水》

　　這是一個活的世界，這是一個充滿了生命的活力、生命的騷動的世
界，這是一個生生不息、變動不居的世界，這是一個農業民族在幾千年的
生存和勞動中所創造出來的屬人的世界。農業，包括種植業和養殖業，都
是創造活的機體，都是自然生命的誕生、成長、繁盛、枯朽的運動。萬物
皆有生有滅，有興有衰，都以自己的生命活動同人的生命活動一起參加世
界運行，既作為人們生存需要的物質環境，又作為人們的勞動對象，在幾
千年間與人們建立了不可分割的密切關係。而且，作為農業勞動對象的自
然物，不僅是有生命的，還是有情感有靈魂的，豐收的糧食，好像在酬答
人們辛勤的汗水，馴化的禽畜，似乎能理解人們美好的心願；在人類自己
的創造面前，人們驚呆了，彷彿冥冥之中有一個賦萬物以生命的神靈主宰
著人和自然的命運。這種樸素的泛神論，就化作了女媧、燧人氏、有巢
氏、伏羲、神農、後稷這一些關於人的降生和生存、關於人的養殖和種植
勞動的遠古神話，有了以農業生產為其前提的古代思想家對於創造生命的
讚美，有了詩人對自然的喜悅和激賞。對於自然萬物的由衷喜愛，對於創
造生命的活動的崇拜，人與自然間的息息相關、禍福與共，經過長期的凝
聚和積澱，化為民族關於生命一體化的集體潛意識，並形成莫言作品的主
要特徵之一。
　　當代著名文化人類學家凱西爾在論述生命一體化的觀念時說道：「在
科學思維中，生命被劃分為各個獨立的領域，它們彼此是清楚地相區別
的，植物、動物、人之間的界限，種、科、屬之間的區別，都是十分重要
不能消除的。但在神話思維中，人們對此卻置之不顧，他們的生命觀是綜
合的，不是分析的。生命沒有被劃分為類和亞類；它被看成是一個不中斷
的連續整體，容不得任何涇渭分明的區別。」原始人絕不缺乏把握事物的
經驗區別的能力，但在他關於自然與生命的概念中，所有這些區別都被一

種更強烈的感情湮沒了。他深深地相信——有一種基本的不可磨滅的生命一體化（solidarity of life）溝通了多種多樣形形色色的個別生命形式。原始人並不認為自己處在自然等級中一個獨一無二的特權地位上。所有生命形式都有親族關係似乎是神話思維的一個普遍預設。[1]凱西爾是在論述古代神話時講的這一番話，但是，對於中國漫長的農業時代也是適用的。它從思維方式的角度為我們理解莫言作品的生命一體化特徵提供了理論依據。

生命一體化強調的是生命世界的互相適應和互相依存，但是，這種適應和依存，同時也是束縛和鈍化，它把動物的自由自在變成寄人籬下，它把動物的縱情恣肆變成任人驅遣，逐漸失去其真性。這是中國古代哲人很早就提出的命題，也是現代人重新確定人與自然關係時的不可忽略的一面[2]。生命的一體化和生命的個性化，是兩難，是悖論，對於崇尚生命的自由、崇尚天馬行空般的狂放不羈的莫言，也使他感到不安，感到壓抑：

> 馬本來逍遙於天地之間，饑食芳草，渴飲甘泉，風餐露宿，自得其樂，在無拘無束之中，方為真馬，方不失馬之本性，方有龍騰虎躍之氣，徐悲鴻筆下的馬少帶韁繩嚼鐵，想必也是因此吧。可是人在馬嘴裡塞進鐵鍊，背上壓上鞍韉，怒之加以鞭笞，愛之飼以香豆，恩威並重，軟硬兼施，馬雖膘肥體壯，何如當初之骨銷形立也。
>
> ——《馬蹄》

這段話，是莫言在直接引述莊子《馬蹄》篇之後的一段闡釋，莊子的話引起他深深的同感。在另一段創作談中，上述思想得到了進一步的發揮：

> 中國人向以寬容待人為美德，不酷評別人也就免去了別人對自己的酷評……當然我內心裡總希望作家們能夠像兇猛的狼一樣互相咬得血肉模糊，評論家們像勇敢的狗一樣互相撕得脫毛裂皮，評論家們

---

[1] 恩斯特·凱西爾：《人論》第104-105頁，甘陽譯，上海譯文出版社1985年版。
[2] 例如，為了保護北美馴鹿，人們大量射殺馴鹿的天敵——狼，結果，狼群銳減，馴鹿生存的危險銳減，它們很少再狂奔逃命，數量增加許多，品種卻退化，變得肥胖，跑不快了。最後，只好又保護狼群，促其繁殖，以保護馴鹿種性。

和作家們像狗與狼一樣咬得花開鳥鳴，形成一種激烈生動的「咬
進」局面。[3]

　　正是出於對現實生活中人們的虛假的寬容之後面掩藏的利己之心的厭
棄，出於對一團和氣與一灣死水的憎惡，出於對缺乏真正意義上的人與
人之間的競爭的感慨，出於對「種的退化」的憂慮，莫言嚮往「兇猛的
狼」、「勇敢的狗」，並且把「兇猛的狼」和「勇敢的狗」體現在作品
中，這就是《狗道》。《狗道》這部作品，令人困惑，對於那群吃死屍吃
瘋了、以至於向活人進擊的野狗，對於咬掉了父親豆官的一隻睪丸的紅
狗，莫言卻很少有什麼感情上的憤怒，他不動聲色地寫著這一切，還不時
透露出對於狗的讚賞之情。寫過《原野的呼喚》、《雪虎》和《渴望生
命》等人與野獸的恩仇記的傑克‧倫敦，歷來受人推重，今日中國，效尤
者仍有人在，但是，在這位大師筆下，對人與獸的描寫，是以人的利益為
褒貶的準繩的；倒是麥爾維爾的《白鯨》，對為害人類的白鯨的力量與智
慧，作過讚歎，不過，白鯨不同於狗，它從來沒有被人馴化過。《狗道》
中體現出了兩種審美價值標準並存的現象，一方面是余占鰲和豆官的英雄
史上最艱難的歲月，一方面是對野狗的複雜評價──狗背叛了人，嗜血成
性，當然是退化，但這其中又表現出狗性的解放，狗道的複歸，狗在擺脫
了生命一體化的拘禁之後的欣悅；人的準則和狗的準則制約著各自的行
為，也為二者設立了不同的評判標準。「幾個月吞腥啖膻、騰挪閃跳的生
活，喚醒了它們靈魂深處的被千萬年的馴順生活麻醉掉的記憶。現在它們
都對人──這種直立行走的動物──充滿了刻骨的仇恨，在吞吃他們的肉
體時，它們不僅僅是在滿足著轆轆的饑腸，而更重要的是，在這個過程
中，它們隱隱約約地感覺到，它們是在向人的世界挑戰，是對奴役了它們
漫長歲月的統治者進行瘋狂報復。」在弱肉強食的圖像後面，是對於強者
和統治者的挑戰精神，是生命的天性戰勝外加的禁錮。在具象中，人與狗
是對立的，一旦進入精神的領域，人和狗在生命的自由這一點上取得了一
致，挑戰和反抗精神都受到推重。對於動物的個性的張揚，當然寓有希求

---

[3]　《黔驢之鳴》，《青年文學》1986年第2期。

人能在社會生活的規範和制約之下解脫出來、能實現個性解放，能像莊子所講的依乎天理順乎自然地生活的欲望。

在生命的一體化進程中渴盼生命的個體化，渴盼人的天性和個性的解放，這顯然不同於由農業社會向工業社會轉化過程中、在近代科學精神指引下提出的個性解放、自由平等，但是，二者又是相通的。莊子的返璞歸真與人權學說的首創者盧梭提出的返歸自然，中國農民起義提出的「是法平等，無有高下」與西方的「人權天賦」學說，都有內在的相似之處。只是由於社會生產力發展水準的局限，和社會科學的相對差異，中國農民的個性解放的主張始終未能形成嚴密的思想體系和形成法律、制度等社會保障，在嚮往個性解放時，仍然沒有脫離生命一體化的基本的思維結構[4]。時至今日，經濟變革的浪潮，使得農民從祖祖輩輩的小生產方式、自給自足的自然經濟的狀態束縛中解放出來，在商品經濟的發展中施展自己的個性，對於個性解放的要求也分外強烈；通過人與自然的關係（如《狗道》），通過經濟變革和思想情感的開放中人與人之間關係的變化（如《金髮嬰兒》、《爆炸》），莫言得風氣之先，發出了農民的心聲，他身上的農民氣質由此又一次地表現出來。

賦予物體一種魔力

莫言的生命感覺和生命意識，不但表現在生命一體化和個體化的對立統一之中，它還能夠將靜態的場景轉化為動態的敘述，以表現生命的蓬蓬勃勃的活力，它也能賦予那些原先沒有生命的物體以靈魂，使其加入到生命一體化的進程之中。

將靜物畫轉變為動態描寫，既是以語言為媒介的文學所擅長的，在莫言筆下，獨出機杼的主要在於局部的動態描寫與整體的流轉不息的生命世界的相切合，構成整體的藝術氛圍。

萊辛在《拉奧孔》中比較詩與畫的異同時說，「詩還可以用另外一種方法，在描繪物體美時趕上藝術，那就是化美為媚，媚是在動態中的美，

---

[4] 如莫言在講人道時，也講狗道，依然如凱西爾所言，「並不認為自己處在自然等級中一個獨一無二的特權地位上。所有生命形式都有親族關係」。

正因為是在動態中，媚由詩人寫比由畫家寫就更適宜。畫家只能暗示動態，而事實上他所畫的人物形象都是不動的。因此，媚落到畫家手裡就變成裝腔作態。但是在詩裡，媚終於是媚，是一縱即逝而卻令人百看不厭的美。媚是飄來忽去的，一般來說，我們回憶一種動態比回憶一種單純的形狀或顏色，要容易得多，也生動得多，所以媚在這種情形下比起美來，能產生更強烈的效果。」[5] 比起直接訴諸光線、色彩、形狀的繪畫來，文學的圖像性遠不如繪畫那樣清晰，但在傳達人和物的動態上則不然，繪畫只能化動為靜，表達動態的一瞬間的「定格」，文學卻可以充分地表現動態的形象，並進一步地化靜為動，以動態的描寫傳達人和物的精神狀態，強化其藝術效果。

動態，也是生命的基本特徵，生命在於運動，運動，是生命的方式，生命，是運動的過程，「雄兔腳撲朔，雌兔眼迷離，兩兔傍地走，安能別我是雄雌？」在動態的行為中，形體上的、現象上的差別忽略不計了，突出的是生命的根本特徵。人、動物、植物，都是在動態的過程中方能產生彼此的交換、交往和交流的，都是在動態之中顯示出生命的一體化和個體化的。

> 奶奶注視著紅高粱，在她朦朧的眼睛裡，高粱們奇譎瑰麗，奇形怪狀，它們呻吟著、扭曲著，呼號著，纏繞著，時而像魔鬼，時而像親人，它們在奶奶眼裡盤結成蛇樣的一團，又呼啦啦地伸展開來，奶奶無法說出它們的光彩了。它們紅紅綠綠，白白黑黑，藍藍綠綠，它們哈哈大笑，它們號啕大哭，哭出的眼淚像雨點一樣打在奶奶心中那一片蒼涼的沙灘上。高粱縫隙裡，鑲著一塊塊的藍天，天是那麼高又是那麼低。奶奶覺得天與地、與人、與高粱交織在一起，一切都在一個碩大無朋的罩子裡罩著。
>
> ——《紅高粱》

這種化靜物（紅高粱）為動態的筆觸，在莫言的作品裡俯拾即是。它貼切地表現出一個「天與地、與人、與高粱交織在一起」的生命世界。

---

[5] 轉引自《西方文論選》上冊，第423頁，上海譯文出版社1979年6月新1版。

　　造成作品的動態感的重要因素，是莫言作品中的主觀視角，他的作品，不管是用第一人稱也好，用第三人稱也好，都是依作品人物的視線展現一個個生活畫面的，這樣，他人自身的活動，故事敘述者的心理活動，以及敘述者的意念造成的他人和他物的動態感（類似於古漢語中的「意動用法」），交織在一起，按照各自的主導動作活動著，也使整個畫面充滿了流動感。

　　化靜為動的另一手段，是利用時間差造成流動感。時間的流動，往往是在一定的單位長度的比較中方被覺察的。現代小說藝術，打破了線性的單向的時間觀，時間上的自由調度，正好適應了「意識流」即意識的自由流動性的需要，意識的自由運動與時間的自由運動互為表裡。莫言的作品中，這種時間的自由流動性是很強的，「紅高粱」系列小說，似乎是把幾十年的歷史剪成碎片，然後又自由地拼貼起來，時間和情節的大跨度的跳躍，迫使讀者的情感和思維亦必須進行大跨度的跳躍，作劇烈的運動。在莫言的作品中，一切場面都是正在進行時態，既沒有起點，也沒有終點，過去、現在與未來，都是生命形式的不同表現而已，使你覺得你只能感覺到他們正在運動著，卻很難凝定下來供你作靜態的分析，不但讀者，連作家筆下的人物也都是只能作感性的體驗而無法作理性的思索，急劇地變化起伏的生活的和時間的潮水推湧著他們沉沉浮浮，容不得喘息和暫停，一旦他們開始靜下來回顧自己的一生，脫離時間之潮的挾帶，他們就像歡叫著「時間呀，請你停一停」的浮士德一樣，已經走到生命的盡頭了，《紅高粱》中的奶奶戴鳳蓮是如此，《枯河》中的小虎子亦是如此。[6]

　　莫言也擅長於給無生命的物體注入生命，使它們有了靈魂，活動起來。《球狀閃電》中的那一串火球，本來是物理現象，但是，在蝈蝈的母親的詛咒聲中——「蝈蝈，悔不當初放在尿罐裡淹死你個小雜種。認錢不認爹娘，天老爺饒不了你。遲早要從白楊樹上落下滾地雷，劈了你這個小畜生，劈了你這瘟牛」——這球狀閃電又似乎與人事有了冥冥的應合，有

---

[6] 時間上的自由調度，得益於向西方現代文學的借鑒，但是，借鑒本身就包含著選擇，莫言喜用時間的切割，但與時間的自由調度同樣重要的空間上的自由轉換，卻不為他所取，他的高密東北鄉，地域畢竟有限，難得輾轉騰挪，同時，他雖然在城市中存身，但他基於農民的鄉土觀念的心理，使他無法與城市認同，也無法在他的作品中展現城市與鄉村的對比，無法展現巨大的空間。

了生命的力量和情感的特徵。《老槍》中的那一支槍，本來是冰冷的鋼鐵製品，一旦與大鎖一家三代人的命運連接在一起，它就在森森殺氣之中滲入了宿命感，鍍上了一層慘烈的美：

> 他似乎在盯著書，卻一直感覺到這支槍的靈性，他甚至聽到了槍在咯咯吱吱響。他像見到蛇一樣，既想看它又怕看它。它掛在那兒，槍苗子沖下槍托子沖上，槍身上發出陰鬱的黑色光芒。那個裝火藥的卡腰葫蘆掛在牆的一側，與槍交疊在一起，葫蘆的細腰壓著槍雞，葫蘆是金紅色的，大頭朝下小頭朝上。槍和葫蘆掛得那樣高，掛得那樣漂亮。古老的山牆上掛著古老的槍和古老的葫蘆，攪得他心神不寧。
>
> ——《老槍》

這些無生命的物體，都由於參與了人的活動、人的命運而獲得了生命感，進入生命一體化的行列。《金髮嬰兒》中的漁女塑像，比起球狀閃電和老槍，它並沒有以自身的行為直接干預人們的生活，而是以女性美的啟悟沖蝕著禁欲主義的桎梏，反過來，人們也以自己的感情的力量賦予她以真實的生命感。孫天球從清晨至黃昏對塑像的觀感，細膩而又富有層次性，在濃厚的情感色彩的貫注下，塑像獲得了活生生的生命，洋溢著旺盛的性的吸引力：

> ……日出時她是溫暖的，潔白的身體被朝暉映得通紅，遍體流動著玫瑰花的漿汁，這時刻她最動人，但這時刻很快就會消逝；日出後，她的顏色一般來說是由濃豔變化為透明，那種輕柔的、充斥著床第氣息的情緒漸漸被一種蓬勃的狂熱情緒代替，這時她是灼熱的、撩人的。……在太陽即將沉淪那一霎，湖上往往升起淡淡的薄霧，霧氣繚繞中，紫紅色的光暈像一片雲彩裹住了她的身體，洞房花燭照美人的香豔氣氛彌漫湖畔。

這樣的描寫，不禁使我們想到尼采的一段話：最通常的美的肯定是互相激勵的，審美本能一旦工作起來，結晶在「這一個美」周圍的還有許許

多多其他來路不同的完滿。要保持客觀是不可能的，要擺脫解釋、賦予、充實、詩化的力量也是不可能的。它賦予激發它的對象以一種魔力，這種魔力是以各個美的判斷之間的聯想為條件的，卻與那個對象的本質全然無關。把一個事物感受為美的，這必然是一種錯覺。[7]孫天球正是在審美的錯覺中，在情感的激蕩中，賦予漁女塑像以生命的魔力，同樣地，莫言也是在審美的錯覺中，在激情的衝動中，賦予並激發他的對象以一種魔力，使「這一個美」周圍的許許多多其他來路不同的物體都變活了，都生動了。余占鼇的一泡臊尿，陰差陽錯地居然把高粱酒神奇般地變作上品醇釀，莫言的一支禿筆，也是在審美錯覺的陰差陽錯之中，顯出了神通，它的奧祕，全在於我們反復論述的作家的強大的生命感覺。「我見青山多嫵媚，料青山見我應如是」，神與物遊，物俱有神，生命感覺涵蓋萬物，萬物借此獲得生命，情往如贈，物與如答，是之謂也。

生理與心理的轉換和溝通

生命感覺，既是生理的、感官的直覺，也是心理的、情感的活動，既有其直觀的一面，也有其恍惚迷離、難以琢磨的情感糾織，前者引發後者，後者制約、修正、改造前者。直覺中寓含有情感的因素，情感中包容著直覺的資訊。心理成分和生理成分，在感覺層次上是互相融合的，它保留了感覺的原生性狀，保留了大量的未經過理性的抽象和加工、未經過邏輯思維的原始的鮮活的資訊，也保留了情感在未曾經過沉澱和過濾之前的紛紜萬狀、瞬息萬變。比起知性和理性來，感覺和感性對於世界的把握要寬泛得多，豐富得多。人的感覺，是最先與外界進行資訊交換的，是全面地佔有對象的，又是凝聚著人類發展的全部歷史、最充分地表現人的主體性的。馬克思把人的五官感覺的形成視為以往全部世界歷史發展的產物，並給感覺以充分重要的地位：

> 人以一種全面的方式，也就是說，作為一個完整的人，佔有自己的

---

[7]　《悲劇的誕生》第353頁，周國平譯，三聯書店1986年12月版。

全面的本質。人同世界的任何一種人的關係──視覺、聽覺、嗅
覺、味覺、觸覺、思維、直觀、感覺、願望、活動、愛──總之，
他的個體的一切器官，正像在形式上直接是社會的器官的那些器官
一樣，通過自己的對象性關係，即通過自己同對象的關係而佔有對
象。[8]

　　具有較強的感受力，重視感覺的描寫和刻畫，這對眾多的文學家和文
學作品來說都是不可或缺的，但是，在常見的作品中，感覺層總是與理
性─知性層交替出現，生命的直覺與理性的昇華交替出現，作家總是要把
感性直覺上升到理性高度，由朦朧到清晰，由紊亂到有序，由描述到分
析，莫言的作品卻始終停留在感覺之中，保持感覺的新鮮和活躍，混沌和
無序。前者如同經過顯影和定影的風景照片，後者卻使讀者覺得是在隨著
鏡頭的移動而與攝影師一道進行畫面選擇。或許可以這樣說，莫言寫的是
一個充滿了生命意識的世界，他是用敏銳而豐富的生命感覺去寫這個充滿
生命意識的世界的。

　　使作品始終行進在感覺層上的要訣在於：莫言總是把感覺中的生理因
素和心理因素交織在一起的，他從來不會離開生理因素以至於把心理活
動離開直感性而轉向分析性和理智，有形的生理性和無形的心理性常常處
於互相糾織互相轉換之中，而且，生理因素常常在他的作品中佔據重要地
位，成為促使情節發展的重要原因。

　　莫言的作品中，很少有抽象的敘述，相反，他總是能夠把某些難以感
知的東西寫得可感可觸、活靈活現，把情感轉化為感官的對象。《金髮嬰
兒》中那位雙目失明的老太婆，以其異常靈敏的感覺，可以在摸索緞子被
面時感覺到龍鳳嬉戲、交頸纏足，可以聽到窈窈冥冥的夜色中夜遊神的悠
蕩，感到「藍汪汪的星星在天上動盪起來，悠逛起來，有時候，兩顆星撞
在一起，訇然作響，火花飛濺，調皮的流星高叫著，剌啦啦地撕破夜的黑
袍。天上全亂了套，星星們聚在一起，嘰嘰喳喳，聚首又分手，各說各的
理，誰也不讓誰。天河裡波浪翻滾，白色的河水沖刷著墨綠色的堤堰，眼

---

[8]　《馬克思恩格斯全集》第42卷，第123頁。

見就要決口，浪頭嘩啦啦地響，黃牛哞哞地叫，孩子哇哇地哭，就這樣鬧了一陣，終於平靜下來」。將無形的、靜謐的夜色表達得繪聲繪色、充滿了運動感，這不能不令人嘆服。莫言筆下的人物，多有這種無中生有的特異功能，《透明的紅蘿蔔》中的黑孩，能將一隻普通的紅蘿蔔看得璀璨透明，《爆炸》中的「我」，居然可以內在地體驗到分娩中的胎兒的感受。而且，這種生理的特異功能，又是有其生理依據的，他們在生理上感官上存在某種缺陷，而以特異功能為補償。「視覺消失了，聽覺便加倍靈敏起來。她現在能聽到人們聽到的所有的聲音，還能聽到人們聽不到的聲音」，黑孩則是個一聲不吭、似乎喪失語言能力的孩子，他的眼睛也因此具有了多重的表情達意的功能。生理缺陷和補償機制，使他們獲得超常的感知能力，也使作家刻意表現的生命感覺凸顯出來。

莫言的作品中，常常出現這樣的描寫：

> 爺爺唱的是什麼，我不知道。但我從爺爺的歌唱中感受到一種很新奇很惶惑的情緒，「小雞兒」慢慢地翹起來，很幸福又很痛苦。
>
> ──《大風》

> 蛋黃裡含有補腦物質，吃得越多越聰明。我的腦袋又大又圓，再加上吃了大量的蛋黃，很快就把荒廢的學業補上了。
>
> ──《球狀閃電》

> 可能是被毛豔這一坷垃把我體內的調節開關給震壞了。高考轟轟烈烈地開始了。第一天上午考政治。一進入考場，我就感到小腹下墜、尿脖裡的水滴滴答答往下滲，我感到馬上就要尿到褲子裡了⋯⋯
>
> ──《球狀閃電》

爺爺古樸而激越的歌聲，對童年的星兒──「我」，造成一種新鮮而朦朧的感受，這也許不足為奇，奇的是星兒的「小雞兒」竟因此而翹起來了，心理的感受通過生理的反應具體化了，然而，誰也不能說爺爺的歌唱

中有什麼性的誘惑和煽動，童年的星兒也還不到性意識覺醒的時期，唯一可以解釋這種現象的，是說即使是情感性的歌聲一旦進入心靈，它不是形而上地升到理性層，而是形而下地潛入生理機能之中。不但童蒙未開的星兒是如此，《白狗秋千架》中的「我」和暖在一本正經地唱著《看到你們格外親》這樣一支現代歌曲時，完整的抒情曲也總是被一幅幅視覺圖畫所切割，感情的翅膀被眼前所見墜住，怎麼也飛騰不起來。蟈蟈學習和考試，這是精神的活動，可是卻和雞蛋黃、尿迫感聯繫在一起；高考綜合症，精神上的緊張造成排尿欲，然而，在此之前卻又特意加了一筆，蟈蟈正在撒尿時毛豔打了他一土坷垃，使他體內的調節機關出了毛病，這就把心理→生理的作用力關係變作了生理→心理→生理，生理性在此分外突出了。

　　對生理性因素的推重，使生理性在莫言的作品中成為重要的判別標準。《斷手》中那位在戰場上受傷致殘、失去了右手的戰鬥英雄蘇社，也曾得到過農村姑娘小媞的青睞，傷殘的戰鬥英雄與心靈美的姑娘結合，這在我們的報紙上和舞臺上已經成為通例，作為曾經在部隊受過理想教育的蘇社，也抱著這種熱望。但是由於偶然的誤解和並不偶然的心理因素，小媞棄他而去，相反，他原先並看不上眼的留嫚，一位左手有先天性殘疾的女性，卻和他走到一起了。這樣講來，未免殘酷，它會傷害人們善良的情感，但基於生理的平等之上的結合，而不是情感因素占主要地位的愛情，在生活中、在莫言的作品中都是存在的。《球狀閃電》中蟈蟈的父母對未來的兒媳繭兒的評價即是如此。莫言雖然在理性中是不贊成這種生理性的判別標準的，因此才有蟈蟈與毛豔的志同道合的情愫，但是，不僅這種描寫是非莫言化的，是流行文學中的通例，蒼白無力，而且在莫言的潛意識中生理性標準是根深蒂固的。在他找到自己的生命感覺的世界之前，他寫過年輕嫵媚的女子花茉莉與小瞎子的愛情，但他後來的作品卻變了，這種羅曼蒂克的愛情讓位於沉甸甸的現實。《白狗秋千架》從人物原型到小說情節的變化，就表現出這一點，按照莫言的散文《也許是因為當過「財神爺」》中的敘述，生活中的冬妹並沒有破相，在作品中卻成了「獨眼嫁啞巴，彎刀對著瓢切菜」。《斷手》也是如此。

　　生理性作為判斷標準的另一重含義是人的生理性變化與生活的變化是同步的。暖的命運的逆轉是以眼睛致殘為轉捩點的，《金髮嬰兒》中的家

庭生活的風波，與人和動物的生理機能的變化是一致的。黃毛是以給瞎娘治眼睛跨入孫家門檻的，在黃毛與紫荊有了私情、家中有了歡樂之時，瞎娘精神振作，不用眼睛即可在院子裡走動，禍事的陡起，公雞死了，虎皮鸚鵡死了，老太婆也死了。

「紅高粱」系列小說中，余占鰲的輝煌歷史，是與戴鳳蓮在高粱地的野合為開端的，他在最困難的時刻，則是戴鳳蓮和戀兒先後死去，兒子豆官被狗咬傷，生活的大開大闔、心理的大起大伏與生理上的興衰密不可分，生理性的變化可以作為判斷生活之變化的標誌。

在當代作家中，很少有人像莫言這樣，把人的生理性強調到如此地步。究其原因，生命感覺的世界，是以生理性存在為其物質前提的，人的感官和動物的感官，首先是物質性的然後才是心靈的觸角。生命的一體化，是以人、動物、植物等所共有的生物屬性為前提而又統一於此的，「對神話和宗教的感情來說，自然成了一個巨大的社會──生命的社會。人在這個社會中並沒有被賦予突出的地位。他是這個社會的一部分，但他在任何方面都不比任何其他成員更高。生命在其最低級的形式和最高級的形式中都具有同樣的宗教尊嚴。人與動物，動物與植物全部處在同一層次上。」[9]反之，人一旦意識到在精神的領域裡人要比動物植物都優越得多，那麼，人與動物植物之間的和諧相安立刻就會解體，生命一體化的世界立刻就會解體。生物性和生理性，可以說是生命最低級的形式了，卻又是生命的最須臾不可離的形式，可以鄙棄它，可以無視它，但最終卻不但不能抹殺、反而要依賴它而存在。同時人的生理狀況與精神狀況，是互相影響互相制約的，人的精神一旦產生，它就會對人的生理感官產生積極的作用，絕沒有什麼脫離精神性的純粹生理反應。感覺本身絕不僅僅只是許多孤立印象的集合，它融入情感，也融入了認知結構，格式塔心理學已經證明，即使最簡單的知覺過程，也已經暗含了基本的結構要素以及某種樣式或形象。這個原理既適用於人類世界，也適用於動物世界。正因為混沌的感覺中有著潛在的認知結構，它才不是不可理解的，我們也才能從作品的生命感覺世界發掘出其理性的內涵。

9　恩斯特・凱西爾《人論》第106頁。甘陽譯，上海譯文出版社1986年版。

　　在實踐的意義上來說，中國的農民在低下的生產力的制約下，既是為了滿足起碼的生理要求、生存本能而含辛茹苦，衣食溫飽是他們付出最大的關注和精力的首要問題，中國有句俗話，每日開門七件事——柴米油鹽醬醋茶，即表示它是人們的生活中心；農業生產，雖然在不斷得到改進，但它在很大程度上是靠人的體力勞動，人的生理因素不能不在勞動中占重要地位。這樣，在需要與生產的兩個方面，生理因素都佔有突出的位置。與經濟發展的求自給而不暇的狀況相適應，農民的精神的文化的建設也很不發達，精神的因素在他們的生活中比重很小，時至今日，農村中不斷出現的以經濟條件為婚姻選擇標準的現象，仍然顯示著生理因素—經濟條件之重要性。中國古代思想家說，衣食足，知榮辱，就鮮明地論證了物質條件與精神狀況的關係，然而，無情的現實是，農業社會數千年，一代又一代的農民都是為了衣食二字流盡汗水累斷腰，難得有積極的文化建設，只是到了二十世紀八〇年代的經濟改革大潮中，十億人的糧食問題方得到解決，農民方可能由自給自足經濟向商品經濟轉化，農村的精神文明建設方被提到議事日程上來。這才是莫言之如此看重人們的生理因素的根本原因吧。

第四章

生命欲望
——一個根本的動機

　　沒有情欲，世界上任何偉大的事業都不會成功。

——黑格爾

　　莫言的充滿了生命感覺的世界，是一個活的有機體，構成它的內在動力、使生命動態地展開的，則是生命的欲望。生命，為了其自身的存在和發展，就必須滿足其各種各樣的需要；在人們的實踐活動中，需要外化為目的。需要，是源於生命的本能、並在這本能的催化下不斷豐富不斷擴展的，它是無意識的、憑依直覺行事的。目的，卻是經過理性判斷和選擇、具有明確性和指導性的。生命欲望，則是在這需要向目的的演化過程中的心理欲求，它更多地帶有需要所具有的無意識、直覺性和模糊性，卻把靜態的需要化作動態的心理過程，把被動的要求滿足轉為下意識的主動尋求，並促成與之相應的外部行為。生命欲望，把一個個瞬間的生命感覺組織起來、貫穿起來，使那些散金碎玉、斷簡殘篇都獲得一個強大的向心力，反過來，生命感覺又成為生命欲望的表現形式，成為心靈的和肢體的運動。正是生命欲望這一基本動機，給生命感覺的世界以活的靈魂。

生命欲望，由生活的乏匱而生

　　莫言的作品，是寫人生的，通過感覺來寫人生，又是寫人生中與感覺層次密切相關的活動的，這就是生命感覺與生命欲望的統一。《老槍》寫的是大鎖在無法抑制的飢餓的壓迫之下的一次獵野鴨，《白狗秋千架》講述著一個鄉村女子生活的缺憾和她的未曾泯滅的願望，《金髮嬰兒》刻畫了一個家庭的風波——紫荊和黃毛的愛情，具有原始的純樸，聽憑於人的生命本能，是強大的感情和感覺沖決薄弱的理性，並引出愛情與婚姻的衝突。《透明的紅蘿蔔》中的黑孩，現實的境遇和透明的童心，他的嚮往和尋覓，令人驚詫不已。童心和飽腹，母性和情欲，這些尚未脫離人的自然屬性的、尚未超越於人的感覺的內容，它們停留在人的需要的最低層次上，說不上什麼高雅，說不上多麼崇高，不值得誇讚，不值得豔羨，離時代需要的和我們理想中的人生相去甚遠，但是，它們卻是切切實實地存在

著的、每日每時地演進著的中國農民的人生。[1]

即以《老槍》為例，大鎖正是為了獲取食物，為了滿足饑腸轆轆的需要，而違背母訓，無師自通地去打獵的。支配他的全部意念的，是他的維持生命的本能欲望。莫言寫得很巧，總是剛剛點到大鎖的飢餓感就一筆宕開，正像最多地經受過痛苦的人反而不願意渲染痛苦一樣，為飢餓感折磨得六神無主的大鎖也必須一次次地轉移自己的意念，方能有條不紊地獵獲野鴨，於是，歷史的往事和眼前的景物紛至遝來，形成作品的構件，只是，那不斷填入的火藥，卻真切地傳達出長久的飢餓所激起的巨大的欲望。就故事而言，一個人打獵未果卻因槍管爆炸斃命，這純屬偶然，也未必有什麼社會意義，未必能教育人。但是，一旦深入到人的需要的層次，它就超越了題材自身而富有啟示性。

古人云：民以食為天。美國著名心理學家馬斯洛則以現代心理學的研究成果證明：人的需要中最基本、最強烈、最明顯的一種，就是對生存的需求。人們需要食物、飲料、住所、性交、睡眠和氧氣。一個缺乏食物、自尊和愛的人會首先要求食物；只要這一需求還未得到滿足，他就無視或把所有其他的需求都推到後面去。「如果一個人極度飢餓，那麼，除了食物外，他對其他東西會毫無興趣。他夢見的是食物，記憶的是食物，想到的是食物。他只對食物發生感情，只感覺到食物，而且也只需要食物」。[2]這本來是不言自明的，可是，人們卻常常忘卻這一點，常常在貶斥人的物質需要的同時誇大人的精神作用，大腹便便、衣冠楚楚者會宣導節衣縮食，道學家會鼓吹餓死事小、失節事大，自命清高的文化人也會鄙視那些以衣食為生活的中心內容的鄉下人；孔子教學可謂有方，他的弟子向他問及種糧種菜，他就怫然不悅，拒絕回答，種糧種菜尚且不值一提，吃糧吃菜何足掛齒，這就是中國的文化傳統之一斑。後來的「窮過渡」、不吃飯不睡覺也要如何如何，也將民食視作可有可無之事。無情的事實卻是，以農立國的國度在漫長的年月裡卻無法妥善地解決人們的食糧問題，

---

[1] 僅僅是糧食與肚皮的關係問題，近年來的作家們寫出多少出色的作品：張一弓的《犯人李銅鐘的故事》，高曉聲的《「漏斗戶」主》，錦雲、王毅的《笨人王老大》，以及備受稱讚的張賢亮的《綠化樹》和阿城的《棋王》中關於「吃」的描寫。

[2] 弗蘭克·戈布林著《第三思潮：馬斯洛心理學》第40-41頁，呂明，陳紅雯譯，上海譯文出版社1987年版。

以至於史書中人相食的記載不絕如縷，民間故事中則有窮漢子忽然遇到一位能無中生有地布一桌美味佳餚的仙女的白日夢，以聊補現實的乏匱。即使是新中國成立後出生的莫言，也總是記著他「四五歲飯量頗大，常與姐姐爭食紅薯」，在別的作品中還寫到過為能吃飽肚子而參軍的青年農民。當然，莫言寫飢餓，其主旨並不是為揭示社會問題，而是將飢餓與尋求滿足的欲望作為人的生命活動方式去寫的，他更重視的是人的生命體驗和藝術體驗。但是，正如馬克思所言，「在現實世界中，個人有許多需要」，「他們的需要即他們的本性」，「作為確定的人，現實的人，你就有規定，就有使命，就有任務，至於你是否意識到這一點，那都是無所謂的。這個任務是由於你的需要及其與現存世界的聯繫所產生的。」[3]莫言筆下的人物，都是依乎他們的本性，依乎生命的需要去活動的，去展現他們的生活歷程的，儘管他們很少有什麼理性的思維活動，很少有什麼自覺的意識，生命欲望的內驅力卻鞭策著他們。作為莫言自己，他未必自覺自己身上強烈的農民性，他的創作也不以表現農民性為目的，但是，他的傾吐生命的體驗、感情的積愫的需求，「及其與現存世界的聯繫」──他的農村生活的經歷和記憶，卻常常制約著他的作品，在一個個的個體生命的感覺和欲望中潛入農村生活的歷史和現狀。

食色，性也。然而，不但人們的溫飽受到了客觀條件的限制而難以滿足，人們的性愛也由於外在的和內在的原因發生了畸變。生命保存自己、延續自己的欲望，是包括人在內的整個生命世界都具有的強大的本能，但是，只有在人那裡，它才發展成為愛情，成為人的精神與肉體、欲望與感覺的全部融合，它才在自然的生理的基礎之上，烙上社會的心理的印記。它可能得到昇華，也可能墮落為魔鬼，它可能引出靈與肉的衝突，也可能導致善與惡的角鬥。《金髮嬰兒》中的孫天球，其性愛的欲念的覺醒，經過了一個多麼漫長多麼奇特的心靈歷程：不能全然否定他最初對於紫荊的拒絕中沒有一點合理的積極的因素──他們的婚姻是出於一種現實的考慮，孫天球剛剛提拔為排長，急需在部隊站穩腳跟，妹妹要出嫁，雙目失明、癱瘓在炕上的母親又離不開人照顧，於是，紫荊進入他的家門，卻未

---

[3]　《馬克思恩格斯全集》第3卷，第326、514、329頁。

能進入他的心靈。在現實中，他不得不做出如此安排，在情感上，他卻拒絕這種結合。（請留意，莫言在這裡把孫天球的拒斥的原因歸之為紫荊穿的藕色新褂子，「褂子的顏色激起他一種生理上的厭惡」，心靈的因素又一次轉變為生理的反應。）他的這種不如意，與他在社會生活中將禁欲主義奉作正確指導思想相互應和，於是才有一串啼笑皆非而又意味雋永的他與戰士、他與自己的心靈的交鋒。連隊去警戒目標值勤的路上，新塑了一尊裸體女像，吸引了許許多多遊人，孫天球自以為要保持軍人的聖潔，下了各種與此有關的禁令，但戰士們都違背他的禁令，在這尊塑像下紛紛拍照留影。他就像可愛而又可笑可憐的堂吉訶德一樣，與風車作戰卻以為面對魔鬼。然而，他作為一個成熟的男子，是不能不有所動心的。「女性的氣息比任何理論都深刻透徹，熱水澆雪般地深入到他的靈魂裡去。」漸漸地，他心靈上的防線一點點地坍塌，漁女的塑像喚醒他壓抑已久的欲念，喚醒他對妻子的眷戀，漁女塑像與妻子的形象迭合在一起，為他愛慕，為他嚮往。（這種心靈的變化又一次被簡潔鮮明地表現出來，孫天球將妻子的頭像與漁女的身體拼接在一起。）

希臘有一則神話，賽普勒斯國王皮格馬利翁，善雕刻。一次，他雕刻了一尊少女像，並深深地愛憐著她。愛神阿弗洛狄忒見他感情真摯，於是就給她以生命，使二人結為夫妻。在具有自由的純真的天性的古希臘人那裡，愛強大得足以賦物體以生命，生命的天性被窒息的孫天球，卻是由於這尊漁女塑像的存在而逐漸復甦了麻木不仁的心靈。這樣的對比，難道不使我們感到現代人的悲哀嗎？

且慢悲哀。更為荒唐的事情還在後頭呢。漁女的身體被那些正統的人們裹上了一塊大紅布，以示其思無邪。這卻正和魯迅的作品《肥皂》中的四銘、《高老夫子》中的高爾礎一樣，在憤世嫉俗的正人君子的嘴臉中露出些什麼齷齪狀。人們的心靈和人們的生活由此陷入混亂，整整一天，七連彷彿在做噩夢，湖邊發生事故，好多人落水。但是，愛與美之情一旦被喚起，它就不容被玷污被踐踏，夜裡，孫天球悄悄地外出，把那塊將嫵媚的漁女「變得猙獰可怖，輕佻淫蕩」的大紅天鵝絨戳了幾十個窟窿，一腳踢下水。這個故事，融現實與荒誕為一爐，卻不能不令人承認，它的確揭示了我們社會生活中的深刻矛盾，孫天球的心靈的覺醒，是在戰勝了自身

的和外在的桎梏之後才徹底完成的。恩格斯在論德國的民間故事書時，肯定「蓬勃的生命力同陰鬱的禁欲主義殘餘的鬥爭」，並肯定文學表現這種鬥爭的真實性和合理性，他說，「如果考察一下我們當代的生活，考察一下那滲透著當代一切現象的爭取自由的鬥爭，——正在發展的立憲主義，對貴族壓迫的反抗，同虔信主義的思想鬥爭，蓬勃的生命力同陰鬱的禁欲主義殘餘的鬥爭，那麼我不明白我們為什麼不應該要求民間故事書在這方面幫助文化水準不高的人們，給他們指出（當然不是用直接的演繹法）這些趨向的真實性和合理性」。[4]孫天球的愛的欲望的萌生，作品所表現的積極意義，或許也可以從這一角度得到相當的肯定吧。

食，艱難，愛亦艱難，與這種簡陋粗鄙的生活相協調的，是沉重和荒涼的感情世界和感覺世界。莫言的詞彙中，「荒涼」一詞是經常出現的，「狗眼裡的神色遙遠荒涼，含有一種模糊的暗示，這遙遠荒涼的暗示喚起內心深處一種迷蒙的感受」（《白狗秋千架》），「打牌喝酒的男人們歪了頭來看過，臉上的表情荒涼遙遠，眉眼都看不太清楚」（《球狀閃電》），「太陽沿著一道平滑的弧線飛快地下落，田野裡回蕩著間歇錯落的落潮般聲響和時疏時密的荒涼氣息」（《老槍》）。不論寫人、寫景，還是寫一條老狗，遙遠的、荒涼的感覺總是纏繞著作家。這是人與人之間的遙遠的、難以跨越的距離，這是社會生活中無法填充的、廣袤的荒涼，是人性的沙漠，是心靈的荒蕪。如果說，衣食和性愛是與生俱來的需要，那麼，人與人之間的關係，人與社會的聯繫，也是與生俱來的，人從出世之日起，就既是自然的人又是社會的人。生產勞動、精神活動和原始的社會關係，「從歷史的最初時期起，從第一批人出現時，三者就同時存在著，而且就是現在也還在歷史上起著作用」[5]。然而，生活卻未必盡如人意，取代了理解、同情、關懷親近的，是遙遠是荒涼。黑孩這樣一個似乎失去了任何生存需要，連與人的交際需要也失去因而一言不發的孩子，可以想見他心中的荒涼感，即便是善良的、自視為黑孩的保護者的小石匠和菊子，也無法理解他的憧憬和追求，他眼中的璀璨奪目的透明的紅蘿蔔，

---

[4]　恩格斯《德國的民間故事書》，引自《馬克思恩格斯論文藝和美學》下冊第559頁，楊炳編，文化藝術出版社1982年版。

[5]　《馬克思恩格斯選集》第1卷第34頁。

只屬於他自己，沒有人也不可能有人來分享他的這一祕密。在淺層次上，他不必說話，別人也一目了然地看到他的境遇，在深層次上，他即使費盡口舌怕也未必有人能和他一起進入童心編織的世界。他只得無言、莫言了。若是這樣的論述尚不足以服人，那麼，請看《枯河》中的小虎，他在生前，被村裡人戲弄，被家裡人厭棄，只有小女孩小珍經常找他玩，只有一塊小小的淨土，卻又被他把小珍砸壞了。他毫不留戀這失去了一切溫情的世界，憤然死去，但是，一個孩子的死，對於他周圍的人們又意味著什麼呢？

> 到明天早晨他像只青蛙一樣蜷伏在河底的紅薯蔓中長眠不醒時，村裡的人們圍成圈看著他，多數人不知道他的歲數，少數人知道他的名字。……一群百姓面如荒涼的沙漠，看著他的比身體其他部位的顏色略微淺一些的屁股。

這樣一段話，莫言有意反復了兩次，不如此不足以宣洩他心中的荒涼感。即使是在動物世界裡，親子之愛、長幼之愛，都是存在的，作為最基本的生命欲望，孩子也特別需要愛撫和關心，感情飢餓對他們的心靈的影響，幾乎不亞於食物匱乏對他們肌體的影響，「愛的飢餓是一種缺乏症，就像缺乏鹽或缺少維生素一樣……我們需要碘和維生素C，這一點對每個人來說都是毋庸置疑的。我提醒你們，我們需要愛的證據與此完全是屬於同一類型的。」[6]莫言的作品，從反面向我們證實了這一點。

不滅的人性畸曲生長

生命欲望，由生活的乏匱荒涼而生，受現實的生活環境所制約，但是，它一經萌生，就會頑強地不可遏制地實現自己，促使人們擺脫在乏匱荒涼面前的無所作為的狀態，投身於積極的行動之中，顯示出生命的活力，顯示出生命的本性。

---

[6] 馬斯洛語，引自《第三思潮：馬斯洛心理學》第44頁，弗蘭克·戈布林著，呂明、陳紅雯譯，上海譯文出版社1987年版。

　　莫言筆下的人物，無論其力量大小、才能高下，大多是在主動地行動著、追求著，面對著險惡的環境，他們能夠揭竿而起，演出轟轟烈烈的活劇，面對無愛的人生，他們能緊緊把持心目中的一線光明，面對平庸的苟延殘喘的生，他們不惜慷慨地走向死亡。在《高粱酒》題解中，莫言寫道：

> 六月的天氣寒風凜冽
> 臘月的氣候酷熱難當
> 顛倒的世界混沌迷茫
> 不滅的人性畸曲生長

　　顛倒的世界，不滅的人性，在彼此的對立和撞擊中，迸發出耀眼的火花。馬克思恩格斯在評論長篇小說《巴黎的祕密》中的妓女瑪麗花時說，「儘管她處在極端屈辱的境遇中，她仍然保持著人類的高尚心靈、人性的落拓不羈和人性的優美」，「瑪麗花雖然十分纖弱，但立刻就表現出她是朝氣蓬勃、精力充沛、愉快活潑、生性靈活的，只有這些品質才能說明她怎樣在非人的境遇中得以合乎人性地成長」。[7]在另一處，馬克思恩格斯又寫道，瑪麗花既不善，也不惡，就只是有天性。革命導師對於人的天性的充分肯定，他們對於人性的天然合理性和超善惡超道德的特徵的論述，對我們深入莫言的藝術世界，是大有幫助的。
　　《白狗秋千架》中的「暖」，因為一次意外的事故傷了一隻眼睛，竟由此決定了她一生的不幸的命運。請想一下她第一次出現在作品裡時為背上的柴火壓得軀體彎曲、步履艱難的場面。「我」到暖家的探訪，目睹了她的那個粗野愚魯的丈夫和三個啞巴孩子，對暖的生存境況更感到悲涼悽楚。面對一屋子啞巴，語言的交流功能喪失了，悲歡哀樂的情感的表達也被縮小到最低程度，心靈的荒漠，也許比物質的乏匱更令人窒息。但是，暖卻並沒有為這樣的生活耗淨生命的熱力，她不放棄生活中任何一線可能性去執著地實現自己的欲望，於是才有生一個「響巴」即會說話的孩子的

7　《馬克思恩格斯論文藝和美學》（上）第90頁，楊柄編，文化藝術出版社1982年版。

心願和果決的行動（在高粱地裡安排與「我」的約會）。為了實施她的生活欲望，她不但超然於現實的婚姻關係之上，而且把人們視為至關重要的兩性倫理也看得很淡，置之不顧；按照時下流行的寫婚外愛情的套路，與青梅竹馬之交的相逢，可能會促使她為所愛者生一個孩子，以顯示女性的愛的執著，她卻不然，她所看重的是有一個能「和我做伴說說話」的孩子，滿足人與人之間的情感交流的需要。這欲望過於卑微，卑微中顯露出她生活的淒苦，被許多人視為大痛苦的愛情的失落，在於她已是死滅的奢望，這欲望又那樣神聖，一個普通的農村婦女竟然如此頑強地爭取生活的權利，生命的天性遠遠地高於世俗觀念和艱難時世。重要的也許不在於她做什麼，而在於她怎麼做，重要的不是追求什麼，而是無論在怎樣艱難困苦之中也不曾失落的生命欲望；追求的目的是有限的，追求的過程卻可以是悲壯而又輝煌的。

生命欲望之顯現，是充滿了偶然性和盲目性的。從人的生命需要和心理欲求來說，它是內在地規定了的必然，是受人的生存規律決定的，但它的在活生生的人身上的體現，卻是紛紜萬狀、不期而遇的，正是後者，才化作了每一個人的個體存在狀態。怎樣把握二者間的互相轉換，怎樣處理好客觀的必需和主觀的欲求之間的關係，對於作家來說，不能不是一個重要考驗。這不僅是因為要想文思不絕，只需跟隨偶然，將偶然看作是構造文學作品的重要手段（巴爾扎克語），更重要的是，對於以生命感覺、生命意識、生命欲望等為自己的關注和表現對象的莫言，偶然的、自發的、混沌的事件，才能與生理的和心理的感覺一道，釀成一個停留在感性層次上的動機，才能展現原生狀態的人性。偶然與必然，混沌與清晰，猝發與因果律，神祕性與分析解剖，常常是分別地對應著人的感覺和理性的。人們通常所講的偶然，是講情節的突然變化，事情的偶然發生，是隨機事件引起了人物的情感和行為的新變化，人物在應付處理偶然事件時激發的身心力量，是揭示出命運的偶然性，人物的精神狀態相對是恆定的，是保持其內在的一貫性的：對於守財奴葛朗台，他的貪婪和冷酷是恆定的，歐也妮的真情的初戀和由此引起的財產風波則是偶然的；對於武松，他的英雄膽魄是恆定的，景陽岡上偶遇大蟲，則是意外的情況——這些偶然情境對於人物來說，只是為揭示他們的性格特徵提供了一個又一個舞臺。莫言表

現生命欲望的偶然性，卻是在並不具有必然選擇性的客觀情境下，寫人物迷蒙的心理狀態中突發的意欲，這意欲幾乎是既不由自主──不受理性的制約，又不由「他」主，不受客觀情境的支配，它只是發自生命的本性，是生命自身在多種可能性中選擇了它自己的趨向，表達出生命力量的超理性超現實地存在的強大。在這裡，不是環境和性格（在許多作品中，性格都是以超我的面目出現，人物在「性格」中喪失了自身。[8]）決定人物的命運，而是類似於佛洛德所說的本我的、活躍多變的生命天性為自己開闢通道，並由此顯露出生命欲望的發生學過程。

讓我們回到《白狗秋千架》。「暖」與「我」的橋頭偶遇，並不就像武松在景陽岡上遇到猛虎那樣，或者把虎打死，或者葬身虎口，二者必居其一，非此即彼，而是存在著多種可能性的，「暖」的態度可以從冷淡、生疏到親熱、親密直至舊情複燃、舊夢重溫地具有許多種情態、許多種層次的選擇的，在具有多種可能性的情況下，比之於非此即彼的兩種可能性，人顯然具有更大的自由，有更大的選擇權，有更多的自主性。景陽岡遇大蟲與橋頭邂逅，就事件本身而言，前者是人生的性命交關的大事，後者卻說不上有什麼大不了的。這兩種境況對個人來說，都是存在的，正如在物理學中，經典物理學的力學定律、決定論與現代物理學的統計學規律、概率論是共存的一樣，它們有不同的生活層面，並使生活更豐富更生動，永遠無法窮盡。二者無所謂孰優孰劣，對它的選取卻顯示著作家的機心。

比《白狗秋千架》更充分地表明生命欲望的偶然性隨機性的例子比比皆是。請看《球狀閃電》中蟈蟈遇到繭兒時突然萌發情欲的描寫：

> 不知為什麼，她那件水紅色偏襟衫兒使他的心一陣陣發冷發抖，冷過抖過，又開始發熱發顫：他又興奮又感動，從心靈深處蕩漾起一陣田園牧歌的旋律。……這件水紅色偏襟衫子，金色蘆葦中的水紅衫子，把他一下子推出去很遠，空氣裡充滿了山林野獸的生氣蓬勃的味道。

8　人物和性格的關係並非天然統一，而是充滿了矛盾的，請涉獵一下近年來對恩格斯的論斷「典型環境中的典型人物」抑或是「典型環境中的典型性格」的爭論，這不僅是一個名詞在翻譯上的歧義，而是的確有其內在的差異、不可忽視的差異的。

>　　……水紅衫子！你越來越醒目，越來越美麗，你使我又興奮又
>　　煩惱，我不知是愛你還是恨你。你像一團燃燒的火，……你使我變
>　　成了一隻緊張的飛蛾……

　　心理學曾經指出過紅色對於人的性心理的刺激作用，但心理學的解釋並不能說明此處蝈蝈的心理狀態。支配他的行動的，並非色彩心理學規律，而是青春的騷動、生命的騷動，它像大海的波濤一樣洶湧激蕩，但卻無法指出是哪一朵浪花使人沉沒。一件水紅衫子，只是蝈蝈的生命欲望得以迸發而出、找到了爆發點的機緣和媒介，只是本我由潛在的變成顯性的、由內蓄的變成外向的一個契機。同樣地，使人物和情節向前推進的，也不是環境決定論和性格決定論，而是生命欲望的繼續展開，是生命的潮水漫漫湧來。

　　是的，生命的欲望有如潮水，並不完全是理性的河床所能規範的，它會氾濫如浩浩秋水，它也會乾涸成一條枯河，它必然地帶有很大的盲目性，亂沖亂撞，野馬塵埃。生命由此呈現出無序狀態，甚至常常受到欲望所招致的懲罰。蝈蝈的一時衝動，使他陷入了痛苦的婚姻之中，雖然他也努力過，想在原有基礎上改善他與妻子的關係，對她進行美化和教化，但最終還是以失敗而告終。《金髮嬰兒》中的孫天球，剛剛掙脫了禁欲主義的夢魘，滋生了對妻子紫荊的愛情，一個不容迴避的事實卻已擺在他的面前：妻子在無愛的深淵中已經掙扎了很久，她不甘命運的擺佈，愛上了同村的青年小黃毛。孫天球和紫荊，都是依乎其生命欲望而活動著的，都具有天然的合理性；但是，他們在尋求愛的路途上錯過了共同生活的機緣，兩條軌跡由相交而相背離，距離愈來愈遠，家庭解體了，孫天球天性中的殘酷的一面，驅使他在迷離恍惚中扼死了新生的嬰兒，只因為他懷疑這孩子不是己出。愛，是不能忘記的，但極端的愛卻又導向極端的恨；愛，具有強烈的排他性，卻又因這排他性引發了殘酷的虐殺。若是肯定孫天球身上掙脫了禁欲主義桎梏之後萌生的美的情感，他此後的一系列行為都是在熱烈的情欲驅使下所為，是有不平常的開端必然順理成章地有一個不平凡的結局，若是鞭笞孫天球虐殺嬰兒的殘暴，卻又不能不嘆服他那不成愛便成仇的情緒的強度。由因論果，由果溯因，在此都不那麼靈驗了，只能

說，這是生命的潮水的一次決堤，是生命的畸形，是天性的畸曲。與其從善惡的衝突去剖析它，不如從心理學角度去感悟它。美國學者C・S・霍爾指出，「實際上，人格的任何心理過程無不受到能量發洩和反能量發洩相互作用的影響。有時候，二者間的平衡處於相當微妙的狀態，哪怕是很少一點力量從前者轉移到後者，都會造成行動與不行動的天壤之別。當一個人的手指頭按在手槍的扳機上時，其能量發洩作用的微小增加，或者反能量發洩作用的微小減弱，都可能造成他開槍，從而導致另一個人被殺害，以及他作為兇手被審判，最後被絞死的嚴重後果。人格的內驅力和約束力之間常常處於力量的微妙平衡狀態，這就很難使人準確預言一個人在任一給定的環境中究竟會幹出什麼事情來。正如一粒火星可能導致一場災難性的大火，能量發洩強度的一次不可覺察的增加也可能在一個人的生涯中或者在社會中引起一系列影響深遠的連鎖事件。」[9]孫天球的生命欲望，驅使他兩次衝破了外部的約束力，一次是在裸女塑像的感召下衝破禁欲主義而感到生活的美好，一次卻是在嬰兒的金髮的誘惑下衝破社會規範而導致虐殺嬰兒。這兩次衝破，在時間上是分前後的，在其更深的意義上卻是並置的，它們分別作為兩條邊，構成一個扇形，展現出生命欲望的實現中所具有的充分可能性和豐富性；它並不擺脫倫理的評價，但卻很難決然用善與惡區分其界限，它是一個過程，是一個在美與醜、善與惡、惡魔與天使的疆域裡和疆域外橫行無忌，為所欲為的存在，一粒火星，可以點燃照徹黑暗、給人以溫暖和光明的火炬，也可能導致一場災難性的大火。人的天性，人的生命欲望，不是一個凝固的存在，而是在不斷地轉換成生動現實的充分可能性。

　　我們尚沒有材料可以證明說莫言的人性觀、生命觀具有如上的內涵，可以肯定的是，他的確憑依敏銳的感覺把握了這一點，並把它明確地寫在《紅高粱》的卷首：

　　我終於悟到：高密東北鄉無疑是地球上最美麗最醜陋、最超脫最世俗、最聖潔最齷齪、最英雄好漢最王八蛋、最能喝酒最能愛的

---

[9]　C・S・霍爾著《佛洛德心理學入門》第43頁。陳維正譯，商務印書館1985年10月第1版。

地方。生存在這塊土地上的我的父老鄉親們，喜食高粱，每年都大量種植。八月深秋，無邊無際的高粱紅成洸洋的血海。高粱高密輝煌，高粱淒婉可人，高粱愛情激蕩。秋風蒼涼，陽光很旺，瓦藍的天上遊蕩著一朵朵豐滿的白雲，高粱上滑動著一朵朵豐滿白雲的紫紅色影子。一隊隊暗紅色的人在高粱棵子裡穿梭拉網，幾十年如一日。他們殺人越貨，精忠報國，他們演出過一幕幕英勇悲壯的舞劇……

這裡的一組組並舉，並不是作家在有意識地玩弄字眼，做反義詞拼接的遊戲，而是以作品中展現的生活畫面為此作了充實的論證的。這是一群無法無天、自由自在的化外之民，他們任生命的潮水自由地流淌，有形的政權、無形的道德、殘酷的現實、動盪的時世，統統奈何他們不得，卻成為他們一次又一次地迸發出生命之光的焦點，成為他們反抗各種各樣束縛、表現活潑的生命天性的特定情境。他們是非道德的，非法律的，乃至非社會的，余占鰲從殺與母親私通的和尚開始，殺單家父子，殺日本侵略者，殺「花脖子」，也殺過無辜百姓，殺過自己手下負傷的弟兄；他殺該殺者，也殺了一些並未該死的人，但是，衡量他殺人的尺規的，並不是法律上的「殺人者斬」，而是生命的激情、生命的暴怒；莫言是喜歡越軌的，他筆下的余占鰲之殺人，甚至脫卻了農民起義軍的義的規範，倒有些像梁山泊的天殺星李逵，不求殺得有理，只求殺得痛快。戴鳳蓮臨終前的一番心靈自白，盪氣迴腸，不啻是一篇中國式的人權宣言，是一篇人世的叛逆者的充滿勝利感的挑戰書，是一篇弘麗的奇文。

天哪！天……天賜我情人，天賜我兒子，天賜我財富，天賜我三十年紅高粱般充實的生活。天，你既然給了我，就不要再收回，你寬恕了我吧，你放了我吧！天，你認為我有罪嗎？你認為我跟一個麻風病人同枕交頸，生出一窩癩皮爛肉的魔鬼，使這個美麗的世界污穢不堪是對還是錯？天，什麼叫貞節？什麼叫正道？什麼是善良？什麼是邪惡？你一直沒有告訴過我，我只有按著我自己的想法去辦，我愛幸福，我愛力量，我愛美，我的身體是我的，我為自己做

主，我不怕罪，不怕罰，我不怕進你的十八層地獄。我該做的都做了，該幹的都幹了，我什麼都不怕。但我不想死，我要活，我要多看幾眼這個世界，我的天哪……

　　既不曉得什麼貞節、正道、善良、邪惡，更不會被這些抽象的概念捆住自己的手腳，而是憑依她未經世風污染的天性，用最直觀的方式去處理最複雜的人世糾紛，該做的都做了，該幹的都幹了，充分地領略、品嘗了生命的醇酒。對於她，也許正是那風雲起伏的時代，劇烈地動盪的生活，以及特定的鄉俗民風，使那些維持一個常態社會的名教倫常、壓迫婦女的巉岩巨石得以鬆動和解體，才使她的天性像一棵長瘋了的高粱一樣瘋生瘋長，才使她成為亂世裡湧出的英雄吧。

生命欲望和人性探索的新角度

　　把生命欲望與不滅的人性融為一體，莫言用他的作品對於人性觀作了有深度的探討。

　　歷史新時期的文學實踐和文學理論中，一個至關重要的現象就是關於人情、人性的探索和論爭[10]。文學是人學，文學必然要表現人的生命、人的生活的各個方面，但是，怎樣才能把對人的理解和把握、描寫和表現推向更深的層次呢？在表現人在特定情境下的思想情感、言行舉止的同時，要不要揭示人物的內在的、深層的心理素質呢？在表現活生生的個人的情感和生活的同時，能不能使這種個性化的藝術形象帶有較強的凝聚力、涵蓋力，表現出人們的普遍的生存狀態和精神狀態，這種概括又以什麼為標準呢？換言之，在變動不居的生活激流的深處，有沒有普遍的人性呢？它形成互為關聯的兩個方面，人性的內涵是什麼，文學怎樣表現這種人性。

　　對於人性的探索，它在很大程度上是應該屬於理論界哲學界的課題。孟子講人性善，荀子講人性惡，霍布斯講人對人是豺狼，他們都是以思想家的沉思勾勒人的本性的。但是，在七、八〇年代之交的中國，這一命題

---

[10] 回溯這一論爭，可以有幾種方式，我在這裡基本上是按時間順序作一粗略的回溯。

卻是由文學的提出而引起強烈反響的。恰逢思想解放的年代，幾乎有數不清的問題要思考要解答，哲學領域中處處是待開墾的處女地。並不是沒有人注意到人、人性，如王若水等著《人是馬克思主義的出發點》，也曾引起關注，但其反響的程度遠不如文學界來得熱烈。文學是無法迴避這一命題的，否則它只能在人學的大門外徘徊；它的現實迫切性還在於，建國以後直到十年內亂，對人性的聲討和批判一直是在文學中反反復複地進行的，「地主資產階級人性論」的惡諡，一直將許多優秀作品如《達吉和她的父親》、《無情的情人》、《三家巷》、《英雄的樂章》等壓在五行山底、不得翻身的，時至七〇年代末期，人情和人性仍然是文學的禁區。為了歷史，更為了現實，文學界的弄潮兒勇敢地又是戰戰兢兢地踏上這荊棘叢生的土地，採花，也採荊棘。

毛澤東所肯定的「口之於味，有同嗜也」，成為人們提出不同階級也有共同美的依據；然後，由共同美擴及人性與階級性的討論，肯定人性美和人情美，並出現了《如意》（劉心武著）等以探討普通勞動者身上的人性為其思想內涵的作品，在文學創作中取得突破口。其間，也出現過在人性描寫上有失誤的作品，但禁區的突破，畢竟給文學帶來新的生氣。經過1983—1984年間哲學界和文學界的大討論，人性（和人道主義一道）在社會生活中和文學藝術中的地位得以確立。然而，人們並未滿足於此，劉再複提出的人物的二重性格組合論，實質上是前一時期寫人性美的基礎上，提出了人性惡的一面，「美惡並舉」，借此以開拓人性描寫的深度。共同美──人性美──美惡並舉，表示著人們對人性認識的由局部的美感到完整的人性、再由人性的善美的側面到人性的惡醜側面的全面把握。這對於長期以來視人情人性為大敵的中國當代文學，不能不是一個極大的促進，功莫大焉。

但是，它的局限性是很明顯的。從共同美到性格二重組合，它們集中思索的都是「人性是什麼」，一方面，它不能不帶有很強的思辨的、形而上的色彩，它力圖概括出人的共性和規律性，思辨性、規律性與文學的直感性、獨特性常常發生衝突；一方面，它又是一種靜態的分析，並且力求得出一種最佳模式，靜態的理論，對於活生生的人和生活，不能不顯得描述和把握上的力不從心，且有新的模式化之虞；最後，硬性地將美與醜、

善與惡對應起來，將倫理學與美學混同起來，對於在模糊中把握對象的文學，不能不損害其有機完整性。無論是人性美，還是人性既有美善又有醜惡，都帶有很強的機械論獨斷論的色彩。

讀莫言的作品，可以強烈地感覺到的，是他把思考的重點由人性是什麼轉移到人性是怎樣形成的；提問題的角度變了，人性是什麼這一靜態的、由個別到一般再到個別的推論過程，讓位於動態地展開的、人性的發生學過程，讓位於人的生命活動的動態顯現，讓位於生命力——生命欲望——生命活動這樣一個循環往復的運動過程。

生命作為一種物質存在，它具有一定的能力，能夠與它所面對的生存環境進行能量的和資訊的交換，它也必須在這些交換中方能維持自身、發展自身。這也就是生命的需要。依據不同的主客觀情況，它在不同的人身上形成或強或弱的生命欲望，並轉化為實施這一欲望、滿足生命需要的積極活動，也就是生命的能動性。生命力的強度，是與生命需要成反比，與滿足生命需要的能力成正比的。茅盾在稱讚蕭紅《呼蘭河傳》中的農民形象時，就推重他們的頑強的生命力，「他們都像最低級的植物似的，只要極少的水分，土壤，陽光——甚至沒有陽光，就能夠生存了，磨倌馮歪嘴子是他們中間生命力最強的一個——強的使人不禁想讚美他。然而在馮歪嘴子身上也找不出什麼特別的東西，除了生命力特別頑強，而這是原始性的頑強。」[11]這不禁使我們想到《透明的紅蘿蔔》中那個在蕭蕭秋風中光著脊樑骨、用憂鬱的大眼睛望著人們的黑孩，他的生命力之強，亦使我們不禁想讚美他，讚揚那在荒涼乏匱的人世間頑強地生存，又以自己的頑強生存抨擊著人世間的荒涼乏匱的精靈。更進一步地，似乎這荒涼乏匱的人世，對他已經不再是一種痛苦，而是測定他的生命力的一種裝置，於是，當菊子擔心他忍受不了鐵匠爐邊的沉重和痛苦、要把他拉走時，他咬了菊子一口，在菊子手上留下幾個尖尖的牙齒印。

生命的欲望被抑制到最低的程度，但它不會泯滅，正如無法根除人的生命需要一樣。相反，正因為生命欲望被壓抑到了極限，它一旦噴湧出來，就分外執著分外強烈。黑孩珍惜在無愛的人間所感受到的些微溫熱，

[11]　《茅盾論創作》第335頁，上海文藝出版社1980年5月第1版。

他才把菊子給他裹傷的手絹珍藏在橋墩裡；他在灰暗的生活中窺見了燦爛的透明的紅蘿蔔，才會不顧一切地拔光了滿地的蘿蔔去尋找「這一個」。

生命欲望是普遍地存在的，但它既不是先驗地帶有善與惡的標記，也不是人性的定式，它只是提供了一種可能性或多種可能性，在特定的情境下由隱而顯，由潛在的意欲化作明確的行為，它既可能向善，也可能向惡，亦善亦惡，非善非惡，並不是善與惡的倫理學範疇可以強行規範的。《紅高粱》系列小說中，就寫了這樣兩個人物，一個是殺豬匠孫五，他在鬼子的刺刀脅迫下殘惡地活剮了羅漢大爺，一時的軟弱之後卻是由於良心的譴責而發瘋了，另一個是成麻子，他為了偷生把日本鬼子領進村，全村老少包括他的妻子兒女盡遭毒手，他上吊自殺獲救後參加八路軍，作戰英勇，捨生忘死，在戰鬥中立了功，卻又一次投環而死。這是很難用善與惡說明一切的，只能說，所謂人性，就其先驗地存在而言，它是以生命需要和生命欲望的方式、以有可能發展為現實性的多種可能性的方式而潛藏著；正如馬克思恩格斯所言，人的天性，既不善，也不惡。就人性在各種隨機狀況下轉化為現實性而言，它既非環境決定論的，也非抽象的道德律所決定的，而是主客體交互作用、生命欲望與理性法則共同選擇、偶然與必然互相制約的產物，如馬克思所言，人的本質「在其現實性上，它是一切社會關係的總和」[12]。

要是說，黑孩、孫五和成麻子的形象描寫過於簡短，構不成完整的印象，那麼，奶奶戴鳳蓮──《紅高粱》中的主角之一，她的一生卻由於在作品中較為充分地連貫地凸顯出來，而給我們提供了一個人性的發生學的個案。戴鳳蓮在出嫁的路上，尚是一個柔弱女子，儒雅風流的舞臺人物般的丈夫形象和麻風病人的嘴臉在她眼前交替出現，不敢直面現實而產生的幻想給她以某種安慰，雖然她也懷揣一把剪刀，做了最壞的準備；假若她真的遇上一位如意郎君，她大約也只會終生是一位或賢慧或風騷的農婦罷了。但是，現實粉碎了她的幻夢，把她置於醜陋污穢之中。常言道，置之死地而後生，「一股潛在的英雄氣質」，也是每一個陷入絕境而又不甘心毀滅的人身上的英雄氣質，在她身上覺醒了，反抗非人的境遇，主宰自己

---

[12] 《馬克思恩格斯選集》第1卷第18頁。

的命運，追求自由和幸福的精神在她身上成長起來。在她與余占鰲的遇合中，她「抬起一隻胳膊，攬住了那人的脖子，以便他抱得更輕鬆一些」，這還只是在被動的劫持中作出下意識的主動反應。在經過了生與死、愛與恨的狂瀾洗禮之後，經過單家父子被殺後的「短暫的迷茫和恐懼」，她變得潑辣強悍，加上現實中父家和夫家對她的束縛已然不復存在，她的生命欲望得以自由自在地釋放出來。這倒不在於莫言怎樣寫她理家有方、甚至對余占鰲的草莽生涯也起了不少幫助輔佐之力，老實說，這些都是很一般化的，她的性格迷人之處在於她的狂，她與余占鰲「野合」時的狂放，她在遇到淫惡兇殘的日本鬼子時的伴狂，她在與戀兒爭奪余占鰲（特別是〈奇死〉中那一段描寫）時的瘋狂，她在毫不隱晦地宣稱與黑眼的姘居時的輕狂，在這裡，狂與自由是同義詞，狂的表像下面，湧動著自由的生命之流，也可以說，她是在瘋狂地啜飲著生命自由的瓊漿。的確如她對自己的一生總結的那樣，「我愛幸福，我愛力量，我愛美，我的身體是我的，我為自己做主，我不怕罪，不怕罰，我不怕進你的十八層地獄。我該做的都做了，該幹的都幹了，我什麼都不怕」。這樣一條生活道路，是和她的天性、她的生命欲望的由可能性向現實性的轉化緊密相連的，從一個柔弱女子變成一位「完成了自己的解放」的女傑。生命的歷史，也是人性的形成和發展史。

　　皮亞傑，著名的發生認識論原理的創立者，曾經這樣寫道：一方面，認識既不是起因於一個有自我意識的主體，也不是起因於業已形成的（從主體的角度來看）、會把自己烙印在主體之上的客體；認識起因於主客體之間的相互作用，這種作為發生在主體和客體之間的中途，因而同時既包含著主體又包含著客體，但這是由於主客體之間的完全沒有分化，而不是由於不同事物之間的相互作用。[13]這段話對於我們理解人性、理解莫言的人性觀也很有啟示。可以說，在莫言的作品中，人性既不是起因於一個有自我意識的主體，也不是起因於一個業已形成的、對主體有強制作用的客體；人性是由主體的可能性與外部條件相互作用而形成，它的仲介就是在客觀環境激發下的生命欲望和實現這欲望的活動；生命欲望，既是主體

---

[13] 皮亞傑《發生認識論原理》第21頁，王憲鈿等譯，商務印書館1986年版。

的，又是對象性的，因而既包含著主體又包含著客體。僅此而言，人性是
具有普遍性的，但是，它一旦在現實中展開，就獲得無限的可能性和現實
性，構成人與人之間既相聯繫又相區別的個性，構成生命世界的無比豐富
的存在，給文學以永遠的源泉。

第五章
生命之光
——愛情與死亡

> 藝術總是被兩種東西佔據著：一方面堅持不懈地探索死亡，另一方
> 面始終如一地以此創造生命。
>
> ——帕斯捷爾納克《日瓦戈醫生》

　　曾經被奉作是「永恆的主題」的愛情和死亡，也曾經被清除出文學的
殿堂。這固然是因為所謂「永恆的主題」——其實，這裡的「主題」一
詞是應該譯作「題材」的，只要略翻一下五十年代出版的蘇聯的文藝學教
材，即可看到在「主題」和「題材」的用語上的與我們的理解上的歧義，
他們稱作主題的常常是我們所指謂的題材——太有些超階級性超時代性之
嫌疑；更重要的是，當追求靈魂的純潔性以至將無性無欲無情無愛六根清
淨視作為人的準則，將悲壯慷慨地獻身重於泰山地死去化作死亡的制式，
愛與死也就只能是演繹觀念的僵屍了。

　　但是，在活潑潑的生命世界裡，愛情和死亡，卻不能不是生命的最強
音。愛情，意味著生命的衝動、生命的創造，死亡，標誌著生命的終結、
生命的毀滅，愛與死，分別標誌著生命的兩極，生命的最原始最強烈的活
力和最終一去不復返的、不可重複的生命過程的中止。莫言寫生命感覺、
生命欲望，也必然會把愛情和死亡作為最充分地表達生命感覺、最強烈地
展示生命欲望的華彩樂章來寫的。

沒有愛情世界暗淡無光

　　「沒有愛情世界暗淡無光」，「沒有愛情就沒有人類」，這是莫言自
己的話[1]，也是貫穿於他作品中的一種精神。

　　讓我們讀一下莫言的中篇小說《築路》。這是以十年內亂的時代氛圍
為後景，寫一支築路隊的故事的。這支築路隊，幾近於勞改隊，彙集了
一群社會渣滓，作為代理隊長的楊六九，曾經是一個盜墓人，孫巴子是村
裡的偷雞釣狗之徒，還有來路不明、先是嗜賭、後來因為貪婪而發瘋的來
書，這樣一群烏合之眾，卻又是「革命民工」，在築著一條路，「這條路

---

[1]　莫言《我想到痛苦、愛情與藝術》，《八一電影》1986年第8期。

要築到哪裡去，築到何年何月，築起來幹什麼，是跑飛機還是跑火車」，他們都不知道，「天下大亂，幹到哪天算哪天」。生活失去了意義，生命失去了意義，人們在築路，路像夢魘一樣壓迫著他們，構成一幅陰沉沉、悲慘慘的圖景：失去妻女多年的劉羅鍋，偶然地發現一個姑娘酷似自己的女兒，並引發出強烈的父愛，他保護她，關心她，一心想證實她是自己的親生女兒，卻被她誤認為是對她非禮而呼救，被應聲趕來的人打死。打死人的男子又是玩弄著她的情感又被她愛著的壓路機手武東，築路隊的外來人。來書偶然地獲得了一罈子金銀，卻被這意外所得壓迫得喘不過氣來，患得患失的心理折磨著他的神經，最後因金銀被他人竊走而發瘋！孫巴子竊得這壇金銀，卻由於被他丟棄的剛出世的親生女兒喪生於野狗群而大慟大悔，吞金自殺。命運彷彿在無情地嘲弄著這些芸芸眾生，人們所珍愛的東西變成了生命的絞索，父愛使人死亡，金錢令人瘋狂。在這悲涼壓抑的氣氛中，只有楊六九與白蕎麥的愛情給這暗淡無光的世界塗上一抹亮色。這愛情，如乾柴烈火，如出閘洪水，不可抑制，不可阻擋。先是由楊六九煞費心機地唆使孫巴子釣殺白蕎麥豢養的大黑狗，後來又殺死了白蕎麥的已經變成植物人的丈夫，雙雙私逃。殺人，在這裡變作了救人，救白蕎麥脫離這苦寂的死水，相反，當楊六九先前盜墓時把一位並未死去的姑娘從棺木中扒出來，使她死而復生，他的本意卻是要攫取她的衣物的。殺人和救人，全然顛倒了，通常的世俗的價值觀念，對此難以評判，正所謂「顛倒的世界混沌迷茫，不滅的人性畸曲生長」。

莫言寫人生，寫生命，是讚美生命的活力，愛情，則往往是生命力的最強烈的表現。它不但體現人的自由意志，而且直接地創造新的生命，又是以感性的形式顯現自身的。德國工人黨的領袖、馬克思恩格斯的學生和戰友奧‧倍倍爾說，「在人的所有自然需要中，繼飲食的需要之後，最強烈的就是性的需要了。延續種屬的需要是『生命意志』的最高表現」。[2]馬克思在巴黎手稿中則強調指出，「男女之間的關係是人與人之間的直接的、自然的、必然的關係」，「這種關係以一種感性的形式、一種顯而易見的事實，表明屬人的存在在何種程度上對人說來成了自然界，或者，自

---

[2]　轉引自瓦西列夫《情愛論》第18頁，三聯書店1984年10月第1版。

然界在何種程度上成了人的屬人的存在。」³奧‧倍倍爾講的是性的需要
與生命意志、與人的自然需要的關係，馬克思更全面地從人的自然性和社
會性兩方面闡述了男女性愛的特徵，以及它所特有的感性形式。這應該說
是對於性愛的最寬泛也最深刻的理解了。

　　莫言筆下的愛情，是一群熱血漢子與風流女兒的結合，是兩個生機勃
勃的生命力的撞擊，是人的自然、人的天性的必然流露，是不滅的天性反
抗顛倒的世界的最高形式之一。他們沒有寶哥哥林妹妹式的古典的纏綿悱
惻，沒有權衡利弊得失的現代人的精明，不掩飾，不做作，不矯情，而是
兩團青春的、活潑的肉體燃起的生命之火，一旦相遇就烈焰熊熊，把這冷
酷陰森的世界照得一片輝煌。他和她之間，談不上什麼高層次的豐富的精
神追求，只有健康俊美的異性的吸引力，談不上什麼愛情對於人的改造和
昇華，只是生命欲望、生命感覺的膨脹和外化；在這裡，肉體的因素要遠
遠大於精神的因素，自然的力量要遠遠超過社會的力量。《築路》中的楊
六九和白蕎麥，他們之間除了一見鍾情式的相互吸引，並沒有多少精神
的、情感的交流，楊六九所迷戀的，只有白蕎麥豐腴生動的肉體，他的
最低欲望和最高欲望，就是把「她」擁在懷裡，「做成一處」。《金髮嬰
兒》中長期得不到性愛滿足的紫荊，是在作為自然生命力的實體和象徵的
大公雞面前失去了自我禁錮的控制的，孫天球也是在表現青春女性的健康
美而很少什麼社會的理性的內容的塑像的感召下萌發出對妻子的思念的，
通常意義上的「心靈美」，——紫荊盡心盡力地侍奉雙目失明的婆婆的行
為，並沒有激發他的愛，那種由「心靈美」轉化為愛情、由倫理的評價轉
化為生理和心理的愛欲的公式在此是沒有市場的。固然善良、正義也是必
不可少的，但它們只是作為一種背景而存在，佔據人物心靈的卻是生命的
騷動：

　　　　公雞在黃毛懷裡動了一下，脖子一歪，瞪著黃金般的眼睛瞅了
　　紫荊一眼。這一眼如同一道電光，在紫荊的心上燙了一下。她的目
　　光一下子被公雞吸引住了。這是一隻少見的漂亮大公雞，遍身火紅

³　馬克思：《1844年經濟學—哲學手稿》第72頁，劉丕坤譯，人民出版社1979年6月第
　　1版。

色的羽毛，像一團燃燒的火苗子。脖子上的細毛像剪開的絲綢條條，柔軟又順溜地垂下來。尾巴是一簇高挑著的綠翎毛。公雞望著她，使她的皮膚灼熱起來。……

……她把上身探過去，把公雞接過來抱在懷裡，像抱著一個嬰孩。她用手撫摸著公雞羽毛，心跳得急一陣慢一陣。公雞羽毛蓬鬆柔軟，彈性豐富，充滿著力量。她摸著摸著，呼吸越來越急促，胳膊使勁往裡收。公雞拚命掙扎起來，尖利的腳趾蹬著她的胸脯，她感到又痛又愜意。

這真是一段神來之筆。先是驀然發現了一個美麗的生命，然後又貼近地感到了生命的溫熱、生命的力量、生命的騷動，紫荊的被壓抑被禁錮的情欲在生命力的衝擊下覺醒──由於世俗的和內在的壓力，紫荊是不可能也不允許直接地感受異性男子的誘惑的，一隻火紅色的大公雞，卻在出乎意料的情況下成了她的生命力和情欲迸發的媒介。

瓦西列夫說，「愛情是本能和思想，是瘋狂和理性，是自發性和自覺性，是一時的激情和道德修養……」[4]在莫言的筆下，突出著的是在這一組組相互矛盾之中的前者。就其現實意義而言，它顯示著中國當代農民真實的生存狀態。正如馬克思所言，根據兩性之間關係的程度可以判斷出人的整個文明程度，中國農村長期以來囿於生產力的落後低下，文化建設和人們的精神世界始終未得到大幅度的有意義的開發，人長期生活在蒙昧的自在的狀態中，很難產生精神上的高層次的追求，如同人的生理性條件在全部生活中佔有重要的地位一樣，在愛情中亦是如此。然而，這種人性的原始狀態，人性的混沌未開，在人性的和美學的意義上，又是一種正值，是值得肯定的，無論是對於封建主義的存天理滅人欲，還是以政治上的權勢為先決條件的門第聯姻、以財產為交換的買賣婚姻等等，它都高高地凌越於其上，置一切人間齟齬於不顧，置一切現實的功利的目的於不顧，向著愛情的淨土升騰。余占鰲和戴鳳蓮的「野合」是表現得最為出色的。他們不像紫荊和黃毛那樣，不可遏止卻又是戰戰兢兢地偷嘗著愛情的禁果，

4　《情愛論》第119頁，三聯書店1984年版。

也不像菊子和小石匠那樣，是初入人世，略識風情，而是兩個叛逆的靈魂的結合。他們不僅僅在愛情上是封建倫常的叛逆者，而且在全部生活中都是現存社會秩序的叛逆者，他們的愛情，成為他們追求生活自由的重要一環，因此也獲得了某種形而上的意義。他們比之於紫荊和黃毛、菊子和小石匠，就像中國古典文學作品中的崔鶯鶯和張君瑞、杜麗娘和柳夢梅比之於林黛玉、賈寶玉，同樣都是反抗不合理不合人性的封建婚姻制度，但在這種反抗中卻有著質的區別。如何其芳的精彩論斷：《西廂記》和《牡丹亭》的全部反抗都是對著「父母之命媒妁之言」的，並在最終還不得不承認封建秩序的不可觸犯並向之妥協的，張君瑞雖然得到崔鶯鶯的愛情，但卻不得不去進京趕考，博得金榜題名，方有洞房花燭。賈寶玉和林黛玉，卻是在對封建秩序的全面挑戰和批判的共同思想基礎之上建立的愛情，是「世上不肖」成雙，是低賤的「木石」對抗高貴的「金玉」，是蔑視功名仕途、聖賢經典、君臣尊卑的自由心靈的全部相通。余占鰲和戴鳳蓮的愛情，亦是寶黛愛情模式在社會底層的平民百姓身上的複現，只是他們來得更潑辣更熱烈更無所顧忌罷了。封建社會的四大繩索，君權，父權，神權，夫權，統統被他們踏在腳下，打個落花流水──他們敢殺人放火、扯旗造反，公開對抗現存的政權；他們敢於公開宣稱不承認自己的貪婪醜陋的父親，也能拔劍刺殺實質上作為自己的養父的和尚；戴鳳蓮臨終前的內心表達，不啻是二十世紀的「天問」，用自己的自由的狂放的一生向支配人的命運的「天」宣布了最後的挑戰；他們對於單家父子的反抗和刺殺，更是處於盡在不言中的默契。這樣的愛情，怎能不大書特書呢？

　　余占鰲和戴鳳蓮的愛情，既是有現實依據，中國現代社會的劇烈動盪、「禮崩樂壞」，使封建的道德倫常失去了規範人們行為的約束力，給叛逆者們提供了相對的活動餘地；它又是滲透著作家的主觀色彩、寄託著作家的理想的。莫言說，「山東是孔孟故鄉，是封建思想深厚博大、源遠流長的地方；尤其是在爺爺奶奶的年代，封建禮教是所有下層人的、尤其是下層婦女的鐵的囚籠。小說中奶奶和爺爺的『野合』在當時是彌天的罪孽，我之所以用不無讚美的筆調渲染了這次『野合』，並不是我在鼓吹這種方式，而是基於我對封建主義的痛恨。我覺得爺爺和奶奶在高粱地裡的『白晝宣淫』是對封建制度的反抗和報復。極度的禁欲往往導致極度的縱

欲，這也是辯證法吧！」[5]對於封建主義、尤其是現實生活中尚存的封建主義的痛恨，使莫言憧憬著高粱地裡的自由而熱烈的愛情，他不能自禁地為爺爺和奶奶唱起了讚歌。

莫言為了心中的理想而謳歌，但他並未因為理想而忘卻現實，並不為了理想而掩蓋現實。余占鰲和戴鳳蓮不但是自由地愛，而且還各自有著「愛的自由」。他們的愛情驚心動魄、出生入死，卻並沒有忠貞不渝，沒有始終如一，他們在踐踏封建道德時，把愛情中的互相忠實也棄之如敝屣。戴鳳蓮與鐵板會長黑眼姘居，又與羅漢大爺有染，余占鰲則先後與戀兒、劉媽有了私情。要是說，戴鳳蓮托身於黑眼，是由於客觀條件的制約，余占鰲被抓走，死活不明，作為一個女子，一個廣有家資又有姿色的孤女，在亂世英雄起四方的環境下很難生存，必得有所依託，正像她曾經認曹夢九為乾爹以求托庇一樣，她選擇黑眼作保護人也是順理成章的（雖然這並不排斥黑眼給她新的性體驗和性快樂），她的托身於羅漢大爺，也半是感激半是籠絡，羅漢大爺是這個家庭的重要支柱；那麼，就作家而言，他是寧願置這些現實的考慮而不顧，寧願突出在這種兩性關係中的性愛因素，以證明戴鳳蓮「年輕時花花事兒多著咧」，證明她的確是自由的精魂，「我奶奶是否愛過他（指羅漢大爺），他是否上過我奶奶的炕，都與倫理無關。愛過又怎麼樣？我深信，我奶奶什麼事都敢幹，只要她願意。她老人家不僅僅是抗日的英雄，也是個性解放的先驅，婦女自立的典範」。余占鰲與戀兒的私情，則純粹是兩性之間的健康肉體的吸引力，而沒有其他的盤算和考慮。至於他和劉氏，則更等而下之，幾乎是一種極度的痛苦和絕望中的暫時麻痹和解脫罷了。

這樣的筆致，越過了人們的心目中的神聖愛情的界限，必然會招致人們的指責，也會使人們陷入新的困惑，替莫言擔憂，照這樣去寫，能行嗎？其實，這正是莫言可愛之處，他並非不知道人們閱讀文學作品時的心理狀態，並非不能寫「發乎情止乎禮義」的愛情（如《民間音樂》）；但是，正如他在藝術上打破規範自創新辭一樣，他還力求打破人們的審美心理規範，建立新的藝術秩序。他寫的不是理想化的人性，而是現實的人

---

[5]　莫言《〈奇死〉之後的信筆塗鴉》，《崑崙》1986年第6期。

性，在顛倒的世界裡畸曲生長的人性，是強烈地扭曲變態的人性。「極度的禁欲往往導致極度的縱欲」，此語雖不準確，但部分地道出了個中情由。生命一旦獲得自由，它就急於品嘗各種各樣的食物，無論是美味佳餚，還是鴆酒毒藥，對於它都是新鮮的富有誘惑力的；它注重的是生命的冒險和生命的體驗，然後才有可能在生命的冒險和體驗的代價中得到教訓，建立起新的秩序和規範。同時，他們又確實是現實中人，受著社會文化心理的制約，戴鳳蓮的風情古已有之，余占鰲的佔有戀兒也不過是多妻制的一種變形。讓我們再把話題引到《紅樓夢》上。受到近代民主思潮啟蒙的賈寶玉，不也是這樣一個非分之徒嗎？他固然與林黛玉有生死不渝的愛情，但是，他不但也愛著晴雯，愛吃姑娘丫環嘴上的胭脂膏子，貪戀寶釵的豐腴的肌體，與襲人偷嘗禁果初試雲雨情，他還與秦鐘有過曖昧的關係。欲望的閘門一旦打開，那麼，它就不但有天神也有惡魔，不但能為善也能造惡，不但有情欲的健康活潑的美也有情欲的畸形變態的醜。不迴避不隱諱一味放任生命的自由所帶來的放浪形骸，正是莫言的長處。無論如何，僵死的、凝滯的生活舊秩序的打破，封建倫理道德的崩潰，畢竟是歷史的偉大進步，是大好事；新生的、帶有某種盲目性破壞性的力量，則會在實踐中經受檢驗，或者由於不斷地矯正自己的意識和行為而承擔歷史的前導，或者由於自身的弱點而使自己曇花一現迅即沒落，落個玉石俱焚，或者由於因襲的重負之沉重而迅速轉變成自己的反面，成為歷史前行的攔路石；無論如何，具有新的可能性、新的可選擇性，總比在僵死凝滯中兜圈子要好得多。余占鰲和戴鳳蓮的愛情固然不純潔不神聖，但卻帶有更多的人間氣息，帶有更多的生命歡樂，正因為他們不完美，他們才不是聖徒，正因為他們充滿七情六欲，他們才活得盡情盡興。對於生命與藝術之關係有深刻理解的尼采說過，「這裡我舉出一系列心理狀態作為充實而旺盛的生命的標誌，人們今天習慣於把這些標誌視作病態的。然而，在這同時，我們已經放棄談論健康的與病態的之間的對立了，問題只涉及到程度。在這一點上，我的看法是：今天被稱為『健康』的東西不過意味著下述狀態的一種較低級的水準，這種狀態在有利情形下會變成健康；我們相對來說都是有病的……藝術家屬於一個更強壯的種族。對我們來說會造成危害的東西，在我們身上會成為病態的東西，在他身上卻是自

然。」[6]或許，余占鰲們也屬於一個更強壯的種族，他的充實而旺盛的生命，使我們自慚形穢，卻視之為病態、視之為會造成危害，對於他，只不過是順乎生命之自然罷？

在「人欲橫流」的背後

莫言的作品，除了寫童年世界的之外，常常是要寫到性愛、寫到壓抑的和放縱的情欲的。在一個更廣大的範圍裡，則可以斷定，近年來文學藝術中涉及到性愛領域，更進一步地，以性愛為其描寫重點的，不在少數，其涉及的範圍之廣，從下層人民到知識份子到高級幹部，其動用的手段之眾，令人咋舌驚歎。以至於有人驚呼，從中國的現當代文學的濫觴之時起，還沒有一個時期像當前這樣，對性愛如此關注如此厚愛，以至於氾濫成災，大有陷文學、作家和讀者於萬劫不復之態勢。也有人指出，這是由於長期的禁欲主義所造成的心靈乏匱心理期待的補償機制在起作用。如何正確評價近年文學中的包括莫言作品中的性愛描寫，澄清事物的本來面目，對於我們認識當代文學的發展進程、確定莫言在這一進程中所佔有的地位和作用，都是難以迴避的課題。

先從所謂乏匱心理的補償機制談起。無須諱言，封建傳統根深蒂固的中國社會，其禮教倫常不但以理論形態出現，而且也以其潛移默化的力量改變和塑造著民間文化和人們的心理結構，根基深厚、流傳久遠，沒有一次次天翻地覆的變化，沒有一次次激流狂潮的席捲，它是難以被清除的。為了與之對抗，激進的人們也往往以放浪形骸的面目出現，元代的戲劇大師關漢卿的「我是個蒸不爛、煮不熟、捶不匾、炒不爆、響璫璫一粒銅豌豆」的曲子，就把眠花宿柳、風流魁首引為榮耀，現代文學的傑出作家郁達夫也以其特有的性苦悶性變態控訴著黑暗的社會對青年人的戕害；據實而言，新時期文學還沒有這樣赤裸裸的叫陣，沒有這樣不加節制的大瀉大補式的處方，更加複雜的現實生活，使他們不能佯顛作狂或真顛真狂，他們是小心翼翼地在性愛的禁區中試探著。十年內亂和隨後的全民族的大反

---

[6] 《悲劇的誕生》第360頁，周國平譯，三聯書店1986年12月第1版。

思，對封建主義禁欲主義和現代迷信的批判，實踐檢驗真理之標準在社會生活各個領域的確立，人的生活權利和情感、欲望、需要的合法地位的確立，以及對外開放、面向世界、在新的參照系下對現存生活方式的審視，無疑在愛情婚姻領域中掀起了巨大的衝擊波（有統計資料說，八〇年代的離婚率之高，是新中國成立以來少有的）。關於愛情和婚姻的理智的思考和情感的動盪，必然會波擊到以表現社會心理、人生命運為己任的文學領域，也會激發作家的探索熱情。但是，把文學中的性愛作品看作是在禁錮的閘門被打開之後、人欲橫流卻又無法滿足的心理補償，那不啻是把文學視作手淫，視作床笫淫亂的替代物，這不僅僅是對文學、對作家的褻瀆，更是對作為文學藝術的接受對象的廣大人民群眾的褻瀆。不能排除文學作品的情感功能中含有某些情欲的成分，正如現實中人的情感中也或隱或顯地含有情欲的成分，但是，文學具有某些能觸及人的情欲的功能，並不等於文學即是為滿足人的情欲而存在，正像人有情欲並不等於情欲即人。男女之間的關係表明著人的文明程度，是一個複雜的存在，作家們感興趣的也是借此以表現人的複雜的存在的。而且，就文學的未來發展而言，就人類進化的文明程度而言，性愛在文學中的地位也許會越來越得到加強，如同恩格斯所預言的那樣，「最後終有一天，至少德國工人們會習慣於從容地談論他們自己白天或夜間所做的事情，談論那些自然的、必需的和非常愜意的事情，就像羅曼語民族那樣，就像荷馬和柏拉圖，賀雷西和尤維納利斯那樣，就像舊約全書和《新萊茵報》那樣。」[7]恩格斯在這裡引用的荷馬和柏拉圖等，全是著名作家，《新萊茵報》則是他和馬克思主編的革命刊物。當我們讀著這段話，我們不是可以感到革命導師對於生活、對於人的充分信心和展望未來的博大胸懷嗎？

　　當然，恩格斯講的是關於未來的設想，我們的作家也很少有憑依未來而超現實地從容談論這些自然的事情的。恰恰相反，我們的文學，常常是借愛情之名行社會分析之實的，常常是沒有愛情的愛情，沒有情欲沒有衝動的愛情。作家們習慣於把愛情從感性的形式超拔到理性的推論之中，劉心武的《愛情的位置》是要為愛情在充滿革命和理想的生活之中爭可憐的

---

[7]　《馬克思恩格斯論文藝和美學》（下）第794頁，文化藝術出版社1984年版。

一席之地的，張潔的《愛，是不能忘記的》則是以文學形式探討恩格斯關
於沒有婚姻的愛情和沒有愛情的婚姻哪個更合乎道德的理論命題的，張弦
的《被愛情遺忘的角落》暴露農村的經濟貧困和買賣婚姻的復活，路遙的
《人生》則在愛情的選擇中含寓了農村青年對生活道路——代表現代文明
的城市與代表傳統文化的鄉村的選擇，靳凡的《公開的情書》表達的是用
科學主義戰勝現代迷信的信念，王蒙的《蝴蝶》探求的是革命與人民、幹
部與群眾的關係。這些作品的愛情描寫，帶有普遍的形而上的傾向，它以
愛情為線索，實則是依次展開了對於政治、經濟、社會生活、歷史文化的
再認識。這些作品中的愛情，不能不是蒼白的、觀念化的，但是，卻以此
為代價而深入了社會生活的廣泛領域，在別種意義上取得了成功，況且，
作家們本來也不是為了愛情而談愛情，而是由此及彼，得魚忘筌，不亦宜
乎哉！

　　形而上的傾向使作品中的愛情離愛情本身愈來愈遠，於是，也有人試
圖使男女性愛保持在感性的形式的層次上，不是以愛情為踏板躍入思辨的
空間，而是帶著男女性愛的粗野、鮮活，探索人性的深度，探索生命的真
諦。歸根到底，男女性愛是無法超脫於現世的羈絆的，但是，它也不再是
只具有表層的、引題入話的意義，它不再仰視著政治、經濟、文化諸範
疇，而是在自身的層次上吸收和融化這一切。正是在這形而下的性愛描寫
中，莫言佔有一定的位置，他以《金髮嬰兒》、《築路》、《紅高粱》系
列作品，與張賢亮的《男人的一半是女人》，蔣子龍的《蛇神》，王安憶
的《小城之戀》、《荒山之戀》以及賈平凹的《黑氏》等一道，構成了一
個可觀的陣容。

　　張賢亮的《男人的一半是女人》和蔣子龍的《蛇神》，都是以男主人
公的性愛糾葛表現十年內亂的社會生活和人物心理的，與張潔、王蒙等的
作品不同的是，作品中的性愛描寫擺脫了政治附庸的地位，顯現出它的非
理性的迷狂，顯現出衝動的情欲，它沒有經過理性的淨化，卻常常是與理
性相衝突，構成人物的人格分裂。要是說，這樣的作品是面向過去、總
結動亂中的人生的，那麼，莫言、賈平凹和王安憶的作品則是面向未來
的，是有著愛情本位的色彩的。《黑氏》中的女子，在政治和經濟變革的
時代中，得以掙脫舊的生活的束縛，終於有可能把政治、經濟諸因素置

之度外，可以按照性愛本身的選擇標準去選擇生活的伴侶了。王安憶的作品趨於寫實，《小城之戀》是寫由少年到青年的時期裡，在進入婚姻狀態之前的性的衝動和狂熱、性的快樂和痛苦的，《荒山之戀》則主要表現經過了婚姻的洗禮之後的成熟的愛情。性欲、愛情與婚姻的衝突，寫得精緻細膩，顯示出她的寫實的功力，莫言則趨於寫意，善於營構意象、渲染氛圍。他更突出的個性在於，他寫性愛，是將其作為生命強力的最高顯現，是寫生命的最深刻的衝動、又是生命的自由對現實的某種反抗的。《金髮嬰兒》、《築路》、《紅高粱》系列中的性愛，都是對肉體的迷戀，對蘊有生氣勃勃的生命力的肉體的迷戀，並在對象的生氣勃勃的生命力中體驗和實現自己的生機勃勃的生命力，並由此釀成「情殺」，表現出性愛的極端的嫉妒性和排他性，表現出生命的未經馴化的原始野性。余占鰲的刺殺單家父子是如此，孫天球的扼殺金髮嬰兒也是如此——在他的心目中，他不是虐殺毫無自衛能力的嬰兒，而是在消滅他的情敵小黃毛，嬰兒只不過是小黃毛的象徵罷了。

由柏拉圖式的理性的愛，到充滿熱烘烘的情欲的愛，由社會的理智的人，到生命的自然的人，由知識份子、領導幹部到平頭百姓、芸芸眾生，由形而上的彼岸，到形而下的此岸，這樣的演進軌跡使我們想到文藝復興時代的由但丁到薄伽丘。作為時代的先聲，但丁率先抒發了人對於愛情的渴望和讚美，但是但丁的《神曲》有著神聖的光環，是在天國的「水晶般的九重天」中得到夢寐以求的幸福，薄伽丘探求的則是塵世的幸福。「薄伽丘將愛情看得高於人的一切其他本性，他歌頌愛情的偉大力量、愛情的絢麗多彩、愛情的瘋狂和離奇、愛情的神聖權利。」「《十日談》描繪了『既渺小而又偉大的肉體節日』，這些故事早於提香和維羅內斯那些描繪強壯有力的男子和甜蜜多情的女子的油畫，而且，薄伽丘描繪得更其直率，更其揮灑自如」。[8]莫言的作品，就是寫愛情的瘋狂和離奇，寫既渺小而又偉大的肉體節日，寫強壯有力敢愛敢恨的男子和甜蜜多情的女子，只不過，在殘酷的現實面前，他們的愛也帶上了殘酷的色彩。在對現實的關注上，他沒有像張賢亮，蔣子龍和賈平凹、王安憶那樣投入更

8　瓦西列夫《情愛論》第247頁，三聯書店1984年版。

多的筆墨，應和時代的脈搏，勾勒出社會生活的側影，但是，在生命的飽滿充盈上，他是頗見功力，而且把愛情描寫化入他的生命感覺的世界之中的。

至此，我們也就可以回答，新時期文學的性愛描寫，絕不是什麼人欲橫流的產物，相反地，凡是嚴肅的作家，都力圖用他們的作品或者由愛情入手而切中時代弊病，或者對愛情本身作一嚴密的考察，或者在愛情描寫中反映時代變革，或者為繼往開來的時代呼喚元陽之氣；總之，它與卑污的拙劣的只求發洩的性欲渲染格格不入，卻是在提高著人們的愛情──從生理的和心理的兩方面加以提高；明乎此，那種驚呼性描寫氾濫成災的喧囂也可以休矣。

美麗的死亡和艱難的誕生

與愛情一樣，死亡在莫言筆下也是大書特書的。死亡，作為生命的終止，作為生命感覺、生命欲望的化為虛無，永遠令人感到驚顫，感到不可思議；但是，在生命的終止中有精神的騰越，有自己的選擇，人面對死亡並不就是無所作為、束手待斃的，人們把它用作爭取和捍衛生命自由的最高形式，以死的代價換取最輝煌的生命瞬間，於是，虛無化作充實，瞬間化作永恆，死亡化作美麗──我這裡用的是美麗而不是美，不是悲壯的「人生自古誰無死，留取丹心照汗青」的美，而是飄逸超脫、風流倜儻的美，抑或是淒婉空靈、瀟瀟灑灑的美。

莫言的作品中寫了那麼多的死亡，《秋水》中黑衣人的死，《老槍》中大鎖的死，《枯河》中小虎的死，《築路》中劉羅鍋和孫巴子的死，《紅高粱》系列中戴鳳蓮和羅漢大爺、余大牙和任副官、戀兒和成麻子以及一大批遊擊隊員的死……然而，這麼多的死亡，卻很少使人感到恐懼感到悲涼，感到毀滅的痛苦，也不像通常的那種「英雄犧牲」充滿革命豪情和偉大理想；他們的死亡，既不是以一個人的犧牲換來群眾的安全、全域的勝利，也並非像小甲蟲般無聲無息地逝去；他們每一個人都有自己的獨特的結局，又都具有美的魅力。

余大牙面向臭水灣子，望著在他腳下的水汪汪裡，野生著一枝綠荷，一枝瘦小潔白的野荷花，又望著灣子對面光芒四射的高粱，吐口高唱：「高粱紅了，高粱紅了，東洋鬼子來了，東洋鬼子來了，國破了，家亡了……」

　　這是余大牙被處決時的情景，他因身為遊擊隊員強姦民女而被處死，固然死有應得，卻由此表現出他的人性的複雜成分，表現出他人生的悲劇性──他「吃了十年抬餅」，自然不會懂什麼軍法軍紀、秋毫無犯，他是帶著一身土匪氣投入遊擊隊，準備去與日本鬼子作戰的，卻由於積習難改而伏法身亡；他不是什麼貪生怕死之徒，他面對死亡的坦然令人想到他本可以成為殺敵的好漢的；他是由於任副官堅持要嚴明軍紀而被殺，他口中唱的歌子卻也是任副官教唱的；他的可恨可殺之中表現出了他的可愛可惜。莫言對場面的處理和渲染，更突出了死亡的美麗，這並不在於作家脫離現實情境而造偽，而在於他行文時的精心調度。余大牙就刑的刑場，在客觀敘述中是污穢不堪的：「刑場選在一個積著一汪汪烏黑臭水，孳生著大量蚊虻蛆蟲的半月形灣子邊。灣崖上孤零零地站著一棵葉子焦黃的小柳樹。灣子裡撲撲通通地唱著蛤蟆，一堆亂頭髮渣子邊上，躺著一隻女人的破鞋。」這藏汙納垢的「絕望的死水」，只能令人掩鼻而過。但是，余大牙站在這裡，他注意到的卻是一支瘦小潔白的野荷花，和灣子對面光芒四射的高粱，唱的是慷慨的抗日歌曲，他在污濁中發現了美，他自己也在歌唱中顯出了美，一個罪犯的處決竟然如同抗日志士就義的刑場般美好。那支瘦小潔白的野荷花暗寓著受到欺凌的弱女玲子，光芒四射的高粱則是抗日殺敵的戰場，在余大牙望著荷花望著高粱的歌唱中，深藏著壯志未酬的遺憾，和作家的遺憾。人生由於有缺憾而充實，人性由於有污點而完整，死亡由於有寓意而淒美。

　　這是一種坦然的、無所畏懼的死，羅漢大爺的死則在生命毀滅之中有一種殘酷的美、真實的美。生命的臨終前的戰慄，對「活剝人皮」的精細的刀法的描繪，鮮血與胴體，痙攣與呼號，被戮者、戮人者、指使者和旁觀者的不同形象，使我們感到真切的痛苦，由真切而痛苦，同時也感到了生命的不同生存形態在極端環境下的不同顯現。戀兒的死也與此相近，當

一個母親為了保護自己的女兒而袒露出自己的胴體,橫陳在日本兵面前,顯示出「無私的比母狼還要兇惡的獻身精神」,這使多少男兒黯然失色!一些年內,在甜膩膩、軟綿綿的情趣中麻痺的神經,不能不為此一驚一振──生活的苦難中有著獻身的美,人世的卑污中有著人性的聖潔,在作品中多次出現的戀兒,只有在這時,方顯得分外動人,分外光彩,超拔於苦難污穢之上的,是與生命俱存的母性。我們在許多作品中讀到過日本鬼子污辱中國婦女,也不會懷疑《奇死》的真實性(請想一下也是寫山東地區抗日鬥爭的馮德英《苦菜花》中的有關場景),但是,只有戀兒,才在這被迫的情境之下作出過主動的(雖然這主動非常有限)選擇,即使是受辱,不也比那些束手就擒者多一些英雄品格嗎?戴鳳蓮在奄奄一息的昏迷中,在死神的不可擺脫的陰影籠罩下,並不是徒然等待生命的一點一滴的耗盡,卻把它變成回顧自己一生激情洋溢地發出自己的生命宣言的生命高潮,在垂死之際,人的靈魂仍然是自由的、自在的,充滿了奇情異彩。即使在無可選擇的困境中,生命依然要頑強地作出自己的選擇,證實自己的自由的本質。這難道不能給我們以深刻的啟示嗎?

由他殺到自殺,給生命以更多的進取和選擇自由,主動地結束生命以證實這進取和選擇自由,這是莫言筆下的另一種死亡。也許,先該提到鐵板會長黑眼。黑眼與余占鰲有奪妻之恨,後來,余占鰲又在鐵板會中取代了黑眼的權威地位,黑眼不能不懷恨在心。當黑眼在大出殯中受傷,他不顧一切地向余占鰲打冷槍,但是,在第一槍沒有命中要害之後,他沒有繼續向余占鰲開槍(他仍然有繼續開槍射殺余的機會),卻把子彈打進自己的太陽穴中自殺。盜亦有道,他們不放過除去敵手的機會,但他們又尊重機會均等的原則,從先前在河邊各打三拳以比高低,到每人一顆子彈,都體現著草寇之準則。黑眼寧願向自己開槍也不違背他們的「道」,不玷污自己的名聲,正是盜亦有道的美。

> 爹走進梨園。梨花如雪。爹把槍口沖下掛在樹上,又用一根細麻繩縛住槍難,然後仰在地上,用嘴含住槍口。他睜著眼,看著金黃色蜜蜂,用力一拉麻繩。梨花像雪片一樣紛紛揚揚地落下來。幾隻蜜蜂掉下來,死了。

這是《老槍》中「爹」的自殺，他在奮起反抗了對他橫加凌辱的柳公安員之後，為了擺脫隨之而來的報復和迫害，用家傳的老槍自殺。他也有意無意地選了一個很美的地方，紛紛揚揚地墜下的梨花，似乎是大自然對他的哀悼。他的死，表明了人的可殺不可辱。《枯河》中的小虎也是自殺的，幼小的生命不堪忍受粗暴冷酷的環境。他「以死使人震驚，以死證明了他並不弱小可欺。死使他昇華，死使他升騰，死使他如精神的幽靈壓迫在人類和宇宙之上，死使他成為了一種不容忽視的存在。」[9]他們用自殺戰勝了死亡，戰勝了環境。他殺和自殺這樣的非正常死亡，尚且沒有什麼可畏懼的，作為生命的自然終止的死亡，就更明媚可愛了。「陽光照著老太婆千皺百褶的臉，老太婆微笑著，好像入睡一樣，紫荊喊她她也不應聲。正午時分，柳絮像雪花一樣飄落下來，老太婆身上像落滿了白雪」（《金髮嬰兒》）。

在這眾多的又是美麗的死亡中，貫穿著中華民族特有的對待死亡的坦然態度。《秋水》中那一場火拼，在全篇中只佔有很小的篇幅，更要緊的是，黑衣人的死並沒有給生活造成什麼影響——不但因為它是這篇幅簡短容量卻很大的小說中的最後一個情節，還因為槍聲響後那個與黑衣人關係最密切的白衣盲女都不為所動，繼續唱著那一首顛來倒去的兒歌。這是從目睹死亡的人們的視角寫死亡的，以生者的眼光看待死亡，更便於我們考察論證。生活在自然懷抱之中的人們，春種夏鋤，秋收冬藏，目睹萬物的生生滅滅而又綿延不絕，感悟大化流行的必然規律，體察到生命的轉化和轉換，自然而然地對死亡持有達觀坦然的態度。女媧用黃土造人，《聖經》云：你來於塵土，必歸於塵土，應該說，二者有相通之處。但是，基督教的歸於塵土，是以靈魂升入天國獲得永生為條件的，中國人的傳統觀念卻是以子孫的延續為補償的。「不孝有三，無後為大」的訓誡，愚公面對智叟的辯難所講的子又有孫，孫又有子，子子孫孫無窮已，都在證明著中國人以子子孫孫的無窮無限克服個體生命的短暫無常的群體心理。天國是虛幻的，不可證的，子嗣卻是實在的，可感知的，天國是宗教神學的，子嗣卻是實用理性的。而且，死亡還是一種長期辛勞之後的休息，是對

9　莫言語。引自趙玫《淹沒在水中的紅高粱——莫言印象》，《北京文學》1986年第8期。

充滿苦難的生活的解脫，是漫長的人生道路上的一個休止符，也是人們反抗黑暗現實的最高武器──當人們在現實生活中無法實現自己的自由意志時，他們寧願以對死亡的主動選擇來實現和證明自己所擁有的、誰也無法剝奪的自由選擇的權利。

李澤厚在論述莊子的死亡意識時說，正因為莊子哲學是審美的而非宗教的，所以莊子並不要去解決個體對死亡的恐懼與哀傷，也並不追求以痛苦地折磨現世身心生存以換取靈魂的解救與精神的超越。莊子並不否定和厭棄人生，並不要求消滅情欲。相反，莊子是重生的，他不否定感性，他對死亡並不採取宗教性的解脫而毋寧是審美性的超越。他把死亡不看作是拯救而當作是解放，從而似乎是具有感性現實性的自由和快樂。[10]這自由和歡樂，解放和超越，把慘痛的生命之死亡化作審美意象，就是莫言筆下常常出現的飛翔感，即在那短暫的墜落中所產生的自由感、解脫感。飛翔，在廣闊的藍天白雲中自由自在地飛翔，這是人類千百年來的心願，也是每一個孩子的天真幻想；飛翔，是世世代代被生活重負壓迫得背彎腰折的農民解脫苦難的象徵，是被束縛在腳下這肥沃而又貧瘠的土壤上的勞動者掙脫現狀的企求；這永遠的夢幻可望而不可即，卻又是那樣深刻地埋藏在人們心中，伴隨著人們的一生，又在人們生死存亡的關鍵時候浮現出來。

被球狀閃電擊中的蟈蟈，「身體輕飄飄地離開了地面」，感到自己像一片羽毛一樣飄起來。

戴鳳蓮倒在血泊中，「完成了自己的解放，她跟著鴿子飛著，她的縮得只如一只拳頭那麼大的思維空間裡，盛著滿溢的快樂、寧靜、溫暖、舒適、和諧。」

「小姑姑像一隻展開翅膀的大鳥一樣，緩慢地往炕下飛去。她的小紅襖在陽光下展開，抻長，像一匹輕柔平滑的紅綢，在房間裡波浪般起伏著。」

面對著沉重的生活，人們寧願獲得片刻的超越和幻想的歡樂，但是，嚴酷的現實中人們又是無法飛起來的，人們還缺少凌空的雙翅。《球狀閃電》中那半人半鳥的怪物正說明了人們的困境。這個鳥老頭唯一會講的兩

---

[10] 李澤厚：《中國古代思想史論》第189頁。

句話「別打我——我要飛——」，說明了他在人世間所受到的摧殘，也表現出他的妄想狂的情結——脫離這無愛的人間，但是，他卻不得不在人間遭受戲弄和侮辱。生既無望解脫，那麼，作為結束人世痛苦的死亡就和人們的飛翔體驗自然而然地合二而一了，現實中無法實現的，借瀕死時的幻覺完成了。

與美麗的死亡相比，誕生就太缺乏色彩了。這並不是說，生命的誕生總是以母體的巨大痛苦為伴隨的，而是因為，人們可以選擇死亡，可以在死神面前以自由的挑戰者的身姿傲然挺立，人的誕生卻完全是無可選擇、不由自主的，是任人擺佈、無力自衛的。古希臘有一則神話說，彌達斯國王在樹林裡久久地尋找酒神的伴護，聰明的精靈西勒諾斯。國王問他，對人來說，什麼是最好最妙的東西？精靈木然呆立，一聲不吭。直到最後，在國王的強逼下，他突然發出刺耳的笑聲，說道：「可憐的浮生呵，無常與苦難之子，你為什麼逼我說出你最好不要聽到的話呢？那最好的東西是你根本得不到的，這就是不要降生，不要存在，成為虛無。」（尼采《悲劇的誕生》）作為無常與苦難之子，人與生俱來地就註定了要受痛苦，也許可以這樣說，人的最大痛苦就是生而為人——當然，必須補充說，人的最大歡樂也是生而為人。莫言顯然對於痛苦的一面更為敏感。在他的《棄嬰》中，他就寫了一個不該出生的女嬰，她一降生就被棄置於葵花地裡，被「我」抱回後，對她來說未必就是多大的恩澤，對「我」來說卻是極度的痛苦，一個弱小的生命，一生下來就被人世拋棄了，「我」既無法收養她，又沒有人願意把她接過去，陷入了進退不得的困境。這個故事的表層是講由於重男輕女的思想所造成的人們對女嬰的嫌棄，實際上，它反復詠歎的是「人性脆弱得連薄紙都不如」，使嬰兒連在動物意義上的庇護都得不到。《枯河》把出生的悲劇性表達得更為明晰：

　　他用力擠開鰻魚，落在一間黑釉亮堂堂的房子裡。小北風從鼠洞裡、煙筒裡、牆縫裡不客氣地刮過來。他憤怒地看著這個金色的世界，寒冬裡的陽光透過窗紙射進來，照耀著炕上的一堆細砂土。他濕漉漉地落在砂土上，身上滾滿了細砂。他努力哭著，為了人世的寒冷。父親說：「嚓，嚓，一生下來就窮嚓！」聽了父親的話，

他更感到徹骨的寒冷，身體像吐絲的蠶一樣，越縮越小，佈滿了
皺紋。

越縮越小，縮到哪裡去呢？縮到孕育他的母體裡去，那裡有溫暖，那
裡有保護，那裡有生命的交流，母親的給予，這在現實中是不可能的，但
卻有著心理學的依據，即被稱作是「孕育記憶」。當人世的重負不堪忍受
時，人就向兩極發展，或者是尋找生命的終點，或者是尋找生命的起點，
以從現實中解脫出來。《奇死》中的耿十八刀，在饑寒交迫之時，就幻想
著逃到母親的身體中去。「他的臉觸到遍地積雪時，感到積雪異常溫暖。
這使他想起了母親溫暖的懷抱，不，更像母親溫暖的肚腹，他在母親溫暖
的肚腹中閉著眼，像魚兒一樣自由自在地遊戲，不愁吃，不愁穿，無憂無
慮。能夠重新體驗在母腹中的生活他感到無限幸福，沒有飢餓沒有寒冷他
確實感到非常幸福。」這大概就是所謂人窮必返本的最高表現吧。

生命的起點，與生命的終點相通，都是無知無覺無生命狀態，孕育記
憶說到底也是死亡意識的一種變體，於是，孕育記憶也就以其溫暖幸福應
和著死亡的美麗了。

第六章

紅高粱
——生命的圖騰

> 春潮漲了！
> 春潮漲了！
> 死了的宇宙更生了！
> 生潮漲了！
> 生潮漲了！
> 死了的鳳凰更生了！
>
> ——郭沫若《鳳凰涅槃》

生命的正常態勢是生命的積極的活動，是這積極活動中透露出來的生命的偉力，哪怕是畸曲的人性，它依然在生長，依然有力量完成和實現自己的生命過程。與之相對立的，則是生命力的萎縮，生命的退化，亦即是莫言屢屢提到的「種的退化」。

「種的退化」一詞，似乎有些危言聳聽，但是，莫言提出它，是有著切切實實的人生感受為基礎，而且有著人—生命、歷史—美學諸方面的深刻蘊含的。意識到種的退化，不能不使人感到痛苦，感到悲觀，但是，莫言的悲觀或痛苦並不導向絕望和頹唐，而是由悲愴導向深刻，在對生活的直覺把握中敷衍出一個人類學的形而上的命題，並力求對此作出積極的、強悍的補救和復壯，要實現生命的復壯，重新恢復和發揚他所鼓吹的「紅高粱精神」，重新構築起一個強健的、進取的，表現著生命力的欣悅和狂歡的藝術世界，並以此呼應我們這個重新振奮民族精神、給古老的中華民族以新的生命活力、在世界各民族的生存競爭中由落後貧弱走向旺盛強大的不平凡的時代。

種的退化之悲哀（一）

莫言的作品中滲透著一派悲涼之氣。《紅高粱》是他寫得最熱烈最高昂的了，在爺爺奶奶（余占鰲和戴鳳蓮）和父親（豆官）兩代人的英雄史中，卻常常冒出來作為他們的後人的「我」的失落和惆悵，在既叱吒風雲又風流多情的前人面前，「我」總是不由自主地感到自己的渺小和可悲；這種失落和惆悵，渺小和可悲，在《紅高粱》中只是不能自抑的情緒，在

別的作品裡，卻是現實地展開，因而更有其強大的衝擊力。《老槍》也寫了三代人的故事，不過描寫的重點放在第三代人大鎖身上。一支槍，由當年「半夜三更槍雞子吱吱地叫」，到披滿了紅鏽，十幾次擊發都打不響，槍老了，這個家族也老了。奶奶用這支槍看家護院、馳馬打獵，親手擊斃無情無義、盜賣家產的爺爺，爸爸在忍無可忍的侮辱面前奮起反抗，為逃避報復用這支槍自殺身亡，到了第三代的大鎖，卻只能用這支槍打野鴨子充饑果腹，並稀裡糊塗地斷送了自己的生命。真令人有一代不如一代之感歎。莫言的作品，總是要寫到兩代或者三代人的，總是要在幾代人之間探討其遺傳變異的。爺爺奶奶那一代，敢愛敢恨，能死能生，敢殺人放火敢扯旗造反，男的剽悍勇猛女的風流俊俏。即便是《金髮嬰兒》中那樣一個平凡無奇的瞎眼老婆婆，竟然也有過驚世駭俗的浪漫史。到了父親母親這一輩，卻一個個都退化了。《爆炸》和《球狀閃電》中的雙親，善良勤勞卻又麻木愚昧，成為新的一代走向新的生活的沉重桎梏。《老槍》中的大鎖娘，為了避禍居然剁掉兒子的手指。「我」──兒子們這一代，似乎有些隔代遺傳，得到爺爺奶奶的某些稟賦，但仍然要遜色得多。這其中，雖然有楊六九和白蕎麥這樣的敢於主宰自己的生命的有為者，但更多的卻是繭兒、玉蘭這樣的蒙昧女子，「我」這樣對於陳舊的生活現狀幾乎是束手無策的多餘的人，刻意要開拓新的生活的蝲蝲和毛豔卻有些面目不清，敢於背叛世俗倫理的紫荊，與戴鳳蓮比起來，也不能不感到她身上過多過重的生命壓抑，黑孩也只能在虛幻的意象中去尋求光和熱，而在現實中卻被毆打得遍體鱗傷。

作為種的退化的重要標誌，就是人們越來越退縮到內心的生活之中，把自己封閉起來、與世隔絕，並由此充實荒涼、冷漠的內涵。人，同時面對著外在的現實世界和內在的心靈世界，健康的、活躍的生命，總是把自己的觸角伸到現實的生活之中，在開拓自由的生活空間之時也開拓自由的心靈空間，在現實中品味生活的真諦，體驗生命的泉流，全面地實現自己的生命的可能性。馬克思所推重的「人所具有的我都具有」這一古老格言，正是表達出全面實現自己的生命、全面佔有紛繁的生活，心靈的世界是統一於現實的世界的。戴鳳蓮臨終前的心靈自白，正是將心靈的世界與現實的世界的溝通和充分實現，她的生命欲望，是在現實中充分地展

開，完全地實現了的，「三十年紅高粱般充實的生活」，確實值得自豪，值得大寫特寫。爺爺奶奶的現實的世界，卻變成了「我」——故事的敘述者的心靈的世界，「我」是在對前輩的奇聞佚事的緬懷之中寄寓自己的生命欲望，而不是在現實中去實現自己的生命欲望；相反地，在現實中，「我」的生命欲望無從實現，「我」只能感到「機智的上流社會傳染給我虛情假意」，「骯髒的都市生活臭水浸泡得每個毛孔都散發著撲鼻惡臭的肉體」，高粱地裡的遊魂的生活，取代了現實生活而成為「我」生命的中心。在黑孩那裡，這種退回自己的內心生活的現象達到了極點。現實的一切，飢餓，寒冷，病痛，於他都無所謂了，自然需要喪失了，人與人之間交際的需要也喪失了，從來沒聽見他說過一句話，雖然他並不就一定是啞巴；現實生活的冷酷將他逼回到自己的心靈之中，以僅存的童稚之心溫暖著自己的生命。但是，在被壓縮得小而又小的外部世界的對應下，心靈的世界也並不寬裕，洸成血海的紅高粱和一隻玲瓏剔透的紅蘿蔔，一是生命的舒張，一是生命的凝縮，二者所構成的心靈空間是無法相比的。

種的退化這一意念的強化，通過《棄嬰》中的新的一代（第四代）的形象表現得異常分明：

> 我以前總認為我的故鄉是個人傑地靈的地方，幾天的奔波完全改變了我的印象。我見到了那麼多醜陋的男孩，他們都大睜著死魚樣的眼睛盯著我看，他們額頭上都佈滿深刻的皺紋，滿臉的苦大仇深的貧雇農表情。他們全都行動遲緩，腰背佝僂，像老頭一樣咳嗽著。我更加深刻地體會到了人種的退化。

固然，這其中不乏憤激之言，由於感到男孩在鄉村中的得寵和同樣具有生命的權利的女嬰的被遺棄被排斥所產生的激烈情緒，卻也給種的退化作出了生理學的證明。

非但是人的種族在發生著驚人的又不為人所察覺的退化，連自然界也在蛻變和萎縮。河枯了，狗老了，血海般的紅高粱被醜陋的雜種高粱（雜交高粱）替代了——

> 我反復謳歌讚美的、紅得像血海一樣的紅高粱已被革命的洪水衝激
> 得蕩然無存，替代它們的是這種秸矮、莖粗、葉子密集、通體沾滿
> 白色粉霜、穗子像狗尾巴一樣長的雜種高粱了。……
>
> 雜種高粱好像永遠都不會成熟，它永遠半閉著那些灰綠色的眼睛。
> 我站在二奶奶墳墓前，看著這些醜陋的雜種，七長八短地佔據了紅
> 高粱的地盤。它們空有高粱的名稱，但沒有高粱挺拔的高稈；它們
> 空有高粱的名稱，但沒有高粱輝煌的顏色。它們真正缺少的，是高
> 粱的靈魂和風度。它們用它們晦暗不清、模棱兩可的狹長臉龐污染
> 著高密東北鄉純淨的空氣。

作家的厭惡之情，溢於言表。在莫言的筆下，人與自然界總是相通
的，總是彼此呼應、融為一體的。相應於爺爺奶奶們的浪漫放縱的生命
的，是那令人神往的紅高粱的海洋，彌漫於天地之間的秋水，殘酷而又壯
烈的生死場，是戰火中驚飛起來的鴿群，是瘋狂中顯露著不可馴服的生命
意志的、與人展開生死搏鬥的野狗，即使是花鳥魚蟲，都那樣地充滿生命
的狂氣：

> 殘忍的四月裡，墨水河裡趁著燦爛星光交媾過的青蛙甩出了一攤攤
> 透明卵塊，強烈的陽光把河水曬得像剛榨出的豆油一樣溫暖，一群
> 群蝌蚪孵化出來，在緩緩流淌的河水裡像一團團漫漶的墨汁一樣移
> 動著。河灘上的狗蛋子草發瘋一樣生長，紅得發紫的野茄子花在水
> 草的夾縫裡憤怒地開放。這天是鳥類的好日子。土黃色中星雜著白
> 斑點的土百靈在白氣嫋嫋的高空中尖聲呼嘯。油亮的家燕子用紅褐
> 色的胸脯不斷點破琉璃般的河水，一串串剪刀狀的幽暗燕影在河水
> 中飛快滑動。高密東北鄉的黑色土地在鳥翼下笨重地旋轉。

幾十年之後，這一切卻都退化了。在《枯河》中，莫言大量地寫到的
是白楊樹「如華蓋如毒蘑菇」，「所有樹木都瑟縮著，不敢超過白楊樹的
高度」，「一條被汽車輪子碾出了腸子的黃色小狗蹣跚在街上，」「瘦弱

的雞鳴」，「可憐巴巴的紅薯蔓垛」，「半凝固的冰水」，一個苟延殘喘的世界容不得活潑潑的生命（攀樹登高就是活潑潑的生命的表徵之一）。在《奇死》中，莫言更是掩抑不住對雜種高粱的厭惡，他憤怒地向它們發洩著自己的憤怒和憎惡之情了。

種的退化之悲哀（二）

　　或許是因為在莫言的記憶裡，爺爺和爸爸兩代人的形象的確相去很遠，（《紅高粱》、《秋水》諸作品中的爺爺奶奶似乎都取自同一人物原型），現實中為艱難的生活重負壓迫得麻木不仁的父輩與傳說中風流倜儻的爺爺奶奶形成鮮明的對比；或許是因為，作品中的爺爺奶奶都是血氣方剛、年華似錦的年輕人，父母親卻是生命力正在衰竭的白髮人，人的生理年齡與生命狀況有其內在的聯繫；或許是因為，那遙遠的過去在記憶和講述中增添了理想的光澤，嚴峻的現實卻不容裝點出七彩長虹；或許是因為給莫言以深刻影響的福克納和瑪律克斯，在他們各自的代表作《喧嘩與騷動》和《百年孤獨》中，都是講述著一個曾經有著輝煌歷史的家族在數代之後的衰落凋敝；在《喧嘩與騷動》中，康普生家族——曾經是美國內戰中南軍中的英雄人物的沙多裡斯上校的後裔正在無可奈何地衰敗下去，康普生家的子孫們，有的自殺，有的成了白癡；《百年孤獨》中的奧雷連諾上校，曾經是叱吒風雲的英雄，是起義軍的領袖，可是，在百年的孤獨和隔絕中，這個曾經顯赫一時的家族滅絕了，它的最末一代生下來就帶有一條骯髒的尾巴，又被螞蟻吃成了一張皮；白癡和長尾巴，都是種的退化的鮮明標誌。

　　但是，這些有助於理解莫言的種的退化的意念之形成，卻還不足以發掘這一命題的全部蘊含。

　　以父與子兩代人的衝突展現社會的、歷史的、心靈的變化和發展，在文學中是常常採用的，巴爾扎克的《歐也妮·葛朗台》，通過父女之間親情之愛和金錢之欲的衝突，反映出赤裸裸的金錢怎樣把溫情脈脈的父女之愛打得粉碎，發出世風日下、人心不古之歎息；屠格涅夫的《父與子》，通過巴箚羅夫和父輩的衝突，反映了俄國農奴制改革前夕民主主義

陣營和自由主義陣營之間尖銳的思想鬥爭；巴金的《家》，通過一個大家
庭幾代人的矛盾衝突，展示了民主主義與封建主義的不可調和的鬥爭；一
般地說，父輩常常是作為現存秩序的代表出現的，子輩則常常是以新生的
對現存秩序的挑戰者而登上生活舞臺的。年輕人的狂放熱烈、無拘無束和
老年人的世故保守、頭腦僵化有一定的發展心理學的依據，更其重要的
是，無論是作為現存秩序的積極的維護者或消極的順應者，父輩都由於入
世較深，在生活中消磨盡了生命的力量和熱情，只有安分守己、聽天由命
或者醉生夢死、得過且過了，子輩不能不在生活的最基本的細胞——家庭
中，處處感到現存秩序的無所不在，也不能不由此而產生對父輩的反抗，
擺脫父輩給自己規定的生活道路，獨立自主地去尋找自己生命的形式。但
是，隨著時間地點環境的不同，這種反抗的強度和思想淵源也各自不同。
巴筍羅夫和高覺慧，由於分別受到先進社會思潮的影響，他們是義無反顧
地與父輩決裂，投入現實的社會鬥爭之中的；歐也妮・葛朗台憑著自己善
良的天性與父親抗爭，就不能不顯得軟弱無力，缺乏行動的積極力量；莫
言作品中的「我」這一代人，同樣是軟弱無力的，難以在對父輩的抗爭中
取勝，就連走在他們最前面的蝈蝈——一個新型農民，都難以在與父母的
抗爭中佔據上風，《爆炸》中的「我」，《枯河》中的小虎，也還不夠強
大，不能充分有效地保護自己，何況在自己的同代人和下一代中，還有那
麼多「死魚樣」的眼睛，那麼多父輩的複製品。為了能夠維護自己的存
在，他們戰戰兢兢、視若神明地請出歷史的亡靈、呼喚高粱地裡的遊魂，
來做自己的保護神，紫荊不就是從瞎婆婆的經歷中汲取了生活的勇氣嗎？
反過來說，以爺爺奶奶的靈光圈來為自己暗淡的生活增添一些色彩，不也
說明了「我」這一代人生活的困窘和悲哀嗎？

　　就社會進化、人類文明而言，都是由低級向高級發展的，但是，它也
帶來了另一面——隨著現代科學技術和社會組織的高度發展，人的生命活
動領域和強度都正在愈縮愈小，人的生命活力正在減弱，尤其是社會生產
力在由農業化到工業化、由個體的獨立自足到嚴密的勞動分工階段，人與
自然的相親相和的關係、人的生命的自然狀態，都被破壞了，新的秩序卻
還未能建立起來，人的生命的秩序也未能建立起來，因而不能不感到疲
憊無力；人類社會的發展是歷史的巨大進步，但同時又是以人性、以人

的肉體和精神的被扭曲被損害為代價的，恩格斯在《反杜林論》中指出這種現象：人最初為自然的異己力量所支配，後來又為社會的異己力量所支配；勞動的分工，限制了人的全面發展，限制了人的生命的全面佔有對象，舒適的生活條件，給人們帶來了各種享受和安逸，卻也容易使人沉溺於安樂。「我有時忽發奇想，以為人種的退化與越來越富裕、舒適的生活條件有關。但追求富裕、舒適的生活條件是人類奮鬥的目標又是必然要達到的目標，這就不可避免地產生了一個令人膽戰心驚的深刻矛盾。人類正在用自身的努力，消除著人類的某些優良的素質。」是的，在古希臘一具具體魄強健的雕像面前，在故宮裡一具具古代戰將碩大的盔甲和沉甸甸的兵器面前，在足球場草坪上奔跑的運動員面前，我們不能不自慚形穢。曾經有人預測，下個世紀人們的審美標準，將是禿頭、凹胸、矮子，人將要退化到空前的地步，這多少有些危言聳聽，但實際存在的環境污染、資源枯竭、軍備競賽等等全球性的危機，也使人越來越失去生命的安全或穩定感，越來越被新的生存危機所困擾，人在征服大自然的同時也毀滅著大自然，人在發展自身的同時也損害了自身，這大概不是難以理解的吧。

　　作為生活進程，時間是由過去流向未來，浩浩蕩蕩，不舍晝夜，作為人的心靈，卻是一端面向未來一端留在過去的，功利目的與心理需求，歷史尺度與審美價值，既相吻合又相矛盾。作為中國人的傳統心理，是重經驗重熟悉求安定求穩態平衡的，在經驗的一次次重複中獲得穩定和平衡，在熟悉親切的環境中求得心神安寧。對待學習，講求「學而時習之」，「述而不作」，對待社交，「白頭如新」，「傾蓋如故」，是以「新」─陌生、「舊」─熟識作為交友標準的，對待世事，則相信物極必反、周而復始，久而久之，就形成了強大的保守的惰性，把對於熟悉的事物的留戀強化到不可理喻的地步，情感常常拂逆生活，拂逆現實。如莫言自己所說，「問題的要害在於我是用感情評判生活而不是用理性評判生活。問題的要害是我也受著文化的制約」。對於莫言和他的鄉親們來說，余占鰲、戴鳳蓮那樣的浪漫生涯，群雄割據、稱霸一方，是他們世世代代已經熟悉的生活方式，由民而匪，由匪而民，亦民亦匪，對他們來說都不犯難，山東自古就是出綠林好漢的地方；當然，還有另一種生活方式，就是不管時事變幻，都安安穩穩地作順民，種田納糧，苦熬苦忍，也是他們所熟悉

的;在熟悉的環境中,他們應付裕如。可是,到了父輩和「我」這一輩
(即三十歲左右的一茬人),生活卻變得令人眼花繚亂、莫可明辨了。新
中國的建立是空前的,新中國建立後農村的變化也是空前的,無論是當年
的「窮過渡」、「一大二公」還是商品經濟、開放搞活,對於他們都盡是
些陌生的事物,人在陌生的環境裡,不能不感到慌亂,感到無所措手足,
感到雖然生活變化和改善了,在情感上卻難以對它產生認同。廣而言之,
懷舊是人的一種普遍的心理狀態,戀舊,也就是懷戀那凝結了一段生命的
過程、生命的體驗的往事,也就是珍惜生命,珍惜人類所走過的艱難歷
程,但是,這種情緒的膨脹,卻會使人的心理變得更加充滿偏激的色彩,
感情判斷取代理性判斷,對往事的迷戀導致對新事物的拒斥。這種微妙和
隱祕,有時是不易察覺的,有時是察覺了也奈何它不得。莫言在表達他對
於紅高粱的感情時說:「現在農民種植小麥、大豆、玉米,這些作物都比
高粱的營養豐富。由主食高粱發展到雜食小麥、玉米、大豆,這肯定是個
進步,是生活水準提高的表現。把喧騰騰的白麵饅頭和硬邦邦的高粱麵餅
子擺在一起讓我挑選,我當然也不會去吃高粱面餅子。可是一想到在高密
東北鄉廣袤的黑土地上曾經存在過的波瀾壯闊的高粱圖畫,我的心裡總是
浮起一陣酸溜溜的感歎。這也是高密東北鄉諸多矛盾中的一對吧。」[1]理
智儘管可以分析情感,卻無法代替情感、支配情感,面對著變化了的現
實,卻依戀著不甚遙遠的過去,往事,就是這樣地難以擺脫,心靈的天平
卻不由自主地發生了傾斜。

　　也許,種的退化的最深刻的內涵,應該到歷史的深處去找。幾千年的
封建社會,農民一直是中國社會的支柱,它資格最老,人數最多,力量
最大,它既承擔了從物質方面為社會提供生活資料的任務,又肩負著實現
改朝換代的政治鬥爭和軍事鬥爭的使命──中國歷史上的農民起義規模之
大、次數之多、影響之廣是世界歷史上僅見的,同時,它還要常常在異民
族的入侵中充當反侵略鬥爭的主力軍,而且,它在意識形態領域也產生著
不可估量的影響,我們固然可以說,血緣、倫理、仁政等儒家文化對封建
社會的政權建設和民族文化心理建構的巨大作用,但是,我們又怎麼能不

---

[1]　《〈奇死〉後的信筆塗鴉》,《崑崙》1986年第6期。

看到，在這些思想學說的背後，站著一個強大的農民階級呢？要是說，意識形態是經濟基礎的反映，那麼，作為農業社會的思想，怎麼會孤立於廣大的農民而獨自存在呢？固然可以說，儒家思想深入到社會生活的最基本最細微的日常生活之中，又何嘗不可以說，儒家思想是從最細微最基本的日常生活之中凝聚、抽象出來的呢？余占鰲的如此看重豆官的生育功能、如此看重血緣的延續，以及他的被五亂子煽動起來的鐵板王之夢，都可以為證。農民在漫長的歷史中掙扎了幾千年，奮爭了幾千年，卻是因為沒有一個新的、產生於封建社會機體之外的進步思想的引導，始終難以改變封建社會大一統的社會結構。現代中國的民主主義革命，則可以說，是外來的先進學說與傳統的農民革命的結合，即所謂馬克思主義與中國革命的具體實踐相結合，它喚醒了歷史地蘊藏在廣大農民身上的英雄氣概和創造精神，喚醒了他們為爭取做人的權利而浴血奮戰。轟轟烈烈的民主革命，不是像俄國那樣由城市推及鄉村，而是農村包圍城市，是以農民戰爭的形式進行的。一方面，新的思想武器給他們以煥發生命青春的契機，一方面，空前嚴酷複雜的鬥爭又強迫著他們把生命的潛能發揮淨盡，農民階級的生命力由此發揮到了極致，他們的生命空前充實，空前偉大，他們第一次卓有成效地把理想和現實、目的和手段、個人和階級、自身利益和全社會利益結合起來，盡情地譜寫出中國農民史上最壯麗輝煌的篇章。即便是余占鰲這樣的自發武裝，也曾接受過任副官給他們帶來的現代意識的影響，並且還在生死存亡的關頭與八路軍並肩戰鬥過，這樣一支隊伍也無法再把自己封閉在高密東北鄉的土地上，要自覺不自覺地接受時代風雨的侵襲，感受到現代中國的時代氛圍。作為中國歷代農民起義的最高表現，農民的歷史作用得到最大發揮，但是，盛極之後只能是漸衰，中國農民的命運，在當代是具有雙重悲劇性的。五十年代末期開始蔓生的極「左」思潮，從「浮誇風」「共產風」到「小生產者是產生新生資產階級的土壤」，農民一次又一次地被剝奪，最大的傷害、最嚴重的危機都落到了農民頭上，經濟的貧困，物質的乏匱，精神的蒙昧，嚴重地摧殘著農民的生產力和生命力。社會地位的淪落與生命活力的衰減是互為表裡的。但是，用來殘害農民的，又是他們自身所具有的空想社會主義性質的絕對平均主義、不患貧而患不均以及宗法制觀念等等。農民自身的階級局限性被空前地利用和表

現出來。同時，就社會發展趨勢而言，新中國建立之後所面臨的實現生產方式工業化的歷史任務，必然導致從生產方式、勞動組織、思想文化、經濟體制諸方面對農民的全面改造，也就是毛澤東所指出的嚴重的問題是教育農民。雖然為了完成這一歷史任務我們已經走過許多彎路，但這樣的趨勢，即傳統意義上的農民文化要讓位於現代文化，作為封建社會的生產關係的柱石的農民也在打碎封建社會之後完成其歷史使命，──現今的農村經濟體制改革，農業向工業化、商業化生產的轉變，雖然給農村帶來了新的繁榮，但嚴格地講，現代化進程中湧現的農村新人已非傳統意義上的農民，正如風雲一時的余占鰲與農民企業家蟈蟈之間的差異一樣。蟈蟈很難說是由傳統農民中土生土長起來的，毋如說他是以青年知識份子、一個受過現代文明啟蒙的高中畢業生的身分出現在農村的，他是擔負著用現代文明改造傳統農村的使命的；余占鰲者流在當代中國氣數已盡，後繼乏人。在這裡，傳統農民只有經過悲劇式的轉變，才能成為新型農民（新時期文學中寫這種悲劇式轉變的作品為數甚多，如王兆軍的《拂曉前的葬禮》、賈平凹的《雞窩窪人家》、王潤滋的《魯班的子孫》、張賢亮的《河的子孫》、鄭義的《老井》等等）。與那些用寫實的筆墨勾畫這悲劇性轉變的作家不同，莫言是直感地捕捉到了這一悲劇性氛圍，並把它融入種的退化這一命題之中，在農民的昨天和今天的鮮明對比中、在對余占鰲戴鳳蓮的生命傳奇的渲染和緬懷中，透露出心底的潛流。

紅高粱精神的復活

對於現代生活的舒適安逸所造成的人的生命的麻痹，對於現代文明給人的生命帶來的種種束縛，對於歷史的和現實的諸種因素造成的人的困境，莫言是無法忍受的，他的《透明的紅蘿蔔》、《枯河》等，就是帶著一種沉痛的悲涼和惡毒的快意的鞭撻，他無所顧忌地撕去生活的玫瑰色的表皮，直接顯示出生活的醜陋和人性的畸變，在《紅高粱》系列中，則表現為他對雜種高粱的咬牙切齒的咒罵和無力回天的哀歎，「但是我被雜種高粱包圍著，它們蛇一樣的葉片纏繞著我的身體，它們遍體流通的暗綠色毒素毒害著我的思想，我在難以擺脫的羈絆中氣喘吁吁，我為擺脫不了這

種痛苦而沉浸到悲哀的絕底。」請注意，作家並不是以冷峻的筆致和旁觀者的角度去刻畫這種生命的悲哀，而是以自己的全部身心感受這種悲哀，是帶著不能抑制的主觀感受的，而且，作家不只是面對他的父老鄉親面對城市的繁華優裕，並且在深刻地發掘自己的心靈，在自身驚悸痛苦地發現變了顏色、褪了鮮紅的血液，發現兔子般怯懦的耳朵，「被醬油醃透了的心」。

　　在特定意義上來說，《爆炸》與《紅高粱》是互相對照和重合的，這主要是指兩部作品中的人物關係近似，而在這近似的人物關係中我們卻發現巨大的反差。在《爆炸》中出現的，有父親、母親、「我」、妻子玉蘭和小女兒豔豔。在《紅高粱》中，這樣的人物關係給余占鰲的縱橫捭闔、揮斥方遒提供了充分的線索，他憤然殺死了作為母親的情夫的和尚，棄家出走，浪跡四方；他與戴鳳蓮衝破現世的種種束縛，以「白日宣淫」的愛情表現出他們對現存社會秩序的挑戰和蔑視；他視豆官為自己的命根子，保護著豆官與自己一道經過腥風血雨。《爆炸》中的「我」，卻在這各種關係中畏縮，斂聚，他沒有力量與之對抗，卻又不能完全順應這一切，他被置於尷尬的地步，勉其全力地應付著這一切仍然感到無力的痛苦——他面對父親，不得不感到父親的強大和自己的弱小，父親的權威幾乎使他窒息，「六十年勞動賦予父親的手以沉重的力量和崇高的尊嚴，它落到我臉上，發出重濁的聲音」，「父親像一件古老的法器燦爛輝煌」，「父親用古老的犁鏵耕耘著黃土地，在地上同時在臉上留下了深刻悲壯的痕跡」。這一連串的修飾語，「崇高的尊嚴」，「燦爛輝煌」的法器，「深刻悲壯」，不由自主地流露出「我」對於父親懷有的神聖、敬畏之情。這使人想起一位青年詩人的詩句：我無力反抗牆，我只有反抗這牆的願望。在這願望與牆之間，他只有殘酷地折磨摧殘自己，「我雙手揪住自己的衣服，用力撕扯著。我沒有權力打人，我有權力撕扯自己的頭髮，我有權力嚎叫，在這種瘋狂的發洩中，我流了非常渾濁、包含多種物質的眼淚」。他靠挨打、暈厥、自我懲罰而戰勝了父親，這戰勝又多麼像以身飼虎，多麼令人悲哀這弱者的勝利！對妻子，在無愛的婚姻枷鎖中，他還要表現出「機智的上流社會傳染給我的虛情假意」，以使她就範。對女兒，那種真切的、透入骨髓的父愛也無處尋覓，長久的離別，斬斷了父

女之間的血脈相連的關係。我以為，這足以袒露出莫言對自我的心靈的拷問，鞭鞭見血，處處透骨。唯有把自我置於其中，種的退化方令人驚心動魄。

> 一個蒼涼的聲音從莽莽的大地深處傳來，……我的整個家族的亡靈，對我發出了指示迷津的啟示：
>
> 「可憐的、孱弱的、猜忌的、偏執的、被毒酒迷幻了靈魂的孩子，你到墨水河裡去浸泡三天三夜——記住，一天也不能多，一天也不能少，洗淨了你的肉體和靈魂，你就回到你的世界裡去。在百馬山之陽，墨水河之陰，還有一株純種的紅高粱，你要不惜一切努力找到它。你高舉著它去闖蕩你的荊棘叢生，虎狼橫行的世界，它是你的護身符，也是我們家族的光榮的圖騰和我們高密東北鄉傳統精神的象徵！」

這就是莫言為救治種的退化所吶喊出的救世良方——純種的紅高粱，或紅高粱精神。中華民族的特定心理，總是與徹底的悲觀絕望無緣，大陸民族，少有海洋民族那樣在不期而至的狂風惡浪中葬身海洋的驚懼，沒有蠻橫無理的命運女神不容分說地割斷生命的線縷，相反，在一代又一代的耕耘中與大自然建立起和諧的聯繫，人付出給土地的，土地會加倍報償給人們，冬天裡死滅的，會和春風一道再生，大水災固然可怕，它挾帶的淤泥卻可以增加土地的肥力，即便是毀滅力最強最突然的地震，民間猶有「地動三年好收成」的歌謠，禍福相依，苦樂相隨，永遠不會絕望，永遠不會束手無策地等待厄運（像西元一千年前後西方的人們在醉生夢死中等待世界的毀滅那樣），中華民族性格中的優點和缺點，也都在這永恆的樂觀主義中顯現出來。即使是最深切地感受到生命的痛苦的莫言，他也沒有把種的退化看作是不可逆轉的，他沒有像西方現代派文學中的卡夫卡那樣，驚詫地看到人變作甲蟲，也不像斯特林堡那樣，以一種哲理性的幻想——青鳥來寄託他對於魑魅橫行的人世的積極希望；五四時期，郭沫若曾經歡呼在烈火中復生的不死的鳳凰，今天，莫言則把種的復壯的願望寄託給紅高粱精神，呼喚著紅高粱精神的復活。

　　莫言筆下的紅高粱，不只是通常的景物描寫，也不是簡單的擬人化比喻，而是在充分地寫實之中建立起的總體象徵。一方面，紅高粱是既抗旱又耐澇的作物，其生命力之堅韌，使它成為我國北方人民的主食之一；它並沒有甘甜如飴的味道，也沒有強烈的芬芳，可是，這極普遍極一般的什物，卻可以釀制出醇香醉人、令人熱血沸騰、生命衝動的烈酒，在平凡之中含蘊著神奇的魔力。一方面，紅高粱又與現代歷史上特定的時期有特定的聯繫，無論是《黃河大合唱》中的「青紗帳裡，抗日英雄真不少」，還是任副官教唱的「高粱紅了，鬼子來了」，紅高粱與中國農民的抗日遊擊戰爭密不可分，並成為歷史的記憶。紅高粱所具有的自然的和歷史的意義，恰與生命所具有的自然的和歷史的屬性相契合，而且，讀著《紅高粱》，它也自然而然地喚起我們對於那個特定年代的時代氛圍的回顧，喚起我們從別的文藝作品和歷史記載中獲得的紅高粱──青紗帳的記憶，並重新整理和構造這一記憶。因此，紅高粱對於我們是既熟悉又陌生的，熟悉，是因為我們大多見過紅高粱也聽到過紅高粱地裡的鬥爭故事，陌生，是因為莫言灌注於其中那樣深沉的底蘊，「每穗高粱都是一個深紅的成熟的面孔，所有的高粱合成一個壯大的集體，形成一個大度的思想」。

　　莫言所表現的紅高粱，是與人的生命融為一體、流轉貫通的。紅高粱不僅根紮沃土，受日月精華，雨露滋潤，還飽飲著人們的汗水、淚水，血水，直至那一具具倒在高粱地裡、在戰鬥中和屠殺中死去的人們的血肉之軀，人們的生命染得棵棵高粱紅，甚至在高粱酒中，鬼使神差地滲入了羅漢大爺的血，「奶奶用燒酒洗了臉，把一甕酒都洗紅了」。紅高粱呢，也把自己徹底地獻給人們，獻給大地，高粱地不但是抗敵的青紗帳，也是余占鰲和戴鳳蓮的合歡床，是死難鄉親的唯一遮蔽物，也是豆官在這裡認識戰爭的殘酷無情、認識人在戰爭中的殘忍和冷酷的課堂──受傷的日本兵在此拿出妻子和兒子的照片請求饒恕他的生命，豆官為此感動，余占鰲憤怒地斥責他，「兔崽子！你怎麼啦？你的眼淚是為誰淌的？是為你娘淌的？是為你羅漢大爺淌的？是為你啞巴大叔他們淌的？」「你竟為這個狗雜種流淚？不是你用勃朗寧打倒了他的馬嗎？不是他要用馬蹄踩爛你，要用馬刀砍死你嗎？擦乾你的眼淚，兒子，來，給你馬刀，劈了他！」《狗道》中還有很神奇的一筆，余占鰲是用「高粱秸上刮下一些城鹵般的白

色粉末」，用火藥和黑土，三者拌勻作為治槍傷的藥，「這樣的靈丹妙藥，什麼樣的重傷也能治好」。這一筆，是那樣不可思議，卻又那樣蘊有深意。

這就是紅高粱精神！正如一位有見識的批評家雷達所言，紅高粱不是比──淺顯的比喻；不是附──狹窄抽象意義的寄寓，而是民族生機的徵兆，宇宙大靈的幻化，它不斷出現在作品中，是作者試圖寓無形於有形、寓無限於有限、寓廣闊於具象、寓永恆於剎那的追求。一方面，它是人與自然契合冥化的象徵：紅高粱是千萬生命的化身，千萬生命又是紅高粱的外觀，天人合一，相生相長，讓人體驗那天地之間生生不息的生命律動，從而引向人與自然、生命與地域的重疊、合影，渾一的魂歸自然和宇宙之故鄉的境界。另一方面，也是較為顯露的一面，它又是歷史與現實契合的象徵，象徵堅韌、不屈、苦難，象徵復仇，象徵英雄主義，象徵純樸而狂放的道德，一句話，象徵偉大民族的血脈、靈魂和精神。（雷達《歷史的靈魂與靈魂的歷史》）還應該補充說，從紅高粱到高粱酒，從堅忍不拔到高歌狂舞、酒壯肝膽，從雄沉渾厚到狂放不羈、放任生命的衝動和欲望，二者是相通的，都是高粱的精靈、都是農民生命力的獨特表現。紅高粱是常態，高粱酒是變態，紅高粱是深廣的根基，高粱酒是峭拔的峰巔，紅高粱是生命的延續，高粱酒是因酒力而擺脫了外在和內在的拘禁之後的生命的狂歡。高粱酒作為紅高粱的變體，它類似於尼采所推重的酒神精神，也與古老的印度教有某些相通之處（雷達就直稱之為中華民族的酒神精神）。尼采曾經說過，「我至今不知道另外還有什麼方法，能像偉大的戰爭那樣有力地、可靠地給正在衰弱下去的民族灌輸那麼粗獷的攻城掠地的精力，那麼深沉地、無情無義的憎恨，那種殺人不眨眼的冷靜，那種周密組織大舉消滅敵人的狂熱，那種對待巨大損失，對待自己的生死，親人的存亡，毫不動心的驕傲氣概，那種震耳欲聾的靈魂激蕩」。[2]抗日戰爭作為近代史上規模最大的反侵略戰爭，作為中華民族由衰微走向民族復興的歷史轉捩點，作為反帝反封建鬥爭由弱到強、由局部到全國的歷史轉捩點，正是喚起了全民族的震耳欲聾的靈魂激蕩，也正是這震耳欲聾的靈魂

2　《西方現代哲學家評傳：尼采》，轉引自雷達《歷史的靈魂與靈魂的歷史》，《昆侖》1987年第1期。

激蕩，置之死地而後生的英雄氣概，才使一個古老民族起死回生。「余占
鼇用馬刀劈死求饒的日本兵，難道不是殺人不眨眼的憎恨和冷靜？他在妻
子死去，兒子重病，家園焚毀，部下喪失殆盡時表現的不屈不撓的氣概，
難道不正是對待巨大損失、對待自己的生死，親人的存亡，毫不動心的驕
傲氣概？流蕩在全篇的，難道不正是一種震耳欲聾的精神激蕩？莫言所全
力褒揚的，難道不也正是因偉大戰爭而高漲的民族精神？」[3]印度教最受
崇拜的神——濕婆和難近母，濕婆有許多表現形式，其中最著名的就是
「舞蹈之王」；作為宇宙的跳舞者，濕婆是創造與毀滅之神，在舞蹈中創
造與毀滅；難近母則是以多種形式表現宇宙女性力量的原型女神。她還以
濕婆的妻子的身分出現。在宏偉的廟宇雕塑中，他倆以熱情擁抱的形象出
現。印度教並不抑制性欲的快樂，他們的目標是把人作為肉體和精神的統
一整體來意識。[4]創造、毀滅和性愛，濕婆與難近母所代表的三種精神，
正與尼采所講的「性衝動、醉和殘酷，它們都屬於人類最古老的節慶之快
樂」[5]相吻合，殘酷的毀滅，激情的創造，靈與肉化為一的性愛；在殘酷
地毀滅敵人時不惜把自己也一齊毀掉，在激情地創造自己的新生活時敢於
打破一切塵世的拘束和禁忌，在性愛中獲得人與人、人與自然的最豐富的
交流；這些不正是余占鼇和戴鳳蓮的生命形式嗎？這能生能死、敢愛敢恨
的磅礴之氣，這敢於承受生命的大痛苦和大歡樂，敢於展現自己生命的全
部欲望、赤裸裸地顯示生命真諦的浩然之氣，不正是醫治可憐、孱弱、猜
忌、偏執、玲瓏精緻、聰明伶俐等現代病的祖傳祕方嗎？

　　紅高粱精神，不但在余占鼇戴鳳蓮那一代人身上顯現出強烈的光芒，
它也存活在黑孩們身上，只不過不像前者那麼光彩奪目。戴鳳蓮的心靈
歷程，可以視之為由紅高粱向高粱酒的發酵、醇化的過程，由普通的小
家碧玉變作狂縱的自由女神，余占鼇則更全面地展現了高粱酒—酒神精
神，他既是釀酒之人，又是嗜酒之徒，他可以每日飲得爛醉，又可以一泡
臊尿化薄酒為醇醪。黑孩、小虎、暖、紫荊等則是紅高粱精神的難得的遺
脈，他們更多的是在日常的、默默無聞的生活中保持生命的真性、追求生

[3]　雷達《歷史的靈魂與靈魂的歷史》，《昆命》1987年第1期。
[4]　轉引自《現代物理學與東方神祕主義》第68-69頁，四川人民出版社1983年版。
[5]　《悲劇的誕生》第351頁。

命的自由的，他們為維護自身的獨立不羈所採取的方式，或虛幻或誇誕，或求死或求生，平淡、瑣細、粗陋、淺近，卻無不在艱難的生活中顯示出頑強的生命力——在艱難的生活中生存並延續自己的後代是生命力的頑強，在不堪忍受的屈辱和折磨面前憤然將自己的生命擲向其間以示最高的反抗何嘗又不是生命力的頑強呢？尤其是與《爆炸》、《棄嬰》等作品中的「我」相比，對於二者的褒貶，無須多言。總之，紅高粱精神，作為生命的圖騰，作為「高密東北鄉傳統精神的象徵」，是莫言高高擎起的生命的旗幟，是他的農民式的理想主義的深刻寫照。也許，在他塑造紅高粱精神的時候，他帶有過於濃重的憤世嫉俗的苦悶，也更多地給紅高粱精神加上了主觀的理想色彩；也許，紅高粱精神並不是他尋找失落的家園的最後歸宿，而不過是其中的停靠站、歇足點——我們也但願如此地看到莫言不斷地毀滅自己親手創造的理想王國，而踏上更其艱難更其宏偉的創造之路；也許，多少有些圖騰化了的紅高粱精神——雖然這是對生命本體的崇仰——並不足以濟人濟世；但是，它畢竟給人們以一次強悍的衝擊，迫使人們去思考生命的真諦，喚起人們追求充實豐厚的生命的熱情，正視現實生活中的萎靡不振的生命狀態，那麼，這也就完全值得稱讚和首肯了。畢竟，追求的過程比終極目的更為重要，人們也只能在一次次地批判和反思生命不應該如何的思索中去嘗試著生命應該如何。紅高粱精神，由此也可以說不僅僅是凝結了農民理想主義和農民現實傳統的實體，它更是顯現出人類對現實的永不滿足、人對於理想的永遠追求吧！

第七章

悲劇是世界的形式

人所犯最大的罪，就是他出生在世

——卡爾德隆

　　莫言說過，悲劇是世界的形式，更是藝術的高巔。這句話裡，概括著莫言對世界對人生的獨特把握，以及他對於藝術基質的理解。是的，莫言的作品，都帶有濃厚的悲劇色彩，都在「把有價值的人生毀滅給人看」（魯迅語）。即便是在他寫的最為明麗亢奮的《紅高粱》系列小說中，仍然充滿了鮮血淋漓的悲慘景象：羅漢大爺被活剝皮時淒厲的呼喊和血肉模糊的軀體，雖然是作家寫在字面上的，卻依然撼人心魄；正在似錦年華的戴鳳蓮之死，是在對生命的歡樂的回憶掩蓋下的生命的離去；還有戀兒、成麻子、耿十八刀的死，「在幾萬發子彈的鑽擊下，幾百個衣衫襤褸的鄉親，手舞足蹈躺在高粱地裡」，以及余占鰲幾起幾落、直至從日本北海道返回村莊後的英雄末路之狀；這一幕幕都在洸洋血海的背景下進行，都籠罩在「我」——一個現代人的「種的退化」的悲哀氛圍之中。把生命的悲劇作為我們分析莫言的生命意識的最後一章，不但使我們可以勾畫出莫言的生命觀的大致輪廓，而且可以旁及他的生命觀與歷史觀、藝術與歷史真實等關係的思考。

生命的痛苦與原罪

　　對於莫言作品的生命悲劇的特色，也許在與近年中農村生活題材的悲劇性作品的比較中更容易識別它。和這些作品一樣，「大躍進」、「共產風」之後的大飢餓和十年內亂這兩段給當代中國農村造成巨大災難的歷史時期，經常纏繞在莫言筆下。但是，從災難對人們生活造成的破壞的角度落筆，與從人的心靈在這樣一種淡淡的背景下所進行的、並不就與之有直接、密切關聯的活動著眼，二者不但是由於藝術視角的不同，更重要的是其中表現出觀照生活的不同。不同的藝術視角，帶來不同的發現，不同的生活觀——站在什麼位置看生活和從生活中看到什麼，幾乎是互為表裡的。

　　曾經被譽為繼承了魯迅的現實主義精神的高曉聲，關注的是農村的貧困、經濟上的剝奪給農民帶來的生活拮据，在衣食住行方面的舉步維艱，

《李順大造屋》寫「住」的,《「漏斗戶」主》是講「食」的。張一弓也是關注著農村的經濟問題的作家,他發現,經濟的貧困,曾經給農民帶來巨大傷痛,甚至迫使他們鋌而走險,以身試法,如《犯人李銅鐘的故事》,但是,經濟狀況的改善,卻使農村的愚昧和野蠻成為突出的弊病,如《流淚的紅蠟燭》。古華的《芙蓉鎮》,以農村生活、民風鄉俗的變化,揭示著「左傾」政治給人們造成的身心創傷,借一個小鎮寫了六〇-七〇年代農村的政治生活。但是,卻很難用政治、經濟乃至文化等範疇描述莫言作品中的悲劇,政治、經濟、文化在他的作品中都有所涉及,但又不是表現的中心。他寫的是生命本體的悲劇──生的悲劇、死的悲劇、性愛的悲劇。在《高粱殯》中,他曾經給愛情作出如下的公式:

狂熱的、殘酷的、冰涼的愛情＝胃出血＋活剝皮＋裝啞巴

要說這裡有一點故弄玄虛地玩字眼,那麼,余占鼇與戴鳳蓮的愛情由於戀兒的加入而變得「由狂熱的天國進入殘酷的地獄」,卻是這最動人最狂放的愛情仍然會盛極而衰、由熱變冷的明證。這裡,似乎是有著不能自圓其說的矛盾的──我們盛讚過余戴愛情,這裡卻又出現對於這種愛情最終難以持續的評述,其實,這樣的矛盾首先是由作品本身造成的,《紅高粱》中余戴愛情的描寫和戴鳳蓮臨終時的自白,表現著這愛情的完滿自足,但是,在其後的《高粱殯》、《狗道》、《奇死》中,這愛情卻出現過裂痕,產生過苦痛,幾乎反目為仇。最直接的解釋,可以說這是這一組作品由於寫作上的前後相續中脈絡不貫通所致;但是,在故事線索的混亂中,卻表現出莫言自身的內在矛盾。他是在生命的現實與生命的理想、生命的整一與生命的混亂中產生彷徨和矛盾的。不能不承認,莫言是以充盈的浪漫主義激情、在理想的高度上刻畫余占鼇和戴鳳蓮的,而且在《紅高粱》這樣一個較為單純的情節──愛情浪漫曲與伏擊戰的交錯行進中,人物也相對單純,理想的色彩也濃一些;但是,一旦在隨後的幾部中篇小說中展開他們的行蹤,篇幅的擴大相應地要求作品容量的擴大,於是,作品中增添了許多人物、許多事件,這些人和事,並沒有完全順著理想化的趨勢延伸,相反,理想化的色彩卻越來越稀少了,可以說,在後四部作品

裡，那種由紅高粱的血海托舉起來的、帶有奇幻之美的余占鰲和戴鳳蓮，也由立於現實之上墜入現實之中，隨著他們的形象的不斷充實、豐富和發展，他們的此岸性、他們的粗鄙的一面都表現出來，他們被一點一滴地「醜化」了，以此為代價，獲得了人性的完整。因此，當我們講莫言的生命理想時，我們側重的是講余戴身上被作家的主觀激情改造過的部分，同時我們也意識到，莫言畢竟是以充滿現實感（雖然他的寫作方法未必是很寫實的）見長的，現實感常常不由自主地湧上他的筆端，並且在浪漫的愛情暢想曲中也塗抹上悲劇色彩。人的生命，即使在自由的生機勃勃的愛情中，依然隱藏著不和諧的分裂因子，在歡樂中也隱伏著痛苦。生命的悲劇也許真是與生俱來的了。

　　生命悲劇之於政治、經濟、文化等等原因造成的悲劇的不同，還在於政治、經濟、文化等等造成的悲劇，一旦將悲劇因改變或者取消，悲劇就會消失，相反，生命的悲劇卻是貫穿始終、不可消弭的。李順大在錯誤的農村經濟政策之下，幾十年住在豬窩裡，一旦撥亂反正，經濟好轉，他就美滋滋地造起新屋。陳奐生也擺脫了「漏斗戶」主的帽子，悠悠然地上城去賣油繩了。李銅鐘的悲劇終於結束，沉冤昭雪，歷史功過得到了公正的評價。然而，生命的悲劇卻與生命一樣長久。黑孩把他的全部欲望凝結到透明的紅蘿蔔上，但是，他卻徒然地拔光了滿地的蘿蔔也毫無所得，欲望是難以實現的，稍縱即逝的幻象則使人陷入更大的痛苦之中。那麼，欲望實現了又會怎麼樣呢？余占鰲為了實現自己的愛情，不惜殺人放火，還差一點兒被曹夢九抓去坐大獄，然而，一旦實現了對戴鳳蓮的佔有，他又別有所求了。一個人也好，人類也好，一旦脫離了蒙昧的動物界，一旦形成人類意識和自我意識，他就不得不為了自己的生活各方面的需要苦苦奔波。人，一是要生存，二是要溫飽，三是要發展，生存和溫飽，尚有一定的限度，發展卻是無止境的，不論向惡向善、不論非惡非善，都是永無止境的。這似乎是一個悖論，人越是獲得自由，人就越是感到不自由；人的文明層次越高，生命的悲劇感就越強——阿Q是不能自覺他的人生悲劇的，魯迅卻是以哀其不幸、怒其不爭的態度去刻畫「阿Q相」；羅曼‧羅蘭也是以睿智的目光讀《阿Q正傳》並從自身感知阿Q相的。赫拉克利特有一個聰明的比喻，人的知識好比一個圓：圓外面是未知的世界，人的知

識越多圓越大，它所感到的無知也就越廣闊。我們也可以說，人的欲望、人的自由的實現是一個圓，圓之外是壓抑和限制，人類越發展圓越大，人也就越是感到壓抑和限制的無法忍受。馬克思對此有精闢的論述：「古代世界提供了從局限的觀點來看的滿足，而現代則不給予滿足；凡是現代以自我滿足而出現的地方，它就是鄙俗的。」[1]更何況，莫言的悲劇感是多重的，他從農村走出來又以現代人的眼光反觀農村，發現了農村的種種落後、封閉、乏匱；他是帶著痛苦的印記告別農村踏上新的生活，但在滿足了他的求溫飽的欲望的同時卻又感到新的更深刻的痛苦；草莽英雄——現代傳奇的時代已經過去，新的英雄時代還未建立起來，人的天性的克制和扭曲並未帶來相應的補償；凡此種種，都使他感到深重的生命之痛苦，領悟生命之悲劇。

最能表達他這種痛苦感的，是生命的原罪。在此，莫言又一次陷入悖論之中。他在表達著生命欲望和生命自由的天然合理性，但與此同時比生命非罪感更強的是生命的原罪。戴鳳蓮臨終前的自我表白正是這種矛盾態勢的產物。在她慷慨陳詞、理直氣壯的激情中，不能不感到她正在激烈地為自我辯白、正在與假想的敵手論戰，並在這生命的辯護中激發出她最高的智慧、最徹底的情感，掙脫出這罪與罰的生命和靈魂的拷問。「天賜我情人，天賜我兒子，天賜我財富，天賜我三十年紅高粱般充實的生活。天，你既然給了我，就不要再收回，你寬恕了我吧，你放了我吧！天，你認為我有罪嗎？」天賜和天罰，在這裡糾織在一起。戴鳳蓮這樣的女子，是在迫不得已的情況下鋌而走險、走上與現存的社會秩序社會規範相對立的反抗道路；她並沒有像她的行動一樣，從思想情感上與現存的社會秩序社會規範徹底決裂，只不過那種認為自己有過錯有罪孽的隱憂一直隱而不發。現在，彷彿是天意的懲罰，猝然間死神降臨——她並不知道日寇的汽車已經開來，她是大模大樣地給余占鰲和他的隊伍送拃餅來了，卻突然中彈倒下。她不該死，卻要死了，她在驚恐之中要想對這飛來橫禍作出必然性的解釋，先前認為自己有罪的隱憂就湧突而出。我們激賞她在臨終之前仍然表現出桀驁不馴的叛逆性格，但是，把她的生命之歌推向最高潮的卻是原

1　《馬克思恩格斯全集》第46卷第487頁。

罪感，如同把奔騰的浪花激向天空的水中礁石。甚至早在她與余占鰲在高粱地裡「野合」之時，就在一片生命衝動的渲染之中出現了突兀的句子：

> 風平，浪靜，一道道熾目的潮濕陽光，在高粱縫隙裡交叉掃射。

　　十餘年後，她果然倒在這高粱縫隙裡的交叉掃射之下了。本來，人的原罪感是有普遍的潛在心理因素的。舍此，就無法說明，為什麼基督教的原罪說能在那樣多的人的心靈中得到呼應和迴響。人在世間的悲慘遭遇，既有必然性又有偶然性，既有因果性也有隨機性，並非總是可以理解和可以預設的。這種隨機性和偶然性，不能不給人們造成巨大的心理恐懼，在一個混亂的、禍福無常的世界裡，人是無法正常地生活的。人總是要本能地去給周圍的一切建立秩序——無論是客觀的真實的還是主觀的虛幻的秩序——對一切加以應用的功利的解說。一旦得到某種解釋，理解了災禍的根源，災禍的恐懼感就會大大減輕，而且更進一步地去規避災禍。有秩序、可理解和可規避，才能適應人的思辨性、理解力和主動性，才能使人與世界建立一定的穩定和諧。突發的災變——原罪——罪有應得——避免犯罪，避免懲罰這樣的思路，是以現實中的苦難為其出發點的。亞當夏娃偷吃禁果的故事含有深刻的哲理性。人爭取生命的自主權，爭取生命的自由，就必然要觸犯各種各樣的自然禁忌和社會禁忌，並遭受到預料的和未曾預料到的報復和災難。生命、自由、欲望即罪愆，悖論由此成立。不但確實犯下罪過的成麻子和孫天球在懺悔自己的罪行，連那些在苦難中掙扎和奮爭的人們也在原罪。《秋水》中，紫衣女郎對黑衣人心懷叵測，黑衣人雖然早有覺察，卻漫不經心地就死，顯然是因為他以為自己的死是罪有應得。《球狀閃電》中也有著原罪的氣息，上天應合了母親的呼籲而降下火雷擊中蟈蟈，因為他竟然異想天開地與結髮妻子離婚。《紅高粱》中任副官的走火自傷，平靜地死去，也不能說與原罪無關，正是他力主槍決了糟蹋民女的余大牙，從此與余占鰲結下深深的個人仇怨，他的不經意中的手槍走火，也許是解脫這種仇怨的最體面最自然的天意安排了。《老槍》和《枯河》，其作品的倒敘式結構，就是臨終懺悔式的——這並非妄自揣測，試將這兩篇作品的倒敘式、心靈直白式與《透明的紅蘿蔔》、《白狗

秋千架》的順敘式、客觀描寫式加以對照：黑孩和暖，都是正處在積極的行動之中，正在奇特地追求奇特的目的物，這追求的萌生和加強，追求的外部動作性，與作品的結構暗合。小虎是在自覺地走向死亡的途中尋找自己不得不去死的原因，小虎的爸爸媽媽和哥哥則將原罪上溯到自己家的上中農成分，大鎖則彷彿預感到了自己的毀滅，也在總結著自己一家三代的功過是非、總結著自己一家人與老槍的撕擄不開的關係。

這真是多蘊含的悲劇——人在生命的痛苦中掙扎或者死去，已經夠不幸了，但是，在這掙扎和死亡中，或者發自內心地、或者由天意昭示地、或者由別人譴責地為這不幸尋找不幸者自身的原因，懺悔自己的罪過，他們的肉體已經遍體鱗傷，他們的心靈還必須再被捅上一刀，持利刃者又往往是他們自己。原罪是一種解脫，但同時又使人感到更其深重的痛苦，感到心靈的被粉碎；反過來也可以說，原罪使人感到深重的痛苦，心靈被粉碎的痛苦，但同時又是一種解脫，罪與罰、因與果的荒謬的解脫。這樣，也就可以理解莫言常常在詛咒痛苦中又玩味痛苦，躲避痛苦中又尋找痛苦，為痛苦所激怒又被痛苦所安慰了。

理解了莫言的原罪和解脫，理解了莫言的詛咒痛苦又玩味痛苦，我們也就可以理解《奇死》中戀兒那似乎不可理解的一面了。在讀《奇死》的時候，我曾經百思不得其解地驚詫於莫言那怪誕的描寫：在豹狼成性的日本兵面前，戀兒眼前出現的是黑嘴巴黃鼠狼的幻影，對這黑嘴巴黃鼠狼的感覺，在小說前一部分的描述中，又不僅僅是痛苦和屈辱，從這痛苦和屈辱之中居然也透出某些興奮和快意：

> 每當那電擊般的感覺在她的脊椎裡奔突時，她就感到自己被一分為二，她在一個暗紅色的充滿色欲與死亡誘惑的泥潭裡掙扎，沉下去，浮起來，剛剛浮起來，又馬上沉下去。她的雙手似乎抓住了能幫助她攀上欲望泥潭的繩索，但一用力，那繩索也就變成了欲望的泥漿，她又無法自主地沉下去。在痛苦的掙扎過程中，黑嘴巴雄性黃鼠狼的影子一直在她眼前晃動著，它對她獰笑著，用它的剛勁的尾巴掃著她，每當它的尾巴觸動到她的肉體時，一陣興奮的、無法克制的叫聲便衝口而出。

　　也許可以說，這是一幅隱喻性的性交場景，雄性的黃鼠狼是某一男子的形象；也許可以說，這是莫言受到佛洛德關於生的本能和死的本能的論述的影響，而生吞活剝之——佛洛德認為，人的本能分為兩大類，生的本能和死的本能，「真正的生的本能就是性本能。因為它導致繁殖，導致新生命的誕生，並使人類的生命歷程得以延長」。與之相反，死的本能「是生物惰性的表現。它要求回復到事物的初始狀態，因而是保守的。像人這樣的有機體，其所源出的狀態是無機狀態，人身上那種具有保守傾向的本能所要求恢復的正是這種無機狀態，所以這種本能實際上就可稱之為死的本能」。「由於這兩種本能作用相反，又始終同時並存，這就使人的生命運動歷程總是帶著動盪不定的節奏。」[2]戀兒正是「在一個暗紅色的充滿色欲與死亡誘惑的泥潭裡掙扎」。但是，就其給人閱讀造成的印象而言，卻不能不是痛苦中的變態和玩味，在痛苦的極致中竟然產生了快意，或者說，痛苦和快意同時產生：

　　　　你的眼前又出現了黑嘴巴黃鼠狼的幻影。你又瘋狂地嗥叫起來。你的瘋狂刺激了日本兵的瘋狂，你的嗥叫引逗得日本兵齊聲嗥叫。

　　　　最後一個爬到二奶奶身上的，是那個年輕漂亮個子矮小的士兵。他滿臉羞慚之色……二奶奶忽然對他生出一絲憐憫，一絲絲像鋼針一樣的憂傷的甜蜜縈著她的痛苦麻木的心臟。

　　這些與戀兒為了保護小女兒捨身飼虎的總體悲壯互相衝突的段落，正是在痛苦中玩味痛苦、在痛苦麻木中感到憂傷甜蜜的病態和畸形。我們也可以仿莫言的話說：

　　　　生命的痛苦畸曲生長
　　　　原罪的解脫病態荒唐

---

[2]　《佛洛德後期著作選‧譯者的話》，第4頁，上海譯文出版社1986年版。

心靈的懺悔錄

原罪，是對痛苦的解脫，真誠地袒露自己的種種過失和罪孽，滿懷惡意和快意地對自己痛加鞭撻，以近乎苦修的方式超度自己；就此而言，莫言是以文學為懺悔，通過文學的手段宣洩自己的痛苦，也拷問原初的罪行，審判自己的靈魂。文學，成為他生命的痛苦和原罪的形式化。

莫言云：「人生的根本要義我以為就是悲壯或悽婉的痛苦。英雄痛苦懦夫也痛苦；高貴者痛苦卑賤者也痛苦；鼻涕一把淚一把痛苦暢懷大笑未必就不痛苦。大家都在痛苦中誕生，在痛苦中成長，在痛苦中昇華在痛苦中死亡。死亡是痛苦的解脫。但如果有靈魂，死亡也僅僅是痛苦肉體的解脫而不是痛苦靈魂的解脫。古往今來的痛苦靈魂在茫茫宇宙中徘徊著，遊蕩著，尋求解脫的方式。寄託痛苦靈魂的是藝術，解脫痛苦靈魂的也是藝術。以體驗感情痛苦為己任的藝術家即便是為娛悅的創造也至少帶著淡淡的哀傷，真正的、偉大的藝術品裡都搏動著一顆真正痛苦的靈魂。造美者和審美者實際上都把痛苦的藝術和藝術的痛苦作為治療心靈痛苦的良藥，作為包紮流血傷口的一條繃帶。因此，『藝術是苦悶的象徵』的大纛下，就站著一個我，我站在這面低頭喪氣、顏色灰暗的大纛下，還舉著一柄自製的小旗子，旗子上用藍黑墨水寫著：藝術是痛苦的結晶。」[3]

曾經為魯迅先生所推重的日本現代文藝理論家廚川白村，把藝術稱之為苦悶的象徵，他的以此命名的文藝學專著，莫言未必讀過，他是從自己的切身體會中悟出此情此理，而宣稱「藝術是痛苦的結晶」。他寫悲壯的痛苦，但更多地寫的是悽婉的痛苦；他寫英雄的痛苦，但更多地寫的是懦夫和弱者的痛苦，寫自己似乎是與生俱來的痛苦；他期冀著借藝術而宣洩自己的痛苦，卻不得不承認，在藝術中掘進越深，痛苦也就越深。

《罪過》，就是他的原罪的懺悔。莫言的筆下，一再出現過無愛的童年：黑孩脖子細長挑著這樣一個大腦袋顯得隨時都有壓折的危險，別人都說他給後母打傻了；小虎在父親、母親和哥哥的毒打下，憤怒得不可忍

---

[3] 莫言《我想到痛苦、愛情與藝術》，《八一電影》1986年第8期。

受，心臟像鐵砣子一樣僵硬：這無愛的童年，對作家的刺激相當之深，迫使他不得不一次又一次地尋究個中原因，以便從中解脫出來。《枯河》中小虎從楊樹上墜落，砸壞了村支書的女兒，也砸碎了全家人幻想著靠支書的恩典改變家庭的現狀、擺脫厄運的夢，這已經接觸這一命題，小虎的罪過是加重了家庭的厄運。但這樣一個以社會地位、人際關係的變化為主旨的起訴書，似乎還不足以使被告人小虎——「我」服罪。於是，又有了更進一步拷問自己心靈的《罪過》。

《罪過》很容易使人聯想到希區柯克的影片《愛德華大夫》。「我」和弟弟小福子到河堤上看洪水，弟弟極其偶然地失足落水。小福子被從洪水中救出後，又遇到極其野蠻的「搶救」，最終死去。「我」——大福子雖然是無辜的，可是在他的心靈裡，的確是對受寵愛的弟弟懷有嫉恨的。「小福子的腮上凝結著溫暖的微笑，我的牙齒焦黃他的牙齒卻雪白，他處處比我漂亮，任何一個細枝末節都有力地證明著『好孩子不長命，壞孩子萬萬歲』的真理。」因此，弟弟遇難，他卻感到惡毒的快意，似乎就是他自己為了報復父母親的不公正對待而把小福子推下水中的：

> 娘跪在小福子身邊，含糊不清地禱告著。我一點不可憐她，我甚至覺得她討厭！我甚至用灰白色的暗語咒罵著她，嘲弄著她，從她迷眊的眼珠子裡流出來的眼淚我認為一錢不值。你哭吧！你禱告吧！你這個裝模作樣的偏心的娘！你的小福子活不了啦！他已經死定了！他原本就不是人，他是河中老鱉灣裡那個紅衣少年投胎到人間來體驗人世生活的，是我把他推到河裡去的！

請注意這裡表現出的多重關係，多重罪過——父母親偏愛聰明英俊的小福子，使大福子感到憤憤不平，他強烈地譴責父母的偏心眼，天意也好像有意識地懲罰不公平的父母親，奪去了小福子的生命；這是父母親的罪與罰。但這懲罰又太過於嚴重了，「我」嫉恨弟弟、盼他死去，就等於是「我把他推到河裡去」，是我的罪過；這就不但為大福子遭受新的不公正待遇和喪失父母之愛尋出了病根，而且為莫言的其他作品中受折磨受痛苦的孩子們原罪，找出了這一問題的最後癥結。黑孩不就既有後母又有後母

所生的弟弟嗎？同胞的兄弟姐妹之間的爭奪父母之愛，以及這種愛的失落的痛苦，都通過小福子的死得到了發洩，同時卻又加深了心靈的痛苦。這加害於弟弟的痛苦對於一個幼小的孩子，未免過於沉重，未免無法支撐，於是，他又把這一事件置放於先前聽說過的老鱉的故事之中，用虛幻的傳說掩蓋無法直面的現實，把弟弟設想為河中老鱉灣裡那個紅衣少年投胎人間，他沒有落水而死，他只不過是又回到他先前的家園中去過他應該過的生活去了：在那裡，有閃閃發光的金綠豆芽，有佳餚盛宴，有鮮豔的紅花，有一個鱉精的王國，小福子沒有死，更不是「我」把他推下水的，他只是回家去了；即使「我」推了他一把，也只是助他一臂之力。「我」是沒有過錯的。要是說，《紅高粱》中的戴鳳蓮在臨死前是用非罪的方式原罪，那麼，大福子則是用原罪的方式非罪的。

在這篇作品中，並沒有陰沉沉的氛圍，文字的輕浮淡漠，適應著作家在痛苦中玩味痛苦、在原罪中解脫罪過的內在情緒。然而，罪過是不可解脫的，「我」不但憎恨過死去的弟弟，還害怕尚未降生的嬰兒會再一次替代自己在家庭中的地位，「我看著娘日日見長的肚子，心裡極度厭惡」。但是，與此同時，「我」卻一直在裝啞巴，「小福子淹死之後，我一直裝啞巴，也許我已經喪失了說話的機能」，這是在為自己的罪過贖罪了。世間不乏有通過形體的自殘來表現自己的痛苦和贖罪的，俄狄浦斯就是用弄瞎自己的雙眼懲罰自己弒父娶母的罪過的。大福子的裝啞巴，也是一種自殘，是對自己的舌頭的想像中的割棄。推而廣之，我們也就可以理解莫言為什麼寫了那麼多大大小小的啞巴和沉默不語的人，理解莫言這一筆名的隱蔽的意義，在這無聲的沉默背後，隱藏著多少痛苦的祕密，隱藏著多少無法表達的痛苦的祕密。

真正的、徹底的沉默，是很難實現的，只有死亡才是真正的沉默。魯迅先生有言，沉默呵，沉默，不在沉默中爆發，就在沉默中死亡。莫言在文壇上的異軍突起，是由他的在積蓄已久的痛苦的沉默中爆發所造成的。痛苦難與人言卻又不能不言，沉默到了頂點是面對著大庭廣眾所發出的呻吟和懺悔，痛苦無法隱忍就索性展示出血淋淋的真相，文學就是向眾多的人傳達自己的痛苦體驗、展示人生真相的方式，「寄託痛苦靈魂的是藝術，解脫痛苦靈魂的也是藝術。」「藝術是痛苦的結晶。」

　　生命的痛苦之於文學藝術的意義，王蒙對此有精闢的論述：文學是一種生命現象。文學像生命本身一樣，具有著孕育、出生、饑渴、消受、蓄積、活力、生長、發揮、興奮、抑制、歡欣、痛苦、衰老、死亡的種種因子、種種特性、種種體驗。這當中最核心的、占支配地位的，是積極的生命的痛苦。它不是由於社會狀況帶來的個人之痛苦，而是指與生俱來的一種積極的痛苦。生是痛苦的，死也是痛苦的，飢餓是痛苦的，愛情也常常是痛苦的，覺得自己還幼小、還不如別人是痛苦的，覺得自己付出了許多的時間、許多的生命、許多的代價終於成熟起來終於有所作為也是一種難言的痛苦。希冀的、要求的做不到、達不到、得不到是痛苦的，做到了、達到了、得到了又會立刻為已逝的時光與下一個目標而痛苦……這種痛苦便是生命的內在的及與外界對象的矛盾衝突的表現。它不是消極的，因為它不因痛苦而遁入空門、而懼怕生活，它恰恰因痛苦而追尋而探求而行動而激揚而積極運轉；而這種積極的運轉也便是生命的最大的歡樂、最大的成功。本源是痛苦，歡樂是因痛苦而奮鬥的結果。文學正是這種積極的痛苦的表現，是昇華，是揮發，也是一種虛擬的實現，是調節，是補償和慰安。文學從來都是生命的需要，是作家個人的需要也是讀者公眾的需要。在文學中，這種積極的痛苦得到表現、激發、共鳴、理解、疏導、安慰，得到補償的滿足。[4] 王蒙的這一大段話，充滿了思辨色彩，充滿了成熟的智慧，是新時期文學發展到現階段即生命本體、生存狀況受到文學的極大關注和積極表現，成為文學的重大課題時的充分的、理論性的表述。也為我們理解莫言所說「文學是痛苦的結晶」提供了新的思考工具。在優秀作家之間，總有一些基本的感覺和思考是相同的。

　　但是，三十歲的莫言不同於「故國八千里、風雲三十年」中變得洞達明澈的王蒙，他既沒有王蒙作品中的青春氣息和五十年代建立起來的理想主義光芒，也沒有王蒙在風浪中練就的大徹大悟；他不是將歡樂認作是因痛苦而奮鬥的結果，而是緊緊地扭住痛苦不放，在痛苦中浮沉，抒瀉心中的痛苦，表達心靈的懺悔，因認識了痛苦的價值而歡樂。生命就是痛苦，痛苦成為人們存在的形式；生命是天然合理的，痛苦也是天然合理的，生

---

[4]　王蒙《文學三元》，《文學評論》，1987年第1期。

命有其價值，痛苦也有其價值。痛苦的價值，並不在於它必然會以歡樂為補償，痛苦和死亡，並不就期許著歡樂的補償和生命的再生，災難過後，也未必就會物極必反地迎來幸福；與歡樂相比，痛苦的概率要高得多。所謂否極泰來，所謂苦盡甜來，往往是人們樂觀的想像，而並非必然的因果關係。小虎死了，他的死既沒有也不可能給他們家的生活帶來什麼可喜的變化，對於村民們也不會產生什麼影響。大鎖死了，死得不明不白，既沒有蓋世之功、永垂不朽，也不會引起什麼人的懷念，他是一個人悄悄地死去的，還把那支祖傳的老槍也帶了去。活著的人們，也無法擺脫生活的苦難。痛苦的唯一價值就是，當人們感到了生存的痛苦時，他們也就感到了痛苦的生存。歡樂容易使人沉醉、忘我，欣欣然莫辨物我，痛苦則把人孤立起來，獨自承受生活的重負，並借此發現自己的生命潛力和心靈深度，戴鳳蓮的生命自白，就不是產生於愛情的狂歡時刻，而是產生於生命的彌留、死亡的痛苦之中。生命如洪流，痛苦如礁石，在礁石的激發下，洪流才能湧起千堆雪，才能濁浪拍空；生命如鋼刀，痛苦如烈火，只有在烈火的燒鍛中，鋼刀方能增強了韌性，更純粹更耐久；當然，也不排除另一種可能性，枯水季節，一脈淺水在巨礁下嗚咽、迴旋，百轉而不得出，鋼刀的承受力有限，在烈火中斷裂，化為廢物，但是，這嗚咽迴旋，這斷裂廢棄，仍然是生命曾經存在過的別一種證明，正如痛苦是生命的證明，懺悔是心靈的證明，悲劇是世界的證明一樣。甚至可以說，對痛苦的感知，亦是生命自由的一種表現方式。痛苦無法逃脫，但人在痛苦中卻未必就感受到覺察到痛苦，當阿Q在就戮之時仍然會無師自通地喊出「再過二十年又是一條好漢」，其心靈之麻木不仁可鑒。列寧就說過，奴隸中有三種人，意識到了自己的奴隸地位並奮起反抗的是革命家，沒有意識到自己的痛苦的是奴隸，在現狀中企圖投靠主人以改善自己處境的是奴才。由此可見，即使在命運無法選擇、人身沒有自由的客觀條件下，人仍然可以看其是否有清醒的感知、感覺到自身的痛苦而判別其優劣高下，人仍然可以憑對痛苦的感知而保持心靈的自由。要是說，余占鼇戴鳳蓮可以算作土生土長的農民革命家，那麼，莫言筆下的別的人物則可以說是介乎於革命家與奴隸之間的，他們已經有對自身痛苦的深切體驗，但是卻還沒有真正改變自己的生活的能力，他們因自身的軟弱無力而更加痛苦，卻又因具有對痛苦的

自由感知而自許自慰。其極致，就是像《罪過》中的大福子那樣，如果沒有痛苦，那就有意識地製造一些痛苦出來，以便製造對痛苦的感知和體驗——

　　屁股似乎痛又似乎不痛，口裡有血腥味又似乎沒有血腥味。我很惶惑，便坐在了土牆邊，我的身左身右都是淺綠色的新鮮麥苗兒。我坐著，無聊，便研究臏骨下的毒瘡。我用鏽鐵片劃開瘡頭，膿血四溢時，我感到希望破滅了。人身上總要有點珍奇的東西才好。後來，我用鏽鐵片在左膝臏骨下劃開一道血口子，我用鏽鐵片從右膝臏骨下的毒瘡上刮了一些膿血，抹到血口子裡。等到右膝下的毒瘡收口時，左膝下一個新的毒瘡已經蓬蓬勃勃地生長起來。

　　人憑著感覺感知世界，感知自己的存在，一旦這感知變得不那麼確切，屁股不知是否在痛，血腥味似有似無，於是，對自我的存在也失去了確證，因此才產生惶惑，才惡作劇般地折磨自己、感染毒瘡，肉體的疼痛讓位於感覺中的確證，自討苦吃又是自由意志的一種畸變。由此，我們也就可以理解為什麼黑孩的痛感奇蹟般地消失，他伸手抓起剛燒過的鑽頭，把手燙傷，鑽子沉重地掉在地上。但是，他又「一把攥住鋼鑽，哆嗦著，左手使勁抓著屁股，不慌不忙走回來」，「手裡冒出黃煙」，卻死也不扔掉鑽子。不能說他沒有巨大的燒灼的痛楚，從他左手使勁抓著屁股的動作，從他「哆嗦著」，都可以察覺他在忍受怎樣的疼痛，但他卻不撒手。這樣的舉動沒有什麼功利上的意義，卻顯示著人面對痛苦而從痛苦中超度。第一次被燙，黑孩是不經意的，第二次撿起鑽子，卻是他有意識地與痛苦角力，通過忍受痛苦而超越痛苦，通過把現實的痛苦轉化為心靈的選擇而確證自己。黑孩的兩次燙傷與大福子的兩次生瘡，是具有相同意義的。

　　在更深層的意義上，原罪和懺悔亦是如此。玩味痛苦，就表示人對於現世痛苦卻可以具有相對自由的感覺和心理活動；只有自由的靈魂，才能夠原罪和懺悔，人之所以懺悔已然，也就說明著存在著別種可能性、可選擇性；在原罪和懺悔、玩味痛苦和製造痛苦中，都顯示出內在的自由感知，不過，這自由感知已經帶上一半病態一半醉態了。

　　然而，這畢竟只是弱者的自由，一種自虐式的自由。儘管莫言對此傾注了極大的熱情，而且在某些細節上（如黑孩握鑽子的細節）令人感到由於精到的描寫而產生的穿透力，但這種自虐的自由只能更加令人感到生命的痛苦。要是說，意識到自己的痛苦，可以是人生自覺的開端，但是，無力擺脫這痛苦、改造這痛苦的所由產生的環境，相反，卻病態地迷戀上這苦難，進而去人為地給自己製造新的苦難，這未免是飲鴆止渴了，未免是由人生自覺的開端墜入苦難──忍耐──原罪──尋找新的苦難的惡性循環了。余占鼇和戴鳳蓮，曾經以他們生命的生機勃勃為自己開創了一個現世的、此岸的、充實豐滿的人生，充分地發揚了生命的潛能，他們也有痛苦，他們也給自己給別人帶來和製造過痛苦，但他們的生命是充分地向著外界開放的，是將生命的元陽之氣充塞於天地之間的；到了「我」和黑孩，卻只能將生命的觸角蜷縮於自身，在對痛苦的玩味和迷戀中自虐；人的存在已經卑微到了如此地步，他只與苦難有緣，一旦離開了痛苦便「今日吾喪我」，便不能把握自己的生命狀態，痛苦由生命的伴隨變作生命的全義；而且，莫言對此還常常流露出相當的讚賞。即使是以對待痛苦的不同態度而言，也可以看到「種的退化」之一端，而且，作家自己亦在其中。

　　這是一個很難處理的命題。莫言的長處在於他比同期的作家更深刻地感受和傳達出生命的痛苦，他不願掩飾和美化自己對生活的真實感受，赤裸裸、血淋淋地展示人世苦難，執著於這苦難，傾其全力於這苦難，竟至於迷戀和崇拜上這苦難了。這樣的心理狀態，才能把苦難寫得深切、豐厚，寫得撼人心魄，卻也不可避免地摻雜有一定的病態情緒。也許，發現這一狀況並不很難，正像我們通常是以世界觀的內在矛盾來解釋作品的矛盾、作品的優點和不足，但是，作為理性的分析，是很難全面地把握和表述一顆顆鮮活的完整的心靈的，在理性分析中指出的優點和不足，常常在實際中卻是密不可分、相互融合的渾成體。因此，對待藝術的最好態度，還是理解和寬容，當然也不必完全陷入作品之中以至於跟著作家去飲鴆止渴。

　　把苦難神聖化，崇拜苦難，把苦難認作生命真諦，並非莫言一人的偶然情緒，卻可以在中國的現實的歷史的土壤中找到深廣的基礎。凡中國有

歷史記載的社會數千年，分裂與兼併、武裝割據與政治鬥爭、異族入侵與
內亂蜂起，一個民族卻承受過如此之多的災難而沒有解體沒有衰亡，實在
是世所罕見的，單以中國歷史上各種戰爭的規模之大、數量之多、破壞之
深，就遠非他國可與之相比。相應地，民族文化心理也對於苦難有更多的
青睞，從「生於憂患，死於安樂」，到歡娛之辭難工、悲苦之作易巧，苦
難的確是民族生命和民族文化的砥石，磨礪和激發出巨大的承受災難的負
載力。至於現代中國，乃至剛剛結束的十年動亂，都以其巨大的痛苦而喚
起了民族的覺醒和再生。這也就是現代文學和新時期文學中充滿了那樣多
的苦難卻不使人消沉的時代背景。由正視苦難到崇拜苦難，則是這一現象
的極端發展。文學評論家黃子平在批評張賢亮的《綠化樹》時，對苦難崇
拜作出頗有說服力的分析：「苦難的藝術表現絕不僅僅是對苦難的控訴。
當你細緻入微地描寫如何經受苦難和如何從苦難中走出時，你多多少少就
把苦難當作了『藝術觀照』的對象。……經受過苦難的人回過頭去，為自
己的耐受力而感動，他們不由自主地把苦難『神聖化』，甚至產生了『要
追求充實的生活以至去受更大的苦難的願望』。這一切都是可以理解的。
然而，倘把這種心理學上的真實性當作歷史哲學或人生哲學的真理性，那
就很可懷疑了。」[5]就目前而言，莫言的苦難崇拜還只是在一些作品的局
部中表現出來，還沒有成為主導傾向，還只是停留和徘徊於心理學真實與
人生哲學之間，但仍然要提醒莫言對此應有足夠的注意。他的《歡樂》已
經向此邁出一大步了。

[5]　黃子平《沉思的老樹的精靈》第153頁，浙江文藝出版社1986年版。

第八章

生命的歷史與歷史的生命

如果我們知道了編年史順序上的一切事實，我們可能會對歷史有一個一般的框架和輪廓，但我們不會懂得它的真正生命力。而理解人類的生命力乃是歷史知識的一般主題和最終目的。在歷史中，我們把人的一切工作、一切業績都看成是他的生命力的沉澱，並且想要把它們重組成這種原初的狀態——我們想要理解和感受產生它們的那種生命力。

　　　　　　　　　　　　　　　　——恩斯特·凱西爾《人論》

　　莫言的作品，是寫生命的，但是，一旦展現生命在時空環境和時代背景中運動的過程，就不能不帶上歷史的意味。不論是寫現實，寫童年記憶，還是追溯到爺爺奶奶輩的軼事逸聞，都與歷史的進程分不開，生命之潮是在歷史的長河中騰挪變化、浮浮沉沉的。反之，正如凱西爾所言，理解人類的生命力乃是歷史知識的一般主題和最終目的。同時，在展示生命的歷史的同時，莫言也顯示出他的獨特的審視歷史的角度，顯示出他的農民階級的歷史觀。這又是與他的農民階級的生命觀相互貫通的。

生命與歷史

　　多年以來，我們的歷史教科書，我們的歷史觀，都是以階級鬥爭為綱，以生產力的發展變化為本原，一句話，是政治史和經濟史，有時甚至是很蹩腳的政治史、經濟史。這是由於我們現行的哲學體系、歷史學體系是以五十年代的蘇聯模式建造起來的，正如我們現行的政治體制、經濟體制中滲透著的蘇聯模式一樣，它不能不帶有很強的公式化傾向，把豐富的生動的歷史抽象為經濟基礎、上層建築、階級鬥爭幾條乾巴巴的筋；這是由於中國革命是以政治—武裝鬥爭、奪取政權並剝奪地主和官僚買辦資產階級的財產、建立社會主義公有制的方式進行的，政治與經濟的問題不能不在現實中佔據首位，並且也在歷史學中佔據首位；這是由於我們把新民主主義革命的成功經驗不加分析地採用到社會主義建設中，企圖繼續以階級鬥爭推動經濟發展並加速社會發展，並由此逐漸衍生出極左思潮，憑藉思想專制搞生產搞建設，以至於瀕於全面崩潰。

其實，僅僅把經濟基礎與上層建築的關係視作馬克思主義的全部蘊含，未必符合馬克思和恩格斯的真正設想。恩格斯曾經指出，馬克思一生作出兩個重要發現——唯物史觀和剩餘價值理論。在這裡，唯物史觀並不等於經濟史觀，相反，馬克思和恩格斯總是把歷史理解為極其豐富複雜的現象的：

> 根據唯物史觀，歷史過程中的決定性因素歸根到底是現實生活的生產和再生產。無論馬克思或我都從來沒有肯定過比這更多的東西。如果有人在這裡加以歪曲，說經濟因素是唯一決定性的因素，那麼他就是把這個命題變成毫無內容的、抽象的、荒誕無稽的空話。……否則把理論應用於任何歷史時期，就會比解一個最簡單的一次方程式更容易了。[1]

> 要知道在理論方面還有很多工作需要做，特別是在經濟史問題方面，以及它和政治史、法律史、宗教史、文學史和一般文化史的關係這些問題方面，只有清晰的理論分析才能在錯綜複雜的事實中指明正確的道路。[2]

馬克思與恩格斯所摒斥的「解一次方程式」的方法，在我們的理論中曾大量流行，他們所提倡的「理論方面還有許多工作需要做」，卻被人們忘記了，在歷史哲學中如此，依照那些可憐巴巴的理論闡釋生活的文學作品亦是如此。只是進入歷史新時期之後，實踐是檢驗真理的唯一標準的討論所激發的思想活力，才使人們重新回顧並反省我們的理論，開始了積極的卓有成效的探索。對於人的本體，對於作為歷史主體的人，才有可能進行多方面的思考。莫言的作品，正是在越過了政治、經濟等範疇，對人的生命本體進行文學的思索的。他的作品所注重的生命欲望、生命體驗、生命自由到種的退化，都是由生命本性切入歷史層面的。

莫言在談到《透明的紅蘿蔔》時說：「我這篇小說，反映的是『文化

[1] 《馬克思恩格斯選集》第4卷第477頁。
[2] 《馬克思恩格斯全集》第37卷第283頁。

大革命」期間的一段農村生活。剛開始我並沒想到寫這段生活。我想，『文化大革命』期間的農村是那樣黑暗，要是正面去描寫這些東西，難度是很大的。但是我的人物和故事又只有放在『文化大革命』這個特定時期裡才合適。怎麼辦呢？我只好在寫的時候，有意識地淡化政治背景，讓人知道是那個年代就夠了。我覺得寫痛苦年代的作品，要是還像剛粉碎「四人幫」那樣寫得淚跡斑斑，甚至血淚斑斑，已經沒有多大意思了。」[3]

　　莫言的這段話，表明了他在處理文學與歷史、生命與歷史的關係時的著重點，他是先有人物和故事，然後才去為他們尋找一個適當的時代環境的，他注重的不是歷史對人的必然性的制約和投影，而是人物活動的完滿自足，人的生命的存在狀況，歷史只是生命圖畫的一方框架罷了。我們常見的文學作品，是歷史→人物→歷史，歷史制約著人物，人物又反作用於歷史，莫言的作品卻是生命→歷史→生命，生命的生發和擴充，與歷史發生衝突，在衝突中，生命或高揚或萎頓；前者強調的是歷史的普遍規律，歷史對個人的決定作用，後者突出的是生命的個體存在，個人在歷史中的活動閾限；前者是歷史哲學的，是在已經對歷史作出過理性分析之後去研究歷史中的個人的，後者是生命哲學的，是在生命的盲目性的奔突湧流中探究生命底蘊的。寫草莽英雄的作品，無論是《紅旗譜》中的朱老忠，《苦菜花》中的柳八爺，他們都是由中國新民主主義革命的特點──共產黨領導的農民革命所制約的，都是循此而成長為黨的戰士的，他們的個人命運，是與這一歷史真理緊密聯結著的。余占鰲卻不然，他是桀驁不馴、冥頑不化的，他推重的是生命的赤條條來去無牽掛，而不知歷史的合理性為何物。他曾經游離於歷史的邊緣，甚至相悖於歷史，但這些都不是作家表現的中心，作家要表現的是他曾經怎樣生存，怎樣煥發出生命之光。

　　莫言的《小說二題》（蒼蠅、門牙）是一篇小小的傑作。它雖然是以所謂「反擊右傾翻案風」為其背景，但實際上卻是一曲生命的讚歌。比起那在動員會上大講「屎撅子」的堂堂團長，在「抓特務」的幌子下騙老鄉西瓜吃的士兵，在一陣陣政治旋風衝擊下束手無策的人們，那一群蒼蠅，落下來像一根「頂花帶刺的小黃瓜」，飛起來如「明亮的人造衛星在四四

---

[3]　《有追求才有特色》，《中國作家》1985年第2期。

方方的宇宙裡飛行」，「它們的翅膀摩擦出轟轟烈烈的巨響，震疲了我的耳膜」，富有強悍的力量，它們的呼嘯把曾經經受過美軍飛機轟炸的老兵嚇得臉像黃金一樣輝煌，以至於把名目莊嚴的動員會打得落花流水。莫言在對蒼蠅的描寫上頗費苦心，突出的是它們的囂張、狂放、對龐然大物的人的蔑視、它們的盡情盡興的生命運動。茅盾曾經一再讚賞荷馬史詩中「像蒼蠅一樣勇敢的戰士」之造意奇峭新穎，莫言卻是不避諱蒼蠅的惡濁污穢，並在這污穢中貫注了惡之力、醜之力，醜惡與力量一齊構成生命的圓整。

　　莫言之所以在生命與歷史中歸依於前者，還因為在他的作品中表現出這樣一種傾向——生命是切實可知的，生命憑自身的感覺和它的對象物的交互作用獲得實證，生命雖然是一股素流，卻可以由每個個體把它表現出來，而歷史卻有些茫然不可知了。在《紅高粱》中，豆官有幾分好奇地看著癡呆呆的遊擊隊員們發問：他們從哪裡來？他們到哪裡去？為什麼要來打伏擊？打了伏擊以後還打什麼？這使我們想到高更的名畫，「我們是誰？我們從哪裡來？我們到哪裡去？」這頗有些對於生命作哲學思索的架勢，然而，莫言卻只是虛晃一槍，輕輕滑過，對形而上的命題作了形而下的解釋。在小說的另一節中，「父親諦聽著河的啟示，很快明白，隊伍是向正東偏南開進，對著河的方向開進。方向辨明，父親也就明白，這是去打伏擊，打日本人，要殺人，像殺狗一樣。」那些脫離了生命感覺的、帶有幾分玄思的問題，對於莫言來說，是無法思考也不必思考的，只要時時把握住靈動鮮活的生命感覺就足夠了。相反，歷史的不可知，卻像幽靈和夢魘一樣纏繞在《築路》中每個人的心頭：

> 想到此他感到害怕，這條路要築到哪裡去，築到何年何月，築起來幹什麼，是跑飛機還是跑火車，他和築路工們都不知道，也許郭司令知道。

　　對於他們個人所能佔有的活動空間，對於他們個人生活的一切，他們是可以憑自己的直覺經驗去把握它的，一旦事物的規模超出他們的直觀視野之外，一旦需要一定的抽象概括和宏觀把握，他們就無能為力了。

楊六九是如此，他可以冒犯各種禁忌去實現與白蕎麥的結合，顯示出充分的個人主動性，卻無法對這條荒誕的道路作出任何反應，「幹到哪天算哪天」。余占鰲也是如此，他可以為向「白脖子」報仇練成「七點梅花槍」，也可以因為戀兒、戴鳳蓮和鄉親們的死難而奮起抗擊日本侵略者，但他卻不瞭解高密東北鄉之外的抗日鬥爭的全域，不懂得全民族抗戰中紛紜錯雜的政治關係和軍事鬥爭的縱橫捭闔，只能在轟轟烈烈的歷史中充當一個不諳時世、不明大理的草頭王，以至於在鬥爭形勢微妙多變的時候，卻去給戴鳳蓮熱熱鬧鬧地出大殯，逞一己之強，忘天下之事，終於釀成了他一生中最不能饒恕的大錯，在他的生命與事業再次復興達於全盛之際卻再次被打得一敗塗地。眼光的狹隘和對歷史的無知，使他終不能成就大事，也使莫言筆下的人物自覺不自覺地放棄了對於歷史的探索和進行形而上的思辨。

但是，生命並不是超歷史存在的，歷史是人的歷史，也可以說是生命的進化、文明化的歷史。切切實實地把握住了生命，也就把握住了歷史的一個重要方面。馬克思把人類最基本的生產活動劃分為生活資料的生產和生命的生產，生命的生產、生命的非物質功利性的活動與物質生產一道組成了歷史的基本內容。即使是在那些沒有自覺的歷史意識的人們的活動中，都蘊含著歷史的因素。「歷史是這樣創造的：最終的結果總是從許多單個的意志的相互衝突中產生出來的，而其中每一個意志，又是由於許多特殊的生活條件，才成為它所成為的那樣。這樣就有無數互相交錯的力量，有無數個力的平行四邊形，而由此就產生出一個總的結果，即歷史事變，這個結果又可以看作一個作為整體的、不自覺地和不自主地起著作用的力量的產物。」[4]余占鰲也好，楊六九也好，黑孩也好，他們都表現出各自的意志和它所產生的特殊的生活條件，並以此參與了整體的、不自覺和不自主地形成的歷史事件，成為歷史的多種合力之中的一種──不論這力量是大是小，概莫能外，對此，難道還有什麼懷疑嗎？

---

[4]　《馬克思恩格斯選集》第4卷第478頁。

歷史的神化與神話

在《高粱酒》的一處注釋中，莫言寫道：「本篇完成之後，有朋友認為此處不美，且巴爾加斯·略薩的小說中有類似細節。我說：『祖宗之功不可泯，祖宗之過不可隱。』」表現生命的真實，表現戰爭的殘酷和人性的殘酷，不溢美，不隱惡，也就是表現歷史的真實和歷史的殘酷。這對於每一個作家來說，都是一個很高的目標。這是因為，歷史的真實往往是處於各種複雜的聯繫之中的，而那種由各種各樣的考慮造成的對歷史程式化和理想化的理解，則使我們更難做出較為準確的判斷。

正是為了追求歷史的真實感，莫言才精細入微地描寫了「活剝人皮」、「人狗大戰」，描寫了一群日軍輪姦戀兒的場面。讀這樣的作品，須要有堅強的神經。長期以來，在所謂對「戰爭殘酷論」的聲討中，在儘量避免使用任何有可能引起什麼不潔聯想的刺激性字眼的不成文的法規支配下（例如把日軍強姦中國婦女寫作侮辱婦女），在對我們並沒有弄明白的自然主義文學的摒斥聲中，我們的文學越來越缺少直面慘澹人生、正視淋漓鮮血的勇氣，文學變成迴避人生的殘酷、生命的痛苦的麻醉劑——這種現象在近些年尤其顯目，言情小說和武俠小說，以及我們經常讀到的身邊瑣事、杯水風波，甜蜜的感傷，溫柔的痛苦，都有某種遁逃出真人生的趨勢。莫言以他的粗糙醜陋的真實，在這植滿了溫情脈脈的花朵的文壇上橫衝直撞，豈不快哉！

不掩蓋污穢，也不信奉人為的靈光圈，他把被有潔癖的人們遺漏的歷史打撈出來，讓它帶著汙血和淒厲的呼喊、帶著生命的抽搐和殘穢，走向讀者。「本來我是可以把它們拾掇得像個好孩子的樣子之後再趕出家門的，但我沒能夠這樣做。我就讓它們蓬頭垢面地、鼻涕一把淚一把地走進了封面都很高貴漂亮的期刊裡去了。我的這群孩子不乾不淨地走進它們的共和國，是為我增光呢？還是為我丟醜？……隨人家怎樣說你們去吧。但我的態度是認真的，也就勉可自慰了。」[5]同樣地，他也力圖抹去人們為

---

[5] 莫言《〈奇死〉後的信筆塗鴉》，《崑崙》1986年第6期。

神化歷史而塗上的油彩。墨水河邊打死鬼子少將的戰鬥，本來已經在人們的口頭流傳中神乎其神了，像那個九十二歲的老太太念的快板所言，「東北鄉，人萬千，陣勢列在墨河邊。余司令，陣前站，一舉手炮聲連環。東洋鬼子魂兒散，紛紛落在地平川。女中魁首戴鳳蓮，花容月貌巧機關，調來鐵耙擺連環，擋住鬼子不能前……」正所謂傳奇傳奇，越傳越奇，其中自然而然地滲透了人們的愛憎之情，並總是有意無意地誇大事實的積極一面、表現英雄人物的大智大勇。而且，多年來，我們也正是在這種對歷史的神化和淨化中去解釋歷史、再現歷史的。《紅高粱》按照民間流傳也能寫成一部有聲有色的戰鬥傳奇的。

　　但是，時代不同了，人們對待歷史的情感也在發生變化。人們在研究歷史時總是要把自己所屬的時代印記加印在過去的歷史之中的。神化歷史和淨化歷史，是神化現實、淨化現實的社會思潮的折光。我們在歷史中描寫神—人的同時，不是也變本加厲地在現實中造神嗎？相反，在進入歷史新時期之後，在批判現代迷信、個人崇拜的同時，有識之士也不能不對重新神化歷史和神化現實的趨向保持足夠的警醒。於是，代替了神奇的傳聞的，是莫言所恢復的歷史真面目——余占鰲的隊伍，在相當程度上是一群烏合之眾，缺乏訓練，缺乏裝備，多的是匪裡匪氣；他們與國民黨冷支隊相約共同作戰，伏擊運糧的日本鬼子，經過長時間的等候，日軍和冷支隊都未出現，於是，隊伍渙散了，豆官回村去找戴鳳蓮給隊伍做拃餅，其他人則散亂在高粱地裡。不料，日軍的汽車突然冒出來，打死了送拃餅的戴鳳蓮等，並與余占鰲的隊伍混戰一場；精心安排的伏擊戰變作猝不及防的遭遇戰，這是兵家之大忌，也不能不與這支隊伍的自發的、散漫的素質有關；混戰中，鬼子被消滅了，遊擊隊員也全部陣亡。

　　在墨水河橋戰鬥這樣一個局部描寫上是如此，在對人物的整體設計和情節的全域安排中亦是如此。對余占鰲和戴鳳蓮，「我」深情地緬懷著的「爺爺奶奶」，也並不避尊長諱，而是始終以「最英雄最王八蛋」的雙向發展去表現。余占鰲可以為母親的不「貞」仗劍殺人，自己卻又去「白日宣淫」，去與戀兒私通；他可以為向侵略者復仇而組織指揮墨水河橋大戰，卻又在大出殯中搜刮百姓，發行紙幣；他是最慈愛的情人和父親，也是殺人不眨眼的鐵面人……在情節的鋪排上，莫言也一反對於抗日戰爭的

「兵民是勝利之本」的權威論斷，而是將余占鰲與八路軍膠高大隊、國民黨冷支隊的時分時合、時敵時友的複雜局面和盤托出，並明確表示，「其中某些有悖傳統抗日小說程式的廝殺場面，並非作者杜撰，而且作者將在今後的小說裡揭示這種殘酷廝殺的必然性和合理性以及這種必然性和合理性中所包含的深刻的悲劇意味」。[6]事實上，莫言這種逸出規範的對歷史人物和歷史場面的描寫，也的確使我們感到真切、感到可信。

但是，在抹去歷史的靈光圈、在粉碎了歷史的神化和傳奇之後，莫言的作品帶給我們的也不是「信史」，而是心史，是農民階級的心靈史，是農民階級為追求自身解放所走過的心靈歷程。莫言的作品，不乏精緻的、逼真的寫實之筆，但就作品的整體結構、作品的重心所在而言，卻常常是超歷史超現實的精神象徵。《紅高粱》系列作品，不只是一個草莽英雄的興衰史，它表現的是在那些人物和事件中湧動著的歷史的精神；《金髮嬰兒》和《球狀閃電》，也不是對一件情殺案的如實報導和對一次奇特天文現象的記述，它突出的是不同的心靈、不同的情感之間的互相撞擊和拼殺。莫言在摒斥神化的同時，他沒有歸依於地道的現實主義，卻製造出一個現代神話，一個關於高密東北鄉的神話世界。

這裡所說的神話，自然是現代意義上的對潛藏於生活深處的人們的情感形式的濃縮和再造，是對於民族文化心理結構的積極的同化和改造。現代神話是對現實的深層結構的整體的藝術把握與藝術再現。現代神話是現實的藝術化、現實的象徵化、現實的神話（不是神化）。集體無意識理論的創立者榮格說：「神話是潛意識心理的原始啟示，是關於無意識心理事件的不自主的陳述，以及除了物質過程的寓言之外的其他一切。這些寓言對於一個沒有科學頭腦的人來說是一個消遣，相反，神話卻具有極為重要的意義。它們不僅代表而且確實是原始氏族的心理生活。這種原始氏族失去了它的神話遺產，即會像一個失去了靈魂的人那樣立即粉碎滅亡。一個氏族的神話集是這氏族的活的宗教，失掉了神話，不論在哪裡，即使在文明社會中，也總是一場道德災難。」[7]榮格指出的是原始神話與文化、與

---

[6]　《高粱殯・作者附記》。

[7]　榮格《集體無意識和原型》，《外國現代文藝批評方法論》第124-125頁，江西人民出版社1985年第1版。

民族心理的內在關係，而現代的作家也正是看到這種內在聯繫，才積極地建設新的神話——以非現實的、超現實的方式表現歷史的精神——以作用於集體無意識，用現代神話去改造和完善民族心理，去重新熔鑄民族的靈魂。有人論及莫言時說，「莫言的《紅高粱》及其整個『高粱系列』也正是這樣的現代神話：作者筆下的『奶奶戴鳳蓮』的驚世駭俗的婚變等等正是這種『自由的神話精神』的顯現，即從某種意義上來說它是對不自由的社會現實的一種更深刻、更帶有悲劇性也更富有詩意的批判。莫言自己說：那一片血紅的高粱地並不存在，而是他的想像的產物，他覺得應該有這樣一片高粱地。」[8]就此而言，他自《透明的紅蘿蔔》以來的全部創作，又何嘗不是一個整體意義上的神話呢？

　　這是一部關於紅高粱精神的神話。紅高粱精神，作為個體的生命自由和民族的生命自由、農民階級的生命自由的象徵，作為光榮的圖騰和護身符，曾經伴隨著余占鼇們闖蕩「荊棘叢生、虎狼橫行的世界」，可是，在他們的後代那裡，這紅高粱精神卻失落了，他們在秋水中降生，卻在枯河中枯竭，他們的先輩狂放不羈，他們卻惶惶不安地懺悔自己的罪過，他們的先輩曾經為了兒子的生殖能力幾乎是跪拜著仰天大呼「蒼天有眼」，他們的後人卻只能拋棄和拒絕收養新生的嬰兒，以至於《築路》中的新生兒竟然被野狗食盡。離開了護身符，離開了生命的圖騰，他們的種性退化了，生命委頓了。神話給人們的啟示就是——魂兮歸來，紅高粱之精靈。

　　也許並非偶然，中國的古代先民曾經把神話歷史化了，在近年的文學創作中卻出現一種把歷史神話化的趨向。在近年出現的一些作品如鄧剛的《迷人的海》、張承志的《北方的河》和莫言的《紅高粱》中，卻都有某些超現實的意味，都在呼喚著一種生命的強力，都在建構一部新的神話以激發人們的對生命自由的渴望，對生命力量的讚頌，以期打破積重難返的、倫理中心的社會心理，給我們這樣一個開創性的、自由進取的時代注入歷史的和心理的動力。即莫言所說的「這種神祕感情……萌發，生長，壯大，成為一種把握未知世界的強大思想武器。」歷史的神話化，正是針對神話的歷史化中形成的民族心理偏失的一種拗救，一種自覺半自覺的拗救吧。[9]

---

[8]　陳墨《文化與神話》，《解放軍文藝》1987年第6期。

[9]　神話的復活和新創，還可以舉出許多例證，如江河的詩《太陽和它的反光》，韓少

有限功利目的和實用理性

現代神話與古代神話在發生學上的不同，在於前者是個人的獨力創制，後者卻是民族的集體無意識的產物，因此，前者也就不能不帶有強烈的主觀色彩，帶有強烈的個性特徵。正如莫言的洸成血海的紅高粱，是屬於他自己的獨佔的王國一樣。這樣，神話也好，歷史也好，都變作了主觀化的產物。

講神話的主觀化，這尚可理解，它無非是一種個人情感以神話式的形態訴諸讀者，說歷史的主觀化，這就可能引起混亂和質疑，最嚴肅最客觀的歷史，怎麼可能被任意地歪曲為主觀化的產物呢？其實，我們所說的歷史，一是指在已經逝去的時間裡發生過的人物、事件、活動、死亡，它是隨著它所屬的那個時代消失了的，是不可逆轉的、不可複製的。一是指對於它的記載和研究，無論記載和研究者為何人，他總是要把個人的才識和情感化入他的記載和研究之中。恩斯特·凱西爾說：「歷史學家並不只是給予我們一系列按一定的編年史次序排列的事件。對他來說，這些事件僅僅是外殼，他在這外殼之下尋找著一種人類的和文化的生活──一種具有行動與激情、問題與答案、張力與緩解的生活。歷史學家不可能為所有這一切而發明新的語言和新的邏輯。他不可能不用一般的語詞來思考或說話。但是他在他的概念和語詞裡注入了他自己的內在情感，從而給了它們一種新的含義和新的色彩──個人生活的色彩。」[10]那些主張絕對地排斥個人色彩、絕對地信奉客觀主義的人們不也同樣不能完全消滅自我在研究對象中的存在嗎？更何況，文學反映和表現歷史，並不是要編一部歷史年表，而是要通過歷史變遷傳達自己的情感和思考，借遊魂的復活參與現實的生活，將歷史與今天、現實與理想、史實與想像、文學與歷史都化為一體，在緬懷歷史中轉向未來呢。

那麼，莫言評價歷史與現實的獨特性何在呢？

莫言的作品中，常常帶有濃重的農民本位的意識，表現出農民的價值

功的小說《爸爸爸》，楊煉的詩《諾日朗》，鄭萬隆的小說《生命的圖騰》等。
[10] 恩斯特·凱西爾《人論》第237頁，甘陽譯，上海譯文出版社1985年第1版。

觀和歷史觀。也就是說，他是以農民的利益得失評價歷史，解釋歷史的，生活中的直接功利性的因素被大大突出了。個體的、自給自足的小農經濟，生產力的低下，人們不得不把極大的精力投入到為衣食住行的物質保障的勞作中去，現實的、直接的功利性成為他們的注意中心。中華民族的實用理性，說到底是中國農民的實用理性。請看一下《紅高粱》系列作品中是怎樣闡釋抗日鬥爭中余占鰲、八路軍膠高大隊和國民黨冷支隊之間的時分時合、時友時敵的關係吧——

在大出殯中突然遭到膠高大隊的伏擊時，一個憨厚的鐵板會員說：「會長，別惹他們了，他們就是想要槍，還他們吧，俺回家種高粱去。」

余占鰲在看到冷支隊的機槍橫掃著鐵板會員和膠高大隊隊員時，他後悔當年沒有把機槍也作為綁票的票價奪到自己手中，那樣「就不會有今天冷麻子的猖狂」。

這一群由於國難家仇而走上抗日救亡戰場的農民，雖然他們已經捲入到歷史的洪流之中，但他們實際上既不懂什麼政治鬥爭，也不懂得他們所投身的偉大的民族解放運動。要是說，他們當農民時，是把土地和耕牛、糧食和家產看得重於一切，那麼，在各派武裝力量之間的聯合與鬥爭，余占鰲卻只是看重槍而輕視政治鬥爭，把決定命運成敗的砝碼繫在槍筒上，他為了得到槍支，先後綁了膠高大隊隊長江小腳和冷支隊冷麻子的票，向這兩支隊伍榨取了大批槍彈和戰馬，從而壯大了自己的隊伍，鞏固了自己在鐵板會中的地位，卻也為他的再次崩潰伏下了禍源。滄海橫流，單憑有限的功利目的，是無法制勝的。他對待鄉民也是以直接功利性為行為準則的，他可以在為妻子和鄉親們報仇雪恨的目標下成為鄉親們殺敵保家鄉的抗日領袖，卻也可以為自己的亡妻戴鳳蓮大出殯而發行紙幣坑害鄉親。甚至在人們視為神聖的愛情中，他也是把直接功利性置於首位的：他可以為了滿足自己的衝動佔有戴鳳蓮的侍女戀兒，卻又對戴鳳蓮與黑眼姘居耿耿於懷，充滿敵意。生命欲望停留在感覺層次，與他的行為的直接功利性是互為表裡的，這既表現出他的生命強力，也表現出他生命的局限性、歷史的局限性。在有限的目標的追求中，他是奮不顧身，勇猛無前的，直接的功利成為他生命活動的中心，成為他以野蠻、殘酷的手段反抗非人社會的動力；但是，直接的功利性又使他變得狹隘、自私、蒙昧、保守，使他的

生命在更高意義上處於一種混亂嘈雜、自相磨損的狀態，在積極與消極、開拓與毀滅、強力與孱弱、衝動與束縛、追求與墮落、崇高與渺小的並存形態中處於生命的分裂，並以此形成生命的張力，把生命的力量擴充到高密東北鄉的歷史中，寫下最英雄好漢最王八蛋的一章。當他從日本北海道的荒山野嶺中回到家鄉，由於長期與世隔絕、已經不太會說話，「每個字都像沉重的石塊一樣從他口裡往外吐」，他唯一的語言是「喔──喔──槍──槍」，關於槍的記憶仍然是他的注意中心，並且把一支埋藏多年的大槍砸成一堆廢鐵；勝也緣槍，敗也緣槍，在他對人生的總結中不也是仍然無法擺脫直接的功利性的判斷，並以此取代了對於農民階級命運的思考嗎？

　　莫言不但給余占鰲的行動定下了農民的直接功利性的基調，而且把歷史也農民化了。他在表現余占鰲與八路軍膠高大隊和國民黨冷支隊的鬥爭中，把這場由於不同的階級利益、不同的政治立場所導致的錯綜複雜，都簡化為一個公式──為了直接功利性──槍支彈藥的爭奪而互相火拼。雖然在作品中也寫到了冷支隊的隔岸觀火、收取漁人之利，寫到膠高大隊的對日軍作戰，但造成這三支隊伍的衝突中心，卻是武器之爭──他們既爭搶對日軍作戰的戰利品，也彼此之間為壯大自己削弱對方而煞費苦心。與冷支隊的衝突，比較容易理解，對余占鰲的隊伍與膠高大隊的糾葛，卻是別開生面的：先是膠高大隊偷了余占鰲收藏的槍支，後來鐵板會又綁江大隊長的票敲詐了膠高大隊一百支槍，然後才有膠高大隊伏擊余占鰲的混戰；不但是余占鰲不講策略，膠高大隊也沒有什麼高明的辦法去建立和維護抗日救國統一戰線，既沒有什麼政策原則上的團結教育，也沒有策略性的利用和操縱，說到底，他們也是以直接功利性為行為準則，在手腕的高明上連冷支隊都不如，以至於陷自己於被動挨打，只有冷支隊常常處於主動的遊刃有餘狀態。真正將這三支隊伍化敵為友、並肩作戰的，並不是神聖的民族利益，也不是共產黨的統一戰線的威力，而是猝不及防的日本鬼子的突然襲擊。對於這三敗俱傷的三支隊伍，突然面臨著共同的毀滅，為保存自己，也得借助於他方的力量。這不是政治上的深謀遠慮，只是激戰中的臨時應變。而這種臨時應變，早在余占鰲參加鐵板會、暫時克制住與黑眼的私仇、以屈求伸的時候就行之有效地使用過了。

　　把轟轟烈烈的民族抗戰演化成了各自集團利益的明爭暗鬥，「有悖傳統抗日小說程式」，與其說這是莫言對歷史的貶低，不如說他是由我們通常所見到的從歷史的角度看農民轉變為從農民的角度看歷史，是對歷史作出農民式的詮釋，是把建立在理想高度上進行的革命移置到在生活的土壤上展開。「傳統抗日小說」注重的是中共黨對於農民的領導、教育和提高，莫言則是凸顯了農民對於歷史在現實和在精神上對革命事業的滲透，是農民對歷史的反改造。他們是不會像現代知識份子那樣以天下興亡匹夫有責的理性自覺走上革命鬥爭的道路，而是以自己的直接利益的得失來決定自己的去留的，甚至，他們穿上了八路軍的服裝，也擺脫不掉自身的農民局限性。事實上，大批的農民參加革命，並不是由於接受了馬克思主義，而是因為現實生活的逼迫，由於打倒地主平分土地的淺近目標的吸引。直接的功利性，使他們有可感可觸的目標，並能踏踏實實地為之奮鬥，從而發揮他們改造社會、抵禦外侮的巨大潛力，但目標的淺近，又使他們最終難以超越自己，最終只能在歷史所限定的極其狹小的範圍裡先演悲劇後演喜劇。先演悲劇，是因為他們在為直接功利性目標的奮鬥中顯現出來的英勇悲壯，後演喜劇，是因為他們很快地滑向自己的反面，自己嘲弄自己，自己否定自己。余占鼇第一次在慕家扛起老翰林的黑色大棺材，顯現的是生之意志，他抬起戴鳳蓮的棺材，卻是解鈴還得系鈴人；他第一次與戴鳳蓮的野合充滿了生命的力、青春的美，他與戀兒偷情卻不過是陳腐的賢妻美妾的翻版；墨水河大橋上的伏擊戰，是他人生的華彩樂章，在血海中升騰起民族的精魂，高粱殯中的戰鬥，卻是他生命的最低點，暴露出他的醜陋、狂妄、不自量力、不明世事。馬克思說過一段名言：「黑格爾在某個地方說過，一切偉大的歷史事變和人物，可以說都出現兩次。他忘記補充一點：第一次是作為悲劇出現，第二次是作為笑劇出現。」[11]在這重複中，正角變成丑角，莊嚴變成漫畫，讚頌變成嘲諷——莫言並沒有感到這種笑劇的意味，他有時是與他的人物立於同一的思想水平線上的，他仍然對窮途末路的余占鼇充滿讚美之情，讀者也可能被莫言所蒙蔽，但是，一旦當你從中悟出了反諷之意，在莊嚴地進行的悲劇中潛藏著喜劇的

---

[11]　《馬克思恩格斯選集》第1卷第603頁。

動因，你就不但有權嘲笑余占鰲，也有權嘲笑莫言了。

　　但是，這喜劇又在更深的層次上向著悲劇轉化。悲劇之最深刻的底蘊在於，余占鰲這樣一個出身於草莽之間的豪強，卻在短短的年頭裡不由自主地走完了中國農民數千年的精神歷程，而且把這一切表現得如此強烈集中又如此難以察覺，前後兩次出現的形式如此相似，底蘊卻又如此不同，生命的欲望和生命的強力依然充溢卻又顯得那樣空虛和無力，歷史曾經如此多情地褒獎過他卻又如此無情地嘲弄了他──生命的悲劇由此轉化為歷史的悲劇，而且如此驚心動魄。但是，這一切，余占鰲卻全然不自知，他仍然沉醉於生命的體驗之中，莫言也全然不自知，他仍然沉醉於紅高粱的神話之中。他和他的人物，都囿於直接功利性，缺少生命的反思，更缺少歷史的批判，二者之間內在的精神一致性，是如此地相似，這可以為我們論述莫言的農民式眼光提供一個確鑿的例證吧！由此看來，「種的退化」的原因，在相當程度上是在這紅高粱家族的自身蛻變中形成的，忘卻了這一點，忘卻了對自己的反思和批判，而借助於一些過於玄虛的尋覓，對紅高粱精神的呼喚也就不那麼堅實、不那麼富有感召力！歷史的神話化，從現實中生發出某些超現實的精神因素，但是，在這種超越現實中，又容易將歷史抽象化、玄念化，而顯得有幾分空洞，這是作家所始料不及的吧。

　　但是，我們依然要感謝莫言，他為我們塑造出余占鰲這樣一個最英雄好漢最王八蛋的活生生的人物，他發出了農民的尋求生命自由的心聲，儘管這種尋求要麼無法實現，要麼在實現之後迅速地轉向其反面，但這畢竟是歷史的真實，莫言儘管是有著農民的偏狹，卻以藝術的真實表現出了歷史的真實，這是難能可貴的。

「自由的農民之子」的憧憬

　　莫言以農民的眼光觀照歷史，他側重的是歷史中的農民的哪個方面呢？他又是表現出農民中的哪個階層的思想情感呢？這是互相關聯的兩個問題。

　　莫言關心的，是在歷史發展中的農民的個性問題。就生命本體而言，生命需要──生命欲望──滿足需要、實現欲望的生命活動和遭受挫折、

失敗時的懺悔與原罪構成生命運動的過程；同時，生命一旦置於社會之中，在與別的生命的交流與衝突中，在與社會的交流與衝突中，它就不能不表現出生命的個體獨特性，在與別的生命的對比和映襯中表現出區別和差異。食色，性也，但每個人為滿足這生命基本需要的方式不同，所付出的生命能量不同，獲得的結果也各不相同。在莫言筆下，即使是最基本的生命需要，也都與人物的個性相連接，都是為了拓展和表現人物的心靈世界。高曉聲寫飢餓，寫的是陳奐生在走出別人的家門之後，別人還能聽到空氣中傳來他腸子裡的咕咕鳴叫，陳奐生自己，則是由自家的缺糧想到農民糧食生產與分配的關係，這些都是很現實的，只要解決了生產與分配中的弊病，糧食問題也就迎刃而解了。莫言寫大鎖的飢餓，卻是由打野鴨子的槍（與《紅高粱》一樣，槍又一次成為關注中心）聯想到奶奶和父親，聯想到奶奶和父親與槍的不同關係以及由此表現出的不同個性，奶奶充滿英雄豪氣，父親尚能維護自己的尊嚴，大鎖卻被飢餓所折磨，顧不得其他，也無所謂個性不個性了。陳奐生的飢餓就是飢餓，它終將在現實中被克服，大鎖的飢餓卻寓有個性的貧乏——自己的生活沒有什麼值得回味和留戀的，他只能用前輩人的傳奇添補自己的心靈空白，在胃腸的飢餓中，他還有更加難以克服的精神飢餓。陳奐生是衣食足然後知榮辱，然後要求精神享受，大鎖卻是由於精神的蒼白而給生命帶來更大威脅，他的一生直到最後那不虞的死亡，方給生命加添了一點色彩，雖然只是淒豔的死亡之光，畢竟比全部空白多了一點什麼。

　　造成陳奐生與大鎖的不同，還由於他們不同的家境。陳奐生也好，李順大也好，出現在高曉聲筆下的，都是貧苦農民出身，他們的父輩在物質上和精神上都沒有給他們留下什麼遺產，除了在貧困之中苦熬苦忍，艱難度日，他們也沒有多少想像力去想像出一個與現實不同的世界，也就容易與現實相安，逆來順受。大鎖呢，他的奶奶那一輩，生活曾經富足過，物質壓力的減少造成了人們個性的舒張，獨立自足的經濟基礎給人的獨立自足的精神世界提供了前提。父親在那樣的家庭中長大，得奶奶之遺風，也把個人尊嚴視為不可辱沒，他的死，不是由於貧困，而是為了抗爭，為了維護自己的人格。大鎖生不逢時，陷於物質的乏匱之中，先輩人的故事則更加重了這種痛苦，在物的短缺中更顯示著精神的恥辱——奶奶和父親都

用那支獵槍寫下了自己的英雄史，他卻只能看著這支槍在靜默中鏽損；在他違背母訓、擦亮獵槍的時候，他意識的表層是要去打野鴨果腹，在意識的深層裡卻是要用這支槍開創自己的英雄史，他擦亮塵土垢積的獵槍，也是在擦亮自己被塵土封閉的生活。因此，當他在那裡獵鴨時，儘管饑腸轆轆，關於奶奶和父親的記憶卻一再湧上心頭，一再暗示著他、激勵著他，要他保持這個家族的光榮，不平凡的開始，也應該有一個不平凡的結束，依此看來，他因槍走火而死去，也算這個家族的差強人意的終曲了。

莫言正是站在一個曾經富足、最起碼也能維持一家人溫飽的農民的立場上寫他的作品的。《秋水》中的爺爺奶奶是高密東北鄉最早的開拓者，是獨自經營土地的自耕農，《枯河》中的小虎家是上中農，再早是中農，《紅高粱》中的戴鳳蓮，父親是打造銀器的小匠人，母親是破落地主的女兒，她自己是小家碧玉，不必為衣食而吃苦流汗，「從小刺花繡草，精研女紅，繡花的尖針，鉸花的剪刀，裹腳的長布，梳頭的桂花油，等等女孩兒的玩意伴她度日過年」。余占鰲出身貧苦，但是，他的浪跡四方，他的身強力壯，也不必過多地為生計所累。正是這種自給自足的生活，給人們造成了人格上的自尊自愛，使他們具有相當的個性。《白狗秋千架》中有這樣一段話：「即便是那時的農村，在我們高密東北鄉這種荒僻地方，還是有不少樂趣，養狗當如是解。只要不逢大天災，一般都能足食，所以狗類得以繁衍。」因為能足食，所以能養狗，所以能從養狗中得到樂趣，自足自樂，知足者常樂是因為有最起碼的足，常樂也就能保有自己的性格不被生活所壓迫得從有到無。

這種自耕農的理想，在莫言早期的作品《黑沙灘》中就通過那一首反反復復出現的民歌表現得淋漓盡致：

> 一頭黃牛一匹馬
> 大軲轆車呀軲轆轉呀
> 轉到了我的家

莫言對這支歌作了這樣的評述：「是的，這首歌的確沒有什麼特別出眾之處，它不過抒發了翻身農民的一種心滿意足的心理，一種小生產者

的自我陶醉。……除了我之外，誰還能從這首歌裡得到一種賦予特別意義的哲理性感受呢？」這正是心有靈犀一點通，這種心滿意足，這種自我陶醉，不也是人的精神世界的欣悅狀態嗎？當然，我們也不必把莫言筆下的爺爺奶奶那一代人的生活看得過於寫實，它是莫言想像和創制而產生的，並非實有其人，但這種獨立自足的小生產者的生活狀況與他們健全的個性的聯繫，卻是歷史的產物，是歷史的真實。

恩格斯在論挪威的生產條件與民族性格時這樣說：

> 這個國家由於它的隔離狀態和自然條件而落後，可是，它的狀況是完全適合它的生產條件的，因而是正常的。只是直到最近，這個國家才零零散散地出現了一些大工業的萌芽，可是在那裡並沒有資本積累的最強有力的槓桿——交易所，此外，海外貿易的猛力擴展也正好產生了保守的影響……

> 挪威的農民從來都不是農奴，這使得全部發展（加斯梯裡亞的情形也是這樣）具有一種完全不同的背景。挪威的小資產者是自由農民之子，在這種情況下，他們比起墮落的德國的小市民來是真正的人。同時，挪威的小資產階級婦女比起德國的小市民婦女來，也簡直是相隔天壤。例如易蔔生的戲劇不管有怎樣的缺點，它們卻反映了……在這個世界裡，人們還有自己的性格以及首創的和獨立的精神……[12]

恩格斯所講的挪威的特點與中國農村有些相近。中國的傳統農業雖然落後，卻是適合於其生產條件的，是社會和歷史的正常發展。近代以來，資本主義的萌芽出現在沿海城市，但它帶給人們的，並不是用資本主義農業生產取代小農經濟的前景，而是以工業文明武裝起來的帝國主義列強滅亡中國的危機，它只能產生「保守的影響」，在挽救民族危亡的同時也強化了自耕農—中農的自滿自足的心理。在漫長的歷史中，中國農民磨煉

---

[12]　《馬克思恩格斯選集》第4卷第473-474頁。

出了頑強的適應能力和再生能力，也有其相應的社會地位和相應的意識形態。無論是為官方認可的「朝為田舍郎，暮登天子堂」，還是打倒皇帝做皇帝，都是有一定的現實可能性的，也是世界各國的農民中絕無僅有的。中國的農村，可居，可觀，可賞，中國文人有大量的田園詩，正是這種自食其力、自得其樂的小農心理的反映；到社會動亂時期，農村既可以成為避難之所，也可以成為裂土稱雄的根據地。因此，中國農民尤其是中農（小農、小生產者，自耕農）「還有自己的性格以及首創的和獨立的精神」。直至本世紀七、八〇年代，中國的經濟改革仍然是首先由「還有自己的性格以及首創的和獨立的精神」的農民拉開時代的序幕的。這是最好的證明。

當然，這並不是說農村歌舞昇平、牧歌悠揚了，它有一種特殊的補充，落草為寇。「高密東北鄉的土匪種種綿綿不絕，官府製造土匪，貧困製造土匪，通姦情殺製造土匪，土匪製造土匪」。在這樣多的道路上，人們可以輕而易舉地變成土匪，人們對土匪的評價也由貶義變成中性的了。從高處講，當土匪是介乎於讀書做官和打倒皇帝做皇帝二者之間的，即所謂要做官，殺人放火受招安（余占鼇也被招安過），從低處講，它是人在無路可走之時的一條險路，是人的個性的某些方面的畸形發展，有了這條路，人們就可以不被社會的壓迫壓得粉身碎骨，或壓得雖生猶死，不會完全泯滅自己的生命欲望和個人尊嚴。從自給自足的農民，到為所欲為的土匪，其共同之處，都是保有了人的個性。或許可以說，扯旗造反也罷，占山為王也罷，其積極的發起人大多是小生產者（自耕農和小手工業者）或鄉村富戶，而不是窮得無立錐之地的赤貧，經濟地位、階級屬性並不就必然地表現出越窮越革命，相反，與經濟地位同樣重要的是人的社會地位、個性和號召力，《水滸》中梁山起義軍一百零八將，並沒有一個是真正的赤貧，大多數是小地主、小軍官、小手工業者，這可以從其經濟地位與個性（就同一社會階層而言也就是其共性）這一點上得到啟發吧。

莫言正是在爺爺、奶奶那一代人身上感到了他們的性格以及首創的和獨立的精神。《大風》中寫「爺爺是村裡數一數二的莊稼人」，充滿了勞動的自豪，這自豪不僅是體現在勞動的物質成果上，而且也是一種精神，一種審美的愉悅，一種面對自然災害的堅定從容──在即將來臨的大風之

前和大風之中，莫言幾次寫道：「我突然感到一種莫名的恐懼，回頭看爺爺，爺爺的臉，還是木木的，一點表情也沒有」，在這個經歷了一世風風雨雨，而又始終為自己的勞動自豪的老人面前，是難得有什麼突然變故使之動容的，大風過後所剩下的一棵草，也許是寫實，也許還暗示著什麼。《高粱殯》中余占鰲和同伴們抵死闖綦家大院、抬出綦老翰林的棺材，棺木厚重，內裡填充著水銀，棺蓋子上還放了盈尖的一碗酒，七重大門，這的確非同一般。要是說，一開始人們是被五百銀元的高額賞錢所吸引，那麼，到他們受到綦家人的苛待之後，為錢而拚命就變成為了勞動者的尊嚴而拼搏了，「一種如赴刑場般的悲壯感情在他的心頭升起。」

　　這種自食其力、自得其樂的自豪，和獨立不倚的性格，是與自己據有生產的自主權、佔有一定的生產資料為依託的。余占鰲所在的杠房，雖然沒有土地沒有耕牛，但也不是在別無選擇的情況下進綦家大院的，而是在經過爭執、經過醞釀、經過由高額懸賞到為了東北鄉人爭光的思想昇華的。為了體驗這種自得其樂、自尊自愛，莫言的早期作品《三匹馬》中的劉起曾付出怎樣的努力和代價，又是怎樣地陶醉於其中：

　　　劉起眯縫著一隻眼睛，另一隻眼睛圓睜著，左手兩個指頭夾著煙捲兒，右手抓著破草帽向胸膛裡扇著風，滿臉洋洋之氣。他瞅著自己的三匹馬，眼睛一會兒變大一會兒變小，目光迷離恍惚又溫柔。好馬！那還用你們說，要不我這二十年車算白趕了，他想。我劉起十五歲上就挑著杆兒趕車，那時我還沒有鞭杆高。幾十年來，盡使喚了些瘸腿騾子瞎眼馬，想都沒敢想能掄上這樣一掛體面車，車上套著這樣漂亮健壯、看著就讓人長精神頭兒的馬。您看那匹在裡手拉著梢兒的栗色小兒馬蛋子，渾身沒一根雜毛，顏色像煮熟了的老栗子殼，紫勾勾的亮。那兩隻耳朵，利刀削斷的竹節兒似的。那透著英靈氣的大眼，像兩盞電燈泡兒。還有秤鉤般的腿兒，酒盅般的蹄兒，天生一副龍駒相。這馬才「沒牙」，十七、八歲的毛頭小夥子，個兒還沒長夠哩。外手那匹拉梢的棗紅小騍馬，油光水滑的膘兒，姑娘似的眉眼兒，連嘴唇都像五月的櫻桃一樣汪汪的鮮紅。……為了攢錢買這馬，我把老婆都氣跑了。我劉起已經光棍了

> 一年多，衣服破了沒人補，飯涼了沒人熱，我圖的什麼？圖的就是
> 這個氣派。天底下的職業，沒有比咱車把勢更氣派的了。車軸般的
> 漢子，黑乎乎的像半截黑鐵塔，腰裡繫根藍包袱皮，敞著半個懷，
> 露出當胸兩塊疙瘩肉，響鞭兒一搖，小曲兒一哼，車轅杆上一坐，
> 馬兒跑的「嗒嗒」的，車輪拖著一溜煙，要多瀟灑有多瀟灑，要多
> 麻溜有多麻溜……

在劉起眼中，那兩匹馬，就是他的兒子和女兒，寵愛之情溢於言表。這不正是那「一頭黃牛一匹馬，大軲轆車轉回家」的美夢的實現，而且是比夢幻更完美、更令人目醉神迷地激動的實現嗎？

但是，在現實中，莫言更多看到的，卻是人的性格、人的首創的和獨立精神的被壓抑被摧折，以及人的個性為了保存自己而不得不付出的慘重的有時甚至是死亡的代價。他寫的是飲食男女，但卻不是寫現實中物質的貧困以及貧困對人的折磨，而是寫人心靈的痛苦，在形而下的感覺世界中寫形而上的個性的摧折和抗爭。他寫靈魂的麻木不仁，寫感覺的鈍化和泯滅，都是要寫出人的性格和首創的、獨立的精神之衰亡的。人們對他人的痛苦沒有反應，正是對自身痛苦沒有反應的表現；而對個性的關注，也只有在自給自足的勞動中體味過自己人格獨立自主的人們和他們的後代，才會格外敏感，只有曾經創設過自己的精神世界的人們才會對這精神世界的失落格外留戀，才會在物質的痛苦中更感受到精神的痛苦。他們衣食足、知榮辱過，現在衣食不足了，知榮辱的習慣卻依然保留了下來──當然不必將自耕農的個性過於誇大到不適當的地位，它的自足性，是馬克思說過的「古代世界提供了從局限的觀點來看的滿足」──莫言在《枯河》中，在《罪過》中，一再寫到麻木、冷漠的人們圍觀受難者的場面，人們冷漠地看小虎的死，好奇地看長尾巴的人，貌似同情、實則幸災樂禍地看小福子的死，莫言一再使用「魚類的眼睛」一詞，魚眼冷冰冰、沒有光澤，它總是大睜著，卻未必有所感覺，它至死也閉不上，卻是活著也與死去相似；莫言一再寫到那些自耕農後代的衰敗；凡此種種，俯拾即是。魯迅當年就是因為看到一群麻木不仁，愚昧無知的中國人看熱鬧地圍觀日本兵殺害自己的同胞，憤怒至極，棄醫從文，並高張起個性解放的旗

幟；[13]借此就可以理解莫言為什麼反反復複地寫麻木的人群，就可以理解莫言為什麼對農民的個性問題如此推重，並成為他作品的中心所在了。

作為農民的個性之回歸的是戴鳳蓮形象的創造。她的出身，奠定了她的精神素質，她進入單家，雖然富極一方，但她的內在情思仍然是自耕農式的——這突出地表現在她對於財富的態度上，她並不就為財富而出賣自己，卻也並不為了顯示自己的高潔就拋棄到手的財富，她既不像那些貪婪無度的財主那樣愛財如命，以至於用種種卑劣手段積累財富，也沒有以為富不仁的眼光憎惡它，她以自食其力者的方式對待突然到手的財富，只是讓它自行運轉而已，這種健康的心理，只有特定的階層，擁有一定財產卻又不坑人不騙人、靠自己的勞動為生並且足以為生的人們才能具有的。也正因為有獨立的經濟力量，她在與余占鰲的結合中始終處於獨立的對等的地位。（至於她去為了獲取意外之財而到野地裡秤死孩子，只是極惡劣極不成功的敗筆）也正是在自給自足的經濟基礎之上，（雖然這是由於余占鰲替她除掉單家父子所造成的）她才有可能張揚自己的個性，完成生命的解放。她曾經欣喜地剪出「蟈蟈出籠」和「鹿背梅花」的剪紙，以顯示出她獲得個性自由的喜悅和她的獨立的創造才能，但是，她的這一舉動，沒有出現在閨房，也沒有出現在余占鰲正式進入她的酒坊之際，而是在她擺脫了父權和夫權的繩索，成為土地和酒坊的主人，在經濟的獨立保證了人格的獨立之時。說句笑話，如果沒有她以單家之遺孀的身分承繼的大房大院，她的那一對才思高邈的剪紙又往哪裡貼呢？

---

13 魯迅說，他的思想發展「是人道主義與個性主義這兩種思想的消長起伏」（《兩地書・二四》），他早期曾大聲疾呼「掊物質而張靈明，任個人而排眾數」，「尊個性而張精神」，「個性之尊，所當張大」（《文化偏至論》）。

第九章

感覺──生命──藝術

按照他（培根）的學說，感覺是完全可靠的，是一切知識的泉源。在物質的固有的特性中，運動是第一個特性而且是最重要的特性，──這裡所說的運動不僅是機械的和數學的運動，而且更是趨向、生命力、緊張，或者用雅科布‧伯麥的話來說，是物質的痛苦。物質的原始形式是物質內部所固有的，活生生的、本質的力量，這些力量使物質獲得個性，並造成各種特殊的差異。

唯物主義在它的第一個創始人培根那裡，還在樸素的形式下包含著全面發展的萌芽。物質帶著詩意的感情光輝對人的全身心發出微笑。

──馬克思恩格斯：《神聖家族》

莫言以生命感覺營造他的藝術世界，生命感覺就轉化為藝術感覺。生命的過程表現為生命感覺的積極活動，於是，笛卡爾的名言──我思故我在，以一種被改造了的方式出現──我感覺故我在；生命以其感覺而存在，並且由這感覺而轉化成美感，轉化成藝術感覺。在這樣的轉換中，藝術地掌握世界的方式變化了，藝術的表現範疇拓展了，莫言不僅僅是給當代文壇增添了一些優秀作品，而且，他在文學創作的本體論和方法論上，都帶給我們以新鮮的啟示。

感覺的爆炸

莫言有一篇小說名之為《爆炸》。在小說的第一節，他這樣寫道：

父親的手緩慢地舉起來，在肩膀上方停留了三秒鐘，然後用力一揮，響亮地打在我的左腮上。父親的手上滿是棱角，沾滿著成熟小麥的焦香和麥秸的苦澀。六十年勞動賦予父親的手以沉重的力量和崇高的尊嚴，它落到我臉上，發出重濁的聲音，猶如氣球爆炸。幾顆亮晶晶的光點在高大的灰藍色天空上流星般飛馳盤旋，把一條條明亮潔白的線畫在天上，縱橫交錯，好似圖畫，久久不散。飛行訓練，飛機進入拉煙層。父親的手讓我看到飛機拉煙後就從我臉上反

彈開，我的臉沒回味就聽到空中發出一聲爆響。這聲響初如圓球，緊接著便拉長拉寬變淡，像一顆大彗星。我認為我確鑿地看到了那聲音，它飛越房屋和街道，跨過平川與河流，碰撞矮樹高草，最後消融進初夏乳汁般的透明大氣裡。我站在我們家打麥場與大氣之間，我站在我們家打麥場的邊緣也站在大氣的邊緣上，看著爆炸聲消逝又看著金色的太陽與烏黑的樹木車輪般旋轉；極目處鋼青色的地平線被陽光切割成兩條平行曲折明暗相諧的洶湧的河流，對著我流來，又離我流去。烏亮如炭的雨燕在河邊電一般出現又電一般消逝。我感到一股猝發的狂歡般的痛苦感情在胸中鬱積，好像是我用力叫了一聲。

　　這一大段引文寫了什麼呢？它寫的是「父親」打了「我」一巴掌，「我」被打得叫了一聲。這是一個短暫的瞬間。在短暫的瞬間裡，卻容納了那樣豐富的感覺。有嗅覺——小麥的焦香和麥秸的苦澀，有觸覺——從那一掌上感覺到父親的手沉重的力量；有聽覺——空中的爆響和臉上的爆炸；當然，這裡最大量的是視覺：父親的巴掌舉起又落下，空中的飛機縱橫盤旋，金色的太陽與烏黑的樹木，鋼青色的地平線和烏亮如炭的雨燕，房屋街道，矮樹高草。而且，在這密集的感覺中，還有通感，無形的聲音變作了有形的視象，「這聲響初如圓球，緊接著便拉長變寬變淡，像一顆大彗星」，「我認為我確鑿地看到了那聲音……」這感覺的對象又全是運動著的，旋轉、湧流、出現、消失、猝發……凡此種種，蜂擁而來，散漫無章又和諧有致，又都輳集於一瞬間，這真是爆炸性的一瞬間了。它纖毫畢露，它融匯萬物，同時具有凝聚力和擴張力，斂聚性和放射性，「我」就是這凝聚和擴散的中心點，「我」承受了「父親」的巴掌，又將其反彈開，還發出一聲痛苦的呼喊，飛機的飛行映入了「我」的眼簾，飛機的爆響傳入了「我」的耳中，我在接收這一切中又將其折射開來、擴散開來，一句話，「我」的充分地開放的感覺接收著一切外在的感知對象，把這一切都聚焦於「我」，同時，「我」的心靈既不是黑洞光吸收資訊而不散發資訊，也不是平面鏡機械地直線地把接收的一切形象再反射出來，而是經過了多重的、複雜的感覺處理，經過了感覺的有序化、有機化，再回饋出來。這樣，感覺自身不但感知著運動著的物體，自身也在凝聚與擴張之間

運動，──感覺的運動和運動的感覺，正是感覺的力量、生命的力量，也由此造成了藝術的張力，造成了莫言由生命感覺向藝術感覺的轉化，造成了莫言的藝術個性。

《爆炸》中的「我」的感知方式，在很大程度上造成了莫言作品中的人物和莫言自己對生活對世界的感知方式，即在開放的感覺中把萬物凝聚於「我」，又將其擴散開去，通過感覺自身的力量，通過外部事物的作用力和感覺的反作用力，將這一切反彈開去，形成作品的內在的結構。《爆炸》中的「我」，是在妻子第二次懷孕與流產的爭執中，把一切外部的線條都引向自身，父親的巴掌，母親的眼淚，妻子的哀告、在公社衛生院中當婦產科醫生的姑姑等人物的視線和行為都對「我」產生或大或小的影響力，「我」也對這一切產生反應，不只是自身的情緒反應，不僅是自為性的，還將反應的作用力施加於他人，促使他人做出新的反應。《枯河》中的小虎，在他身上凝聚了支書的殘暴、村人的嘲弄、小女孩的童稚之情、父親母親兄長的憤懣，他又通過自殺的行為，把這一切施加到他身上的東西反彈回去，用死亡懲罰父母兄長的毒打、燭照村人的麻木荒涼、譴責當權者的肆虐。在作品的開始和結束，莫言兩次寫到人們圍觀死去的小虎的場面，正是將這可能只限於小虎和他的家人的事件擴張到全村，把死亡的衝擊波擴張到全村。《老槍》是把奶奶和父親的故事凝集於大鎖的記憶中，又通過大鎖的死亡把大鎖擴張到這一家族的故事之中。在一些規模較大、人物較多的作品之中，各個人物也都處於凝聚和擴張的各自的中心。如《紅高粱》中的眾多人物和《築路》中的楊六九、孫巴子、來書、白蕎麥、劉羅鍋子，把《築路》中的幾個人物聯結起來的先是那條狗，後是一罐財寶金銀。

這是一股浩浩蕩蕩的感覺之流，生命之潮。莫言是寫生命感覺，化生命感覺為藝術感覺的，哪一個作家不是在寫自己的藝術感覺呢？丹納就這樣論述過作家的感受能力，「一個生而有才的人的感受力，至少是某一類的感受力，必然迅速而又細緻……這個鮮明的為個人所獨有的感受不是靜止的，影響所及，全部思想和機能都受到震動」。[1]莫言的獨特性在於，

---

[1]　丹納《藝術哲學》。

他的藝術感覺是以生命意識、生命本體為內核的，生命的充分開放性和巨大的容受性，表現為感覺的充分開放性和感覺的巨大容受性。開放的感覺，沒有經過理性的剪裁、刪削和規範，而是以其每一束神經末梢，每一個張大的毛孔面向外界的，這樣的感覺活動，帶著它的原始和粗糙，帶著它的鮮味與腐味，泥沙俱下、不辨涇渭，具有樸素、自然、紛至遝來和極大的隨意性。許多風馬牛不相及的東西，都在感覺中統一起來。如本節開始所引用的一段文字，父親的耳光、正在作飛行訓練的飛機、來去匆匆的雨燕等等，都不可理喻地結合在一起，無法用理性的思索探究它們彼此之間的聯繫，只能說它們都是「我」在一瞬間的共時性感受吧。

感覺的混沌狀態，是生命的隨機性、偶然性的外化。人的言語和行為，可能是受自覺的理性所支配，更可能是依賴於直覺直感，不是由理性的判斷而是由感覺的反應、力量作出隨機判斷的。我們在前面的章節中曾經談到了生命的偶然，外部的猝發事件正是與這感覺的隨機反應互為依存的。莫言筆下的人物，一方面都有自己的生命欲望，但這欲望並沒有昇華到理性的層次，沒有經過理性的過濾、提純、歸納、判斷，而是生命的潛流、潛意識在不虞事件中的迸發。即以余占鼇與戴鳳蓮的關係而言，一切都是在極其意外的情況下發生的，它沒有預謀、沒有周密的計畫，余占鼇作為轎夫抬著戴鳳蓮去成親，卻在路上遇到劫路者，戴鳳蓮出嫁了，丈夫卻是個麻風病人，回娘家的路上，戴鳳蓮的父親恰好就落在她的後面；每一個情節的出現，都沒有必然的因果作用力去推動新的情節發展，每一個場面的出現，都使人無法預料下一步會如何如何；諸情節並不就構成一串必然性的鏈環，而是散漫地顯示一個個感覺中的生活畫面。感覺之流，並不是在理性的河床中流動：而是漫無邊際地徜徉。在一連串的偶然中有一連串的假如，不說別的，假如「花脖子」在酒棚裡向余占鼇發難，這一切也許就得重新改寫了。

感覺對理性的克服與反叛，使得莫言的作品只是時間的流淌、生命的流淌，而沒有硬性的、強制的因果律。因果律的解體，一方面是在作品的敘述中常常採用的時間的切割和重組，切斷和沖淡必然的因果性，或者將故事的結局提前講述出來，一方面則是在情節發展的轉捩點上加以非現實的處理，使邏輯性的因果關係變成非邏輯的因果關係。《枯河》屬於前

者，《老槍》是後者的例子。《枯河》中首先推出的是小虎走向死亡和第二天早晨村民們圍觀屍體的場面，減少這樣一個淒慘的結局對讀者的感情的衝擊力，而把這種力量融化到貫穿作品的情緒中去，融化到作品中的一個個場面中去，從而加強每一個「此刻」的感受性。《老槍》中大鎖之死，是由於老槍出故障，這裡的因果關係本來不難把握，但是莫言在這物質的關係之外又加上了精神的、血緣的、感情的關係，即大鎖的家族三代人與老槍的奇特關係，使這本來一目了然的意外事故變得撲朔迷離卻又不那麼意外了，線性的因果關係變成了複合的家族興衰史。

感性──生活和藝術發展的新契機

　　莫言之所以推重感性而拒斥理性，就其創作心理而言，他是長於直覺把握而短於理性思辨的，他在感覺的世界裡天馬行空、縱橫馳騁，現實的、想像的、真切的、荒誕的，四面八方的資訊，都可以為小說，都可以經過感覺的仲介而具有獨特的審美價值。但是，一旦他想加以一些理性的論述，他就顯得張口結舌、言不及義。《紅高粱》系列中這一點就表現得非常突出。借五亂子之口宣示的農民階級的王權思想在作品整體的生機勃勃的感覺世界中顯得暗淡無光，當作家想把紅高粱精神加以理性的張揚時，在感性中活動著的余占鰲卻暗度陳倉，走到了自己的反面，也走到了紅高粱精神的反面（見上一章第四節）。就莫言筆下的人物而言，他們大多是沒有受過文化教育、憑自己或單調或紛雜的經驗活著，憑自己為滿足衣食男女或野性的復仇活著，無論是歷史所積澱的實踐理性──實用理性（它其實是並未上升到理性的實用經驗），還是他們無法抽象地整體地把握也沒有願望去加以把握的現實，都是促使他們在經驗──直覺的層次上進行自己的內心活動，他們的生命過程中，是很少有理性的位置的。他們在感覺層次上展開的心靈的和外部行為的活動，也自然而然地棄絕理性。

　　這樣講，是否有非理性之嫌呢？是否有與被我們有些同志冠之以非理性並進而視之為頹廢沒落的西方現代派文學混為一談，並必須統統根除之嫌呢？

　　長期以來，在我們的研究工作中，少有實事求是的具體分析，多有嘩眾取寵的一言以蔽之、蓋然下論斷，在理性與感性的關係中亦是如此。所謂摒棄理性，所謂非理性，本身並不確切，只不過是一種表述方式；從來就無法完全摒斥理性，人們在非理性的時候，仍然是持著理性的武器的，是用一種理性去非難另一種理性的——這兩種理性的區別，在於不同的時代精神對同一命題的不同解答；同時，在人們用以部分地取代理性的感性和感覺之中，仍然潛藏著新的理性精神，只是它還未經過更多的思維辯證，未上升到抽象的理性層次，而只是一種非實體的情緒、一種未經整理的直感、一種處於朦朧狀態的思想萌芽而已。

　　那麼，所謂莫言的摒斥理性，他摒斥的是什麼東西呢？是多年以來流行的一些膚淺的概念，對生動複雜的歷史作簡單的矛盾鬥爭失敗勝利的抽象的觀念，對歷史具體地存在著的廣大農民作政治定性、階級分析而不及其餘的觀念，對事物的發展運動作機械力學的因果性詮釋而忘卻生活的合力、歷史的合力的觀念，對於人只曉得從政治、經濟角度加以概括而忘記人作為自然的生命所具有的生命特徵的觀念……凡此種種，難道不應該摒棄嗎？難道不應該批判嗎？不把人從這種種蒼白貧乏卻又是根深蒂固的觀念中解放出來，恢復其生動的感性，我們何以徹底否定和改變哲學、社會科學中的貧血症，何以徹底否定文學藝術中以理念代替活人、以圖解代替形象的痼弊呢？

　　非理性，在特定意義上說，不是歷史和人的思維方式的倒退，而是人的思維方式的進步，歷史的進步，無論西方現代派文學的勢若狂潮的非理性趨向，還是在中國當代文學的剛剛濫觴的對理性的質疑，均可如是看待。我們通常所講的理性，抽去其特定的政治、經濟、思想文化內涵，其實是一種思想方法，它是以牛頓創立的經典力學為其自然哲學基礎、而以啟蒙主義思想家直到黑格爾為其最高代表的。在這種世界近代理性主義思潮的影響下，人們曾經把現實世界認作可知的、可以用理性精神去把握的世界，牛頓就曾經宣稱，只要給出一個物體的初始速度，我就能確定它的位置。當時的物理學家居然宣稱，世界不僅僅是可知的，而且是已經被窮盡的，未來的物理學家只能做小數點後面第六位元數字的修補工作。在啟蒙主義運動中，理性則被置於至高無上的地位，誠如恩格斯所言，宗教、

自然觀、社會，國家制度，一切都受到了最無情的批判；一切都必須在理性的法庭面前為自己的存在作辯護或者放棄存在的權利。思維著的悟性則成了衡量一切的唯一尺度。資產階級共和國的建立，是理性在現實中的勝利，黑格爾這位理性主義的集大成者，則把歷史的全部運動命名為理念的自我運動。在對中世紀宗教神學和封建主義的鬥爭中，在近代科學技術的發展中，理性精神發揮了巨大的積極作用。而且，它也極大地推動了文學的發展，無論是啟蒙主義、古典主義，還是現實主義、自然主義，其間都貫徹著理性精神，都是以理性精神對世界的認識和把握。即以批判現實主義的兩座高峰巴爾扎克和托爾斯泰而言，他們的作品都是基於他們對世界的理性把握之上的，無論這善是上帝還是貴族精神，無論這惡是金錢還是情欲，它們都制約著人物的一切行為，正如同被牛頓用因果律嚴格控制著的物理世界一樣。

然而，理性精神並沒有帶領人類進入伊甸樂園。恩格斯曾這樣論述理性王國的破滅，「現在我們知道，這個理性的王國不過是資產階級的理想化的王國；永恆的正義在資產階級的司法中得到實現，平等歸結為法律面前的資產階級的平等；被宣布為最主要的人權之一的是資產階級的所有權；而理性的國家、盧梭的社會契約在實踐中表現為而且也只能表現為資產階級的民主共和國。十八世紀的偉大思想家們，也和他們的一切先驅者一樣，沒有能夠超出他們自己的時代所給予他們的限制。」[2]在繼承黑格爾的辯證精神的同時，革命導師也對其絕對理念進行了充分的批判。在自然科學中，十九世紀末二十世紀初的物理學革命向經典力學和經典物理學挑戰，概率論、模糊數學、統計學等等，作為因果律的補充和否定出現，一個新的物理世界呈現在人們面前，佛洛德的精神分析學說向人們揭示了人類自身一個尚未開發的荒原，達爾文的進化論也受到挑戰，人們對生命進化中的空白點提出了質疑，從古代的金字塔之謎到太空中的UFO，從神農架的野人到百慕大魔鬼三角，從各個領域、各個層次上，人們的理性都遇到挑戰，人們的確面臨著許多已經感知到、但卻並未能對其進行理性把握的事物和現象。有限的理性和活躍的感性之間的衝突，迫使人們作出取

---

[2]　恩格斯《反杜林論》，《馬克思恩格斯選集》第3卷第57頁。

捨，是繼續堅持理性主義的思維方式，把豐富的無限的感性納入有限的觀念、論斷之中，還是擺脫陳舊的思維方式，從活生生的感性現象中汲取活力，在感性和感覺的運動中為建立新的思維結構而努力？

答案是必然的，人類的歷史進程面臨新的轉折。儘管對於建立新的思維結構的預言和行動呈現出各種不同趨向，但人們在宣告有限理性的破產上卻是不約而同。尼采大聲疾呼「上帝死了！」宣告了資產階級社會賴以維繫的價值觀的破產，佛洛德對潛意識的發現證明了理性對個人的制約是多麼蒼白無力，現代物理學在東方神祕主義之中尋找到了對應點，在文學藝術中，非理性、重直覺成為普遍趨向──將西方現代派的非理性視作為它的反動性，實在是一大冤案，難道在恩格斯宣告資產階級的理性王國破產的數十年之後、一百年之後，那些有見識有才華的藝術家們還要去肯定有限的理性、去謳歌資產階級的理性王國嗎？

那麼，在這一歷史性轉折中，馬克思恩格斯又持什麼態度呢？他們沒有固守於先輩思想家們的有限理性，但也沒有對理性精神決然拋棄，他們在繼承前人思想遺產的同時，更注重從現實的人類活動中、從工人階級的現實的鬥爭中、從對資本主義社會的經濟現象中、從人類最基本最原始的為滿足人的衣食住行需要的感性的勞動中，尋找人類發展的規律，從人類的直接的感性的活動中，生發出最先進最科學的理論。他們一再論述著感性─實踐的重要性：

> 感性（參見費爾巴哈）必須是一切科學的基礎。科學只有從感性的意識和感性的需要這兩種形式的感性出發，因而，只有從自然界出發，它才是真正的科學……
>
> 人的第一個對象，即人，是自然界，感性；而那些特殊的、屬人的、感性的本質力量，正如它們只有在自然對象中才能得到客觀的實現一樣，只有在一般的關於自然界的科學中才能獲得它們的自我認識。甚至思維本身的要素，即語言，也是感性的自然界。[3]

3　馬克思《1844年經濟學哲學手稿》第81-82頁，劉丕坤譯，人民出版社1979年版。著重點為原文所有。

　　從前的一切唯物主義──包括費爾巴哈的唯物主義──的主要缺點是：對事物、現實、感性，只是從客體的或者直觀的形式去理解，而不是把它們當作人的感性活動，當作實踐去理解……[4]

　　在這裡，馬克思一再強調的是感性─實踐活動，感性活動即是實踐，並把自己的研究對象移置到感性活動中來，從感性活動中建立自己的科學體系，這不也是一種非理性，在由感性活動對有限理性的否定中上升到新的螺旋，建立新的科學體系和新的理性嗎？事實上，人類的衣食住行，「連續不斷的感性勞動和創造」（馬克思恩格斯語），構成了唯物史觀的基石，被恩格斯譽之為馬克思一生中兩大重要發現之一。

　　在當代中國，理性精神處於一個非常微妙的環境之中。一方面，對於中國的廣大農村來說，進行現代文明的啟蒙，推崇理性精神，用以反對封建主義的殘餘和愚昧、迷信、落後等弊端，用法制與民主的精神改造目前仍然帶有很重的封建色彩的社會結構，是當務之急（只要從改革題材文學中的鐵腕人物和現代包青天如何受到普遍擁戴就可以知道社會生活中的民主意識是如何缺乏了）；但是，另一方面，我們多年間建立起來的、仿效史達林時代的蘇聯模式的現行理論，又遠遠不能令人滿意，它既是造成中國當代社會的僵化和封閉、形而上學猖獗的理論根源，又無法有效地承擔起現代啟蒙運動的重負，不但不能夠指導反而在相當程度上束縛並阻礙著正在進行的偉大變革。因此，在對理性精神的呼喚中，也不能不出現對現行的理論和觀念的非難。在文學上，也就是以理性主義為指導的現實主義剛剛戰勝和取代了「假、大、空」、「瞞和騙」的愚民文學，但它緊接著就受到了來自各個方向的──本土文化的尋根和西方現代派的借鑑的猛然衝擊，並由此造成了文學的新轉折。文學中，理性與直覺，現實與心靈，反映與表現，寫實與想像，並存並重，擺脫了大一統的時代，呈現出多元化的格局，大大地擴展了文學涵蓋生活的能力，也刺激了作家的藝術探索。在這樣一次重大轉折中，莫言以其重直覺、重心靈、重表現、重想像，以其感覺的爆炸、感性的擴充，充當了一名拓荒者。他發現並表現出了一個感覺的世界。

---

[4]　馬克思，《關於費爾巴哈的提綱》，《馬克思恩格斯選集》第1卷第16-18頁。

生命的文學化和文學的生命化

莫言所創立的生命感覺的世界，使我們耳目一新，他的藝術上並不很完整的《透明的紅蘿蔔》在《中國作家》發表的同時，就配發了他的老師徐懷中和同學們座談作品的紀要，表現出對他的藝術創新的充分關注，其後，《紅高粱》的問世，又把文學界對於莫言的關注推向高潮。

在這裡，值得進一步深思的是，莫言的創作對於文學理論方面，提出了什麼新課題呢？

我以為，這就是本節的標題所宣示的，是生命的文學化和文學的生命化，或者說，是生命的藝術化和藝術的生命化。這從生命的角度豐富了我們的文學本體論。

長期以來，我們以文學是社會生活的反映作為文學理論的核心，而且為此作了大量的闡釋。就其積極意義而言，它促使作家積極地面對現實生活，從現實生活中汲取創作的靈感和動力，加強了文學與現實的密切聯繫。這是應當予以充分評價的。但是，這只是以意識形態的共同特性來代替文學的個別性、特殊性，是用演繹法演繹出來的，而不是堅持具體問題具體分析。我們可以發問：文學怎樣反映社會生活？誰來反映？反映哪一部分社會生活？它與哲學、歷史學、政治學、經濟學等的內在區別是什麼？在這些特殊性的問題沒有解決之前，籠而統之的一句話，是言之無物的。而且，更重要的是，它只講了文學的認識論，沒有講文學的本體論，即以文學的創作者、文學的生產、作為精神勞動之一的文學生產及消費、文學的功能諸問題都不在它的涵蓋範圍之內。在這裡，我們無法對上述問題詳加論述，我們只想結合莫言的藝術創新討論一下文學與生命之關係。

莫言是寫感覺、訴諸人們的感性的，而感性，正是文學和美學的特徵之一，在各種學科、各種專業的分工之中，只有文學和美學是始終面對人的感性的。現代美學的先驅德國哲學家鮑姆加登首先給美學命名為Aesthetics，這個詞的本義就是感性學，是研究感性的學問。正是憑藉感性與理性的區別，美學和文學才找到了它們的立足之地。

　　憑藉感性，一方面把它的觸角伸向人們的感覺，一方面把它的另一端伸向現實生活，伸向現實生活中的人的生命活動。感性與感覺的關係容易理解，所謂現實中的人的生命活動則需要加以闡明——社會生活，豐富多樣，種類繁多，可以從經濟學角度去考察生活中的經濟現象，可以從歷史學角度去研究歷史的興衰更替，可以用科學家的眼光探索大自然的奧祕，也可以用社會學的眼光去看待人們的社會屬性、社會心理、社會集團等等，文學和美學則是面對人的生命活動、人的生存狀態的。人的生命活動、人的生存狀態固然不能脫離人的社會存在、經濟政治狀況、歷史特性等，但它卻把這一切都當作人的生命活動的有機組成，用人的生命活動涵蓋這一切。布萊希特寫《伽利略傳》，其原旨並不是要敘述這一段歷史（敘述歷史是歷史家的職責），而是要表現出人在外部的和內心的矛盾衝突狀態壓迫下的艱難痛苦的生存，徐遲儘管把陳氏定理置於《哥德巴赫猜想》之首，但他並不是要普及數學知識，而是要寫陳景潤這個人，不是要寫他的科學研究的方法和成果，而是寫他的融化在科學攻關中的生命歷程。同樣地，莫言寫余占鼇，並非寫抗日戰爭史，寫地方誌，而是要寫出一個活潑潑的生命來，他寫《秋水》，也不是寫人與水災鬥爭的經驗教訓，而是寫被水災圍困中孤島上人們的生存狀態。從對於活的個體生命的關注來說，文學與醫學有相同之處，不過，醫學只偏重於病理學方面，文學卻要關注完整的人，由病理學擴及到完整的個人，比從理性抽象轉到感性直觀來說，似乎要便利一些，這也許是許多人由醫生由護士而為作家的緣故了。反過來，對醫學有所涉獵，也會加深作家對於人的理解和表現，加深表現生命活動的真切感和豐富性。《紅樓夢》中的醫藥學膳食學就被人稱道，乃至今日有紅樓糕點問世。魯迅寫《狂人日記》，是以其醫學知識為病理學依據的，巧得很，莫言在農村時，也讀過一些中醫中藥方面的書籍，他自稱有些湯頭歌訣至今仍然可以背得出，於是，他才能在《高粱殯》中寫那個為父報仇的游方郎中，在《爆炸》中寫分娩，而且這一類描寫還會繼續出現在他筆下，成為豐富作品表現力的重要手段。

　　作為生命的形態，作為生命的表現形態，它是以生命之感覺而存在的，生命感覺之感性特徵，使它成為文學和美學的對象，當以文學的和審美的眼光看待生命時，生命感覺就轉化為藝術感覺。

現代西方美學家蘇珊‧朗格對作為生命與藝術之仲介的感覺推崇備至，她這樣說：

> 感覺能力就是生命機能的一個組成部分，而不是生命機能引起來的，生命本身也就是感覺能力。當然，這種作為感覺能力的生命與人們觀察到的生命永遠是一致的、而且當我們能夠意識到情感和情緒是非物理的組合，而是精神的組成成分時，它在我們眼裡仍然是某種與有機軀體以及與這個軀體的種種本能相類似的東西。事實上，它們看上去就好像是那生命湍流中最為突出的浪峰。因此，它們的基本形式也就是生命的形式……這就是說，如果要想使得某種創造出來的符號（一個藝術品）激發人們的美感，它就必須以情感的形式展示出來；也就是說，它就必須使自己作為一個生命活動的投影或符號呈現出來，必須使自己成為一種與生命的基本形式相類似的邏輯形式。[5]

在此，蘇珊‧朗格肯定了生命本身就是感覺能力，生命在感覺中存在，情感和情緒都是與感覺相通，是感覺湍流中最為突出的高峰，藝術品必須與感覺─生命的基本形式相類似，也就是類似於生命感覺的藝術感覺。在進一步探討生命的特徵時，她說，「在高級的有機體中，整個系統都充滿著張力的生與滅的過程，這些過程具體就是情感、欲望、特定的知覺和行為等等。當有機體發展到人的水準時，大多數本能便為直覺所取代，直接的反應也被符號性反應所取代（符號性反應指具有想像、記憶和推理的反應），而那種簡單的情緒性興奮也就被一種持續穩定的和富有個性特徵的情感生活所取代。但是，人類所具有的所有這些專門的機能都是從一種更加深層的生命情緒中進化而來的」。[6]

在生命與感覺、感覺與感性對象、藝術感覺與審美對象的關係上，馬克思早就作過更深刻更辯證的評述了：

5　蘇珊‧朗格《藝術問題》第43頁。滕守堯譯，中國社會科學出版社1983年版。
6　蘇珊‧朗格《藝術問題》第49-50頁。

人不僅在思維中，而且以全部感覺在對象世界中肯定自己。[7]

人有現實的、感性的對象作為自己的本質、自己的生命表現

的對象；……人只有憑藉現實的，感性的對象才能表現自己的生

命……[8]

　　馬克思指出，人以全部的感覺在感性對象中表現自己，肯定自己，前
者是由人到物，後者是由物再到人，感覺──對象（表現自己）──感
覺（肯定自己）。文學創作和審美創造，既是感覺的產物，是生命感覺的
產物，是生命的表現，又是移置於主體之外的客體，是人的感覺對象，人
在對感覺對象的感覺中肯定自己，肯定生命的創造，「感受人的快樂和
確證自己是屬人的本質力量」，[9]生命化為藝術，生命的快樂化為審美的
愉悅。在感覺與感覺創造的感性對象如音樂、美術作品等的雙向的交互運
動中，人的藝術感覺能力和藝術創造能力才共同發展起來。生命──感覺
──藝術，生命的本體論轉化為美學的本體論，文學的特性也就是生命的
特性。因此，只有生命的本體論，才給文學提供了存在的基礎。

　　莫言的創作，以生命感覺和生命欲望為基點，將生命與文學的關係付
諸實踐並且取得了成功。這種成功又反過來促進了人們的感覺能力的發
展。莫言的作品，正是表現「情感、欲望、特定的知覺和行為」，「富有
個性特徵的情感生活」（蘇珊·朗格），為人們提供了「表現自己」和
「肯定自己」（馬克思）的藝術世界。

　　更進一步說，與其認為莫言給我們提供了感覺的對象世界，莫如說他
最主要的貢獻是給我們提供了感覺世界的方式，從生命的角度去感覺世
界，用生命的感覺去感知生活。

　　我們仰觀太空的時候，往往忘記了我們立足於其上的土地。那些最基
本的東西，最容易被忽略。人本來是以生命方式存在，在感性─實踐的活
動中逐步把生命的觸角伸向政治、經濟、文化諸方面，從事這一切活動的
目的，又都是生命的擴展、豐富、充實，是生命的各層次的張揚，又都是

[7]　馬克思《1844年經濟學哲學手稿》第79頁。劉丕坤譯，人民出版社1979年版。

[8]　馬克思《1844年經濟學哲學手稿》第121頁。劉丕坤譯，人民出版社1979年版

[9]　馬克思《1844年經濟學哲學手稿》第79頁。

以生命本體為其歸宿的。「任何人類歷史的第一個前提無疑是有生命的個人的存在」[10]。但是，它往往被忽略，不但是現代資產階級為了榨取高額利潤可以無視勞動者的生命，為了爭奪世界市場而挑起戰爭使數百萬數千萬人慘遭屠殺，在新中國建立後的三十年間，也出現過違背歷史唯物主義、無視人民大眾現實存在的「左傾」思潮，使人們的生命既失去了安全保障，也無法滿足最起碼的物質需要。這種種現象，必然要激起生命為維護自身存在的自發的抗爭，激起對於生命欲望、生命需要的極端強調。莫言的《枯河》、《老槍》等正是發出了生命的不平的呼喚。

生命的被壓抑，相隨的是感覺的被敗壞，馬克思指出：「囿於粗陋的實際需要的感覺只具有有限的意義。對於一個饑腸轆轆的人來說並不存在著食物的屬人的形式，而只存在著它作為食物的抽象的存在，同樣地，食物可能具有最粗糙的形式，並且不能說，這種飲食與動物的攝食有什麼不同。憂心忡忡的窮人甚至對最美麗的景色都無動於衷；販賣礦物的商人只看到礦物的商業價值，而看不到礦物的美和特性。」[11]對於當代中國人來說，感覺的敗壞一方面表現為感覺的貧困，自我封閉，與世隔絕，一方面表現為感覺的鈍化，年復一年地演「樣板戲」，學唱「樣板戲」，使人們喪失了藝術的判斷力。這就是進入歷史新時期以來，那些在今天、在人們的感覺已然復甦的今天看來都很平常的作品在其當初問世之時卻常常產生戲劇性的、爆炸性的效果，舉一個例子，由《傷痕》等作品引發的關於社會主義時期能不能寫悲劇性作品的論爭，不是證明著由於藝術中重要的品種悲劇被禁絕多年，以致它的乍然出現使人們的感覺無法接受和容忍嗎？因此，新時期文學藝術的發展，也可以看作是人們的感覺方式的發展——從時代悲劇到個人命運，從西方現代派文藝的引進到東方意識流的出現，從現代文化的反思到古代文化的再評價，每一次新作品的出現，都或多或少地改變著拓展著人們的感覺方式，都創造出能夠欣賞它的一批鑒賞者。莫言以其獨特的生命感覺和藝術感覺為文，他的作品又喚起人們的生命感覺和藝術感覺，擴展了人們的視野，把人們帶入了高密縣東北鄉的王國之中，用與之相應的感覺方式去觀照它的昨天和今天、人物和故事、地貌和風土。

[10]　馬克思恩格斯《德意志意識形態》，《馬克思恩格斯選集》第1卷第24頁。
[11]　《1844年經濟學哲學手稿》第79-80頁。

　　生命之所以存在，它的真諦並不在於追求那並不存在的永恆，而是在有限的生命中追求最大限度的豐富、充實、飽滿，最大限度地掀起生命的浪潮，讓它有聲有色、轟轟烈烈，像浮士德所言，人間的一切苦樂悲歡，我都要在心中體味參詳，像馬克思所言，人所具有的我都具有。這種努力，這種追求，就其最根本的解決方式而言，它是以未來社會的理想出現的，在實踐中，它在很大程度上是以文學的、審美的方式進行的。既然感覺是生命的形式，既然生命的異化伴隨著感覺的敗壞，那麼，感覺的充實、豐富就表明生命的充實、豐富，感覺的多樣化和無限性也就表明著生命的多樣化和無限性。在這方面，直接訴諸於人的感覺、人的感性直觀的文學和審美，就有其不可替代的作用。要是說，現代工業文明使人們從繁重的勞動中解脫出來，增加了人的自由支配的時間和精力亦即增加了自由支配的生命，現代醫學從生理上為人的生命健康和延續作出了自己的貢獻，那麼，文學和審美，則以其對人的感覺的舒張實現人的生命的舒張。只有從這樣角度去認識莫言的創作，才能予以恰當評價。

第十章

藝術感覺面面觀（上）

美這一事實告訴我們，人可以是自由的，而又仍然可以是感官性的。

——席勒[1]

讀莫言的作品，經常可以感受到一種自由，想像的自由，心靈、感覺和生命的自由。誠如古代傑出的文學理論家劉勰所言：「文之思也，其神遠矣。故寂然凝慮，思接千載；悄焉動容，視通萬里；吟詠之間，吐納珠玉之聲，眉睫之前，卷舒風雲之色；其思理之致乎！」[2]這樣一種隨心所欲、自由馳騁的創作心境，在莫言那裡，時有所閃現，（雖然他還未能完全進入這一境界）。那麼，感覺的和想像的廣闊空間，是怎樣營造起來的呢？它有哪些特點呢？對於一個作家的細微之處的討論，有可能是瑣細的、零散的，不過，在前面的諸章中，我們都從宏觀角度著眼的，那麼，我們也應該從這建築的內部，從微觀、從局部上有一些感受。

作品發生學探蹤

高爾基有一句名言，「主題是從作者的經驗中產生，由生活暗示給他的一種思想，可是它蓄積在他的印象裡還未形成，當它要求用形象來體現時，它會在作者心中喚起一種欲望——賦予它一個形式。」[3]這對於從事文學創作的人來說是很有啟發的，它指出了小說發生學的一種常見的方式

生活經驗——思想形成、產生創作衝動——尋找形式（營構作品）

它已經被許多人自覺不自覺地實踐過了，並且證明是行之有效的。但是，當它被奉為小說發生學的唯一模式，它就有了強求一律、束縛創作自由的副作用。它對應的是現實主義創作方法，而不是創作的總體，一旦將其誇大到包籠一切的程度，就失去其內在規定性。尤其複雜的是，高爾基

---

[1] 轉引自鮑桑葵：《美學史》第377頁。商務印書館1986年版。

[2] 《文心雕龍・神思》。

[3] 高爾基《論文學》第334頁，人民文學出版社1978年版。

的論述曾經被用來反對那曾經氾濫過一時的「主題先行」、「三結合創作」（即領導出思想、群眾出生活、作家出作品），因而得到了新的強化，於是，後來出現了寫法比較別致、主題不容易把握的作品和創作傾向時，高爾基的話竟成了拒斥新潮流的人們的新武器。

其實，小說原是有各式各樣的（蕭紅語），單以小說的發生學而言，無論抒發一種情緒，追摹意識的流動，或者口述實錄，都可以為小說，這與高爾基所論述的方式並行不悖，正確的態度應該是不問其如何「做」出小說來，只問這小說做得好不好。《漢書·藝文志》云，「小說者，街談巷語之說也」，魯迅亦云，「至於小說，我以為倒是起於休息的。人在勞動時，即用歌吟以自娛，借它忘卻勞苦了，則到休息時，亦必要尋一種事情以消遣閒暇。這種事情，就是彼此談論故事，而這談論故事，正就是小說的起源。」[4]街談巷語，消遣閒暇，信口開河，談天說地，只講有趣無趣，不論真假虛實，這才是小說的本原。

莫言的小說是寫生命感覺，以藝術感覺去寫，他的小說之發生也是感覺式的。他常常是先捕捉住一個感覺，一個瞬間印象，然後將其推衍開來，發酵，醇化，構成全篇，他所著迷的，不是這瞬間印象有什麼深刻的思想意義，而是它對於莫言的感覺刺激的強烈性、奇幻性。

在談到《透明的紅蘿蔔》的時候，莫言這樣說，「有一天淩晨，我夢見一塊紅蘿蔔地，陽光燦爛，照著蘿蔔地裡一個彎腰勞動的老頭；又來了一個手持魚叉的姑娘，她叉出一個紅蘿蔔，舉起來，迎著陽光走去。紅蘿蔔在陽光下閃爍著奇異的光彩。我覺得這個場面特別美，很像一段電影。那種色彩，那種神祕的情調，使我感到很振奮。其他的人物、情節都是由此生酵出來的。當然，這是調動了我的生活積累，不足的部分，可以用想像來補足。」[5]

一個夢境，成為構成作品的最初的種子，是很能說明問題的。夢是在一個特定的環境裡部分地隱去了事物的真相，隔斷了事物的邏輯層面與感覺層面，強化了其感覺性、直觀性、奇幻性，只可意會，不可言傳，虛虛實實，朦朦朧朧，有一種神奇之美。那些古往今來的具有非現實主義傾向

---

[4] 《魯迅論創作》第272頁，上海文藝出版社1983年版。
[5] 《有追求才有特色》，《中國作家》1985年第2期。

的作家，都與夢有不解之緣，李白有《夢遊天姥吟留別》，李賀有《夢天》，湯顯祖有《牡丹亭》等「臨川四夢」，曹雪芹之《紅樓夢》更是以夢隱真，夢中生夢。著名現代西方心理分析派作家安圖·伊倫茨維格對作家與夢的關係作了闡述，「現代派藝術家總是在某種程度上使自己的視覺保持一種散漫性的狀態，因此，他們的作品能夠直接反映出無意識幻想中那種非連貫的、散漫的場景。這種場景遠不是他在意識清醒時看到的東西，而是類似他在夢中看到的東西。夢境，當我們正在做夢時，會覺得它異常準確、清晰和合理，但是一當我們醒來之後想用清醒的意識把它捕捉住時，它便消失瓦解；它們似乎包含著一切，又似乎什麼也沒有包含。我們清醒時見到的那些輪廓清晰的事物，並不適合夢中的那種變動不居的框架。」[6]在夢中，那些束縛著人們身心的社會規範和思維理性都失去了力量，生命欲望和生命感覺以其自由自在的、散漫無際的方式遊蕩著、組合著。——生命欲望（包括創造的欲望）與夢境是一種奇特的關係，不但對於文學家藝術家是如此，對於科學家也有重要意義，羅曼諾夫對已經發現的上百種化學元素的組合排列苦思冥想而不得，在夢中卻看到這些元素排成了一個首尾相銜的光環，極有秩序地跳舞，於是恍然大悟，制出了元素週期表。或許是因為在夢中人們的直覺能力得到極大的發揮，並且實現了常態之下無法實現的飛躍吧；只有高度放鬆，才能躍得高，感覺與理性的消長，為這放鬆和跳躍創造了條件，而且，這又與我們前一章論述過的感覺對有限理性的排斥、感覺的爆炸和感覺的張揚相契合。

　　《白狗秋千架》和《老槍》的發生學屬於另一種類型。《白狗秋千架》的成因，是由一隻河邊舔水的老狗的畫面引發而成，《老槍》是由一個人趴在地上舉槍等待獵物的場景激發了莫言的創作靈感的。在這裡，引起莫言的興趣的，都不是這畫面所具有的什麼深刻思想性，而是它的構圖性，它的引人遐想。於是，他把這畫面推移開去，衍化開去，並且在畫面的移動和變換中構造他的作品。如果我們再剖析一下構成他的小說最初畫面的要素，那麼，無論夢境，還是現實場景，佔據這畫面中心的，都是農村生活的圖景，莊稼地、蘿蔔地、河水，紅蘿蔔、老狗，這些常見的農村

---

[6]　轉引自滕守堯著《審美心理描述》第476頁，中國社會科學出版社1985年版。

景物再加上活動於其中的人，自然、農作物、家畜與人在其中佔據的地位同等重要，甚至超過了人的地位，也表現出這一切在人的心目中的價值──這的確是出自農民之情懷的農村風物畫了。

在最初的場景的刺激下，莫言被誘發了創作衝動，但是，他的思緒卻不是在現實的世界裡充分展開，他是不那麼寫實的，他總是在現實圖畫中增添一種非現實的意蘊，非現實的情致，正如夢境所具有的非現實的意蘊和情致那樣。於是，他的作品就具有了兩個觀照面──現實的和神祕的。這也就是令人感到「『莫言』莫可言」的癥結所在。莫言屢屢嚮往的天馬行空的創作境界，正表示出他在這方面的追求──揚蹄奮鬃之始，仍然是踏著沉實的大地的，但是，一旦起跑，它就不是在大地上馳騁，而是以此為跳板，一躍而升騰至浩淼的雲空，在現實的土壤與想像的雲空的空間裡上下奔突；而且，又偏重於想像，偏重於想像中與現實不嚴格對應的那一面，也可以說，是天馬在海市蜃樓中遨遊；海市蜃樓，固然是由於光線的折射而把大地上的景物移置於天空，但卻比任何地面實景更令人神往，更引人遐想──追求的並不等於已經達到的，但這畢竟從某些方面勾畫出了莫言的作品發生學的軌跡。也許，對於非現實的神祕的現象的重視，莫言開初並沒有自覺地認識到，多半是由於偶然，由於夢中那個紅蘿蔔的奇異的美而激發了他的創作欲望，紅蘿蔔的神奇性又迫使他作出大量非現實的處理，使作品在現實與非現實之中展開。但是，隨著《透明的紅蘿蔔》的問世和及時受到好評，這種對非現實的一面的有意追求，就構成莫言作品的發生學的重要特徵。莫言說過，「生活中是五光十包的，包含著許多虛幻的、難以捉摸的東西。生活中也充滿了浪漫情調，不論多麼嚴酷的生活，都包含著浪漫情調。生活本身就具有神祕美、哲理美和含蓄美」，因此，他覺得應該把生活「寫得帶點神祕色彩、虛幻色彩。」[7]這是他對《透明的紅蘿蔔》的創作體會的總結，也為他此後的作品奠定了一種基調。

於是，在《老槍》中，凸顯著的不是現實中的飢餓感而是老槍與一家三代人的神祕的帶有宿命色彩的關係，《白狗秋千架》中的白狗不是看家護院而是將「我」神奇地引到暖等待著的地方，在《築路》中那一個個現

7　《有追求才有特色》，《中國作家》1985年第2期。

實性和戲劇性、傳奇性都很強的人物故事中，橫貫著一條不知通向哪裡、派何用場、何時開工何時完工的非現實的路……《枯河》中有這樣一句話：

> 一個孩子從一扇半掩的柴門中鑽出來，一鑽出柴門，他立刻化成一個幽靈般的灰影子，輕輕地漂浮起來。

　　這幾乎可以看作莫言作品發生學中的非現實化傾向的絕佳描寫，他的作品——孩子（在創作談中他曾把自己的作品稱作「孩子」）一旦萌生，就不在地面上走，而是輕輕地漂浮起來，擺脫了現實中的引力作用，獲得了超常的運動能力。

　　對於現實中的人和事作非現實的處理（如實體的小虎變成失重的影子），對於非現實的東西作現實的刻鏤，使其活靈活現，呼之欲出，實則虛之，幻則真之，這才完整地構成莫言的非現實化方式。他的作品，對於農村生活中的政治背景、經濟狀況、生活條件、時代特徵等，都著墨很少，「有意識地淡化政治背景，模糊地處理一些歷史的東西，讓人知道是那個年代就夠了」，[8]這是實則虛之，蝈蝈養奶牛、做新式農民的故事被刺蝟、奶牛眼中看出，也是實則虛之。相反地，對於非現實的意象，他卻不遺餘力地渲染、刻畫、詠贊，使它們逼真、亂真；那個夢中的紅蘿蔔，被寫得玲瓏剔透、纖毫畢露；那裸女塑像由冷冰冰的石頭到獲得生命的溫熱又到披上猩紅的天鵝絨變得猙獰可怖淫蕩輕佻這一非現實的景象，也被寫得栩栩如生。他的作品中的非現實因素，往往是一個網路，互相呼應，層層推進，構成一種整體的氛圍，迫使讀者接受它——有靈性、解人意的動物，白狗、刺蝟、奶牛、金色大公雞、頑愚不化的豬、野性復甦的群狗、千姿百態的狐狸，獲得生命的非生物，變化著的照片和雕塑、在冥冥中發出呼喚的老槍、化平淡為神奇的高粱酒，在這種互相映襯中，由虛而實、由幻而真。在這真假虛實中，現實的與非現實的世界相融為藝術的世界。

　　構成莫言的作品發生學的另一重要因素，是他的情感軌跡。特定的情景、特定的畫面，原本是很少帶有什麼感情色彩的，它一旦映入作家的感

---

[8]　《有追求才有特色》，《中國作家》1985年第2期。

知,卻會激發作家的情感並使這情感定向發展,在情感的推動下使這情景和畫面向特定的方面發展,在情感的運動和畫面的運動中生成為作品的整體。河邊飲水的老狗,這情景本來是中性的,卻被莫言向著荒涼、感傷的方向引申開來。同樣地,生活中的冬妹雖然也有過「臉上露出很悲淒的神色」,但她的命運並不像暖那樣悲慘,她沒有破相,在她的三胞胎中有一個會說話的響巴,但在莫言的感情的改造下,作品中的暖失去一隻眼睛、面對一屋啞巴,生理和心理上都是受到沉重挫傷。[9]莫言自己夢境中的紅蘿蔔,只具有奇美的一面,在莫言的情感推動下,卻引發出黑孩這樣一個令人黯然傷神的悲慘遭遇來;在野外打獵的場面,據莫言的同學講,是講人如何佯裝屍體獵取老鷹的,是表現人的智慧,但這出自他人之口的敘述在經過莫言的感情釀制之後,卻與悲涼的落日一道化為一個英雄家族的沒落史……莫言總是用痛苦、哀傷的情感處理他的作品的種子、培植他的作品之樹的。(這與我們在《悲劇是世界的形式》一章中所論述的莫言的悲劇觀、懺悔感相一致,)他將自己的痛苦憂傷融化到最初引起他的創作欲望的畫面中,並以此制約著他的作品的展開、呈現,制約著作品的發生過程。這種痛苦感,不僅僅驅使他演示出一幕幕人間悲劇,還產生一種反作用力,促使他追求歡樂和理想,如果在現實中無法找到這歡樂和理想,那麼就在自己創造的非現實性的世界裡實現它,現實的痛苦越沉重,非現實的追求就越強烈,這樣的心理機制,也就內在地促成了他的作品發生學過程中非現實性因素的滲透和融合,並以此形成作品生成的完整過程——畫面的啟悟——情感的釀制——現實性與非現實性的融合和演進——作品的形成。別林斯基指出:「一個詩人,是一種敏感的人,易受刺激的永久積極活躍的人,他比別人承受更多的苦難,享受更多的歡樂,愛得更火熱,恨得更強烈;總之,富有更深刻的感受,單憑他的機體構造來說,詩人就隨便比什麼人更容易陷入極端,他一方面比所有的人扶搖直上,另一方面比所有的人都徹底地沉沒到生活中的泥潭裡去。」[10]這種更多的苦難和更多的歡樂,更火熱的愛和更強烈的恨,造成了莫言的全部創作的內驅力,也在他的具體作品的生成中起了催化劑的作用。

9　參見莫言散文《也許是因為當過「財神爺」》。

10　《別林斯基選集》第2卷,第265頁。

　　以直感的和夢中的、自己的和聽來的畫面為誘因，在痛苦與歡樂的感情激蕩中，在現實與非現實的場面的推移中，生成作品，它也就突出地以其情感的力量扣動人心，而不是以主題思想的深刻性發人深思，衡量它的尺規是感情的飽滿和力度，而不是思想的鮮明準確以及它怎樣融合在形象和典型身上；它的價值，主要地不是其教育和認識功能，而是開拓人的感情和感覺的幅度，打破常態下的感情的邊界，推向扶搖直上或徹底地沉沒到生活中的泥潭中去，在擴大生命的感性對象與增強生命的感覺能力中擴大生命的疆域。作品的結構與功能都發生了內在變化，與前面我們講到的高爾基總結的以主題為凝聚點的創作構思有明顯不同，又以互補的狀態存在，使我們的小說世界和感覺世界更有生氣也更加寬闊。

　　從畫面生成和以視覺意象營構小說，可以窺見莫言的藝術感覺特長，他具有敏銳的視覺，並以視覺為主而充分地調動各種感官的作用，營造其感覺世界。無論是夢是霧，都有一種欲揚先抑、欲顯先隱的作用，使他感覺中的畫面格外地生動，他自己也的確是對於色彩、對於構圖有著突出的感知能力的。在他的作品中，他總是充分地渲染著形、光，色、影的，他總是以文字為彩墨勾描出一幅幅生動畫面的。

　　這是《枯河》的開始：

> 一輪巨大的水淋淋的鮮紅月亮從村莊東邊暮色蒼茫的原野上升起來時，村子裡彌漫的煙霧愈加厚重，並且似乎都染上了月亮的那種淒豔的紅色。這時太陽剛剛落下去，地平線上還殘留著一大道長長的紫雲。幾顆瘦小的星斗在日月之間暫時地放出蒼白的光芒。村子裡朦朧著一種神秘的氣氛，狗不叫，貓不叫，鵝鴨全是啞巴。月亮升著，太陽落著，星光熄滅著的時候，一個孩子從一扇半掩著的柴門中鑽出來，一鑽出柴門，他立刻化成一個幽靈般的灰影子，輕輕地漂浮起來……

　　這裡充滿了密密麻麻的視覺形象：月亮、太陽、星星、雲、煙霧、地平線、村莊，孩子和他的身影，柴門、家禽家畜，而且，這一切都帶有各自的色彩：水淋淋的鮮紅、暮色蒼茫、淒豔的紅色、蒼白的光芒、灰影

子,而且,這一切都在運動之中:升起、染上、落下、殘留、朦朧著、熄滅著、鑽出、化成、漂浮,這些帶有特定色彩的、運動中的視覺形象,構成一幅有形有色、有光有影的流動的圖畫,具有充分的視覺性。為了加強這圖畫的動態感,還增加了聽覺形象,「狗不叫,貓不叫,鵝鴨全是啞巴」。這裡的用語,不只是以貓狗鵝鴨的無聲寫夜的安靜,還造成一種期待,期待這些小動物的叫,或者說,在靜謐之中,讀者已經在自己的記憶中喚起這種叫聲了。

比之於這種月色柔柔,莫言更喜歡強烈的、璀璨的、富於變化的光:球狀閃電的爆炸,使他目醉神迷,「都看到了嗎?真是奇特極了,漂亮極了」;紅高粱的如火如血,壯麗輝煌,使他神馳心往,「這就是我嚮往著的、永遠會嚮往著的人的極境和美的極境」;更多地出現在他筆下的,則是那給萬物以生命的太陽:

> 在漸漸西斜的深秋陽光裡,白花花的楊樹枝聚攏上指,瑟瑟地彈撥著淺藍色的空氣。冰一樣澄澈的天空中,一絡絡的細密楊枝飛舞著……越爬越高的男孩的黑魚般的脊樑上,閃爍著鴉翅般的光暈。
>
> ──《枯河》

> 沒有雲,太陽很高很小,光線強烈,一會兒就照得她眼前發黑,黃毛和兩頭牛變成了一大團暗紅色的影子。……她看不清黃毛的臉,她只是感覺到黃毛那一頭金髮在陽光下閃爍如金箔,閃爍如同那只大公雞的金色的羽毛。
>
> ──《金髮嬰兒》

> 太陽更快地下沉著,一邊下沉一邊變形……洶湧的冰冷的紅色流質曲曲折折地向四面八方流淌。水窪子寧靜入玄,豔紅的汁液從水面上慢慢下滲,水的下層紅稠如湯汁,表面卻是一層無色透明水,極亮極眩目。他忽然看到的竟是一隻吊在一棵挺拔枯草上的金環蜻蜓,蜻蜓的巨大眼睛如兩顆紫珍珠,左一轉右一轉地折射著光線。
>
> ──《老槍》

　　莫言寫太陽，寫太陽在不同季節、不同時間裡的變化，而且寫太陽投射在物體和人身上引起的物體和人的色彩變化，寫物體和人身上折射出的光線，把一幅幅畫面裝點得色彩繽紛。在莫言筆下，太陽確實每天都是新的，它在作品中的每一次出現，都給人們以不同的感受，應和著生命之節律、生命之興衰的不同感受。

　　視覺形象的突出和鮮明，不僅構成了作品的氛圍，而且直接充當了推進生命運動、推進作品的發展的要素，莫言對於形光色影的運用由此達到了新的深度，如同感覺既充當生命的形式同時又是生命的內容一樣，色彩和形體既是感覺的感性對象又是感覺的運動之動力。在《球狀閃電》中，令人神志迷亂的水紅衫子和耀眼奪目的球狀閃電構成了作品的兩個重要形象，構成了作品的起點和終點：水紅衫子所特有的誘惑性、刺激性，使蟈蟈情欲衝動不能自製，遂與繭兒交歡，並以此確定了他們的婚姻關係和與父母雙親的傳統生活模式的認同，在他要同父親母親來往帳目要計清、要建立新型的兩代人關係，並要與繭兒離婚時，彷彿是回應了母親的詛咒，被球狀閃電擊中；水紅衫子是起，球狀閃電是結，水紅衫子是罪，球狀閃電是罰，在這起與結、罪與罰中，顯現出掙脫陳舊的生活模式和生命模式的艱難。在《金髮嬰兒》中，金色──金色大公雞、小黃毛、金髮嬰兒構成一條色帶，太陽以其自身的晨昏變幻構成了另一條色帶；金色大公雞喚起了紫荊的生命欲望，小黃毛實現了紫荊的生命欲望，金髮嬰兒完成了這一生命運動的過程──由兩性的結合到新的生命的生產；於是，太陽的金光閃爍不僅誘惑了紫荊與黃毛的接近，還給冷冰冰的裸女塑像注入生命的溫熱，給冷冰冰的孫天球注入生命的溫熱，喚起了被他壓抑在無意識底層的生命欲望，金髮嬰兒的髮色，則刺激了他由情欲的嫉妒而形成的仇恨，刺激了他的野性的復仇。在《透明的紅蘿蔔》中，搖曳的爐火照耀下的紅蘿蔔，構成作品的中心意象，美輪美奐，熠熠生輝，「泛著青藍幽幽光的鐵砧子上，有一個金色的紅蘿蔔。紅蘿蔔的形狀和大小都像一個大個陽梨，還拖著一條長尾巴，尾巴上的根根鬚鬚像金色的羊毛。紅蘿蔔晶瑩透明，玲瓏剔透。透明的、金色的外殼裡苞孕著活潑的銀色液體。紅蘿蔔的線條流暢優美，從美麗的弧線上泛出一圈金色的光芒。光芒有長有短，長的如麥芒，短的如睫毛，全是金色，……」在生命的寒冷中，它給人以溫

暖，在生活的醜陋中，它給人以瑰美，在心靈的枯竭中，它給人以復甦，在感覺的麻木中，它給人以啟動，在感情的荒漠中，它喚起人的熱望，在孤寂與痛苦中，它喚起人的追求和尋覓；抽去了這裡的光和色、形和影，這篇作品將不復存在。在《奇死》中，莫言對純種紅高粱的嚮往、對雜種高粱的憎惡、對種的退化的恐懼和對先輩的英魂的緬懷，也離不開色彩的鋪排和對比──紅高粱、黑土地和將血肉之身倒在這高粱地裡的鄉親們的「灌溉了一大片高粱，把高粱下的黑土浸泡成稀泥」的殷紅的血，奶奶抹在臉上的羅漢大爺的血和被這血染紅了的高粱酒，「八月深秋，天高氣爽，遍野高粱紅成汪洋的血海，……天地間便充斥著異常豐富、異常壯麗的色彩」，雜種高粱則「永遠半閉著那些灰綠色的眼睛」，「它們空有高粱的名稱，但沒有高粱輝煌的顏色，……它們用它們晦暗不清、模棱兩可的狹長臉龐污染著高密東北鄉純淨的空氣」。

與莫言極為敏感的視覺能力成鮮明對比的，是他的作品中少而又少的人物語言。他的作品中並不缺乏音響，不缺乏天籟，不缺乏自然萬物的聲音，「視覺喪失了，聽覺便加倍靈敏起來，……天地萬物全在她的耳中。她聽到神祕莫測，窈窈冥冥的夜色。夜的聲和諧優美，生機蓬勃，有時也嘈嘈切切，如同亂彈琴，鬧鬧哄哄如同狗搶屎。……天上全亂了套，星星們聚在一起，喊喊喳喳，聚首又分手，各說各的理，誰也不讓誰。天河裡波浪翻滾，白色的河水沖刷著墨綠色的堤堰，眼看就要決口，浪頭嘩啦啦地響，黃牛哞哞地叫，孩子哇哇地哭，就這樣鬧了一陣，終於平靜下來。」（《金髮嬰兒》）但是，卻單單缺少人的聲音，人的話語。在他的作品中，很少有人物的對話，要麼是三言兩語，要麼是一聲不吭。這真是一個有趣的現象，在莫言的作品中隨著感覺的爆炸而來的是語言的爆炸，同時，在人物語言上卻又是慳吝至極，作品中的人物可以聽到常人聽不到的音響，卻沒有機會聽到常人的話語。

這可以分為各種情況。在處於狹小的空間中的、憑依祖祖輩輩的經驗生活的人們，不需要大量的關於生活與勞動的知識的傳遞，對於彼此間的情感活動，則可以有別的傳達方式，費孝通在《鄉土中國》中把它稱作「象徵體系」，「『特殊語言』，不過是親密社群中所使用的象徵體系的一部分，用聲音來做象徵的那一部分。在親密社群中可用來作象徵體系的

原料比較多。表情、動作，因為在面對面的情境中，有時比聲音更容易傳情達意。……於是在熟人中，我們話也少了，我們『眉目傳情』，我們『指石相證』，我們拋開了比較間接的象徵原料，而求更直接的會意了。所以在鄉土社會中，不但文字是多餘的，連語言都並不是傳達情意的唯一象徵體系。」[11]《金髮嬰兒》中的瞎眼老婆婆，憑笑聲就可以感覺出紫荊的不同的情緒，或是如同鮮花嫩草，或是像一聲聲惆悵的長歎；余占鰲與戴鳳蓮的由相遇、相識到相愛，也幾乎沒有一句話語，近距離之內的手勢、眼神、動作比有聲的語言更富有表達力。在這種情況下，語言自然是多餘的了。

　　但是，在更多的情況下，這種話語的乏匱常常是與無法溝通的情感、無法表達的痛苦相連接的。長歌當哭，歌與哭都可以使痛苦得到宣洩，無法訴諸歌哭、無法宣洩的痛苦方是真正的痛苦，這是「抽刀斷水水更流，舉杯消愁愁更愁」的痛苦之境界，無須表達也無法表達。就莫言而言，「在那個沒有愛的氛圍中悄悄地長大」，「終於逃離了人世的困擾而一心一意地生活在自己心靈的王國中」，「不愛講話，不愛笑，習慣在各方麵包括在面部表情上節制自己」，[12]生活在自己心靈中的人是不需要講話的，於是他的筆下出現了那麼多的啞巴，那麼多少言寡語的人們，那麼多麻木呆滯的人們，心靈的荒漠、感覺的荒漠使他們的語言功能亦衰退了，在無聲的沉寂中顯示著生活的沉重──魯迅當年曾經痛感無聲的中國之苦難深重，痛感無聲的民眾之可哀可怒，一再感歎「敢有歌吟動地哀」，期冀「於無聲處聽驚雷」，疾呼「沉默呵，沉默，不在沉默中死亡，就在沉默中爆發」，驚詫於沉睡在「鐵屋子」裡的人們的無聲無息；這樣的局面，在數十年之後，仍然沒有得到徹底改觀，尤其是在「左傾」思潮氾濫的時候，連那些作為社會的喉舌、民眾的喉舌的文化人都萬馬齊喑，（最極端的例子是割斷喉管），何況那些生活在社會的底層的農民呢？莫言顯然不能在對社會認識的透徹上與魯迅相比，但他卻通過其藝術感覺的傳達，通過自己的生活感受，表現了這一點。正如一位批評家所言，「這或許是因為身心的過於壓抑而使他改變了自己的宣洩管道。就像那幽靈般的

<hr>

[11]　《鄉土中國》第13-14頁，三聯書店1985年版。
[12]　趙玫《莫言印象》，《北京文學》1986年第8期。

黑孩：他不能與常人交流，便與萬物交流；他聽不到常人的說話，便聽
『逃逸的霧氣碰撞黃麻葉子和深紅或是淡綠的莖稈，發出震耳欲聾的聲
響』；他得不到撫愛，便在水中尋求『若干溫柔的魚嘴在吻他』；凡是他
在這個世界聽不到的，便在另外一個世界聽到，而且是更奇異的聲音；凡
是人世間得不到的歡樂，他便在另一個夢幻的世界中得到加倍償還。心靈
感應的對象與途徑變了，感覺的方式與形態也會相應變化」。[13]

「時間感和空間感改變了」

尼采說，「那種人們稱之為醉的快樂狀態，不折不扣是一種高度的強
力感……時間感和空間感改變了：天涯海角一覽無遺，簡直像頭一次得以
盡收眼底；眼光伸展，投向更紛繁更遼遠的事物；器官變得精微，可以明
察秋毫，明察瞬息；未卜先知，領悟力直達於蛛絲馬跡，一種『智力的』
敏感；強健，猶如肌肉中的一種支配感，猶如運動的敏捷和快樂，猶如舞
蹈，猶如輕鬆和快板；強健，猶如強健得以證明之際的快樂，猶如絕技、
冒險、無畏、置生死於度外……人生的所有這些高潮時刻相互激勵；這一
時刻的形象世界和想像世界化作提示滿足著另一時刻：就這樣，那些原本
也許有理由互不相聞的種種狀態終於並生互繞、相互合併。」[14]尼采所論
述的由於生命的強力所造成的感覺的改變，所產生的洞察力和凝聚力，在
莫言的作品中幾乎都可以發現——尼采是在理性王國的破滅、上帝死了的
警號中尋求一種新的足以支撐世界和人類的力量而訴諸生命本體的，莫言
則是以一個被剝奪了人的種種權利，階級的權利；政治、經濟、思想文化
的，（請回想一下農村的生活貧困和精神貧困），個人的權利：母愛、家
庭溫暖、社會關懷、發展自己的欲望和需要。在面對著沉重的外部的和家
庭的壓力之時，他無所依傍，只能憑藉生命的韌性、生命的耐力支持自己
的生存，（可以對比一下，張賢亮的作品同樣充滿了壓得人透不過氣來
的生命苦難，但他的主人公卻是受過文明的啟蒙的知識份子，他的理性

---

[13] 程德培：《被記憶纏繞的世界——莫言創作中的童年視角》，《上海文學》1986年
第4期。
[14] 《悲劇的誕生》第350頁，周國平譯，三聯書店1986年版。

常常是占主導地位並對生命本能持批判態度的，如《綠化樹》中對以簡單的算術換取蘿蔔和土豆及此後的自我反省，《男人的一半是女人》中章永璘在黃香久那裡喚起了生命機能、恢復了生命本性但卻理性主義地與黃分手，）因此，在對於生命力量的重視上，我們常常可以發現莫言是在遙遙回應著上個世紀末的傑出思想家的箴言。在酒神精神上是如此，在生命感覺的創造力之功用上亦是如此，其核心，則是生命本體之崇拜。[15]

　　莫言的筆下，喜歡出現巨大的、充滿力量的物象一形象，不論這力量是善是惡，是毀滅是創造：佈滿田野、洸成血海的紅高粱，洶湧而來、濁浪滔天的大水災，像一個黑色的、頂天立地的、飛速旋轉的圓柱的大風，將人衝擊得像風箏一樣飄起又像羽毛一樣落下的球狀閃電，橫行鄉里、吞吃活人的龐大狗群，這樣一些壯觀的、罕見的現象，卻反反復復地出現在作品中，而且反復再三——紅高粱的海洋幾乎是彌漫於作品始終的、作品的真正主人公，球狀閃電被從人和刺蝟、奶牛的幾個角度寫了又寫，大水則在《秋水》、《老槍》、《罪過》中都充當了重要角色——沒有秋水氾濫，就不會有人們紛紛逃向孤島，沒有秋水潴留，就不會有野鴨出沒，沒有河水上漲，也就不會有小福子去看河水而被河水溺斃……還有《築路》中那一條橫貫著巨大的時間和空間的、不知其方向和用場卻又迫使許多人為之效力的神祕陰森的總也完不了工的路，還有那數百名鄉親在槍林彈雨中舞蹈的血腥屠殺……在這些龐大的形象中，除了紅高粱，全都為害人類、與人為敵，不管是自然的還是人為的，都對人的生命造成巨大威脅，這不能不使人為之悚然。人生中偶然的、潛在的、或身在其中而不識廬山真面的種種災難，都「一覽無遺」，「頭一次得以盡收眼底」；但是，毀滅和災難的驚心動魄之中，仍然使我們感到一種殘酷的快意，一種痛楚的美感。

---

[15] 尼采在中國的影響是極有意味的，魯迅以之為個性解放的武器，任個人而排眾數，掊物質而倡精神，表現出覺醒的知識份子對於芸芸眾生的輕蔑和對張揚個性的渴望；在被禁絕多年後，隨著新一代知識份子對個性解放的要求，尼采重新受到重視；莫言之通向尼采卻純屬自發的、直感式的，甚至在沒有讀到尼采之前，他就有些尼采味了（就對生命本能的看重而言），這是否表示出中國的知識份子、中國的農民在經過政治覺醒、理性覺醒之後，正在進入生命之覺醒呢？

　　這些巨大的災難，都是被感覺所改變了的。當我們讀這些作品的時候，常常感到一種感覺上的矛盾，並進而覺察莫言在處理這災異時的感情矛盾——他彷彿是害怕這巨大的災難過於強烈過於沉重，因而把它們化整為零地分解開來，東鱗西爪地透露出它的各方面，甚至把這樣的場面移置到作品的開端而不是讓它按部就班地居於作品的中心位置；但是，這些偶然的、一次性的事件在被多次敘述時，它又反覆地衝擊著人們的心靈，反覆地強化著人們的印象，乃至將一次性完成也一次性擺脫的災難變成持久的、伴隨人的生命過程的凶兆。鄉親們在高粱地裡死難，先是由豆官、後是由戴鳳蓮「未卜先知」地感覺到了，它的真正出現卻是在《狗道》中，在這樣的事件的分解和時間的分解中，歷時性變成了共時性，血沃紅高粱的場面變成溶化在紅高粱的永久生命中的永久記憶，「這一時刻的形象世界和想像世界化作提示滿足著另一時刻」。那一條神祕陰森的路，先是由楊六九道出，又由劉羅鍋道出，直至作品結束，離楊六九他們築路的時代已經十餘年之後，這條路仍在修築之中，築路者仍在上演悲劇（壓路機女司機的被凌辱的愛），這個故事也就由具體的寫實擴展而為超時空的象徵，象徵著人們神祕莫測、危機四伏的命運之路。

　　我們的視野之局限性是很大的，那些巨大的、偶發性的事物不易於被我們所掌握，那些常見的、平凡的事物又往往容易被我們所忽略。「器官變得精微，可以明察秋毫，明察瞬息」的使命，就不得不由作家藝術家來承擔。莫言善於把宏大的形象、宏闊的時間和空間改造得容易被我們所感知而且是不止一次地感知，他也可以精緻入微地表現微觀的時間和空間、表現微觀的人和事，在他筆下，時間可以任意地定格和延長，使那些瞬息印象變得足以令人們充分地玩味，使那些有限空間總是導向開闊的世界，使那些微小的事物富有深邃遼遠的意味。《爆炸》中那巴掌舉起又落下的一剎那，卻包容了天上地下、遠處近處的景物、音響、動作，時間的短促由空間的開闊得到了補足，時間化為空間，空間延滯了時間。《秋水》中的爺爺奶奶被困在狹小的空間裡，但是，這狹小的空間裡不但發生了驚心動魄的恩恩仇仇的故事，使這狹小的空間變成人世間的縮略，還以那一支從此流傳下來的、爺爺後來教給我唱的「綠螞蚱。紫蟋蟀。紅蜻蜓」的兒歌而穿透了漫長的時間，空間意象化作了時間因素而得以延展，幾十年時

間的磨洗和它與諾亞方舟的同構，使這一有限空間獲得了無限的拓展。那些微小的事物，透明的紅蘿蔔似乎是放在放大鏡下作了精心刻鏤，沉默已久的老槍則富有一種歷史的積澱，一隻貌不驚人的老狗連接著一個傷感但仍然存有希望的故事，一隻金色大公雞萌發出生命的熱望和冷酷的復仇，一隻傷殘的手顯示出人世間的嚴酷中富有溫熱的面影……在微小之中，都有著超越其自身的容量。瞬間永恆，尺幅千里，這一切又是互相交融、富有張力的。戴鳳蓮臨終前的彌留，在短暫的片刻中，「單扁郎、單廷秀、曾外祖父、曾外祖母、羅漢大爺……多少仇視的、感激的、兇殘的、敦厚的面容都已經出現過又消失」，三十年的歷史在此閃現；這樣的閃回也許並不新鮮，但時間的運動並未以生命的終結而停滯，卻越過死亡繼續向前行進，「未來的一切（即高粱地裡的大屠殺——引者），奶奶只能模模糊糊地看到一些稍縱即逝的光圈」，這種在有限的片刻中將時間之矢由過去射向未來因而使感覺的運動軌跡更完整更豐滿，不能不令人驚歎。同時，彌留之際的戴鳳蓮，在她所佔據的小小空間中，即那一塊高粱地裡，卻神游於天地之間，「奶奶覺得天與地、與人、與高粱交織在一起」，「奶奶飄然而起，……眷戀地看著破破爛爛的村莊，彎彎曲曲的河流，交叉縱橫的道路；看著被灼熱的槍彈劃破的渾濁空間和在死與生的十字路口猶豫不決的芸芸眾生」；任由意識和潛意識的自由流動，在近年作品中已成為常用的手法，但這種意識流在大多數作品中都與作品的現實層面保持距離，莫言的寫神遊，它是感覺運動的一種方式，它與現實一起統一在感覺的真實中而不再是一種幻象，它是感覺的真實的運動；這運動的特徵，在於它不但能散射而且能凝聚，「她的縮得只如一只拳頭那麼大的思維空間裡，盛著滿溢的快樂、寧靜、溫暖、舒適、和諧。」

　　或許可以說，過去、現在和超現在的未來之間、巨大的時間跨度和短暫的片刻的溶化為一體，天、地、人的巨大空間和一隻拳頭那麼大的空間的相交相迭，時間因素轉化為空間因素，空間景象轉換成時間意象，這是莫言的時間感和空間感的特徵。康德曾經指出，時間和空間是人的認知的先驗框架。我們只有在時間和空間的條件下才能設想任何真實的事物，對時空的把握總是與我們對世界萬物的把握密切相關的。莫言的時空感中，也可以見出他把握生活的某些獨特性。

在他的時間感和空間感中，都滲透著生命的運動、感覺的運動，滲透著生命的過程性。很長時間以來，我們把目的論引入人生哲學之中，將人生與某一特定的社會目標聯結起來，宣導為共產主義而奮鬥，為革命為人民做貢獻，為祖國獻身。這種宣導無疑是必要而且碩果累累，我們有我們這一時代引以為自豪的英雄畫廊，從李大釗、瞿秋白到張志新、遇羅克，從董存瑞、黃繼光到李海欣、盛其順……但是，它並不是唯一的價值評價的標準。以這種論功勞、比貢獻、排座次的方法評定人的存在，容易形成英雄崇拜，也容易忽略普通人的價值，實際上，其他的評價方法包括以生命為尺度的評價方法也是在實行著的，（最簡明的例證就是人們評價自己和他人的婚姻與愛情時，是論其和諧、美滿與否，以生命的幸福為尺度而不是以生命的貢獻為尺度，）目的論是將生命的自然性引申到生命的社會性（即其社會價值、社會意義等）之中，過程論是將生命的社會性融合到生命的自然性（即其短暫性、一次性、延續性等）之中，目的論關注的是轟轟烈烈的瞬間，過程論卻關心生命的全過程——就生命而言，它的運動是過程性的，對一個一個有限目的的追求中顯示的追求精神的無限可能性，它的最終點是死亡是虛無，它是無法化作目的論的，它不是人們自覺選定的目標，從生到死這一段過程卻可以選擇，可以使其充實、壯麗（如戴鳳蓮引以自豪的「三十年紅高粱般充實的生活」）。那麼，無論是陰森恐怖的巨大的時空意象，還是小巧玲瓏的物體，無論是遙遠的記憶還是冥冥的預感，都是生命擺脫世俗的狹隘時空、創造更豐富更瑰奇的生命感覺的感性對象，生命的高度的強力感使時空感改變了，反之，時空感的改變又喚起生命的高度的強力感，生命的過程伴隨著時空的過程，時空的豐富無窮的變化造成生命的豐富無窮的體驗和感覺。而且，只有表現出時空感覺的運動曲線——忽宏闊忽精微，忽短促忽漫長，才能顯示出感覺運動的力度，顯示出生命運動的力度。

莫言的時空感覺與生命感覺相一致，生命的本能性、自在性的一面，決定了他的時空感的直觀性和情感性，科學的抽象的時空在他的作品中是很難存身的。西方學者韋納在比較不同的時空觀時說，「就原始人能在空間中進行各種技術活動而言，就他能測量距離，劃獨木舟，把魚叉猛投向某個目標等活動而言，原始人的空間是一個行動的領域，是一個實用的空

間，它的結構與我們的空間並無區別。但是當原始人使這種空間成為描寫的對象和反省思維的對象時，就產生了一種根本不同於任何理智化的描述的特別原始的觀念。對原始人來說，空間的觀念即使在系統化之後，也總是與主體密切地結合著的。它更多地是一個表達感情的具體的概念，而不是具有發達文化的人所認為的那種抽象空間……它在性質上遠不是客觀的，可測量的和抽象的。」[16]莫言的時空感就是很大程度上是與主體密切地結合著的，充滿了感覺特性的。離開了主體的感覺、離開了感情性，它是無法實現的。它的底蘊，仍然是中國農民那種自在的、本能的實踐——實用理性的思維方式使之然。無論是洸成血海的紅高粱，還是洶湧而來的秋水，無論是白狗出現的橋頭，還是紫荊家的院落，它都不是抽象的或客觀的，而是感情的、依人的，無邊的夜色並不是虛空，在瞎眼老婆婆的感覺中充滿了夜遊神的徜徉、天河的翻波、星星的嘈嘈切切。同樣地，時間也不是客觀地流逝，而是由感覺中悟出，寂靜無聲中，人的感覺並不就沉寂下去，而是有所期待，在期待與失望中感到時光的失去，這就是把靜夜寫作「狗不叫，貓不叫，鵝鴨全是啞巴」而沒有寫狗貓鵝鴨都沉默著的意義之所在，狗貓鵝鴨全沉默是客觀描述，見不出人的影子，叫卻是對應人的耳朵，作出不叫的判斷是因為人一直在諦聽。時間與空間一樣，都具體地感情地存在著，不是冷冰冰的西元紀年，而是與特定的事情和人聯繫在一起的。一支老槍聯結了三代人的生命、數十年的時間，「我」與余占鰲、戴鳳蓮等先輩之間幾十年的時間距離，被紅高粱和雜種高粱的區別標示出來；「大公雞每天都按著時辰啼叫，混沌成團的生活在洪亮的雞鳴聲中變得節奏分明」；不但陶罐頭老太太在講往事時是以「高粱齊腰深了」作為時間的標誌，當它轉換為作家的敘述語言時，仍然保留著這種直感性，「確實是這樣，膠平公路修築到我們這裡時，遍野的高粱只長到齊人腰高」；……莫言的作品，是很難客觀地清晰地標出其年代的，一切都與動物植物的變化聯結在一起，偶爾被巨大的災異所震撼，這災異也就成為劃分生命歷程的時間標誌。

　　這種近乎原始的時空感和時空觀，使具有現代人的時空觀念的讀者感到新奇，在當代作家中，還很少有人以這種時空感寫作的，猶如一位外國

16　轉引自凱西爾《人論》第57-58頁，甘陽譯，上海譯文出版社1985年版。

現代作家所言，作家的案頭是要永遠擺著一隻時鐘的（指作品中嚴格的時間感）。這是「時間感和空間感改變了」的又一方面吧。

我們的探究還有待深入。時間是有流向的，自然的時間有其向量，心理的時間指向更是變化無窮；空間有其範圍，客觀空間和心靈空間都是如此。那麼，它在莫言筆下表現出哪些特點呢？

在座談《透明的紅蘿蔔》時，有人指出，「作品中描寫的那個地方，空氣好像不大流通。蘿蔔地、地瓜地、黃麻地、鐵匠鋪、橋洞、河水；石匠、鐵匠、姑娘、孩子，就呼吸著不大流通的空氣，在這種色彩斑駁的環境中生活著。」[17]其實，何止是黑孩，莫言的所有作品中，人們都是生活在一個狹小的、空氣好像不大流通的空間裡。莫言的作品中，空間場景的變換極小，人物一出現就在一個限定的場景中活動，從頭到尾都很少移動，至多不過從橋邊到院落、從田野到村中了。人們的生存空間，僅限於高密東北鄉，限於一個封閉的小世界裡。也許，只有這封閉的、不流通的空間中，那高粱的腥甜、人血的腥甜、墨水河的腥甜，才能那樣密集、那樣強烈而不易飄散吧。

空間感的封閉，植根於自給自足、獨立經營的小農經濟，從勞動的產品主要是供自己衣食之需而不是用來進行商品的流通和交換的封閉的自然循環中，人們得到了滿足，無須遠行，無須進入一個更大的更廣闊的空間，也就無法改變那種狹小的封閉的空間感，只有在這熟稔的空間中，人才覺得有依託、有生活的安定，從老子的「雞鳴狗吠之聲相聞，民至老死不相往來」到陶潛的遁身世外的桃花源，都是這種狹小的空間觀的澱積，──原始的空間感，是與這種狹小、這種封閉分不開的，富有深意的是，研究抽象的空間關係的幾何學，是在以從事海上貿易為業的希臘發展起來，以歐幾里得的《幾何原本》奠定了現代空間觀的基礎，中國的數學在古代也很發達，祖沖之計算圓周率，一行和尚測量子午線，都居於世界先進紀錄之中，卻始終未能形成研究抽象空間的幾何學。這種狹小和封閉的空間感，反過來又束縛人們走向開闊的新的空間，形成了極大的反作用力，加深了這種因循保守的傾向。余占鰲本來可以加入八路軍並進入新的空間

---

[17] 李本深語，《有追求才有特色》，《中國作家》1985年第2期。

的，但他卻寧願托身於鐵板會，繼續活躍在高密東北鄉；大鎖的爹在奮起反抗之後，不是選擇逃跑而是選擇在家鄉土地上死亡；孫天球進入了另一個空間，但他在另一個空間裡的活動只不過是家鄉那個空間的延伸和反響、表徵和餘波，其心理指向依然是以家鄉為向心的；楊六九和白蕎麥算是例外，但他們一逃離家鄉，就失去任何音信，表現出作家對於家鄉之外的陌生空間的不可知，暖的原型冬妹是到過東北又回家鄉的，在東北生活數年，但作家顯然對那一塊土地感到無法把握，寧願把這故事都置於封閉的家鄉中進行。莫言空間感上的狹隘性，還有一個明顯的例證——他已經離開家鄉十餘年了，但他卻頑固地不願進入和理解、體驗和表現現代城市生活。在他對現代文明的拒斥中（如在「種的退化」的綱領下表現出的畏懼），不也反映出中華民族的封閉保守的心理弱點嗎？「落後和不發達不僅僅是一堆能勾勒出社會經濟圖畫的統計指數，也是一種心理狀態。」[18]中國近代社會的落後，閉關鎖國政策的實行，直至十年內亂中排斥一切外來事物、自封世界革命中心，不都以這種帶普遍性的、甚至在接受了革命教育和高等教育的莫言身上都無法擺脫的狹小的空間感有內在聯繫嗎？

　　與狹小的、不流通的空間感相應的，是那種指向過去的時間觀。一方面，他在訴說著現實中的痛苦和哀傷，訴說著此刻的心靈創痛，一方面，他在追念著祖先的輝煌業績、追念著祖輩的英雄氣概，——在《紅高粱》中和《老槍》、《秋水》中活躍的人們，他們在生命的充實中感到時間的充實，重視每一個此時，他們的生活無論是崇高還是卑劣、壯觀還是粗陋，都是充分實現了的，「過去的一切，像一顆顆香氣馥鬱的果子，箭矢般墜落在地，而未來的一切，奶奶只能模模糊糊地看到一些稍縱即逝的光圈。只有短暫的又粘又滑的現在，奶奶還拚命抓住不放」。

　　這使我們想到T‧S‧艾略特的詩句：

過去的時間和將來的時間，
只允許一點點意識。

18　《人的現代化》，殷陸君編譯，四川人民出版社1985年版。在該書的《兩個典型：現代人和傳統人》一節中，還專門以是否願意進入新的空間，接受新的經驗作為判別標準。

意識到了，便不在時間之中。

但只有在時間中，玫瑰園中的那一刻，

風吹雨打的涼棚中的那一刻，

煙霧彌漫中通風的教堂中的那一刻，

才能被人記住，既有過去又有未來。

只有通過時間，才能征服時間。

——《四個四重奏‧燒毀的諾頓》

　　只有通過時間，才能征服時間，只有佔有時間，才能佔有生命。哪怕是戀兒那樣的以身飼虎的舉止，也是一種佔有生命的方式，因為她清晰地意識到，喪失一個女人的最可珍視的貞潔是為了保護一個母親的最可寶貴的孩子（雖然這目的並未實現）。相反，對於生活在現在的人們，他們的生命的荒涼，也伴隨著時間的荒涼，生命的空虛，迫使他們把時間的向量指向過去，指向童年：《白狗秋千架》中，與現實的隔絕與孤寂、面目的醜陋與心靈的無助相對應的，是少年人的「我」和暖站在河邊唱歌，暖的秀美使人動心使蔡隊長動心；指向遙遠的時代，緬懷最英雄好漢最王八蛋的一代人的創業史；指向母親的身體中、指向尚未出世時子宮裡的溫暖，如《奇死》中的耿十八刀那樣；他們無法佔有自己的生命，無法佔有現在的此刻的時間，只好借助各種各樣的想像、在各種各樣的記憶中用過去填充現在。雖然過去也並不全是令人鼓舞令人欣慰的，對於小虎一家，過去意味著由中農發展成上中農，由此決定了一家人的厄運；對於大福子，過去意味著自己的原罪，但他卻不由自主地回溯著小福子被大水淹死的往事；對於蝈蝈和繭兒的不幸婚姻的現狀，他們也總是在對既成事實的起因及其隨後的風波作著反顧。這種向後看的時間觀，固然是由於人窮必返本，由於尋找失去的家園的普遍心理，但是，在回溯既往時，卻有不同的指向，一種是向以往汲取力量以掙脫現在奔向未來，獲得積極的向前的意義，一種是返回以往以逃避現在（像返回母體逃避人世）；猶如張弓搭箭，一個人把弓弦向後拉，是為了將時間之矢射向未來，這箭的發射和運行未必見得出，但我們可以從弓弦的引而不發上體會出內在的張力，一個人卻把時間之矢投向以往，二人的動作中都有向後用力的動作，其目的

卻大不相同。請看莫言的作品中對於未來的僅有的描寫——黑孩的透明的紅蘿蔔失落之後，他又到蘿蔔地去找尋，拔出滿地蘿蔔仍不可得透明者，卻被另一位頗負責任的生產隊長剝光其衣服趕走；孫天球的生命欲望的覺醒，使他渴盼在未來中報答妻子那久被冷落的心靈，在未來中補償兩人壓抑已久的情欲，其結局卻是家庭的徹底破裂、幼小生命的夭折——幼小生命代表未來，《金髮嬰兒》中的嬰兒被扼殺，《棄嬰》中的嬰兒無人收養，別的作品中的孩子們，被剁去第一節食指的大鎖，被父母歧視的大福子，被逼向死地的小虎，被剝奪一切人身需要的黑孩……這就是我們的孩子，我們的未來嗎？

　　是的，這就是現實中的一群孩子。他們大約只有苟活，卻說不上有什麼未來。現實的沉重，有時窒息了未來，但更內在地起支配作用的，是與中國人的原始空間感相協調的原始時間觀。經驗式的、直感式的時間觀，使它只注重已往的經驗，只注重已有的事物，不論那經驗和事物與人的關係如何，它畢竟已經經受過了，可以喘一口氣；站在秋天的田野上，農民想到的是春耕夏鋤，看重的是已到手的收穫，無論曾經有過旱澇災害，無論是豐是歉，總可以有所得了；相反，對於明年，他充滿了不可知的恐懼，靠天吃飯，明年能否有飯吃呢？於是，如同對於陌生的空間的拒斥一樣，對於未來的時間，也本能地感到畏難——中國文化中向後看的時間觀是根深蒂固的，要是說，在孔子那裡，祖述堯舜，憲章文武，呼喚歷史的亡靈是為了積極參加現實鬥爭，富有進取性，那麼，再經過演變分化，天不變道亦不變，時間就失去了流動，一切都凝固在過去，皇帝講祖制，百姓講孝道，都是在現實中以過去取代將來的。[19]存在主義哲學家薩特在批評福克納的創作時說，福克納給他的人物「選擇了死亡的一剎那的瞬間作為他的現在。……用了那麼多藝術上的工夫，事實上也是那麼多的偽詐，其唯一目的無非是要彌補作者對於未來全然缺乏本能的認識。」「因為現在是不期然的，所以沒有成形的未來只能決定於過度的回憶。」薩特進一步闡明未來的意義，「意識的性質包含它被投入到未來中去的意思；我們

---

[19] 與這種古代時間觀相對的，是現代人的時間觀，即馬克思所言，向未來汲取詩情，從各種各樣的未來學（托夫勒、羅馬俱樂部）的興起，到用電子電腦從多種可能性中預測和選擇一種方案，都表現出這新的時間觀的指導意義。

只能通過它將變成什麼來理解它是什麼；它現在的存在是被自己的各種潛在性所決定的。這就是海德格爾所謂的『可能性的沉著的力量』。你不會在你自己身上找到福克納式的人，他的人是一種去掉了潛在性，只以其過去的存在來解釋的人。」[20]我們未必無保留地贊同薩特的批評──文學與哲學之間畢竟是有差別的，審美心理也的確有濃厚的保守性[21]──但它為我們評價莫言的時間觀提供了一個參照，使我們感悟出莫言的時間觀中保守的、迷戀既往的濃厚色彩。

---

[20] 薩特《福克納小說中的時間：〈喧囂與騷動〉》，引自《福克納評論集》第164-166頁，中國社會科學出版社1980年版。

[21] 恐怕沒有一個領域像審美中那樣，古代的作品至今仍然有活的生命力，仍然是一種不可逾越的最高典範。

第十一章

藝術感覺面面觀（下）

　　生活是一圈明亮的光環，生活是與我們的意識相始終的、包圍著我
　　們的一個半透明的封套。把這種變化多端、不可名狀、難以界說的
　　內在精神，──不論它顯得多麼反常和複雜──用文字表達出來，
　　並且盡可能少羼入一些外部的雜質，這難道不是小說家的任務嗎？
　　　　　　　　　　　　　　　　　　　　　　　──佛吉尼亞・伍爾夫[1]

　　這一章，我們從藝術感覺的凝定狀態，從由它所造成的藝術的陌生化
效果和由它所形成的文體特徵，繼續討論莫言的藝術感覺。

陌生化──感覺的重構

　　文學的陌生化效果，古已有之。所謂傳奇志怪，所謂拍案驚奇，都是
強調作品之逸出常態生活的新和奇，別林斯基也曾把文學人物稱之為「熟
悉的陌生人」。但是，把陌生化作為文學創作的一條準則、提到理論高度
加以認識，卻是二十世紀的事。根據這一準則的積極宣導者什克洛夫斯基
的觀點，詩歌藝術的基本功能是對受日常生活的感覺方式支持的習慣化過
程起反作用。「我們很自然地就不再『看到』我們生活於其中的世界，對
它獨特的性質視而不見。詩歌的目的就是要顛倒習慣化的過程，使我們如
此熟悉的東西『陌生化』，『創造性地損壞』習以為常的、標準的東西，
以便把一種新的、童稚的、生氣盎然的前景灌輸給我們。因此，詩人意在
瓦解『常備的反應』，創造一種昇華了的意識：重新構造我們對『現實』
的普通感覺，以便我們最終看到世界而不是糊裡糊塗承認它；或者至少我
們最終設計出『新』的現實以代替我們已經繼承的而且習慣了的（並非不
是虛構的）現實。」[2]簡略地說，所謂陌生化就是給我們提供一個觀照生
活的新的視點，並使我們在文學中不是印證熟識的生活而是發現新奇的生
活，改善和改變我們世俗的、常態的生活感覺進而改善和改變我們的生命
活動方式，與我們面對的生活建立一種新的關係。

---

[1]　《論小說和小說家》第8頁，瞿世鏡譯，上海譯文出版社1986年版。
[2]　引自《結構主義和符號學》第61-62頁，〔英〕特倫斯，霍克斯著，瞿鐵鵬譯，上海
　　譯文出版社

就莫言的創作而言，他獨特的農民式的生命觀、歷史觀和生命感覺，從宏觀上構成了文學的陌生化之基因；它具體而微地化在作品中，即包括上一章中我們論述過的由感覺生發作品、超常的視覺（和感覺）能力、個性化的時空感，也包括我們將要討論的小說視角、敘述方式、主觀與客觀的對立與溝通等。愛因斯坦有一句名言，你能發現什麼，關鍵在於你以什麼方式去發現。蘇軾詩云，「橫看成嶺側成峰，遠近高低各不同。不識廬山真面目，只緣身在此山中」，更是形象地顯示出不同的視角與不同的映象──意象的對應關係。我們自以為熟識的東西，一旦改變新的角度，就有新的體會，這也就是小說視角問題越來越引起人們重視的主要原因。在作品的視角上，莫言常常把他的主人公設計為孩子，常常從孩子的視線中透視生活，即使是成年人，也常常要引發出他們的童年回憶。在他的作品中，孩子幾乎是不可或缺的，在他們幼小的純潔的心靈上，第一印象的印記總是新穎而又強烈的。而且，他們所感知的，又是他們過早地介入的成人世界，是他們還無法理解的生命與死亡，理解得愈差，感知的誘惑力就愈強，客觀概括能力的乏匱相伴隨的是主觀感覺印象的新奇，孩子在過早進入的成人世界和過早面對的生命與死亡面前變異，成人世界和生命與死亡也在孩子的感覺中變形──《枯河》中的小虎在面對那個死去的年輕媳婦時的感覺，「小媳婦臉上突然綻開了明媚的微笑。眉毛如同燕尾一樣剪動著」，這種感覺可謂奇矣，但這奇中卻有著心理學的依據：在兒童心目中是很難真正領悟死的意義、理解生命與死亡的區別，在他們心目中生命與死亡沒有界限，二者是相溝通的──於是，豆官、大福子、黑孩、小虎都把這強烈、新穎而又不甚理解的記憶藏在心底，留給後來、留給別人去理解和感知。這種兒童視角產生的可感而不可知、可思而不可得的感覺印象，因其欲知、欲思、欲得而在兒童心頭盤旋良久，思慮再三，因而也印象深刻。與此相類似的是動物視角──《球狀閃電》中的刺蝟、奶牛，《草鞋窨子》中經過人們轉述的狐狸、話皮子的視角，《狗道》中的狗的視角；還鄉人視角──《爆炸》、《棄嬰》、《白狗秋千架》等作品中的「我」，由於離鄉數年，過去熟悉的一切都變得陌生，生活中的新變化更令人莫名驚詫，第一印象的衝擊波使身心都發生震盪；生活中各種各樣的第一次──《老槍》寫的是第一次打獵，《蒼蠅‧門牙》中寫的是第一次

偷瓜、第一次投彈，以及生活中形形色色的一次性事件——無論慘不忍睹的活剝人皮，還是人與狗的惡戰，無論一閃而過的球狀閃電，還是瀰漫於田野上的秋水，都是不可再現的，它們使人震驚，使人困惑，在這震驚和困惑中，感覺的運動軌跡比接受常態事物時興奮性高、週期性長，總之，這些外來人和動物視角、第一次和一次性體驗，都可以看作是童年視角的不同變體，其感覺的性質是相同的。

　　列夫・托爾斯泰曾經說過，對於兒童，一切都是新鮮的，因此他有許多藝術印象。並非偶然地，什克洛夫斯基也推崇「新的、童稚的、生氣盎然的前景」。更早地，明人李贄就在文學中首倡「童心說」，他說：

> 童子者，人之初也，童心者，心之初也。夫心之初曷可失也！然童心胡然而遽失也？蓋方其始也，有聞見從耳目而入，而以為主於其內而童心失。其長也，有道理從聞見而入，而以為主於其內而童心失。其久也，道理聞見日以益多，則所知所覺日以益廣，於是焉又知美名之可好也，而務欲以揚之而童心失；知不美之名之可醜也，而務欲以掩之而童心失。夫道理聞見，皆自多讀書識義理而來也。……童心既障，於是發而為言語，則言語不由衷；見而為政事，則政事無根柢；著而為文辭，則文辭不能達。非內含以章美也，非篤實生輝光也，欲求一句有德之言，卒不可得。[3]

　　李贄之倡童心而非道理聞見，並不是主張保持兒童的無知無識、童心的真空狀態，他所抨擊的是作為封建社會之規範的義理以及由此構成的道理聞見，抨擊封建毒汁對無瑕童心的戕害；他主張的童心，是順乎生命之本然，自由地去感知，真誠地去體驗，內含以章美，篤實生輝光，衛護童心不受束縛和毒化，存真性情，發真言語，然後為政為文為德。童心，心之初，都是相對於有限理性而言。李贄這種直覺中的頓悟，在現代心理學研究中得到論證而愈顯其價值。皮亞傑的兒童心理學研究表明，兒童觀照世界主要是依據表像的心理活動，依據感性和初級直覺，其後，隨著年

---

[3] 《中國美學史資料選編》下，第126頁，中華書局1981年版。

齡的增長，由於對邏輯思維的掌握和運用，兒童心理發生一系列變化，變得成人化了[4]。因此，從認識論上來說，兒童的以直覺和表像為中心的感知運動與成人的以抽象和推理為中心的思維運動有內在的區別，而且，對於被社會的種種規範、教條、戒律所束縛的成人來說，倒是兒童的直感更可信賴，正如安徒生的童話《皇帝的新衣》中，那些為各種各樣目的和欲望束縛的人們都墮入虛偽，只有孩子口中有真理。反過來，孩子的真理又往往使不真誠的成人們為之大吃一驚。同時，就文學的特性、尤其是莫言這樣以生命感覺為文學的特性而言，顯然對以直覺和表像為中心的感知運動比以抽象和推理為中心的思維運動有更大的親和力。莫言之選取兒童視角，歸因於他自己的童年生活的痛苦記憶，不期而然地，他卻找到了小說創作的新視角並刷新他的小說面貌，這正是「文章本天成，妙手偶得之」。

與兒童視角相映成趣的是莫言作品的多視角的敘述。這主要不是指《金髮嬰兒》、《球狀閃電》中那樣每人（每動物）都要來一段自己的獨白，講出故事的或一側面，也不是指那種由第一人稱敘述與第三人稱敘述的交錯，而是指《紅高粱》系列中那種在作家的自己與作品中的「我」、作為父親的豆官與作為兒子的「我」搶著發言、搶著敘述中造成的一種奇特的捉摸不定的視角。作家的自己，即作為作品的作者，是知道小說的整體走向的，並且是儘量地以客觀敘事的方法來講這個故事的：

> 一九三九年古曆八月初九，我父親這個土匪種十四歲多一點。他跟著後來名滿天下的傳奇英雄余占鼇司令的隊伍去膠平公路伏擊日本人的汽車隊。

這裡雖然用的是第一人稱敘述，卻有一種客觀的精確，故事發生的時間、地點、人物、事件等全都交代得一清二楚。但是，很突然地，對於伏擊日軍汽車隊親眼目擊親身參與的父親豆官，不願意被這位全知全能式的敘述人任意擺佈，而從作家手下掙脫出來，他要以自己的親身感受來取代

---

[4] 參見皮亞傑《發生認識論原理》，商務印書館1981年版。

作家那雖然準確但卻缺少現場的、直接的體驗的敘述，把一切故事都嚴格地界定在他的視野之內；

> 父親眼前掛著藍白色的霧幔，擋住他的視線，……奶奶像岸愈離愈遠，霧像海水愈近愈洶湧，父親抓住余司令，就像抓住一條船舷。

　　豆官的出現，似乎使作家大吃一驚，他奇怪於豆官忽然由故事的被敘述者變成故事的敘述者，搶奪了他的權威發言人的地位，不甘被排斥被取代的下意識中，忽然又冒出一個放羊的小男孩，「有人說這個放羊的男孩就是我，我不知道是不是我」。之所以分不出是我非我，因為這個放羊男孩的我的確是由故事敘述人的我派生出來的，是後者的我放出前者的我來與父親豆官爭奪發言權的，並且都對豆官心懷不滿；但是，放羊男孩在與豆官爭奪發言權時，他也要顯示自己作為故事的目擊者參與者的優越地位，他不但以褻瀆的姿態在父親墳頭放羊，在父親墓碑上撒尿，還洋洋得意地炫耀，「父親不知道我的奶奶在這條土路上主演過多少風流悲喜劇，我知道。父親也不知道在高粱陰影遮掩著的黑土上，曾經躺過奶奶潔白如玉的光滑肉體，我也知道。」這個強不知以為知的、以先輩的風流韻事作為自己吹牛誇口的資本的渾小子，的確使那個嚴肅地、客觀地敘述故事的我感到迷惑：「我不知道是不是我」。此我非彼我。若是讓這個渾小子信口開河地胡扯下去，大概會跑到爪哇國去，於是，作為客觀敘述人的我又將他揮臂趕開，又進入客觀敘事，「拐進高粱地後，霧更顯凝滯，品質加大，流動減少，在人的身體與人負載的物體碰撞高粱秸稈後，隨著高粱嚓嚓啦啦的幽怨鳴聲，一大滴一大滴的沉重水珠撲簌簌落下。」
　　這樣的由於小說視點的轉換，以及促成視點轉換的人物和敘述者的互相競爭，使得作品在敘述方式上也獲得了一種張力。「在黃昏的微明和拂曉的曙光之中，我們可以察覺到千百種情緒縱橫交叉的脈絡，在中午充足的陽光之下，它們卻消失了」，「通過切斷現實生活中所引起的各種反應，小說家把我們解放出來，讓我們像在生病或旅行時那樣，自由自在地從事物的本身尋求樂趣。只有當我們不再沉浸於習慣之中，我們才能看出事物的奇特之處，我們就站在外面來觀察那些沒有力量左右我們的東西。

於是，我們看到了正在活動的心靈。它設計各種模式的能力，以及它把事物之間的聯繫和不一致之處呈現出來的能力，使我們興味盎然。」[5]當一個人給我們講故事時，我們很容易墜入故事的幻境，並混淆生活與故事的界限，但是，當幾個人一邊爭吵、一邊講述、一邊互相打斷、一邊強詞奪理，我們就足以從幻境中解脫，不是被講述者牽著鼻子走，而是超然於幾個爭吵者之上，「切斷現實生活中所引起的各種反應」，「站在外面來觀察那些沒有力量左右我們的東西，」「察覺到千百種情緒縱橫交叉的脈絡」和「把事物之間的聯繫和不一致之處呈現出來」，造成一種新的閱讀小說、接受小說的態度。這也是一種陌生化。

由全知全能的敘述轉向人物的主觀視角，與莫言之藝術感覺具有強烈的主觀色彩相吻合。莫言曾經聲稱，他要寫極端主觀的作品。但是，無論是他的通感能力、造型能力，還是他接受荒誕事物和產生荒誕感受的能力，這一切主觀感受、主觀色彩，都經過特殊處理，變成冷峻的客觀實在感。如前所述，莫言的作品總是以主觀視角展開作品中的生活場景，或是「我」在生活中行動著、感受著，或是作品中幾個人交錯地感覺著一件事情的演進過程，每個人都有與這生活、這事件有密切的利害關係和建立在這利害關係之上的情感方式，每個人都是在生氣勃勃、情感飽滿地行動著，把自己強烈的主觀色彩、把自己積極的情感活動表現出來。從而使作品生氣貫注，色彩斑斕。

寫主觀感受，是近年文學發展中的重要趨向，並非莫言所獨有，他的長處在於將極端的主觀化與冷峻的客觀性相溝通。對立的兩極相通。寫主觀感知，容易直抒胸臆，以情感人，甚至把讀者帶入作品主人公的心境，設身處地地為主人公的命運擔憂。莫言寫主觀感知，卻總是寫得很有節制，不同於常見的抒情小說。他的作品中，人物語言和心境描寫都少得不能再少；他把大量情感性的東西轉化為大量的感覺活動（如把心理活動轉換成生理感覺），而且是奇特的感覺活動，使我們無法很快地與作品中的感覺、感情認同，必須先經過較多的思維活動才能理解它、接受它，必須以客觀的冷靜的態度才能順應作品的情境。《白狗秋千架》中的小姑，一

---

[5]　伍爾夫《論小說與小說家》，第156頁，瞿世鏡譯，上海譯文出版社1986年版。

次意外的事故傷了一隻眼，竟從此決定了她一生的不幸命運。這境況當然會引起人們深深的同情，沿著這種情緒生發開來，亦足以成篇。作品卻筆鋒一轉，出人意外地寫出小姑企望生一個「響巴」即會說話的孩子的心願和果敢的舉動，這一舉動又是由賦有神祕的靈氣的白狗所促成。於是，我們的同情變成了驚異，驚異小姑那一顆為沉重的生活（請想一下她第一次出現在作品裡時為背上的柴禾壓得軀體彎曲、步履艱難的場面）所窒息的心靈裡竟有這樣強烈的能量迸發，而驚異本身就包含著不理解；即使理解了這一切，也未必能與小姑在情感上認同——作品耐人尋味的意蘊遠遠大於它的情感效應，甚至會使我們產生與作品相反的情感，由同情小姑到同情我們自己：被種種世俗觀念和切身利益羈絆著的我們，不是比無所顧忌地追求自己的生命欲望（這欲望那麼卑微，卻又顯出母性的崇高）的小姑更不幸嗎？在對作品的接受過程中，極端主觀化的描寫變成了極端客觀化的存在，雖然我們無法與作品中的情感認同，我們卻不得不承認它是有別於我們自身生存的別一種生活真實。

　　兒童視角、第一次體驗、主觀敘事和寫極端主觀化作品的意願，都是作品的心靈化的表現，莫言是在挖掘和考察自己的心靈，「我願扒出我的被醬油醃透了的心，切碎，放在三個碗裡，擺在高粱地裡。伏惟尚饗！尚饗！」這話不是一時的虛誑，而確確實實是他的創作活動的真實寫照，在他的全部作品中，都貫穿著這樣的精神——將自己傷痕累累、血跡斑斑的胸膛撕開，剖出一顆心來，一層層掀動著慘痛的不可磨滅的印記，捧給他的讀者們。個人的生活道路和心靈歷程的奇特，是他的作品使人感到陌生和獨特的最深刻的依據，是他的作品的陌生化效果的最深刻的依據。同時，在他的生活道路和心靈歷程中，在他的生活體驗與藝術創造的優點和不足中，在他的心靈澱積中，潛藏著在數千年間發展和形成的中國農民的精神風貌，潛藏著中國農民的認知方式、生命欲望、社會理想乃至他們的時空觀，莫言骨子裡是個農民，他在抒寫自己的心靈、寫作極端主觀的作品的時候，也客觀地顯現了他作為農民階級的喉舌所傾吐出的長期以來無由表達也不被重視的心聲。這使我們自然而然地想起列寧對於列夫‧托爾斯泰的理解：

托爾斯泰富於獨創性，因為他的全部觀點，總的說來，恰恰表現了我國革命是農民資產階級革命的特點。從這個角度來看，托爾斯泰觀點中的矛盾，的確是一面反映農民在我國革命中的歷史活動所處的各種矛盾狀況的鏡子。一方面，幾百年來農奴制的壓迫和改革以後幾十年來的加速破產，積下了無數的仇恨、憤怒和拚命的決心。要求徹底剷除官辦的教會，打倒地主和地主政府，消滅一切舊的土地佔有形式和佔有制度，掃清土地，建立一種自由平等的小農的社會生活來代替員警式的階級國家，這種要求像一條紅線貫穿著農民在我國革命中的每一個步驟……[6]

……托爾斯泰把農民的心理放到自己的批判、自己的學說當中。托爾斯泰的批判所以有這樣充沛的感情，這樣的熱情，這樣有說服力，這樣的新鮮、誠懇並有這樣「追根究底」要找出群眾災難的真實原因的大無畏精神，是因為他的批判真正表現了千百萬農民的觀點的轉變，這些農民剛剛擺脫農奴制度獲得了自由，就發現這種自由不過意味著破產、餓死和城市「底層」的流浪生活等等新災難罷了。托爾斯泰如此忠實地反映了他們的情緒，甚至把他們的天真，他們對政治的漠視，他們的神祕主義，他們逃避現實世界的願望，……都帶到自己的學說中去了。[7]

莫言在許多方面都與托爾斯泰有相近之處，——這當然不是指他已經獲得的文學成就，而是指他那種與農民融為一體的血肉聯繫，他表現出的農民階級要求「建立一種自由平等的小農的社會生活」的理想，「把農民的心理放到自己的批判」之中，表現出中國革命是農民革命的某些特點，表現出農民對封建社會秩序的「仇恨、憤怒和拚命的決心」，表現出在「左傾」思潮的戕害下「他們的天真，他們對政治的漠視，他們的神祕主義，他們逃避現實世界的願望」。這位從農民中站起來的作家，這種毫不掩飾地袒露著農民的情感方式和心靈世界、袒露出農民精

---

[6] 《列寧論文學與藝術》第203-204頁，人民文學出版社1983年版。
[7] 《列寧論文學與藝術》第218頁，人民文學出版社1983年版。

神上的精華和糟粕、優點和弱點的作品，都是我們的自「五四」以來的新文學中罕見的，都是與我們在長期的宣傳和文藝作品中所理解的農民形象大相徑庭的，都使我們感到陌生。因此，莫言作品中種種陌生化的方式和技巧，才不是無本之木、無源之水，才不會使人感到是一些小小的雜耍。在他奇異獨特的令人驚異和陌生的藝術感覺後面，潛藏著歷史的巨大內容。

示範性的文體

恩斯特・凱西爾把人稱之為符號動物，每一位原有獨創性的作家，都為文學所使用的符號——語言，作出了建設性的貢獻，從詞彙的運用到語法結構，從表敘方式到駕馭語言的功力，都帶有鮮明的個性標記。也可以說，每一位有獨創性的作家都把自己的獨特性融化到文體——文學的最直觀、最基本的層次上來，都有自己獨特的文體。[8]

莫言的文體，幾乎是不署名也可以認出來的。他有他喜歡反復運用的字眼，有他擅長使用的在線性地敘述故事情節的同時創造象徵意象的手法，無論是「紅高粱」還是「秋水」，無論是「枯河」還是「草鞋窨子」，無論是「透明的紅蘿蔔」還是「球狀閃電」，都是富有象徵意味的；他有他的矛盾修飾法，「西風涼爽，陽光強烈，不知道該喊冷還是該喊熱」，「我命令自己痛恨人類又摯愛人類」，「最美麗最醜陋」，「最英雄好漢最王八蛋」，「狂歡般的痛苦感情」，「火樣的炎熱和冰樣的寒冷」；這些都構成了他的文體的一部分，也都有待於研究探討。

但是，更吸引我們的是這樣一種現象，在已經發表和尚未發表的一批作品中，幾乎是不約而同地在模仿莫言、有一股「莫言味」；為什麼有的作家的文體容易模仿，有的作家的文體卻獨步一時，有的作家有一群模仿者，有的作家卻令後來者望而卻步？

就建立一種可供他人效法的文體而言，莫言的文體突出地表現出其描

---

[8] 對於文體，似乎還沒有公認的解釋。我以為，它在某些方面是與語言相重合，但又比語言所能容納的要廣泛得多，就象一個人的行為與他的言語，言語當然屬於行為，卻不能代表全部行為。

敘性、開放性和現在進行時態及其插語、提示。我們已經講過，莫言是以
生命感覺為文學，帶有很強的直感性、表像性，相對而言，他的理性思維
能力較為膚淺，他是只信馬由韁地聽憑感覺的運動和感情的驅遣，不注重
理性的節制，相應地，他的行文中也大量地湧現出對於感性直覺的描敘性
文字，很少有什麼分析性的句子。瞬息萬變的印象，沒有經過理性的爬
梳，就迫不及待地躍上紙面，而且是互相推湧、互相碰撞，亂哄哄、鬧嚷
嚷、一窩蜂似地、連滾帶爬地流出來：

> 她伸出手，撫摸著光滑的緞子被面，乾枯的手指摩擦得緞子被面嗦
> 嗦啦啦地響。她的手非常敏感，指尖上好像生著明察秋毫的眼睛。
> 她摸著被面上略略凸起的圖案，摸了鳳頭又摸龍尾，她摸呀摸呀，
> 龍和鳳在她的手下獲得了生命，龍嘶嘶地吼著，鳳唧唧地鳴著，龍
> 嘶嘶，鳳唧唧，唧唧嘶嘶合鳴著，在她眼前飛舞起來，上下翻騰，
> 交頸纏足，羽毛五彩繽紛，鱗甲閃閃發光，龍鳳嬉戲著，直飛到藍
> 藍天上去，一片片金色的羽毛和綠色的鱗片從空中雪花般飄落下
> 來，把她的身體都掩埋住啦……
>
> ──《金髮嬰兒》

　　這種充滿了色彩感、繪畫感和音響，充滿了運動的活力的描述，是莫
言相當擅長的，也是讓讀者心旌搖盪的華彩樂章。他的在文體上最見特
色的作品如《金髮嬰兒》、《爆炸》、《紅高粱》、《築路》、《球狀閃
電》等作品，都是用這充分描敘性的文字所組成。相反，一旦他想把感性
對象提高到理性把握的層次，他就既失去了感覺的血肉豐滿，又沒有實現
理性的高瞻遠矚、精闢透徹，變成乾巴巴的、枯澀澀的。莫言在談到他的
寫作狀態時說，「輕鬆、自由、信口開河的寫作狀態我認為是一種值得作
家懷念和嚮往的狀態，一旦進入這種狀態，脈絡分明的理性無法不讓位給
毛茸茸的感性；上意識中意識無法不敗在下意識的力量下。下意識的機器
如果不轟隆作響，寫作可就真正變成了一種擠牙膏皮的痛苦過程了。」[9]

9　《〈奇死〉後的信筆塗鴉》，《昆侖》1986年第6期。

他的《紅高粱》系列中也有許多精彩的段落，但後面的幾部由於「為了故事的連貫性不得不插入一節節乾巴巴的柳木棍子般的敘述」，更由於他自己尚未覺察到的貌似深刻的分析性段落（如《高粱殯》中王亂子對余占鼇講的圖王之術，《奇死》中對人性、對一個人與一群人的道德與獸性的比較），化做了作品中的一個個「痞塊」，破壞了作品在感性層次上的豐盈綽約和有機完整。[10]

在我們常見的大量作品中，感覺性與分析性總是交替出現的，它在使我們獲得理性概括的同時，難免會切斷感覺運動的連貫性，形象思維與邏輯思維的交替出現，也使我們的心理活動在感覺與理性中來回往返，不但接受了作品的形象，也潛在地接受了作家對這形象的理性闡釋。久而久之，我們的閱讀心理形成了惰性，只習慣於接受作家告訴我們的一切，甚至越過感覺層次而直接去尋找理性的智慧，去片面尋求其認識價值，卻造成感覺的偏癱。於是，當我們讀到莫言這種描述性文體，就不能不感到一種撲面而來的清新，感到感覺的復甦和由此產生的快意。伍爾夫在評述普魯斯特時說：「作者從來也不會像英國小說家經常所做的那樣來告訴我們：這條道路是對的，另一條道路是錯的。每一條道路都毫無保留、毫無偏見地敞開著。能夠感覺到的任何東西，都可以說出來」[11]。「人物似乎是由一種不同的實質所構成。思想、夢幻和資訊就是他們的一部分。他們成長到充分的高度，他們的行動沒有遇到任何挫折。如果我們要尋求某種指導，來幫助我們把他們放到宇宙中的適當位置，我們消極地發現：並無此種指導──或許同情比干涉更有價值，理解比判斷更有意義。」[12]在莫言的作品中，我們也發現這種特點，他只是感覺，不作分析，只是敘述，不作評價，只是讓他的人物按照各自的本性行動，不對讀者承當指導判斷的責任。反之，他一旦試圖去分析去評價時，他的語言就蒼白，他的作品的整體就受到損害。

莫言文體的又一特點是它的充分的開放性。就莫言所使用的詞彙來

---

[10] 請比較一下餘占鼇的高密王之夢與魯迅寫阿Q的革命成功之夢，就可以見出分析性敘述與描寫性敘述、理性思維與感覺形象的高下優劣。

[11] 伍爾夫：《論小說與小說家》第159頁，上海譯文出版社1986年版。

[12] 伍爾夫《論小說與小說家》第159-160頁，上海譯文出版社1986年版。

說，幾乎包容了所有的種類：口語、文言、外來語匯和隨著時代的變化而出現的富有時代特徵的語言，這些看來差別很大、風格各異的詞語，到了莫言手下卻如同聽話的孩子一樣排好很有秩序的隊伍再出發。

> 夏去秋來，爺爺種的高粱曬紅了米，穀子垂下了頭，玉米幹了纓，一個好年景綁到了手上，我父親也在我奶奶腹中長得全毛全翅，就等著好日子飛出來闖蕩世界。臨收穫前幾天，突然燠熱起來，……大雨滂沱，旬日不絕，整個澇窪子都被雨泡漲了，羅羅索索雨聲，猶猶豫豫白霧，晝夜不絕不散。
>
> ——《秋水》

> 日小水天闊。我爺爺察看了一下水勢，見昨天插下的樹枝依然齊著水邊……
>
> ——《秋水》

> 秋風起，天氣涼，一群群大雁往南飛，一會兒排成個「一」字，一會兒排成個「人」字，等等。高粱紅了，成群結隊的、馬蹄大小的螃蟹都在夜間爬上河灘……夜色灰葡萄，金風串河道，寶藍色的天空深邃無邊，綠色的星辰格外明亮。北斗勺子星——北斗主死，南斗簸箕星——南斗司生，八角玻璃井——缺了一塊磚，焦灼的牛郎要上吊，憂愁的織女要跳河……都在頭上懸著。劉羅漢大爺在我家工作了幾十年，負責著我家燒酒作坊的全面工作，我父親跟著羅漢大爺腳前腳後地跑，就像跟著自己的爺爺一樣。
>
> ——《紅高粱》

> 有那麼多的矢車菊，在雜草中高揚著細長的莖，開著紫、藍、粉、白四色花。高粱深處，蛤蟆的叫聲憂傷，蟈蟈的唧唧淒涼，狐狸的哀鳴悠悵。
>
> ——《紅高粱》

紅衣少年瀟灑入水。那人退後一步，坐在河堤漫坡上，心中嗟呀不已。俄頃，水又中分，紅衣少年引出一個白衣老者。老者慈眉善目，可敬可親。

——《罪過》

那片葵花地頓時就變得非常遙遠，像一片漂遊在大地上的雲朵、黃色的、溫柔的、馨香撲鼻的誘惑強烈地召喚著我。……葵花，黃色的葵花地，是葛利高裡和阿克西妮亞幽會的地方，是一片引人發癡的風流溫暖的樂園。

——《棄嬰》

狂熱的、殘酷的、冰涼的愛情＝胃出血＋活剝皮＋裝啞巴。如此循環往復，以至不息。

——《高粱殯》

在這些摘引出來的句段裡，有粗野鮮活的口語，有口語與書面語的組合，也有辭賦式的語句與典雅的文言；有歐化句式；有對小學語文課本上的兒歌「秋風起，天氣涼，一群群大雁往南飛」的化用，還有取自於剪紙的「蟈蟈出籠」、「鹿背梅花」的圖案……莫言的語言，融匯百川，包納萬物，具有一種集大成的氣度，使那些一向恪守著某一種語式的小說語言解體，雜糅式的、拼接式的，自由揮灑式的文體，使人們在接受和表達中感到了極大的自由。

本來，文學和語言，都是人工製品，是為人而存在的，是隨人類的進步而發展起來的，但是，發展到後來，語言也好，文學也好，分類愈來愈精細，規範愈來愈嚴密，在語言的使用上，愈來愈強調語言自身的規律和制約。以至於有的西方文藝理論家宣稱，小說是語言寫成的而不是人寫成的，是語言寫人而不是人寫語言。這種論點長處在於強調指出語言在作品中的突出地位，但這突出地位的取得卻是以人的地位的喪失作為代價的。在變得謹嚴了的語言面前，人們感到畏懼以至於發生語言崇拜和語言恐怖——大福子就由於無法用語言使人們相信小福子是自己失足落水而變得沉

默失語——在這種狀態下，打破語言迷信、恢復人的主體地位就尤其重要。於是，首先是王蒙以他的文體創新，建立了一種書卷氣的集大成的小說語言，莫言的集大成則來自另一極——以鄉間口語為主對各種語言的融合。

莫言的集大成式的文體，其內在依據是他的開放型的感覺，感覺的開放性，造成了文體的開放性，收聚八面來風，容納大河小川，而呈現出集大成的風貌。莫言的感覺，具有極敏銳的色彩感、構圖感和對各種聲響的分辨力，同時，他也對文學藝術作品這一感性對象有著敏捷的接收能力。他的借鑑和汲取是全方位的，無常師，無定法，把一切都拿來為我所用，任我選用，龐雜的借鑑與龐雜的感官印象一齊構成他的作品的紛紜萬狀、色彩繽紛。就他的閱讀作品而言，在少年時期，他讀過鄉下所能搜集到的各種書籍，包括古典小說如《三國演義》、《水滸傳》，當代小說《青春之歌》、《紅日》、《苦菜花》等，還讀過一些中醫典籍；後來，他的閱讀隨著時代的開放就更廣泛了，「《秋千架》我得力於川端康成」，「我讀外國的作品太雜了。我喜歡的作家是因著年代和我個人心緒的變化而異的，開始我喜歡蘇聯的，後來是拉美是瑪律克斯，再後來是英國的勞倫斯再後來又喜歡起法國的小說來」，「我知道我小說有某些借鑑的痕跡，有時候書讀得多了這借鑑也成了一種潛意識」[13]。

當我們講莫言的感覺的開放性、講他廣泛地借鑑，很容易陷入自相矛盾，因為我們在《時間感和空間感改變了》一節中曾經指出莫言在時空觀上的狹隘性局限性；二者似乎相悖。但這並不決然對立，其一，時空觀的狹隘性局限性是就理性層次而言，它與感覺層的開放不相吻合卻並不就是有此無彼，非此即彼；其二，時空觀的狹隘性局限性是沉重的歷史積澱，但在時代的開放和改革大潮中受到衝擊，而且，雖然莫言骨子裡是農民，但他畢竟是當代人，還接受過系統的中外文學的學習；其三，感性與理性處於辯證運動之中，時空觀的狹隘性局限性即理性的狹隘性局限性限制著感覺，感覺的開放性和容受性又衝擊著狹隘的理性。即便是作為一種實用功利目的，當一個作家，也不能不關注一下別的作家在寫什麼、在怎麼

---

[13] 趙玫《莫言印象》，《北京文學》1986年第8期。

寫，正像一個農民也會關心他的鄰居的農事一樣。

由於理性與感性的不融洽，更由於作為一個作家的直接功利性，由於莫言感覺所長的直感性印象性，他讀作品也是即興的印象式的，是好讀書不求甚解，每有會意，便欣欣然，「譬如而今人們都說他多有借鑑瑪律克斯和福克納，他本人也承認恨不得跪在這兩個小老頭面前喊一聲老祖宗。然而即便如此，他卻迄今沒有從頭到尾讀完一本瑪律克斯或福克納。他好採取一種不求甚解的流覽法，這兒翻翻，那兒瞅瞅，不定從哪幾頁哪幾行的哪幾個字眼裡找到一種記憶，一種情緒，一種感覺，立即便急急慌慌地丟開書，抓過稿紙寫開了自己的作品」。[14]這種閱讀方式，使他難以從深刻的、分析的、整體的角度對作家作品作理性把握，卻與他對生活的感覺、他由印象和記憶而成小說的創作方式相適應相調諧。（當然，這也許會影響他創作的進一步成熟和深化）。

他這種淺嘗輒止的流覽和借鑑，不論其有何弊端，卻使他能夠不囿於某一作家、某一流派的作品，而進行各種各樣的借鑑和試驗。通常的借鑑有兩種方法。一種是對某一作家、某一流派有較多的認同，有意識地對其進行從內容到形式的效法，如蘇聯的艾特瑪托夫、法國新小說派、美國的塞林格，哥倫比亞的瑪律克斯，都可以在當代中國作家中發現他們的追隨者，同時，也有人向中國古代的筆記小說和白話小說看齊；《普隆恰托夫總經理的故事》與《喬廠長上任記》，《多雪的冬天》與《冬天裡的春天》，《這裡的黎明靜悄悄》與《西線軼事》，《我的包著紅頭巾的小白楊》與《肖爾布拉克》，《麥田裡的守望者》與《你別無選擇》、《無主題變奏》，凡此種種，都見出後者對前者的效仿。一種則是蜻蜓點水、浮光掠影，打一槍換一個地方，讓人捉摸不定、把握不住。人們都認定莫言是取法瑪律克斯和福克納的，這固然無差錯，卻狹窄了許多，在余占鼇那裡，不是深深地留有葛利高裡的印記嗎？莫言與肖洛霍夫的認同，既有最表層的，如前面所引對於葵花地——高密東北鄉的葵花地與頓河邊的葵花地的聯想，也有內在的根基，如兩位作家都是站在農民的立場、用農民的利害關係為尺度評價時代風雲的，也都把他們的主人公余占鼇和葛利高裡

---

[14] 朱向前《「莫言」莫可言》，《崑崙》1987年第1期。

置於多種政治軍事力量的角逐當中，以他們的彷徨猶疑和無從選擇、以他們的有限目標和現實的無窮矛盾來揭示他們的悲劇性格、悲劇命運。蘇聯學者巴里耶夫斯基曾經指出，在福克納和肖洛霍夫的藝術世界之間存在著無可懷疑的類似性，「福克納的約克納帕塔法所描繪的美國南方，與肖洛霍夫的《靜靜的頓河》起著類似的作用；在這裡它被認為是一種特殊的、保留著宗法制的社會，同時又被認為是面臨著必須徹底改變的巨大整體中的一個反動的地區」[15]。另一位美國學者克林斯‧布魯克斯則指出，「自耕農、佃農和窮白人」是福克納作品的主人公。[16]這樣兩個特點，都是既表現在肖洛霍夫和福克納身上，又表現在莫言那裡，很難說莫言向兩位大師誰取法更多。他的《民間音樂》借鑑了美國小說《傷心咖啡館之歌》，《球狀閃電》有《巨翅老人》的片斷，《白狗秋千架》有川端康成的啟示，也有人從《透明的紅蘿蔔》中感到《白輪船》的氛圍，《棄嬰》中則大談日本小說《雪孩兒》和《陸奧偶人》……

　　他的文體中的文言句式和詩詞曲賦成分則顯示出他師法中國古典文學的功力。莫言很推重莊子和李商隱，「象李商隱的詩，這種朦朧美是不是中國的蓬鬆瀟灑的哲學在文藝作品中的表現呢？」「我看魯迅先生的《鑄劍》時，就覺得那裡邊有老莊的那種瀟灑曠達，空瓏飄逸的靈氣」[17]。他得之於莊子散文的地方很多，從對天馬行空的創造精神的景慕，到《馬蹄》、《秋水》等取自莊子散文的小說篇名，從對莊子關於生命自由的論述的稱引和發揮，到莊子語言風格的類比──「四處水聲喧嘩，像瘋馬群，如野狗幫，似馬非馬，似水非水，遠了，近了，稀了，密了，變化無窮」（《秋水》）。杜甫詩云，「轉益多師是汝師」。正是這種轉益多師的態度，使得莫言有著從容大度，使他能夠從一個個文學大家的籠罩下逃脫出來，從特定的文體中逃脫出來，「我看了他們喜歡了他們，又否定他們否定了喜歡過他們的我自己。你看我欽佩福克納又為他把自己固定在一個地域一個語言系統中而遺憾。這種經常變更的崇拜肯定影響了我作品的

---

[15] 《福克納評論集》第153-154頁。

[16] 《福克納評論集》第98頁。

[17] 《有追求才有特色》，《中國作家》1985年第2期。

風格」[18]。不把自己固定在一個語言系統中，方有他的相容並蓄、無所不能為其用的、以感覺的力量將各種語式化於一爐的開放文體。

莫言文體的又一特點是他的現在進行時的語態。生命是一個過程，它由一個個現在所構成，感覺要有對象，在對對象的感知中進行自身的運動，於是，與此相對應，一個個由不同的感知者在現在進行時中的運動，以及敘述中的現在進行時態，就顯得至關重要了。「過去的一切，像一顆顆香氣馥鬱的果子，箭矢般墜落在地，而未來的一切，奶奶只能模模糊糊地看到一些稍縱即逝的光圈。只有短暫的又粘又滑的現在，奶奶還拚命抓住不放。」抓住現在，就是抓住生命，放棄現在，也就是放棄生命；生命感覺，在一個個現在中展開。為了實現這種生命的現在進行時，豆官充當了敘事者而用他的眼光去掃描墨水河橋頭的激戰，戴鳳蓮又一次從頭經歷那神奇的愛情故事，《金髮嬰兒》和《球狀閃電》中不同的人物對應著不同的現在進行時，《草鞋窨子》、《爆炸》、《白狗秋千架》、《棄嬰》由「我」從始至終地經歷著一個事件；對於發生在作品時間之外的往事，作家從來不作客觀的交代，而是讓它們以記憶的形態出現在人物此時此刻的感覺之中，以今天的感覺運動給往事以鮮活的生命，以現在進行時態的方式將歷史復活在今天。

為了加強現在進行時，既是現在的又正在行進著，他別出心裁地寫道：

月亮升著，太陽落著，星光熄滅著的時候……

——《枯河》

淺黃的月色怯怯地上滿了棚，染著我爺爺青青的頭皮，染著我奶奶白白的身體。

——《秋水》

當他要將人物的思維引向回憶時，他也力圖把遙遠的往事化作眼前的圖畫：

---

[18] 趙玫《莫言印象》，《北京文學》1986年第8期。

奶奶幸福地看著在高粱陰影下，她與余司令共同創造出來的、我父親那張精緻的臉，逝去歲月裡那些生活的生活畫面，像奔馳的走馬掠過了她的眼前。

他也的確是把往事化作生動的畫面，以畫面的空間性特徵沖淡語言的時間性特徵，「眉睫之前，卷舒風雲之色」。更為獨特的，是他引進了一種可以稱之為「過去進行時」和「將來進行時」的敘述方法。這是莫言從瑪律克斯那裡獲得的啟示。《百年孤獨》第一章的開頭一句話是這樣的：

> 許多年之後，面對行刑隊，奧雷良諾・布恩地亞上校將會回想起，他父親帶他去見識冰塊的那個遙遠的下午。[19]

莫言把這種語態用在自己的作品裡：

> 我帶著五歲的弟弟小福子去河堤上看洪水時，是陰雨連綿七天之後的第一個晴天的上午。
>
> ——《罪過》

> 不久，面對著人民法院那個和藹的法官，黃毛如實地訴說了這個夜晚的經過，連一個細節也沒漏掉。
>
> ——《金髮嬰兒》

> 明天早晨，他要用屁股迎著初升的太陽，臉深深地埋在烏黑的瓜秧裡。一群百姓面如荒涼的沙漠，看著他的比身體其他部位的顏色略微淺一些的屁股。
>
> ——《枯河》

這樣的敘述，造成一種閱讀時的語感——過去、未來和現在的距離都

---

[19] 《百年孤獨》，第1頁，上海譯文出版社1984年版。

拉得很近很近，我們不但可以理智地去回想和猜測，還可以感同身受地去體驗它，感到時間的融會貫通、流轉自如，感到事件的雜遝紛呈、前呼後擁，在不同時間裡發生的事情都既歷歷分明又有機整一，在連續時間中發生的事情卻既親和又跌宕；更重要的是，在大的時間跨度中，在歷史與現實中，它起了一種藝術的溝通作用。歷史與現實的距離消失了，歷史復活在現實之中；現實由於歷史的加入而顯得更加宏闊和豐富，昨天的現實性化作了今天的可能性，生命的界限消失了，我們面對的不再是別人講述著的過去，而是刺激著我們的感覺、燒灼著我們的情感的活的生命。感覺的歷時性與共時性的矛盾由此得到了調解。當然，這種復活歷史於今天的藝術力量，當我們閱讀《紅高粱》等作品時不同於閱讀別的歷史題材小說的感受，[20]不是僅僅憑文體的力量就足以實現的，它是由莫言既生活在現實世界中同時又徜徉在他自己的情感和想像之中、沉浸在他所創造的紅高粱世界所決定的，但這種進行時態，過去進行時、現在進行時和將來進行時的靈活運用，無疑從敘述方式上積極地完善了它。如同福克納所言：

> 我可以像上帝一樣，把這些人調來遣去，不受空間的限制，也不受時間的限制。我拋開時間的限制，隨意調動書中的人物，結果非常成功，至少在我看來效果極好。我覺得這就證明了我的理論，即時間乃是一種流動狀態，除在個人身上有短暫的體現外，再無其他形式的存在。所謂「本來」，其實是沒有的——只有「眼前」。如果真有所謂「本來」的話，那也就沒有什麼傷心、沒有什麼悲哀了。[21]

莫言文體的描敘性、集大成性和對各種進行時態的自由調度，吸引了一些效仿者。從積極意義上講，他們從這種文體中看到了寫作的自由：

---

[20] 如雷達所言，「它的奇異魅惑在於，我們被作者拉進歷史的腹心，置身子一個把視、聽、觸、嗅、味打通了的生氣四溢的獨特世界，理性的神經彷彿突然鈍化，大口呼吸著高粱地裡彌漫的腥甜氣息，產生了一種難以言說的神祕體驗和融身歷史的‘渾一’狀態，於是，我們再也不能象慣常喜歡使用的‘形容’，說是觀賞了一幅多麼悲壯的歷史面卷云云，而只能說置身子一種有呼吸有靈性的曆電之中了」。《歷史的靈魂與靈魂的歷史》，《昆侖》1987年第1期。

[21] 《福克納評論集》第143頁，中國社會科學出版社1980年版。

淺近的、純敘述的語言，既不用作深刻的理性分析，也在現象的描寫中擺脫邏輯制約，於是，生活中的現象幾乎沒有不可以入小說的；作為語言材料，也失去了各種限定性，只要能想得出、能說得清就可以將其大量鋪陳、傾瀉在作品中；時間上的自由拼接而仍不失進行時態的優長，為人們處理歷史題材開闢了通路。然而，信馬由韁的感覺流中有對生活的獨特感受，噴湧而出的語言雜糅是以對語言的嫻熟掌握為前提，時空的調度中有著現實世界與想像世界的自由交錯；不從這一深層次上理解莫言文體的示範性作用，就只能是畫虎不成反類犬了。

那麼，莫言的文體中有沒有無法模仿的部分呢？回答是肯定的。這就是那密不透風的長句式的累積，厚重，沉實，如同大地板塊在緩緩地浮動——

> 我那時朦朦朧朧地意識到事物的複雜性和最簡單的事物裡包含的神祕因素。投彈不但是肉體的運動而且是思想的運動；不但是形體的訓練更重要的是感情的訓練。手榴彈呆板麻木大起大落的運動軌跡也許就是我的思維運動方式的物化表現。⋯⋯
>
> ——《門牙》

> ⋯⋯後來是她的青蛙鳴叫般的響亮哭聲把我從迷惘中喚醒。我不知道是該感謝她還是該恨她，更不知道我是幹了一件好事還是幹了一件壞事。我那時驚懼地看著她香瓜般扁長的、佈滿皺紋的、淺黃色的臉，看著她眼窩裡汪著的兩滴淺綠色的淚水和她那無牙的洞穴般的嘴——從這裡冒出來的哭聲又潮濕又陰冷，心裡的血又全部壓縮到四肢和頭顱。我的雙臂似乎托不動這個用一塊大紅綢子包裹著的嬰孩。
>
> ——《棄嬰》

> 殘忍的四月裡，墨水河裡趁著燦爛星光交媾過的青蛙甩出了一攤攤透明卵塊，強烈的陽光把河水曬得像剛榨出的豆油一樣溫暖，一群群蝌蚪孵化出來，在緩緩流淌的河水裡像一團團漫漶的墨汁一樣移

動著。河灘上的狗蛋子草像發瘋一樣生長，紅得發紫的野茄子花在水草的夾縫裡憤怒地開放。這天是鳥類的好日子。土黃色中星雜著白斑點的土百靈在白氣嫋嫋的高空中尖聲呼嘯。油亮的家燕子用紅褐色的胸脯不斷點破琉璃般的河水，一串串剪刀狀的幽暗燕影在河水中飛快滑動。高密東北鄉的黑色土地在鳥翼下笨重地旋轉。灼熱的西南風貼著地皮滾過，膠平公路上遊擊著一股股渾濁的塵埃。

　　　　　　　　　　　　　　　　　　　　　　　——《高粱殯》

　　古人云，氣盛言宜。莫言這種長得使我們喘不過氣來、卻又感到長得過癮的、排山倒海般向我們湧來又將我們挾帶而去的長句子，使我們不得不屏住了呼吸一口氣讀下去、然後又長長地吐出一口長氣、呼吸的節奏感覺的節奏都隨之改變的長句子，除了使我們嘆服由此表現出的莫言之創造力的雄悍渾厚、氣勢磅礡，嘆服他底氣足、音韻長，還能說些什麼呢？

第十二章

叛逆與審醜
—— 《歡樂》《紅蝗》論

　　……高更附和道，「你們看到本月份的《法蘭西水星報》把我們叫作什麼嗎？醜惡崇拜。」

　　「這個批評也同樣地用來對待我」，左拉說，「前天，一位伯爵夫人對我說：我親愛的左拉先生，像你這樣具有非凡才能的人，為什麼到處去把石頭翻過來，僅僅為了要看看是什麼樣的骯髒的小蟲在底下爬來爬去呢？」

——歐文·斯通：《渴望生活——梵谷傳》

　　發表於一九八七年的《歡樂》和《紅蝗》，在莫言的創作中佔有重要地位，雖然兩部作品各有其明顯的紕漏，但是，沒有它們，莫言的作品就不是一個完整的整體——這兩部作品突出地表現出莫言創作中的兩個特色：叛逆與審醜。然而，這兩部作品的問世之後，卻遇到了不公正的待遇，《歡樂》遭到了各種各樣的指責，氣勢洶洶的批評者們忽然失去了常見的「公允」即先作或多或少的肯定然後用「然而」、「但是」來引出實質性批評的通例，斥責之聲不絕於耳，幾乎全盤否定《歡樂》，《紅蝗》則遇到一片寂靜，人們似乎有意地不置一詞，以待其自生自滅。無論是對於一位有影響的作家，還是作為一種文學現象，這不能不令人感到，文學中那種非建設性的、不負責任的態度依然存在，而且有待克服。當然，在本章中，我們無意於去作什麼論辯，而是按照既定的構想去完成之。知人論世，以意逆志，仍然是我們的基本方法。

生活的叛逆與藝術的叛逆

　　在《歡樂》和《紅蝗》中，湧動著一股強烈的叛逆精神，莫言這傢伙，太不安分了，太不知進退了！《紅高粱》以其壯麗輝煌的血紅，力掃其別的作品中荒涼黯淡的氣息，使得那些對他的作品一直不以為然的人們也不得不點頭嘆服，稱讚這篇作品中洋溢著的理想主義和英雄主義。這似乎是一條得到大多數人首肯和鼓勵的道路，然而，就在一片喝彩聲中，莫言已經在蠢蠢欲動地密謀反叛了。

　　嚴格地說，這反叛早在《紅高粱》系列的後四部就開始了。我們在論

述莫言的理想與現實的斷裂造成余占鰲戴鳳蓮形象的演變時已論及這一
點。莫言自己表達出這一意念則是在他寫畢《奇死》之後的創作談中──

> 這五部中篇小說，是我向讀者的一個短暫的投降──也可能是投降
> 了真理，也可能是投降了謬誤。[1]

　　這就是說，雖然《紅高粱》得到了一致好評（雖然有一些保留），但
莫言卻並不以為然。我們曾經論證過，莫言寫《紅高粱》是按照對立原
則，是以現實的痛苦與荒涼的對立物──想像的英雄家世、浪漫傳奇構建
而成的；於是，儘管紅高粱淒婉可人，紅高粱壯麗輝煌，但想像的世界可
以一時掩蓋現世的蒼白，卻無法消弭刻骨銘心的痛苦和孤獨；當人們自以
為讀懂了《紅高粱》就是讀懂了莫言的時候，莫言卻無法在洸成血海的紅
高粱中得到真正的安寧，短暫的陶醉之後是更沉重的失落和悲涼：「我無
法準確地表達我對故鄉那片黑土大地的複雜情感，儘管我曾近乎癲狂地喊
叫過：高密縣無疑是地球上最美麗、最超脫、最聖潔、最英雄好漢、最能
喝酒最能愛的地方，但喊叫之後，我依然、甚至更加悒鬱沉重。我在那裡
生活了整整二十年，那裡留給我的顏色是灰暗的，留給我的情緒是淒涼的
──灰暗而淒涼，是高密留給我的印象。」[2]二十年的黯淡淒涼是無法為
一時的狂放所消除的，何況這一時的狂放─「投降」中還有著非自身非文
學的考慮；「醉裡挑燈看劍，夢回吹角連營」，清醒之後卻只能是「可憐
白髮生」的哀歎，「夢裡不知身是客，一晌貪歡」的後繼，是「流水落花
春去也，天上人間」的悲鳴，怎麼能指望那宏闊的紅高粱世界會填充莫言
的心靈、平復悠久的創傷呢？
　　於是，在人們為英雄的紅高粱家族行安魂禮的時候，莫言卻推出了另
一個譜系──《紅蝗》中的吃草的家族，蝗蟲的家族。幾乎可以肯定，莫
言是有意識地以「紅高粱家族」（這是他把《紅高粱》等五部中篇編成一
部長篇小說時用的書名）為參照和對比而構造他的吃草的家族的，在《紅
高粱》中那壯麗輝煌的紅色，歷來被人們所稱頌的紅色，在《紅蝗》中也

---

[1] 《〈奇死〉之後的信筆塗鴉》，《崑崙》1986年第6期。
[2] 莫言《高密之光》，《人民日報》1987年2月1日第5版。

變為中性的、甚至是貶義的：

> 紅色的淤泥裡埋藏著高密東北鄉龐大淩亂、大便無臭美麗家族的過
> 去、現在和未來，它是一種獨特文化的積澱，是紅色蝗蟲、網路大
> 便、動物屍體和人類性分泌液的混合物。

這其中不是沒有玄祕的或者故弄玄虛的成分，但也的確有著這個吃草
家族的沒落史。紅高粱的家族，是英雄的家族，最能愛最能恨，最英雄好
漢最王八蛋，殺人越貨，精忠報國，吃草的家族的歷史上卻寫著什麼呢？
在作品中津津樂道的是這個家族吃青草拉無臭大便，是族中人的縱欲和亂
交，先是具有相同血緣關係的男女之間的交配而生出手腳長蹼的後代，後
來又有兄弟鬩於牆、因奸殺人、人獸相交等醜惡不堪的行為，這個家族的
敗落，或者說「種的退化」的過程，不是像《紅高粱》中那樣作一跳躍性
的描述，而是過程的展開。作為作品重要人物的四老爺，身為中醫，卻可
以為了奸情而殺害他的病人，自己有情婦卻以妻子有外遇的罪名將其休
掉，在莊嚴的建廟祭神的旗幟下中飽私囊，另一位重要人物九老爺，既能
對自己的嫂子非禮，又能為爭奪情婦與兄長四老爺刀槍相見，這樣的族類
不亡，真是天之不公了。

> 家族的歷史有時幾乎就是王朝歷史的縮影，一個王朝或一個家
> 族臨近衰落時，都是淫風熾烈，扒灰盜嫂、父子聚麀、兄弟鬩牆，
> 婦姑勃谿；——表面上卻是仁義道德、親愛友善、嚴明方正、無欲
> 無念。
> 嗚呼！用火刑中興過、用鞭笞維護過的家道家運俱化為輕雲濁
> 土，高密東北鄉吃草家族的黃金時代已經一去不復返，我面對著尚
> 在草地上瘋狂舞蹈著的九老爺——這個吃草家族純種的孑遺之一，
> 一陣深刻的悲涼湧上心頭。

這樣的醜聞種種，當然令人厭惡，但是，在具體的行文中，又表現出
內在矛盾：當莫言在指斥淫風熾烈時，他是充滿批判和憎惡的，一旦進入

具體的情節、人物，那種批判和憎惡就隱褪了，半是炫耀半是欣賞，甚至公然為這種行為辯護。「極度的禁欲往往導致極度的縱欲」，只能表明莫言的複雜態度的部分原由，說莫言就像丹納筆下的巴爾扎克那樣，趴在門縫上、眼裡閃著欲望的光、窺伺著貴族和資產階級客廳裡的財富和美色，編織一些縱欲的夢幻，也不無道理；不過，最根本的原因，仍然是莫言的叛逆性，他對於現實的痛苦和內心的反抗，使他幾乎是毫無保留地讚美一切叛逆行為，讚美這叛逆行為中表現出的狂放不羈、獨立不倚，他寧願看著人們縱情恣肆地活著，乃至於放浪形骸、遊戲人生，也不願他們循規蹈矩、苦熬苦忍──對於後者，莫言見得太多太多了。這不能不使我們想到郁達夫，想到他以放浪形骸的姿態反抗著綱常名教、倫理道德，想到郭沫若對郁達夫的評價：「他那大膽的自我暴露，對於深藏在千年萬年的背甲裡面的士大夫的虛偽，完全是一種暴風雨式的閃擊，把一些假道學、假才子們震驚得至於狂怒了。為什麼？就因為有這樣露骨的真率，使他們感受著作假的困難。」[3]莫言也不乏這露骨的真率，在《紅蝗》中，他不但寫了吃草家族先人的劣跡，還毫不隱晦地寫了自己的膨脹的情欲，寫他對黑色紗裙女人的潛在欲望，用作品的話說，就是她那兩巴掌，打掉了他的人性，打出了他的獸性。這樣的輕狂，這樣的放肆，這樣不加遮掩地寫人的欲望，而且是純肉體的吸引，真是冒天下之大不韙了。為了抒發情感，表現自己的內心世界，他不憚於以叛逆者──生活的叛逆者和藝術的叛逆者的面目出現，在有教養有風雅的騷人墨客身旁，忽然冒出一個肆無忌憚地侈談著人的生命需要、肉體欲望的無賴漢，怎能不令人莫名驚詫！

這是生活的叛逆。莫言是不遺餘力地鼓吹那些打破常規、表現自己的反叛者的，不論這反叛是以什麼手段、什麼方式進行，它會朝什麼方向發展。於是，他說道：「如果沒有對固定的、僵化的、以不變應萬變的傳統和信條的叛逆，很難有社會的變革，這種例子太多了，一抓就是一把。……敢跟父母作對的孩子，他身上自有一種天才的素質」[4]，反叛幾乎是與天才同義。他還舉過一個例子後來又將此例寫入他的小說中：鄰居有一個小孩，他父親打他時，他像狼一樣反撲，被踢倒在地後，他無法發

3　《郭沫若論創作》第713頁，上海文藝出版社1983年版。
4　《大肉蛋》，《文學自由談》1986年第1期。

洩憤怒，竟大把大把地往自己嘴裡塞沙土，嗆噎得翻白眼，他父親嚇得臉變色，再也不敢打他。莫言每次見到這個四歲的小男孩都「肅然起敬」，為他的反抗性所折服。更進一步地，莫言曾經寫過以自殺來反抗社會壓迫的人們，既然連生命的最高懲罰——死亡都無所畏懼，那麼，生命的放縱也是可行的了。

比生活的叛逆更有價值的是藝術的叛逆。莫言是有意識地要與流行的作品、流行的理論劃清界限、獨闢蹊徑的，而且還不是部分的小打小鬧，是整體的反叛，是歷史觀、藝術觀方面的反叛。「創作過程中，每個人都各有高招，有陽關大道，也有獨木小橋……敲鑼賣糖，咱們各幹一行。你是仙音繚繞，三月繞梁不絕，那是你的福氣。我是鬼哭狼嚎，牛鬼蛇神一齊出籠，你敢說這不是我的福氣嗎？」[5]這確實不是危言聳聽。即以他的獨樹一幟的生命感覺和生命意識，以他有悖於常見的抗戰小說——從藝術表現的創新到用農民的眼光評判歷史的《紅高粱》而言，不都是對既成的種種模式的反叛嗎？只不過，《紅高粱》的反叛中有歸依，用莫言自己的話說是靠近現實主義，《紅蝗》卻更多地自行其是，獨往獨來了。

生活和藝術的變革，的確是與離經叛道精神分不開的。在現代中國，新文學是對舊文學的反動，白話詩是對古典詩歌的叛離，話劇是對戲曲的忤逆，著名畫家劉海粟，則自稱為「藝術叛徒」，以表達他對傳統國畫的革新和變法。另一方面，那些被我們認作是背離現代主流傳統的西方現代派作品，也由拒斥、唾棄到逐漸被我們所接受了。藝術的背叛與創新，個中道理，不須贅言。因此，我們是積極地讚賞莫言的不為世人之言所動的、不以社會承認為藝術前提的探索精神的，他避開《紅高粱》的駕輕就熟的路子，踏向沉積著「紅色淤泥」的沼澤，雖然《紅蝗》在藝術上很不完整，但怎能料定，它不會作為一個臺階，送莫言登上新的高峰呢？

更具有歷史的、心理的價值的，是莫言的情緒中的狹隘性、破壞欲和它所具有的涵蓋力。《紅蝗》中第一次出現了城市生活的畫面，雖然是浮光掠影的凌亂印象——莫言的情緒與城市生活格格不入，他是不願意也不可能深入地感受和表現城市生活的——卻可以強烈感受到莫言那種

---

[5] 管謨業（莫言）《天馬行空》，《迎著八面來風》第117-118頁，解放軍文藝出版社1986年版。

狹隘的農民心理；要是說，他是以全部情感、全部感覺擁抱著那曾經留給他慘痛的心靈記憶卻又使他永遠地依戀著的高密東北鄉的黑土地，那麼，他卻不能分出其中的一分情誼去接受城市的，他是城市的旁觀者和批判者，他對城市生活的批判，冷酷無情到了無以復加的地步。對於高密東北鄉的淫風熾烈，他感到過悲哀，雖然已經沒有了《紅高粱》中那「我是你們的不肖子孫」的深摯；對於因姦情殺人、又與其弟九老爺爭奪情婦而仇殺的四老爺，莫言寫他「更加像一個失敗了的英雄，他弓著腰，好像對太陽鞠躬」；與此成鮮明對照的是，他對於發生在城市中的一切，卻那樣地表現出憎恨和敵視，同樣是有關男女風化，一發生在城市，就無法容忍，就毫不留情地詛咒起人類：「人，不要妄自尊大，以萬物的靈長自居，人跟豬跟狗跟糞缸裡的蛆蟲跟牆縫裡的臭蟲並沒有本質的區別，人類區別於動物界的最根本的標誌就是：人類虛偽！」這裡面固然有莫言獨特的語言習慣、感情衝動在起作用，但它所由產生的前提卻是城市生活；當然可以說，莫言憎恨的是虛偽，但是，農村生活中就沒有虛偽的毒菌嗎？答案顯然是否定的，就像作品中的「我」用歷史的考證和想像一層層地剝掉四老爺的皮、使他頹然倒地、徹底垮掉，就是一個明證。於是，在城市的與鄉村的淫亂之對比中，我們看到了更內在的東西──城市與鄉村的對立。是的，在漫長的歷史時期裡，城市是作為封建統治的中心、作為政權和商業中心，而與廣大鄉村處於對立狀態的，農民所受到的官府的盤剝和商人的欺詐，都直觀地化作城市的形象，「昨日入城市，歸來淚滿巾，遍身羅綺者，不是養蠶人」。在農民起義中，也總是以農村為主要活動區域，在農村中發展壯大然後撲向城市，踐踏城市，「內庫燒為錦繡灰，天街踏盡公卿骨」，不但王公大臣該殺，連城市集聚的財富也付之一炬。在阿Q那裡，不也是對城裡人既鄙薄又敬畏嗎？與這種歷史現象相對應的，是長期積澱的狹隘的地域觀空間觀，這在前面我們已經論述過了。封閉的農村與相對開放的城市，熟悉的、經久不變的鄉村生活與陌生的、變化之快令人目瞪口呆的城市生活，二者間的差異是巨大的，連那些飽讀詩書的文人學士都本能地嚮往山林、躬耕隴畝，何況眼界更狹小、生活更有限的傳統農民呢？馬克思在《路易・波拿巴的霧月十八日》中論及農民對城市的態度時說，「波拿巴王朝所代表的不是革命的農民，而是保守的農民；不是力

求擺脫由小塊土地所決定的社會生存條件的農民，而是想鞏固這些條件和這種小塊土地的農民；不是力求聯合城市並以自己的力量去推翻舊制度的農村居民，而是愚蠢地拘守這個舊制度並期待帝國的幽靈來拯救他們和他們的小塊土地並賜給他們以特權地位的農村居民。波拿巴王朝所代表的不是農民的開化，而是農民的迷信；不是農民的理智，而是農民的偏見；不是農民的未來，而是農民的過去」[6]。在特定意義上，莫言對於城市的態度，也是代表了保守農民的迷信、偏見，他的理想，是自給自足的自耕農理想，「是想鞏固這些條件和這種小塊土地的農民」的理想，自給自足的小農經濟，既不需要城市工業的力量，也不需要城市商業的流通，相反，現代工業與商業卻是最終要打破自給自足的小農經濟的物質力量和社會力量，莫言怎能不拒絕它、敵視它呢？

　　城市與鄉村的對比和對立，對城市生活的厭倦與對鄉村生活的迷戀，是近年文學中一個潛在的卻又是極為重要的主題。城市生存空間的狹小、擁擠、嘈雜，城市人際關係的冷漠、虛偽、做作，城市文化中傳統因素的衰減和由此造成的真空和混亂，以及拜金主義、性解放等現象的出現，使那些敏感的、又有過鄉村生活經驗的作家產生一種逆反心理，讀張承志的《黑駿馬》，賈平凹的商州系列，王安憶的《本次列車終點》，都可以感到城市生活的壓迫感，另一方面，則是大量的寫荒山曠野、古堡遠村、長河厚土，寫落後、原始、質樸的民情風俗，寫依乎生命之本能、悠然地從容地活著的人們——要是說，現代工業文明對於世界各國的人們都帶來了新的生存危機即人與大自然的日益疏遠和背離，那麼，只有中國這樣一個地域遼闊、經濟發展極不平衡的國度，才給人們保留下了田園風光、農家情趣，才給人們保留下了情感上審美上的一方淨土，於是，人們才不是絕望地在椅子組成的物質空間壓迫下惶惶不可終日（如貝克特的荒誕戲劇那樣），而是編織新的田園交響曲。至於莫言，他的田園曲未必是古典的靜謐悠遠，卻依然也廁身其間了。

　　但是，莫言仍然有過人之處。人們對城市生活的厭倦，是背對城市面向農村，莫言在對城市的敵意中卻隱含著一種破壞欲；人們對城市與鄉村

---

[6]　《馬克思恩格斯選集》第1卷第694頁。

的選擇，是基於古典文化之薰陶和城市文化的激發，莫言之於城市，卻是農民本能的敵意，農民的魯莽和盲目破壞性，或者說是流氓無產者的劣根性，寇種匪族的邪氣；他不會搗毀他的高密東北鄉，儘管它荒涼黯淡，他卻未必不想搗毀城市，他把城市看作是罪惡的淵藪：

> 我站在樹下，目送著鳥籠子拐入一條小巷。暮色深沉，所有的樹木都把黑魃魃的影子投在地上，小樹林的長條凳上坐滿了人，晦暗的時分十分曖昧，樹下響著一片接吻的聲音，極像一群鴨，在污水中尋找螺螄和蚯蚓。我撿起一塊碎磚頭，舉起來，想向著污水投去……

這種現象，本來是由於城市活動空間之狹小所致，也沒有多少可挑剔的，其中有不倫不類者（如「我」所念念不忘的老教授與大姑娘）亦屬平常，哪裡有純而又純的淨土呢？然而，這卻使「我」怒不可遏，幾欲砸爛之、驅散之；這倒有幾分像住進招待所的陳奐生，原先對房間裡的設備視若神明，不敢輕舉妄動，一旦咬牙忍痛交出五元錢，他的發洩欲、破壞欲勃然興起，可以在沙發上床上蹦躂，拿枕巾擦汗。這的確是意味深長的。要是我們想到在十年內亂中先是莊嚴神聖地「幹革命」後來是不遺餘力地搞破壞，打砸搶之風盛極一時，那樣將人的潛在的破壞欲撩撥起來、扶助起來而殃及全社會，想到這破壞欲的培植溫室──對於權力和物質享受的佔有者的嫉妒和仇恨，我們對《紅蝗》中的破壞欲就不會做出個人憤激一時之舉的解釋，而會去注意其心理的深度了。

說到底，對城市的敵視和破壞欲，也是一種反叛，農民式的反叛。作為叛逆精神的補充，叛逆，總是意味著某種破壞的，破壞偶像，破壞規範，破壞權威，破壞常規狀態下的威懾力量。然而，破壞如果不與積極的、切實可行的建設性目標聯結起來，那麼，它就往往成為一種破壞性力量，缺乏更積極的歷史意義，甚至會被導向盲目的瘋狂。作為中國社會的主力的農民，恰恰被歷史置於這樣一種悲劇性地位。一方面，他們人數最多、力量最強，曾經一次又一次地以悲壯英勇的起義顯示了自己的偉大和崇高，一次又一次地打碎舊的生活秩序、破壞現存的封建體制，但是，充當了勝利者的農民卻提不出新的建設綱領，自耕農的理想畢竟敵不過完

備可行的皇權政治，於是，一次次悲壯英勇的鬥爭也只是為新的王朝的建立清掃地基，加速舊王朝的瓦解破壞，而且，在失去新的目標的引導時，破壞甚至會上升到首要地位。作為秦末農民起義領袖的項羽（雖然他本人是貴族，但仍然不能改變這場戰爭的性質），在滅亡秦朝之後，最引人注目的行為就是一把火燒毀阿房宮，政治上卻只不過因襲周制裂土封疆；義和團起義中，無論是反清滅洋還是扶清滅洋，都不能代表新的政治綱領，它對於城市的仇恨和盲目的排外情緒卻相當激烈。中國新民主主義革命的勝利，在很大程度上是農民的勝利，農民文化的勝利，流行於北方農村的扭秧歌，竟然從北京扭到上海，從1949年扭到1976年，就既是實體又是象徵。然而，破壞與建設畢竟不是天然相通的，毛澤東同志曾鮮明指出，嚴重的問題是教育農民，這不能不是社會主義建設中的一項重要任務。在由農業文明向工業文明的轉變中，不只是有積極順應的一面，也存在著抵制和對立，極「左」思潮的氾濫，則既有相當的封建色彩，又加劇了這抵制和對立，十年內亂在特定意義上，也可以看作是農業文明與將要取而代之的工業文明的一次大較量，是農業文明對工業文明的爆炸性摧毀性大破壞和對這種大破壞的克服。它所顯現出的消極面，不是農民的革命，而是農民的保守，「不是農民的開化，而是農民的迷信；不是農民的理智，而是農民的偏見；不是農民的未來，而是農民的過去」。就是在大變革的今天，既有一些農民向現代企業家轉化，也有一些人企圖重建自耕農的樂園，顯示出保守、偏見等局限性。明乎此，對莫言在《紅蝗》中表現出的盲目的破壞欲，也就可以追根窮源，並予以足夠的重視了。

現實中的夢魘

　　《紅蝗》中的污言穢語，諸如無臭大便之類，多少有些文字遊戲的意思，而且有一種因《歡樂》遭到指責所產生的惡作劇心理，《歡樂》卻的確如批評者指出的，其語言之蕪雜和污穢是當代文學作品中罕見的，作品中不乏蛔蟲、陰莖、月經等字眼，給人以醜陋、骯髒的心理生理刺激。可是，這並非就不是莫言的本意。他不是不懂得美與醜、高雅與粗俗的分野的，在《紅高粱》和《金髮嬰兒》中，他能把男女交歡寫得如同生命的頌

歌。《歡樂》所顯現出的，也並不都是失去分寸感、辨別力，而是緊緊圍繞著援引自莎士比亞戲劇中的一句話，「在這個污穢的鬧市裡，就是把金剛石的寶刀也要生銹」，來展開作品的情感線索的；拿什麼來凸顯這「污穢」呢？當然不能用鮮花和讚美詩，不能用探戈舞和小夜曲，前面說過，莫言是極善於把心理活動轉化為生理感覺的，為了凸顯這「污穢」的印象，他所選擇的那些令人厭惡、令人感到不堪忍受的污言穢語，就是最相宜的了，──求仁得仁，有何怨哉！只可惜有些批評家只是停留在字面的污穢中，而沒有由此進入作品的深層，這大約不能算是閱讀和批評的好方式了。

《歡樂》在莫言的創作中，是一篇大容量、多方面地揭示當代農村生活中的醜穢、長河大浪般地宣洩其心靈痛苦的重要作品，那構成作品的萬餘言的長段落，以及一氣呵成的氣勢，正是作家長歌當哭、迴旋不絕的情緒使之然。他的原先分散在各個作品中的悲涼和憤懣，都萃集於此，而又天衣無縫般融合在一起，構成了「悲秋的挽歌」，「獻給死亡的歌聲」：在齊文棟屢試不中的厄運中，有《球狀閃電》中蛐蛐的影子，在哥哥身上，有在《爆炸》等作品中屢屢出現的勤勞質樸又麻木不仁的父親的氣質，嫂子做節育手術的故事和她的性格，令人想起《爆炸》中的玉蘭，魚翠翠的自殺，如同《美麗的死亡》中的美麗，齊大同呢，則是《斷手》中蘇社的悲劇性發展……此外，還有勞動之艱難，生活之壓迫，如同哥哥齊文梁所言：

> 管他中專、大專，考中了就跳出了這個死莊戶地，到城鎮裡去掏大糞也比下莊戶地光彩。莊戶孫，莊戶孫，不知是那個皇帝爺封的。你們想想，哪還有莊戶人的好？種一畝地要交五十元提留。修路要莊戶人出錢，省裡蓋體育館要莊戶人出錢，縣裡蓋火車站要莊戶人出錢，村裡幹部喝酒也要莊戶人出錢……羊毛出在羊身上，莊戶孫！

舊的生活創傷尚未平復，新的社會變化又給農民造成新的痛苦，再加上永樂在春情萌動中與一位城鎮女孩子結識，永樂的母親卻為了讓兒子能交上高考補習班的學費而在向這位女孩子的母親乞討，永樂的脆弱的心靈

受到最後的毀滅性一擊，他的自殺、以自殺求解脫也就是自然而然、水到渠成了。

這樣的作品，陰暗嗎？確實陰暗，低沉嗎？低沉至極。但是，姑且不論生活中的種種弊端不可能在變革浪潮中一掃而光，否則，歷史的進步也未免太輕易、太飄然了；也不論高考對於許多青少年都具有「跳龍門」的意義，因高考不中而自殺身亡的事情也屢有發生；對文學和作家來說，更值得注意的是，怎樣評價其創作中的思想傾向和社會意義，寫一些生活中的陰暗面，是否就以暴露黑暗為名將其叛處藝術上的死刑。

莫言的作品，尤其是《歡樂》，很容易使我們想到法國作家左拉的《萌芽》、《小酒店》，想到左拉被視作自然主義作家之緣由——他的描寫，追求實證的精確性，不避諱各種污濁醜陋的生理現象，不避諱生活的醜，歐文·斯通在梵·高傳記小說中寫的一段話，未必出自左拉之口，卻是合乎左拉的藝術見解的：

> 「讓我們寫下我們的宣言吧，先生們，」左拉說，「首先，我們認為一切的真實都是美好的，不論它的面貌會顯得多麼可怕。大自然的一切，我們全盤接受，一點不漏。我們相信，在粗糙的真實中，比在巧妙的謊話中，有更多的美；在下層社會中，比在全巴黎的沙龍中，有更多的詩意。我們認為痛苦是好的，因為它在人的全部感情中，是最深刻的。我們認為性是美的，甚至即使是由妓女和龜鴇所表演的。我們把個性放在醜惡之上，把痛苦放在可愛之上，把窮困的現實放在法蘭西的全部財富之上。我們全盤接受生活，不做道德上的裁判。我們認為娼妓和伯爵夫人同樣地好、門房和將軍同樣地好、農民和閣員同樣地好，因為他們都順應自然的款式，編織成生活的圖案！」[7]

把個性放在醜惡之上，如果這醜惡能顯示出一個人的個性；痛苦放在可愛之上，如果這痛苦更深刻更真摯地傳達出一個人的情感；作為《歡

---

[7] 《渴望生話》第361-362頁，上海人民美術出版社1982年版。

樂》中大量污言穢語所由出的齊大同，他的神經錯亂，他的歇斯底里，他的滿腔憤怒，他的生活遭遇，都從他的大量的話語中傳達出來；籠罩著作品的全部痛苦情緒的主人公永樂，他的悲哀，他的絕望，他對家庭、學校、村莊的痛切感受，他的生活的無望和性愛的無望，也都比輕柔舒展的小曲更加引起人們對於農村生活的另一面的深刻注意。

　　《歡樂》可以說是現實的夢魘和夢魘中的詛咒。莫言的作品，一向就有「溢惡」和「審醜」的傾向，到《歡樂》和《紅蝗》，這傾向已經到了無以復加的地步。莫言的感情之幅度，他對於歡樂與痛苦的體驗是超常的，他的作品對於讀者的情感刺激也是超常的——使人們的心靈緊縮、毛骨悚然的活剝人皮場面的精確描寫，戀兒大難臨頭之際黑色預感的渲染和神祕體驗，一個繈褓之中、沒有絲毫自衛能力的嬰兒被粗暴、殘酷的手扼死的場景，一支農民遊擊隊在墨水河畔全軍覆滅、橫屍沙場的畫面，一個心情抑鬱地懺悔著自己莫須有的罪過的、以自己的失言不語為自己贖罪的孩子的心聲，乃至於肢體上的殘缺，獨眼、斷手，啞巴，乃至於寫蒼蠅和大便，月經和生殖器，死魚樣的眼睛……凡此種種，莫不帶給人強烈的生理上的不快和心理上的厭惡，造成一種超常反應。我們的文學，到目前為止，絕大多數仍然是處於古典美學的範疇之中的，是以對真善美的堅信不疑和絕對推崇為其心理依據的，雖然也有對假醜惡的抨擊，但其判別標準仍然是對真善美的信仰和維護，至多不過如雨果所言，是展開對比，「滑稽醜怪作為崇高優美的配角和對照，要算是大自然所給予藝術最豐富的源泉」[8]。然而，從左拉開始，以及與左拉同時代的印象派繪畫開始，古典美學中的那些崇高、激情，悲壯、靜穆等開始讓位於平庸瑣細、醜陋污濁的生活現象，對生活的形而上的理性把握讓位於貼近的、細緻的觀察，醜和惡在藝術中第一次不再以附庸和暗影出現，以便讓美和善顯得更加壯麗輝煌，而是佔據了藝術的中心，獲得獨立的藝術價值，左拉等人就曾被指責為「醜惡崇拜」，稍後的波德賴爾則把自己的作品命名為《惡之花》。醜從美的奴役下解放出來，與感性從有限理性的控制下掙脫出來，是互為依傍的，感性的解放使人可以充分尊重個人感受和體驗，進入一個更廣闊

8　《西方美學家論美和美感》第236頁，商務印書館1980年版。

的世界，用感性和情感同這大大地拓展了的世界直接對話，醜從美的奴役下的解放，則使醜這一範疇受到充分重視和充分開掘，拓寬了醜的內涵也拓展了美學範疇和審美對象。也許，還是雨果說得好：

> ……美只有一種典型；醜卻千變萬化。因為，從情理上來說，美不過是一種形式，一種表現在它最簡單的關係中，在它最嚴整的對稱中，在與我們的結構最為親近的和諧中的一種形式。因此，它總是呈獻給我們一個完全的、但卻和我們一樣拘謹的整體。而我們稱之為醜的那個東西則相反，它是一個不為我們所瞭解的龐然整體的細部，它與整個萬物協調和諧，而不是與人協調和諧。這就是它為什麼經常不斷呈現出嶄新的、然而不完整的面貌。[9]

　　雨果比較了美與醜的區別，單一和多樣，簡單和複雜，與人和諧和與整個萬物和諧，他對於二者的褒貶是很明顯的，只是由於他把醜佔據主導地位只看作是偶然的暫時的現象，他以為美終究要佔據中心位置，因此沒有把這一觀點堅持到底。其實，認識醜、欣賞醜比認識美、欣賞美要更難一些，它的歷史順序和邏輯順序都在美被接受和肯定之後。更值得思考的是，中國當代文學是否已經在局部上進行從審美到審醜（如《紅蝗》和《歡樂》）的轉變？

　　從現實生活而言，我們曾經一廂情願地認為，社會主義應該通體光明，美善應該徹底根除醜惡，我們的一次次政治鬥爭，從社會心理上說，也就是一次次消滅醜惡、美化社會的鬥爭，雖然美與醜的內涵常常被搞得混亂不堪；也正是相信美可以一勞永逸或二勞永逸地戰勝醜，我們才會以大規模的群眾運動、政治衝擊其他等一次性損失以換取長治久安；由此，又造成對某些醜惡現象看得過於嚴重，必欲斬草除根而後快，形成一種狂熱情緒；然而，歷史的經驗教訓、生活的辯證法卻告訴我們，光與影、美與醜，不但是對立統一的，而且不存在一條涇渭分明的界限；美擅長存，醜惡也並不速朽；既不要簡單幼稚地認為根除醜惡是一朝一夕即可完成，

9　《西方美學家論美和美感》第235-236頁，商務印書館1980年版。

也不能因噎廢食地為現實的不完美而放棄我們的努力。

在文學藝術中，審醜現象就更其複雜。譬如說，按照傳統的解釋，由生活醜到藝術醜，醜的危害性被取消了，但這又很難與有害的文藝作品之誨淫誨盜說取得諧調，無法自圓其說；譬如說，以藝術醜來陪襯藝術美，二者的關係和比例怎樣確定又是難以斷定的；譬如說，藝術醜中其實寓有藝術美，那麼，這樣的藝術醜是否還成其為醜？我們所能闡述的，只是如下兩點：

其一，審醜的文學藝術作品，擴大了文學藝術表現生活的天地，過去一味地選擇美而迴避醜，童心可掬，卻並不健全，魯迅先生說，真的猛士，敢於正視淋漓的鮮血，敢於直面慘澹的人生，那麼，也應該敢於正視生活的醜穢，敢於接受來自生活的全部資訊，也為文學藝術開拓人們的情感天地、使人們的情感更健全更富有彈性地全面接受生活並向生活挑戰，而不是像堂·吉訶德那樣，在真善美的崇高理想下向風車作戰。就審美心理而言，中國傳統的發乎情止乎禮義、溫柔敦厚、哀而不傷、怨而不怒等，把人的情感限定在一個狹小的天地裡，後來盛行一時的黑格爾的理性主義美學和蘇聯的革命美學，亦分別以理念和革命限制了審美情感的幅度，由審美到審醜，對於改變這種不能適應現代生活的圓滿自足，無疑有著相當的積極意義。君記否，當舞臺上的樣板人物被按照理想化崇高化淨化得失卻人形、罩上神聖的靈光圈時，在生活中卻是多少無辜者被劃入另冊關入牛柵；新時期文學的腳印，也常常是以將生活中的不完美不純淨的一面引入文學而取得進步的，即以《班主任》中的宋寶琦和謝惠敏而言，人們面對他們，是應該稱為審美還是審醜？

其二，作為審醜藝術的創造者的作家，與其創造物是既有聯繫又有區別的，直白地說，《歡樂》中當然包含有莫言對生活的特定感受，但是，又畢竟不能和其中的主要人物永樂劃全等號，這不只是說作家並沒有與永樂一齊自殺身亡，還在於，作品只宣洩了作家情感中的或一側面。莫言寫《歡樂》和《紅蝗》，也寫《紅高粱》和《秋水》，只有將全部作品彙集在一起，才能看出作家的大致輪廓，那種依據一件作品就裁定作家優劣的方法，不像是文壇之所需，倒更適合於法庭判決之用。當然，不同的作家有不同的心理定勢，即如莫言，他的心靈的最特殊的標記是痛苦，是由於

生活中種種弊端和醜行的壓迫摧折而痛苦；由於醜穢的存在而痛苦，他在發洩自己的痛苦時，也就自然向著那些醜穢之物傾吐憤怒，乃至以毒攻毒了。在這裡，最重要的是作家的真性情，是生命的大歡樂大痛苦，是人生的真體驗真感受，在這裡，情感的真實具有了超越美與醜的意義，個性的圓整取代了道德評判的準則，生命的擴充淹沒了歡樂與痛苦的特定內涵，「把個性放在醜惡之上，把痛苦放在可愛之上」。——這種審醜的趨向，雖然還不普遍，但在新時期文學中的確已經初露端倪，莫言的《歡樂》和《紅蝗》，殘雪的《蒼老的浮雲》，以及馬健的《伸出你的舌苔或空空蕩蕩》，都是在這一方向上邁出試探的步子，有的因為失誤還遭到嚴厲批評。我們現在還無法確定，在主觀因素和客觀條件允許的範圍內，他們能走出多麼遠，但是，一位學者對西方的「醜學」之功績的評價，在此也是適用的：

> 它對生活的態度是嚴肅認真和充滿思索的。它忠實於自己對世界的感受。它敢於正視慘澹的人生，敢於直面淋漓的鮮血，並且為了最真切地表現這種感受，而不斷地去努力豐富自己的藝術表現力，不無成功地進行了各種各樣的形式和手法的變革、試驗、移植、創新，從而將整個人生中的否定面以空前的廣度和深度，以最凝練的手段和最打動人的筆法刻畫了出來。在唯美主義被上帝之死弄得令人無法忍受之後，這種唯醜主義儘管有其先天不足，甚至從根本的思路上講仍然未脫開傳統的羈絆，但是，它畢竟給了人們發揮藝術創造力的很大餘地，給藝術的內涵以極大的豐富，從而也大大拓寬了人們的藝術視野，為人們創造了一個更廣闊的感性的空間……看起來，感性是更灰暗、更絕望了，但實際上它是更豐富、更有希望了，因為正是在這種悲不自勝的背後，感性深刻地從希臘型的一元、單線走向了現代型的雙元、複線……[10]

---

[10]　劉東：《西方的醜學》第264-266頁，四川人民出版社1986年版。

第十三章
陣痛的時代和希望的星光
——《天堂蒜薹之歌》論

於是，我把心

高高舉在手中

那被痛苦與幸福

千百次洞穿的心啊

那因憤怒與渴望

無限地擴張又縮緊的心啊

——舒婷《在詩歌的十字架上》

　　莫言對精神的家園的尋找，路漫漫其修遠，他流連徜徉在他所創造的夢幻世界裡，他描繪著以紅色為基調的浪漫的王國——從「紅蘿蔔」到「紅高粱」到「紅蝗」；但他並沒有為了幻想而忘掉現實，他畢竟是一個根紮在膠東鄉村大地的農民之子，他深情而憂鬱地關注著那一片熱土，感應著陣痛的時代，尋覓著希望的星光；於是，在寫改革家的報告文學已不那麼走紅、那些曾經熱情報導過時代的先行者業績的報告文學作家都紛紛把描寫的重點轉向人生世相、社會情態的時候，莫言卻一寫《高密之光》，二寫《高密之星》，歌頌高密家鄉湧現的農民企業家；一九八八年新年伊始，他又推出寫農村經濟變革中的一場悲劇的長篇小說《天堂蒜薹之歌》，再一次表現出他與農民共命運、與時代共命運的誠摯情感。

選擇的兩難和兩難中的選擇

　　和我們這個時代的大多數人一樣，對於時代的變革，莫言是異常關心、異常敏感的，正如他引用過的史達林的話所說，「小說家總是想遠離政治，小說卻自己逼近了政治。小說家總是想關心『人的命運』，卻忘了關心自己的命運。這就是他們的悲劇所在。」[1]這是二十世紀中國作家的宿命。文學，或許是最個人化的精神勞動，從它的個體寫作方式，到它所傳達的個性化的情感和思索，從它對人生命運的描述，到它對心靈世界的發掘和傾訴；然而，現當代中國那跌宕起伏的時代潮流，風雲變幻的社

---

[1] 莫言：《天堂蒜薹之歌》題辭。——後來才知道，所謂史達林語錄是莫言自己杜撰的。個中意味何在？

會生活，卻如同一個巨大的磁場，緊緊地吸引住人民大眾和作家的心理
情感。無論是積澱了先人之優秀傳統的「天下興亡，匹夫有責」，「位
卑未敢忘憂國」，還是那不容任何人游離於其外的、與每一個人的切身
利害息息相關的社會現實，都反反復複地證明著個人生活與社會群體的
密不可分。1980年代中期，據一項具有較高科學性和可靠性的中國公民
政治心理調查表明，社會的政治心理中要求改革的心態業已形成，有
94.22%的公民贊成「國家興亡，匹夫有責」的說法，有72.5%的公民認為
中國政治體制的弊病是中國不發達的重要原因，有83.51%的人認為應當
關心國家大事，79.51%的公民表示自己願意談政治問題是因為「出於對
政治的興趣」、「是我的權利」、「是政治參與的一種方式」及「政治
太重要了」等原因。[2]而在中國這樣一個特定的環境下，尚缺乏充分的大
眾輿論的傳播媒介，文學在很大程度上負載著傳達普遍的社會心理的任
務，它也不能不具有強烈的政治色彩，文學的政治化——姑且不去討論它
對社會對文學自身的積極意義與消極作用——是中國作家和中國文學的重
要特徵，也是社會對於文學的需要。舍此，就無法說明從「傷痕」文學以
來到《喬廠長上任記》，《高山下的花環》和長篇小說《新星》何以一次
又一次地引起社會轟動，得到來自四面八方的反響。在這樣重大的社會現
象面前，在關係著民族命運、國家興衰的莊嚴命題面前，個人的一切，似
乎都顯得不那麼重要了，在人的個性、人的個體價值被嘲弄被泯滅的時候
是如此，在個性精神的高揚、主體意識的覺醒的時代依然是如此，而且更
加滲透著無法解脫的痛苦——有一位敏感而憂鬱的女詩人曾經這樣寫道：
「也許肩上越是沉重　信念越是巍峨　也許為一切苦難疾呼　對個人的不
幸只好沉默」[3]。文學家大多有一顆敏感的、柔弱的心靈，我這裡說的柔
弱，並非通常意義上的與堅強相對比，而是指他們的心靈中感受痛苦與歡
樂的機能格外發達，對人生和時代格外多情，「遵四時以歎逝，瞻萬物而
思紛；悲落葉於勁秋，喜柔條於芳春」（陸機《文賦》）；因此，他們不
僅比常人有更沉重的感情負載，而且還具有某種超前性、超時代性。魯迅

---

[2]　轉引自澳大利亞教授丘垂亮的文章《中國的政治文化與改革》，《參考消息》1988
　　年2月23日。
[3]　舒婷：《也許》。

先生曾經稱讚過《紅樓夢》，悲涼之霧，遍被華林，其覺者，唯寶玉一人而已，這正是曹雪芹於康乾盛世中感到的無可奈何的沒落；魯迅自己，也是於世紀初諸英傑正致力於推翻滿清的政治革命之時，即已高揚起個性解放的旗幟的，雖然當時並沒有引起社會反響，這卻正說明了先覺與社會的差距。若是說，由於五四新文學運動的較為正常的發展，由於魯迅先生在適應社會需要而吶喊的同時並未放棄自己的個性主義的思索，使他寫出《野草》這樣充滿個人的心靈之隱微的內心獨白式作品，那麼，後來的時代卻日益嚴峻，乃至使提倡過唯美主義詩歌運動的聞一多轉而讚揚「時代的鼓手」，使「雨巷」詩人戴望舒吟出「我用我殘損的手掌」，使寫「莎菲女士」的孤獨苦悶的丁玲先參加左聯後投奔延安，……「也許為一切苦難疾呼　對個人的不幸只好沉默」，這幾乎是中國作家的寫照，只不過有的人感到了，有的人尚未自覺。莫言停下他寫《紅蝗》續篇的筆，轉而寫《天堂蒜薹之歌》的時候，他無疑地感到了這樣兩難狀態。只有這樣，我們才會理解，為什麼莫言沒頭沒腦地將史達林的話放在作品的題詞這一重要位置。

　　是的，作出這種選擇，並不僅僅是選用什麼題材的問題；莫言的作品無論是寫現實生活還是寫歷史的回憶，都是以情感的任意流瀉，筆墨的自由揮灑、想像的五光十色見長，可以說，他是把創作自由的主體因素發揮到了相當高的程度的。《天堂蒜薹之歌》這樣的題材，儘管莫言也聲稱它純屬子虛烏有，這只不過是不甚高明的障眼法，它的生活原型即發生於山東某縣，是一九八七年初夏的事情；表現這樣的題材，就必須尊重題材自身的規定性，保持事件的大體輪廓，並在這一輪廓所允許的範圍之內去做文章。直率地說，這樣的作品是不容易寫好的，它往往是事倍功半，莫言從寫「我」的家族史《紅高粱家族》和《紅蝗》系列，轉而寫現實中剛剛發生過的一場不算很小的風波，也是感覺到其中的難處的；《天堂蒜薹之歌》在藝術上不是莫言的得意之作，卻處處流露著他的一顆赤子之心，他的情感所系，命脈所在，使他不容迴避地作出這種選擇；雖然他已經明確「這就是他們的悲劇所在」。

獨特的「農民法庭」

在莫言先前的作品中，他已經或多或少、或隱或顯地寫到時代的變革給農村帶來的新氣象。《售棉大道》寫的是棉花豐收之後的新的煩惱，《三匹馬》則是那個「一頭黃牛一匹馬　大軲轆車呀軲轆轉呀　轉到了我的家」的夢想實現的艱難和由此引起的家庭糾紛，《球狀閃電》和《金髮嬰兒》則以更凝重的筆墨、更強悍的力度，去表現時代轉折給農家小院帶來的強烈衝擊波。作品中的衝突，既帶有傳統的悲劇性，前者是天雷誅殛負心男子，後者是一樁情殺案，故事的基本框架是建立在習見的民間故事、通俗文學之上的；但是，莫言所致力的，是對這故事的破壞和瓦解，是化陳腐為新奇，他將敘述的重點由故事的發展和結局轉向人物每一個此時此地的情感體驗，故事原有的戲劇性消解在每一個人物的心靈獨白中，他不是在演示悲劇的萌生、發展、高潮、結局，而是像一位不無溫情的法官一樣，將每一個人物傳喚出場，讓他們申訴自己的歡欣與哀傷，行為與情感，申訴自己行為的合理性因素，從而加劇這社會衝突和心理衝突的深度。蝍蝍和繭兒的婚姻的破裂，並不是簡單的癡情女子負心漢的道德悲劇，而是明確地表現為農村中兩種生活方式的對立和衝突，表現為一個青年農民在由傳統的生產方式轉變為新型的農民企業家時不僅勞動方式變了，他的生活觀念、價值選擇也處於蛻變之中；同時，作為他的妻子的繭兒，作為一個傳統的農村婦女，作為一個標準的賢妻良母，又實實在在是令人同情的；蝍蝍的父母稱讚她能勞動，身體好，又能生育，完全符合農家擇媳的標準，進一步表明繭兒之存在的合理性；而且，在蝍蝍和繭兒的關係中，並不是決然無愛的，蝍蝍希望用幫助和改造繭兒的方法把她變做現代女性，繭兒也在千方百計地挽留蝍蝍的情感；家庭危機的出現，過錯並不在他們，相反地，他們都曾作出努力，他們也都有追求個人幸福的權利，時代的巨變所造成的傳統的斷裂、新時代的肇始，卻以非他們個人的良好願望和有限力量所能克服的現實生活的悲劇逼近在他們面前。紫荊、黃毛和孫天球的衝突，是不滅的人性畸曲生長的悲劇，是時間差、時間的延宕所致，孫天球在連隊帶兵中那些荒唐得可笑的舉止，是與他個人生活

中的禁欲和麻木相為表裡的；沒有必要把他的這種扭曲變態的心理全都歸諸時代，但社會生活中那些壓抑和毀滅人性、壓抑和毀滅對於美和愛的積極追求的強大力量，無疑地強化和助長了他的這種傾向；但是，他的愛欲的復甦，卻把他推向另一個極端，那種由愛情的排他性和專一性所導致的虐殺；對於孫天球，命運真是太殘酷了，他既無法退避，又沒有出路，同樣地，紫荊和黃毛在這場悲劇中也各有其合理性，各有其令人同情的一面，卻又最終逃不脫悲劇的命運。毛豔和黃毛，都是促使這兩個家庭解體的「第三者」，但正是由於他們的出現，才打破了沉寂的死水般的生活，才帶來了新的氣息和新的活力，使人們恐慌、迷亂、感奮，再也無法麻木不仁地日復一日地重複祖祖輩輩的生活。《球狀閃電》寫生產方式的變化帶來的各種生活方式的反差，《金髮嬰兒》寫的是生命和美感的覺醒帶來的婚姻悲劇，一個由外而內，一個由內而外，都表現出時代變革對農村生活的衝擊。但是，作家又是異常清醒的，他並沒有編織生活的喜劇，並沒有表現淺薄的廉價的樂觀主義，而是著力於展示這種新的時代意識已經覺醒、卻沒有足夠力量克服巨大的生活惰性所形成的悲劇，著力於展示赤裸裸的生命的血污和陣痛；母親詛咒自己的兒子，丈夫虐殺新生的嬰兒，這帶有強烈的心理和生理刺激的描寫，讓我們充分領略作家的悲哀之情。

到《天堂蒜薹之歌》，這種悲哀轉為憤怒。近些年，我們已經從新聞中多次聽到農村賣糧難、賣生豬難、賣蠶繭難的事情，然而，對於城市人來說，那似乎只是在眼前一掠而過的，並不曾引起人們的重視，《天堂蒜薹之歌》卻把這種現象、連同它的枝葉根梢、連同它滲透的痛切情感，置於人們面前，使人們真切地感受到廣袤大地的歡喜與憂傷、愛悅與憎惡。《售棉大道》已經寫到農民賣棉難，但作家卻避開它的重心所系，轉而表現人的倫理情感——生活中的原型是因賣不掉棉花而憤怒的農民焚燒自己的棉花，在作品中莫言卻將其處理為一個自私蠻橫的小夥子因抽煙不慎釀成棉花失火，周圍的人們熱心相助撲滅烈火，使他深受感動和教育；由《售棉大道》的有所規避到《天堂蒜薹之歌》的直陳其事，這種變化不應將其簡單地歸結為一兩條原因，有一點卻可以是毫無疑問的：莫言的自信和筆力的強悍，隨著他創作的成熟而日趨增長。

在《金髮嬰兒》和《球狀閃電》中,產生矛盾衝突的雙方在作品中是平等地擁有自己的申訴權和辯護權的,不管是老年還是青年,是昏庸還是精明,是守舊還是趨新,是多情還是冷酷,莫言都對他們表示理解表示同情──這是些和他同代的或他的父輩的莊稼人,同屬於農民這一階級。在《天堂蒜薹之歌》中,他卻執「一面之詞」,作為與農民處於對立地位的、直接造成大量蒜薹滯銷的有關人員,或者只是被派作招手即來揮手即去的角色,或者始終沒有出面,在這一事件中,他們的作用無疑是重要的,在作品中,他們卻只是被置於被告席上,既無機會表現其內心情感,又無權利為自身辯護;這樣做,失去了表現這一類在農村生活中舉足輕重的人物的機會,使這一部長篇小說涵蓋生活的幅度也顯得狹窄,單薄,但這卻表現出莫言毫不掩飾的真情實感:他的感慨,他的悲憤,他的思緒,完完全全地和那些在這一事件中受到嚴重的經濟損失和精神挫傷的農民融合在一起,他在心理情感上與他的生養之地、與父老鄉親天然地相通,雖然他也曾經為了他們的蒙昧、他們的平庸、他們的昏瞶、他們的「種的退化」而痛切地指責他們,但是,一旦他們的利益受到外部力量的損害,他就幾乎是情不可遏地拍案而起了。

作品的本身寫的是憤怒的農民在打砸縣政府之後由被捕到受審的一段時間中發生的事情,在作品中,卻完全翻轉了,原告與被告,申訴與宣判,都互換了位置;福克納在談到《喧嘩與騷動》時說,同一個故事,作家竟然把它講了五遍,我們也可以說,為了強化受害人的地位和力量,為了強化起訴詞的雄辯性,莫言也把同一個故事講了四遍。作品的基本線索是民間藝人、事件的鼓動者張扣的唱詞,這巧妙地把天堂縣種蒜薹的根由和蒜薹滯銷時群眾的憤怒情緒由醞釀到爆發的來龍去脈勾勒出一個輪廓,使讀者對這一事件有大致的整體印象,而且還透露出古樸的生活準則在現實中的作用,表現出農民文化心理的深層積澱──雖然是在強調法制的年代,但農民心目中卻仍然少有法律觀念,支配他們的行動的,是樸素的實踐判斷,是他們從古代文化中獲得的社會倫理觀念。在蒜薹滯銷之後,張扣唱道,「滅族的知府滅門的知縣/大人物嘴裡無有戲言/你讓俺種蒜俺就種蒜/不買俺蒜薹卻為哪般」。在他們眼裡,今日的縣政府與往日的縣衙門並無大的區別,縣太爺一句話就是王法,官府無戲言,反過來,他們

所憎恨的，是言而無信，翻雲覆雨，拿百姓的命運當作兒戲；對縣供銷社副主任王泰這樣的幹部，他們的譴責不是他應當擔當與職務相等的責任卻怠忽職守，而是進行道義上的批判，「翻臉的猴子變臉的狗／忘恩負義古來有／小王泰你剛扔掉鐮刀鐝頭／就學那螃蟹霸道橫走」；他們對別人沒有法制觀點，對自己也同樣如此，他們打砸縣政府，比照的是古代的「鬧公堂」，用群眾騷亂的方式矯正掌權者的錯誤。然而，在這傳統的形式之下，湧動著農民階級的自覺精神，他們並沒有完全排除清官思想，但也增加了為自己的利益而鬥爭的勇氣，甚至也會以被用來對付鬧事群眾的法律來反擊，「舍出一身剮／把什麼書記縣長拉下馬／群眾鬧事犯國法／他們閉門不出（不）理政事縱容手下人／盤剝農民犯法不犯法」。

作品的主要敘述人高馬和高羊以及四嬸、金菊，從個人命運、個人情感的角度敘述了這一事件的形成。張扣的演唱帶有概括性、普泛性，高馬等的個人悲歡正是在此基礎上展現出來的，兩種敘述角度相得益彰。若是沒有張扣的大體上按時間順序交代事件的發生，高馬等人大量的回憶和時空的自由調度，就會削弱這一社會事件的過程性，就會損害特定題材所要求的紀實性；但是，若完全將張扣的演唱擴展為作品的情節，那麼，事件的過程性又會強制性地迫使人物服從它的需要，變成一篇以報導社會新聞為主要意旨的報告文學，而失去小說之刻畫人物命運、表現人物心理情感的特長。莫言所選取的現在這種方式應當說是較合宜的，高馬等人既是作為這一事件的參加者來敘述他們的感知，卻又並不拘泥於此時此地，而是把對事件的回溯與個人的命運、情感等交織起來，擴充了作品的藝術容量，也增強了小說之以人物描寫為中心的功能。高馬當過兵，開闊了眼界，敢作敢為，又有過那樣一段苦澀的愛情經歷，深感到官僚主義與封建主義傳統對個人幸福的扼殺，渴望著個人的生活自由和愛情自由，所以他才喊出「打倒貪官污吏！打倒官僚主義！」的口號。高羊曾經作為地主的後代而受到長期的苛待，生活的摧殘使他變得隨遇而安，自我排遣，「人就得知足，就得能自己糟踐自己，都想好，孬給誰？……忍著吧，忍過來是個人，忍不過來就是個鬼」；當高羊這樣善良溫順的人都身不由己地卻又勢在必行地沖入縣政府，可知民情憤怒到了什麼程度。四嬸一家，先前曾借助於官僚主義者而鎮壓女兒金菊與高馬的相愛，在蒜薹滯銷時，卻不

僅在經濟上受損，四叔冤死在鄉幹部夜送蒜台的車輪下，女兒金菊絕望中自殺，兒子們也為可憐的一點家產鬧分家，親人的死亡和家庭的崩潰，促成四嬸去進行瘋狂的報復。被毀滅的愛情、被毀滅的家庭、被毀滅的生活希望，如迸發的岩漿，有著巨大的摧毀力破壞力。在論《紅蝗》的時候，我曾指出莫言所流露出的以城市與鄉村的差別為現實依據所形成的農民對於城市的對立情緒和破壞欲望，現在，這種對立情緒和破壞欲望都迸發出來。打砸縣政府的行動中當然不排除愚昧、盲目的破壞，但透過這些現象，莫言仍然是肯定農民的覺醒和鬥爭、抨擊那些養尊處優的、不關心農民死活的少數幹部的。

正因為如此，那位為其父親充當辯護人（實質上也是為眾多農民辯護）的青年軍官，才從更高的層次第三次敘述這一事件：張扣的唱詞是從事件本身的形成和民眾心理的激變複述它，高馬等人的敘述是從個人命運的角度回溯它，青年軍官則是從政治的、歷史的角度剖析它。他的敘述雖然很短，卻極有力量，對黨的十一屆三中全會以來農村的變化與新的矛盾，對一名當年的支前功臣變成打砸縣政府的罪犯的因果關係，對「天堂蒜薹案」所含有的警示意義，他都作了犀利深刻的分析。可以說，這在很大程度上也是莫言的思考，是他從個人的童年回憶和幻想世界中脫出身來，在普遍意義上對農民和時代、經濟和政治的關係的思考。

但是，這還不是事件的結束。報紙上的長篇報導，對事件的起因到對有關人員的處理，形成對此事件的第四次講述；我不知道這一段文字是否確有出處，但它的公文寫作法，它的冷靜的口吻，它的權威發言人的態度，從與前三種敘述都不相同的黨政機關的角度把這一事件又梳理了一遍。四種敘述角度，表現出與此事有關的各個方面的不同態度、不同身分背景，表現出敘事人在這一事件中充當的不同角色、不同利害關係，每一種敘事都是帶有相當的情感色彩──報社記者的客觀冷靜的筆調也是一種情感，充當主要敘事人的高馬、高羊等的敘述，則是在事件的有限框架內盡可能地拓展了表現個人命運和個人情感的文學功能。

這幾乎是以文學方式組織的一個「農民法庭」，那些吃盡了苦頭的農民在此對危害農民利益、危害時代變革的少數官僚主義者在進行莊嚴的宣判。這不能不使我們回想起一九八七年的社會生活，五月初發生的大興安

嶺森林火災，整整燒了幾十天，罕見的慘重損失，震驚中外，也激發了全中國自上而下地反對官僚主義、加快政治改革步伐的熱情；官僚主義對於國家、民族和時代的嚴重危害，已經到了令人無法容忍的地步，它也必然激起人民的抗議和鬥爭。生活中發生的蒜薹滯銷引起群眾騷亂和莫言的《天堂蒜薹之歌》，則是這種抗議和鬥爭的一個側面，一聲警鐘。青年軍官在法庭上那一席義正詞嚴、盪氣迴腸的話，就是一篇聲討官僚主義的檄文。時代變革的發展，政治生活的需要，與現實中的種種現象一起，把加快政治改革步伐、反對官僚主義的問題置於刻不容緩的重要位置，莫言並沒有從理論分析裡切中這一命題，他是從農民命運的興衰入手而接近這一命題的。他無意於干預政治生活，「小說卻自己逼近了政治」。

　　請注意一下作品中人物關係的分化組合。儘管高馬因為與金菊的愛情糾葛與四叔四嬸一家人處於幾乎勢不兩立的地步，四叔家也曾借助於一位小小的官僚主義者、鄉里的民政助理員而幾乎置高馬於死地，但是，在最根本的利害關係上，四叔四嬸一家卻畢竟是農民階級的一員，那些以權謀私者和官僚主義者對他們一家的損害和盤剝同樣是無情的，四嬸與高馬同樣成為沖進縣政府的主要成員，正寓示著農民階級在根本的親和疏、友和仇的關係上的真正分野。莫言曾經在《爆炸》、《球狀閃電》等作品中顯示過家庭裡和農民階級自身裡的尖銳衝突，但這種衝突最終都得到和解，雖然這種和解付出的代價也許很沉重——似乎是由於她的祈求，天雷擊傷蟈蟈，母親卻為此懺悔不已；扼死繈褓中的嬰兒之後，孫天球忽然發現嬰兒的一頭金髮是那樣漂亮；高馬與四叔一家的衝突，幾乎為此喪失性命，又被擠榨得四壁空空，然而，他們最終還是同仇敵愾地站在一起。相反，對於那些巧立名目、盤剝農民的人，對於那些以權謀私、置農民利益於腦後的人，莫言是絕不寬恕的，他不容分說地剝奪了他們的發言權，只是向他們盡情地傾瀉著自己的怨毒和憎恨。這是一場缺席審判，是一次正義和憤怒的審判。在對於被告的刻毒兇狠的態度中，蓄積了莫言的個人命運的和普遍現實的憤怒的烈火。

　　作為反映切近的社會事件的作品，《天堂蒜薹之歌》寫作中的倉促和不足是無須諱言的，那些在他的別的作品裡有如神來之筆的奇幻或在這部小說中顯得不倫不類（如作品中的鸚鵡和紅馬），高馬高羊等人物的命運

和心理也缺乏更多的新意，而且，從藝術本性上來說，這樣的題材是否具備了寫出上乘的長篇小說的可能性都很值得商榷；但是，莫言的這一作品仍然是有相當意義的，它促使莫言向著紀實性文學的方向邁出了一大步，這與天馬行空般的想像創造構成莫言創作的兩翼；更重要的是，他以擅長於狀寫個人生活情感的筆墨轉而表現更廣大更豐富的鄉村生活，這將為他拓展藝術視野而增添內在動力；在宏觀的文學潮流中，《天堂蒜薹之歌》則是近年間少見的、發自古老大地、發自農民心靈深處的對於時代變革的強烈呼喚。

冉冉升起的星光

長期以來，無論是在生活中還是文藝領域中，一種簡單粗暴的獨斷論不但沒有根除，反而有些屢戰屢勝的味道，其變化形態有多種多樣，骨子裡卻只是歌頌光明與暴露黑暗的決然對立觀。這並不是一個複雜的理論命題，光明，理所應當地縱情歌頌，黑暗，必欲除之而後快，「新松恨不高千尺，惡竹須應斬萬竿」，當歌則歌，當哭則哭，當怒則怒，當罵則罵，若是連表達情感都得受到種種束縛，談何文學藝術的解放和繁榮。然而，那些一味地以「歌頌」抑或「暴露」作為文學的判斷尺度的人們，卻粗暴和傲慢到無視事實存在、無視生活真實──他們正是以生活真實之三尖兩刃刀打遍天下無敵手的──的地步。魯迅先生有言，倘若論文，要顧及全人，他們卻片面地肢解作家、肢解作品，在文學的園圃裡跑馬，卻指責葉不紅、花不綠。莫言的《歡樂》一問世，就遭到一通聲討，什麼寫作家的陰暗心理啦，背離農村的現實生活啦，語言污穢不堪卒讀啦；言下之意，是說文學作品寫在農村生活要像黨的機關報的社論那樣，先講形勢很好，後講缺點不足，比例應當適當，界限應當分明；殊不知，在捶胸頓足地傾訴著古老大地的憂傷和憤怒的同時，莫言還發表了謳歌高密縣農民企業家王建章的優秀事蹟的報告文學《高密之光》，它就發表在發行量極大、讀者群極廣、在中國的新聞報刊中首屈一指的《人民日報》上，與《歡樂》的寫作和發表都是同步的，不知那些指斥莫言心理陰暗的人士如何解釋莫言之「歌頌光明」？《天堂蒜薹之歌》的問世，想必也不會平靜，這又是

一篇「暴露黑暗」的作品，有趣的是，在同一時間裡，《人民日報》又一次刊載莫言的報告文學《高密之星》，仍然是一篇熱情洋溢的改革時代的頌歌。[4]其實，作家和世間的萬物一樣，是多層次、多向度的複雜的統一體，要認識和評價一個作家，自應對其進行整體觀照，全面把握，即如莫言，單有奇幻的「紅蘿蔔」，不成莫言，單有洸成血海的「紅高粱」，不成莫言，光是看到他的《歡樂》，亦不成莫言。我幾乎以為，莫言有一種根深蒂固的英雄崇拜，也甘願做「歌頌英雄的詩人」，他曾為他創造的余占鰲、戴鳳蓮等英雄所傾倒，他也為現實中的高密好漢折腰。「高密好漢成千上萬，齊有晏嬰，漢有鄭玄；晏為名官，鄭為名儒，俱為高密的歷史增添了光彩。在封建社會裡，高密尚能出如此人物，當今改革洪流沸揚滾滾的中國之高密，必然也應有好漢為高密爭光。凡是為人民做了好事的，凡是改變了高密面貌之一隅的，就是高密好漢，就是高密的光，就是高密的星，就該鼓吹歌頌。」（《高密之星》）在另一處，莫言還寫道，「這半年裡，我一直在想，必須改變我對高密的看法了，必須改變過去的生活留給我的灰暗印象和淒涼情調了。我拘泥於過去的經驗，用偏頗的眼睛審視飛速變化的高密，是難以得出正確結論的。」（《高密之光》）這種情感的轉變，給莫言的作品增添了新的一面，但是，我們卻不能強令莫言將灰暗淒涼的情緒記憶通通抹去，他只能將兩種情感分別熔鑄在不同的作品中，以作品的集合方式較完整地傳達他的思想情感，於是，各篇作品之間既存在巨大的反差，又形成互補關係。不理解這種現象，只摘取一部作品的主觀印象論及作家，這種態度是不嚴肅的，它只能導向歧路。

　　膠東地區的改革浪潮，是頗有聲勢的，中央電視臺播送過專題報導系列片《蓬萊新八仙》，介紹在時代變革中應運而生的八位農民企業家，另一位膠東籍的部隊作家李延國撰寫長篇報告文學《中國農民大趨勢》，也是從膠東農村的今昔變化對比中闡述農村在改革中的基本走向的。物華天寶，人傑地靈，一個個風流人物在這裡崛起。莫言得地利之便，在他的兩篇報告文學作品中，他寫高密縣南關（興華總公司）黨總支書記王建章和該公司下屬的採暖設備廠廠長、黨支部書記高方明兩顆希望之星；與他的

4　《高密之光》，《人民日報》1987年2月1日第5版，《高密之星》，1987年12月13日第5版。

別的作品相似，莫言的報告文學也寫得散漫不羈、東鱗西爪，卻又處處可見他對於家鄉故土的一片赤子之情。不知是習性使之然，還是由於被有的批評家讚揚他寫出「中國的酒神精神」所迷惑，在作品中，他用了不少筆墨來寫飲酒、談酒德，這是旁枝逸出、妙趣橫生，還是戲不夠、酒來湊，讀者自鑒。但從作品的整體性上來說，他選取的顯然是農村的發展建設中至關重要的兩個問題——

農村幹部的素質和政治思想工作的重要性，在變革中的農村尤其顯得重要。時代的轉折，刺激了人們的生產積極性，也刺激了人們的生活欲望，於是，就出現了以權謀私、為自己蓋房造院的幹部和領著大夥闖出生產致富新路子的幹部；生活變得溫飽有餘，物質的盈餘卻使精神的貧困更相形見絀，「村裡的現象使我感到小小富裕之後潛藏的大大危機。可耕土地日益減少，人口急速增加，中共村支部委員會處於半癱瘓狀態，封建沉渣泛起⋯⋯」循著這種思路，莫言找到王建章，這樣一個「典型的老農民」，卻頗有些眼光和氣魄，他具有古人那內舉不避親、外舉不避仇的美德，又注重精神文明建設，從堅持行之有效的政治工作制度到真正實行黨內民主，從不拘一格地招聘各種人才（技術、政工、體育等）到南關女子籃球隊在全國農民豐收杯籃球賽上獲得亞軍，從提高人的品質、農民的品質到想使南關成為全縣文化最發達的地方，從引入外來戶進村對於打破中國農村的家族宗法制度之意義的思考，到投資二十三萬元興建南關小學，凡此種種，莫不表現出一個政治家型的農民企業家的膽識，也是對莫言的小小富裕後面的大大危機之隱憂的正面回答。

——關於鄉鎮企業的發展道路和發展方向問題。鄉鎮企業如雨後春筍般冒了出來，但它的鞏固和發展卻並不輕而易舉，趁國營企業的指令性生產僵化呆板而鑽空子、找生意做，至今已趨於飽和，靠農村的廉價勞動力拼時間拼體力，其作用也畢竟有限；靠投機取巧，靠坑蒙拐騙永遠成不了大氣候。那麼，出路何在呢？酒場上的淳樸憨厚、肝膽相照，長遠打算上的憂心忡忡、未雨綢繆，重信用、守合同、看重資訊和知識的巨大作用，使高方明把一個破破爛爛的小廠辦成具有相當規模、能夠生產達到國際和國內先進水準的多種產品的廠家，短短三年，展翅騰飛，這不能不令人驚歎。

　　莫言以他對農村的熟悉和關心，敏銳地提出並力圖回答這樣兩個問題，這是他的本性使之然；然而，這兩篇報告文學，坦率地說，是既沒有強烈地尖銳地把問題提到應有的高度，又未能充分地有說服力地回答它。作品的篇幅並不長，卻給人以空泛之感，一般性的論述多，深刻的描寫和揭示少；在這裡，作家那種浮光掠影、道聽塗說式的採訪方式，急於把家鄉的星光報導出來而缺少必要深思的心情，以及行文上的輕率，加上那種就事論事的習慣，都妨礙了他把作品錘鍊得成熟一些。與其說它們是報告文學，不如說更像是家鄉見聞或印象記式的散文，而且在必要的節制上有所欠缺。

　　是的，藝術上的節制，已經成為莫言創作上亟待解決的重要問題，不僅僅是《高密之光》《高密之星》中缺少節制，在莫言的《奇死》及其以後的作品中，都或隱或顯地存在這一問題。最初的噴湧之後，出現相對的遲滯是不足為奇的；生命的自由流淌，感覺的自由舒展，一旦進入失控狀態，也會造成隨意性和紊亂性；著意地追求想像的奇特、比喻的誇誕，則會過猶不及。已有論者以《紅蝗》為例對莫言的這一缺憾作出較為充分的論述[5]，我這裡就不再贅言了。

附記：

　　本書於1987年初構思和開筆，力求有一主線，提綱挈領，脈絡貫通。為了追蹤作家的新作，又於全書完稿後補寫後面兩章，其互不關聯和脫節之處頗多，亦屬無奈，謹致歉意。

---

[5]　賀紹俊、潘凱雄《毫無節制的〈紅蝗〉》，《文學自由談》1988年第1期。

結束語
對中國農民文化的思考

　　當我寫完這本書的時候，我的心情並不輕鬆。這不僅僅是因為，這樣一些匆匆草成的急就篇，其粗疏淺陋時時可見；對於一個年富力強、正在創作道路上跋涉的作家，過早地作出定評，也未免武斷；更令我不安的是，當我將莫言之創作置於農民文化的大背景下加以考察的時候，我對於中國農民和農民文化的理解和評述是否正確、是否充分？

　　就某種意義而言，作家的創作，可以看作是作家心態——情感和意志、憧憬和傾訴、個性和才能、意識和潛意識的自覺半自覺的流露，「觀其文，想其為人」，大抵是不錯的；凡是能把這種心態的獨特性、豐富性和深刻性表現出來的，又富有一定的藝術感染力，就是好作品。同時，作家心態又遠非是私人事務，作家總是在一定的社會環境中生活，他感受生活、把握生活的能力，他對於歷史與現實、社會與人生的思考和探索，也會自然而然地溶解在他的心靈之中，表現在作品裡面。因此，在尊重作家的情感和心靈的獨特性的同時，我們又不能不要求一個作家盡其可能地有大氣派、大手筆，以其磅礡的感情力量涵蓋一個時代、一段歷史，以藝術的功力復活生活的靈魂，並使之永存。這應該說是不難理解的。

　　當我在著手研究莫言的時候，我首先是為他對農村生活的稔熟、他對農村生活的獨特理解和獨特表現所震驚，為他的放縱的情感、濃烈的色彩和奇異的想像所震驚，很自然地把視線集中到他的藝術感覺上來。但是，在進一步地對其藝術感覺作深入剖析之時，我發現，在他的熔鑄萬物、異彩紛呈的藝術世界中，湧蕩著一股生機勃勃的生命的激流，蘊含著中國農民的生命觀、歷史觀乃至時空觀，潛藏著沉澱在生命直覺之中的農民文化的許多特點。莫言創作雖然在藝術上參差不齊，但卻總是有著極厚實的底蘊，他沒有像一顆彗星一樣以時間的短促換取燃燒的亮度，而是以對生活的不斷開拓顯示著他所依託的豐厚的大地——農民生活和農民文化的雄沉博大；即便是被一些人簡單地判定為自我重複和因襲的《紅高粱》續篇，在藝術上雖然失去初讀《紅高粱》之時的新鮮刺激，在整體佈局上也顯得累贅、拖遝，但其較之《紅高粱》而在人物和思想上作出的深化和拓展，卻是值得特意指出的（參見《生命的歷史與歷史的生命》一章）。生命感覺和農民文化，正是理解莫言的兩個基點，也是莫言創作的最突出最鮮明的特徵。可以說，在莫言奇特的藝術感覺背後，站立著彌久而常新的中國

農民的龐大陣容，籠罩著農業文化的生生不息的活力。莫言之奇，在很大程度上就是因為，他是在中國文學史上罕見的、來自農民而又始終保持著農民的情感方式和思維方式的作家，他以其獨特的鄉土文化、農民文化對文人文化和文人加工過的鄉土文化提出了挑戰；他的蠻勇，他的粗鄙，他的桀驁不馴，他的不容人轉臉迴避的戳穿假面、直陳生活之痛苦污穢，他的對於農業社會主義的熱烈的無保留的嚮往，他的惡毒的詛咒和浪漫的夢幻，都因凝聚了數千年的農民文化之光而表現得分外深切、分外撼人心魄。

正是為了突出莫言的藝術個性，我在本書的佈局上，沒有採用常見的作家作品論的寫作方式，而是以莫言的生命感覺為引線，深入其生命世界，把握其農民文化的內在蘊含的。這樣「攻其一點，不及其餘」，長處在於行文中有一種內在的脈絡貫通，內在的整體意識，它的損失也是非常明顯的，它必然捨棄許多與本文論綱聯繫不密切，卻又是莫言研究中不可或缺的方面，造成無法避免的殘缺不全。這也是寫作之初即已預知的。求仁得仁，又何悲哉。

困難還不在於作品的敘述結構之安排，而是在於對農民文化的正確評估。由於特定的經濟地理條件，中國較早地進入農業社會，而且綿延數千年，直至今日，仍然帶有農業社會的深深的印記，農業生產仍然是基本的生產方式之一。縱觀世界歷史，沒有任何一個國家的農民像中國農民這樣具有悠久而強大的生命力，這樣把自己的生命力注入漫長的歷史、支撐社會的大廈，這樣把自己的全部潛能和特性展現得淋漓盡致，這樣對歷史、現實乃至未來產生不可替代的影響。造成這種情勢的種種原因之中，根本的一條可以說是中國封建社會中的農民與西方中世紀的農民之地位的差異——中國的農民是具有相當的獨立人格的，無論是自耕農還是佃農，都具有恩格斯所說的「自由農民」的意味，他們固然受著土地的束縛、經濟的羈絆，在人身自由上卻是有著自主權的；西方中世紀的農民卻是隸農，從屬於一個個的封建地主莊園，經濟上政治上人身上都受到莊園主的嚴密控制，所謂「初夜權」即是其社會地位的最好證明。二者相比，中國農民的處境顯然要優越得多，他們的生產積極性、歷史主動性和創造性也要充分得多，正是在此基礎上，方有中國封建社會的燦爛輝煌的盛景，才有歷來

為人們所稱道和追羨的漢唐氣象，才會使馬可・波羅到達中國時驚歎這是世界上最富裕最先進的國家。在民族文化、民族心理方面，其農業特徵也是顯而易見的，是以農業生產為其潛在的而又強大的背景的：從老子宣揚的小國寡民，雞鳴狗吠之聲相聞，民至老死不相往來，到陶淵明憧憬的世外桃源，古風猶存，禮義昭然，從孟子籌畫的十畝之田、五畝之宅，種桑種糧養豬養禽，到太平天國的口號「耕者有其田」；即便是講法制、講帝王術的法家，其基本綱領仍然是重農戰、抑商賈，是以促進農業生產為其根本目的的；董仲舒的陰陽五行說，是與農業生產的季候對應契合的，即所謂春暖以生，夏炎以長，秋爽以藏，冬肅以殺；中國傳統文化的重血緣、重倫理，也是以宗法制的農業社會、以家庭為最基本的勞動單位的現實為其現實依據和心理依據的。我們知道，每一時代的統治思想都是統治階級的思想，然而，在思想的幽靈背後，有著現實的本相，在上層建築的鏡像中，有著經濟基礎的折光；作為人數最多、力量最強、生命最悠久的社會主體的農民，他們的思想情感不對社會產生決定性的影響是不可能的；作為時代的統治思想，不或直接或隱晦地代表和涵蓋農民階級的思想情感也是不可能的。即以農民與皇權政治的關係而言，史達林曾經毫不容情地指出，農民（包括起義農民）反對貪官污吏，但是擁護好皇帝。馬克思更進一步地從生產方式上分析農民的政治特徵說：

> 每一個農戶差不多都是自給自足的，都是直接生產自己的大部分消費品，因而他們取得生活資料多半是靠與自然交換，而不是靠與社會交往。……既然數百萬家庭的經濟條件使他們的生活方式、利益和教育程度與其他階級的生活方式、利益和教育程度各不相同，所以他們就形成一個階級。由於各個小農彼此間只存在有地域的聯繫，由於他們利益的同一性並不使他們彼此間形成任何的共同關係，形成任何的全國性的聯繫，形成任何一種政治組織，所以他們就沒有形成一個階級。因此，他們不能以自己的名義來保護自己的階級利益，無論是通過議會或通過國民公會。他們不能代表自己，一定要別人來代表他們。他們的代表一定要同時是他們的主宰，是高高站在他們上面的權威，是不受限制的政府權力，這種權力保護

> 他們不受其他階級侵犯，並從上面賜給他們雨水和陽光。所以，歸根結底，小農的政治影響表現為行政權力支配社會。[1]

因此，重新反省中國傳統文化，不能不首先考察農民文化，考察中國的歷史與現實，也不能不首先考察農民文化。莫言的出現，給我們考察農民文化提供了一個契機。要是說，強大而又悠久的農民文化，一直是以實踐形態的方式存在著，而形成文字、作品、思想、學說的都是經過了文人學士的加工和再創造，是間接的傳達，那麼，莫言則是作為農民自己的發言人直陳其思想情感、所感所知、所愛所憎，直陳其作為「自由農民」（自耕農）的對自身歷史與現實的敘述和評價；要是說，我們一向習慣於從革命的、歷史的角度認識農民，那麼，莫言則是誘使我們從農民的角度看革命看歷史，角度變了，所感所知也變了。列寧評價列夫‧托爾斯泰時說過，在托爾斯泰身上，集中地表達了農民的情緒、農民的抗議和農民的理想，表現出農民階級對待革命的態度，——他們既嚮往革命又不理解革命，表現出農民的全部優點和全部弱點，莫言的作品當然還遠遠沒有達到老托爾斯泰的高度，但他對於農民文化的天然認同和滲入骨髓並表現出農民文化的基本特徵，卻是毫無疑義的。

對農業文化，我們予以充分重視，但是，卻無法毫無保留地肯定它。要是說，燦爛輝煌的古代文明，中國農民於此功莫大焉，那麼，近代中國的停滯落後、被動挨打，現代中國的多災多難以及十年動亂，與中國農民又有什麼內在聯繫？進入歷史新時期，經濟變革和社會變革的序幕是由重新獲得土地、切切實實地成為土地的主人的農民揭開的，也可以說，是農民在長期被剝奪之後為爭取土地、真正成為土地的主人的鬥爭爆響了偉大歷史轉折的第一聲春雷，並將自身的力量和影響又一次不可逆轉不容逃遁地施加於社會生活，在承受這種力量和影響的同時，我們是否也應該有所鑒別有所警惕，剔除其中的消極因素？當我們的社會生產方式和社會生活由農業文明向工業文明艱難地行進之時，對於農民文化—傳統文化的改造是否也刻不容緩？尤為值得注意的是，在思想界學術界有那麼一

---

[1] 《馬克思恩格斯選集》第1卷第693頁。

種「新國粹派」之風，或者借讚揚海外「新儒家」而對傳統文化作不加分析的肯定，或者憑其一知半解地宣稱日本現代社會的東方色彩而抹殺日本與中國在文化傳統、社會心理、歷史發展中的巨大差別，或者在批判「全盤西化」的大旗下販賣國粹的私貨，這對於我們的全面改革、對外開放的現實已經產生了極其不利的影響，卻還沒有得到積極的抵制和批判。作為作家論，本書亦無法承擔這一使命，但是，在研究莫言進而研究中國農民文化和傳統文化的同時，在充分肯定農民階級的歷史與現實的偉大作用的同時，我也力圖依照自己的理解，對農民文化中的應該揚棄的成分加以剖析，例如對莫言作品中的時空觀和他的城鄉對立觀及破壞欲的評述。在克服個人崇拜、革命崇拜之後，我們是否也要克服文化崇拜、民族崇拜，從而以更開朗更健康的態度迎接八面來風呢？

然而，不可否認的是，在對待歷史、對待傳統、對待農民文化上，我也經常陷於理性與情感的矛盾之中。中國的進步知識份子，歷來對勞動者抱有一種衣食父母的崇敬情感，從李白「令人慚漂母，三謝不能餐」，白居易「我今何功德，曾不事農桑」，直到魯迅的《一件小事》，都是充滿了由衷的敬意的。我也是在這種氛圍下長大的，幾乎是從小學一年級起，我的心頭就反反復複地鐫刻著這樣的字樣，工人給我們造房，農民給我們種糧，我們一定要從小好好學習，長大努力工作，不辜負工人農民對我們的殷切希望。在下鄉當知青的日子裡，農民的淳厚、堅韌以及他們對於我們這些城裡來的學生娃的熱情關懷，使我在極為繁重的體力勞動和貧瘠的日常生活之中感到了陣陣溫馨。說來是一件小事，卻使我終生難以忘懷：早春的北方，正是蔬菜淡季，我們的食堂沒菜吃，分管知青的大隊幹部和充當食堂管理員的我，一次次地在指揮生產用的高音喇叭裡吆喝——知識青年沒菜吃了，社員同志們，誰家有醃菜，送一點來。於是，你一盆，我一碗，社員們把自家醃製的鹹菜送到知青食堂。這種情況持續了很久，鄉親們卻一次也沒有使我們失望，只要喇叭一響，就有人來送菜。他們並不計較我們前天夜裡剛剛撥弄過他們的雞窩、清查雞的數量、以便強制性地收購雞蛋呢。這也許同樣是農業文明造成的特定現象，在生產力長期停滯不前，農業勞動異常繁重的情況下，目睹農民「足蒸暑土氣，背灼炎天光，力盡不知惜，但惜夏日長」的艱辛，中國的知識份子，縱然滿腹

經綸，縱然充滿慷慨報國的豪情，對此亦不能不感到自己的軟弱無力，感到自己所從事的政治、文學活動的虛飄，面對農民的務實而懷疑、否定自己的務虛，「田園將蕪兮胡不歸」，中國文人嚮往自耕自種、自給自足的農家生活的不在少數。中國知識份子多是政治型的，他們沒有致力於去改變農業生產狀況，也不會有在大工業生產的資本主義社會裡那些科技型知識份子面對自己創造和改進的新的生產力時的充實自豪。封建社會的兩極──君權和農民，決定了他們或者積極進取以干預朝政，或淡泊自守耕讀自娛，在「民為貴，社稷次之，君為輕」的民本思想影響下，尊重農民的勞動，更何況在現代中國，知識份子與農民的關係戲劇性地變作學生與老師、改造與被改造、再教育與被教育之關係呢。皮之不存，毛將焉附，正是形象地表現出知識份子的歸屬感、依戀感。時至今日，為知識份子正名也罷，充分肯定知識份子在社會發展中的重要作用也罷，糾正了歷史的偏頗，卻未必就能使中國知識份子擺脫日積月累、潛移默化中形成的對勞動人民的崇拜，這在我們的文學創作中是普遍存在的，感情與現實、感情與理性的相悖，常造成作品的內在不和諧，也使我們的評價發生偏斜。即如莫言，他在對歷史真實的直覺把握下使余占鰲由悲劇向喜劇、由英雄向小丑轉化，但在情感上他卻是始終摯愛著余占鰲的。同樣地，在本書中，我的這種矛盾心理也時有流露，在《紅高粱──生命的圖騰》一章中，我不遺餘力地肯定和鼓吹「紅高粱精神」，在接下來的篇章裡，我卻對「紅高粱精神」的主要代表余占鰲以及莫言的農民心態作了自以為深刻的剖析和批判，由此，在本書中，在各個論點和行文之中，時有自相矛盾之處，我以為，除了我在邏輯上不夠嚴密之外，更多的是這種搖擺不定、把握不定的矛盾心態的自然流露。我希望能夠以莫言創作為依據，對中國的農民文化和傳統文化作出認真的思索，作出嚴肅的批判（即康得寫「三大批判」意義上的批判），然而，感情的襲擾，又使這本來就不甚成熟的思索和批判更面目不清了。

還應該提到的是，我在大學讀書期間和本書寫作期間，得到我的研究生指導教師謝冕教授、張鐘教授的教誨和點撥；本書中多次引證了雷達和趙玫論莫言的有關文章；我的同事朱向前更是不遺餘力地從莫言的生平到創作諸方面給我以很大幫助；本書寫作中，還得到中國社會科學出版社王

中忱、白燁同志的大力支持，在微妙而多變的情勢下，沒有他們的鼎力相助，本書的寫作幾乎是不可能的；對此，我表示由衷的感謝。

附錄

莫言的九〇年代進行曲[1]

　　答應何老闆——這是我們一幫人對何鎮邦老師的稱呼，就此也可以窺見他和我們混得沒大沒小，不拘形跡——寫這篇文章的時候，是很痛快的，我請他到軍藝講課的時候，他總是從不推託，現在，他要我入夥，就莫言的話題說兩句，焉敢不從命？等到動筆之時，才知道這樣的文字非我所長：我和莫言認識十幾年，還寫過一本在圈子裡據說影響不錯的《莫言論》，但是，對於文章之外的莫言，卻瞭解不多，見面的時候，似乎也很少深談，大多是問問近況，有什麼新作。我寫東西，是只認文本不認人的，說得玄一點兒，這是「學院派」的作風，當年讀書的時候，老師教的就是要學會「背靠背」地做研究。說得實在些，我這人不善言辭，拙於交際，很難和別人談得十分投入，也就很難從中捕捉到有深度的資訊。1988年秋天，到高密縣去開莫言的討論會，有幾天近距離地觀察和瞭解莫言的機會，有一些心得，都寫在一篇舊作《感覺莫言》中，再抄一遍，不但對不起讀者，也對不起自己。想來想去，還是以我所長，談作品，談莫言九〇年代的創作好了。

一

　　九〇年代初期，莫言寫了一個中篇小說，《你的行為使我們恐懼》。作品的梗概是，被鄉間的朋友們稱為「騾子」的呂樂之，從農村走向城市，帶著童年的生活記憶和鄉村音樂的旋律登上歌壇，以鄉村的清新質樸、雄健粗獷，給歌壇帶來新的氣象，一舉成名，大紅大紫，贏得了世俗社會所追求的一切，在名聲、金錢和女人的漩渦中打轉，可謂是功成名就，志得意滿。可是，風水輪流轉，好景不長在，他以創新的姿態闖入歌

---

[1]　本文原載於《時代文學》（山東濟南）2001年第1期。

壇，現在，那造就了他的成功的東西，反過來壓迫他、追逐他——他以創新而成名，人們在熟悉了他以後，就不再滿足和陶醉於現狀，而是強求他繼續出新，玩出新的花樣。在強大的壓力下，呂樂之幾乎是走投無路，黔驢技窮，又不甘引退，只好出奇制勝，悄悄回到鄉間自閹，以求獲得新的音色，創造世界上從來沒有過的新唱法（？——這或許是呂樂之的誤斷，早先的義大利歌劇，沒有女演員，就是將男童閹割以後，讓他們唱女聲的），創造「撫摸靈魂的音樂」。這種奇想，當然是來自莫言的大腦，不過，這比《紅高粱》中的活剝人皮還要慘烈的情節，怎麼會寫得出來？

按照心理分析學的無意識理論，作品是作家的心理的折射。呂樂之的那種苦悶和焦躁，似乎也透露出莫言自己的焦灼不安。

八〇年代中期，莫言以《透明的紅蘿蔔》一舉成名，在那個轟轟烈烈的文學大進軍的年代，莫言可以說是恰逢其時，作品中將我們見過多少次的鄉村少年超過其體能的勞動，和毫不起眼的一隻蘿蔔，描繪得活靈活現、玲瓏璀璨、傳神傳情、傳奇傳文，沉默無言的「黑孩」，一下子抓住了我們的心。此後，《枯河》、《球狀閃電》、《金髮嬰兒》、《紅高粱》等噴湧而出，證明了莫言的創作實力，使他一下子躋身於最有影響的作家之列，《紅高粱》從小說到電影，成就了張藝謀，也進一步擴大了莫言的知名度。瑪律克斯和福克納營造馬孔多小鎮和「小小的一方郵票」的啟迪，靠近渤海、好奇而善於幻想的齊地文化的薰陶，將近二十年鄉村生活的艱辛磨礪，以及刻苦自修所取得的文化修養，使得莫言出手不凡，引領新潮。他是以創新而出眾的，而且起點很高，這表明他的成熟，卻也為他後來的繼續創作留下了很大的難題。就像一個歌手，起的調子高了，接下來該怎麼唱，就成了嚴峻的考驗，他還能不能實現自我超越呢？

印證我的這一論點的，是莫言自己為長江文藝出版社的《跨世紀文叢》所選的小說集《金髮嬰兒》，這個集子所收的都是我們前面所列舉的《紅高粱》等作品，在《紅高粱》之後則只收入《你的行為使我們恐懼》。儘管他在八九十年代之交的創作量仍然不小，卻自覺不如前一階段的作品那樣扎實。同期的長篇小說《酒國》，在國外影響不錯，美國和日本的學者都給以很高評價，但是，也許是讀作品的角度不同，它在國內似乎沒有引起什麼動靜。莫言的心情，在這樣的情況下，顯然不會太好。呂

樂之的那種為創新所迫，鋌而走險的方式，固然是紙上的遊戲，卻印證著
作家自己的內心煩惱。

二

　　好在，莫言沒有一蹶不振，他很快就擺脫了這種內在的和外在的雙重
壓力，自我解脫了。八〇年代文學創新的激流奔騰，成就了一批人，卻也
耽誤了一批人，讓他們一味地以創新為務，唯新是趨，終於因為無法找到
和掀起最新的新潮而偃旗息鼓，稍縱即逝。回顧一下，八〇年代中期文壇
上的弄潮兒，如今默默無聞者不在少數。創新不僅是藝術形式上的，也是
思想情感上的，同時，就其根本而言，在藝術形式上，評判的標準不是
「新」與「舊」，而是與作品內容的調諧融合。明乎此，就不會單純地追
求創新，不會憤而自閹，損傷自己的生命力、創造力。

　　莫言的自我調整，是比較快的，一方面，他出版了中短篇小說新作
《白棉花》，雖然在九〇年代初期的文化氛圍中，它不會引起大的反響，
但是，這是莫言的九〇年代創作一個良好的開端；另一方面，他開始「觸
電」，寫了《情滿青樓》等電視文學劇本——時下有一種說法，說寫作電
影電視劇本，把許多作家寫壞了，使他們無法再回到文學本身的精微文字
上來。這種說法似是而非，寫作影視劇本，開拓了作家的思路，使他手中
添加了新的兵器，熟悉了新的領域，這只會給作家以新的啟示和靈感，藝
多不壓身，所謂「觸電」敗壞了文筆，只是沒有出息的藉口。不再刻意於
創新，不再用每篇必出新招的要求苛求自己，用一種平常心對待寫作，這
是一個好的兆頭。

三

　　如果說，《白棉花》又回到了莫言所熟悉的鄉村生活和童年記憶的路
子上，那麼，《豐乳肥臀》則是他心靈和情感的又一次迸發和燃燒。據我
的記憶，在此前的作品中，莫言並沒有對母親的形象進行過深刻的描繪，
不知道是情感的遮蔽，還是藝術的困惑，使他難以下筆。是母親的去世，

激發了他的情感和記憶，刺激了他的寫作欲望，在短短的兩三個月時間裡，揮筆寫下了對於母親的悼念和深思。

感情的真切，為作品提供了堅實的基礎，藝術想像的靈動，營造了瑰麗多姿的文學世界。儘管說，《豐乳肥臀》問世以後曾經遭受過指責並給莫言的命運帶來波折，但是，今天重新解讀它，卻仍然能夠感受到作家那顆眷眷的心。

首先從書名說起。在今人眼中，豐乳肥臀是表示女性的性感特徵，是容易讓人想入非非的，但是，我們為什麼不能聽取作家自己的解釋，相信莫言對於這一詞語的還原能力？豐乳肥臀，在生活經驗和民間話語中，是生殖力旺盛的外部特徵，是多子多福的好兆頭，莫言所舉證的，出土的非洲古代女體塑像，其身體的誇張和變形，將這一點表達得淋漓盡致。而且，只是由於時勢變遷，和當下人們的欲望的空前膨脹（以「偉哥」風行於世界為例），使它蒙上了邪惡的色彩，為什麼要由此殃及莫言和他的作品呢？

更重要的，是作品中濃墨重彩地對母親形象的描繪。「母親心情舒暢，臉上呈現著聖母般的，也是觀音菩薩般的慈祥。姐姐們圍繞著母親的蓮座，聽她講述高密東北鄉的故事」。將中國的觀世音菩薩和西方的聖母疊加在一起，這是對母親最高的禮贊了。作品中的母親，讓我們想到《百年孤獨》中那個生命力頑強、為子子孫孫遮風避雨的老祖母，但是，在自抗日戰爭以來的中國現實的大環境下，母親又確實具有中國特色。

命運多舛的她，因為只生女不生男，一連生了七個女兒，在家庭中的地位每況愈下，以致她再次臨產的時候，丈夫寧願去關照即將生小駒的母驢而棄她於不顧。在她和驢子都難產、需要請人說明的時候，家裡人又是以先驢後人的順序來對待她。就是這樣一個卑微的女人，卻不得不承擔起沉重的使命，獨自要撫養包括新出生的孿生姐弟金童玉女在內的九個孩子，而且，在後來的演化中，她又先後收留了一群外孫和外孫女們，繼續哺育新的生命。高密東北鄉的土地上，各種勢力如同走馬燈一樣地輪轉，既有在日本人進攻之時的頑強抗爭，也有相互拆臺、相互暗算。上官家那些長大成人的女兒們，先後與各個方面的頭面人物結成婚姻，不由自主地捲入了仇仇殺殺的漩渦中，敵友情仇之間鬥爭不已，甚至殃及她們的子女。是的，瀕臨渤海的膠東半島，在抗日戰爭和解放戰爭中，都是兵家

必爭之地，八路軍、國民黨軍和日軍、偽軍之間的拉鋸戰，格外慘烈，後來還有康生在土地改革中大刮「極左」之風，招來國民黨還鄉團的瘋狂報復和殺戮。這樣的情形，在峻青《黎明的河邊》和《馬石山上》、馮德英的《苦菜花》、《迎春花》和張煒的《古船》中都有生動的描寫，可以與《豐乳肥臀》中的慘烈血腥的場面相互證明。也許，正是因為歷史的殘酷，才激起了作家們對人性和母親的詠贊，博大的母愛才格外動人。在《苦菜花》中，就出現過母親代替參加了革命工作的娟子撫養年幼的外孫女的情節。在張煒的作品中，我們也不難感悟到作家的悲天憫人的情懷。在莫言筆下，則是基於不可抗拒的死亡而產生的對於生命的崇拜，因為崇拜生命，所以歌頌孕育生命、哺育生命、護佑生命的母親。是歷史的風霜使它變得堅強剛毅，「我變了，也沒變。這十幾年裡，上官家的人，像韭菜一樣，一茬茬地死，一茬茬地發，有生就有死，死容易，活難，越難越要活，越不怕死越要掙扎著活。我要看到我的後代兒孫浮上水來那一天，你們都要給我爭氣！」這是擲地有聲的「母親宣言」。

母親一直是身體力行地為了子孫後代而活著的，比起她拼著性命去救護那些年幼的孩子來，作品中的那樣一個細節，或許更加感人：在餓殍遍野的大饑荒年代，母親給生產隊磨豌豆的時候，把豌豆吞到肚子裡，回到家中又儘量地嘔吐出來，這些混雜著母親的胃液和血絲、以及迫不得已的「偷竊」所產生的心靈自責的豌豆，成了家中的孩子們的「救命糧」。而且，母親的愛，不止於是給自己的孩子們的。動亂年月裡，母親和金童正在被紅衛兵押著遊街示眾，遇到一個鄉親要投水自盡，母親不顧自己尚且在危難之中，沖出了遊街的隊伍，怒斥那些袖手旁觀看熱鬧的人們，向瀕危的鄉親伸出援助之手。她毫不顧及自己的處境，也不計較著鄉親不久前曾經淩辱過她自己，這樣的舉止，豈是輕易就可以做出的？因此，母親去世的場景，才寫得那樣深情：

母親雙手扶著膝蓋，端坐在小凳子上，她閉著眼睛，好像睡著了。一絲兒風也沒有，滿樹的槐花突然垂直地落下來。好像那些花瓣兒原先是被電磁鐵吸咐在樹枝上的，此刻卻切斷了電源，紛紛揚揚，香氣彌漫，晴空萬里槐花雪，落在了母親的頭髮上、脖子上、耳輪上，還落在她的手上、肩膀上，她面前的土地上……

四

也許,同樣值得注意的,是作品中的小男孩金童。在這樣一個弱智的、似乎總也長不大的孩子身上,莫言寄託了什麼?

他是母親和瑞典籍的牧師馬婁亞偷歡的結晶,長了一頭金髮。這會使很多人感到難以接受。不過,仔細想來,他的父親是瑞典人,而不是曾經蹂躪過中國和膠東的德國人、日本人什麼的。相反,作品中對德軍和日軍侵略膠東半島的暴行,都有深切的仇恨和憤怒,一個來自中立國的牧師,在長年的孤寂生活中,和一個在家庭中遭到最大的輕蔑和鄙棄的、只生女不生男的農婦的兩情相慰藉,也是可以理解的了。

他雖屬虛構人物,卻是在很大程度上是莫言的代言人,是母親的摯愛的承受者和訴說者。這樣一個奇特的「雜種」出身,是想說明,從來到人間的時刻起,他就與眾不同,註定要承受更加沉重的苦難,註定要肩負起贖罪的重擔,還是表達莫言一貫的對「種的退化」所感到的無可奈何的悲涼,無論是本地的豪強草莽余占鼇,還是來自歐陸的福音傳播者,他們的後代都那樣卑俗無能,毫無血性?

他是高密東北鄉數十年的歷史風雲的一個見證,降生在日本鬼子闖進村莊的時刻,看到了那麼多的血污和醜惡,也看到了在商潮滾滾中鄉村的分化和欲望的膨脹。他的命運的跌宕浮沉,折射出社會環境的種種變化,和大開大闔的悲劇喜劇以至鬧劇。生活是如此豐富多彩底蘊深厚,卻偏偏由一個不諳世事、不明內情的傻孩子眼中見出,他的一些奇特怪異的舉止,又無法用常規的思維方式加以解釋,兩者間有多大的反差!

他的怯懦和幼稚,也許是母親的剛強豪爽性格的一個反襯。作為唯一的男孩子,母親對他寵愛備至,時時處處都把他嚴嚴實實地保護起來,這或許也是造成他的呆癡愚昧的原因之一。可是,母親一旦意識到這一點,她就絕不姑息,以壯士斷腕的決心,痛改前非,「與其養活一個一輩子吊在女人乳頭上的窩囊廢,還不如讓他死了好!」正是這樣,母親才能從艱難歲月中堅持下來,金童卻是一輩子沒有生活的能力也沒有生活的方向感的永遠長不大的、令人感到恐懼的孩子,嗚呼。

　　這種假託「白癡」、「愚人」的形象，對歷史、現實和世人進行機智的嘲諷，恐怕是一種風氣。福克納的《喧嘩與騷動》中，就讓一個小白癡參加進來講故事，儘管他講的一竅不通；格拉斯的《鐵皮鼓》中的奧斯卡，那個在意外中受孕、在意外中停止了正常生長、卻意外地獲得特異功能的孩子，把納粹德國及其後來的時代描述得匪夷所思；好萊塢電影《雨人》和《阿甘正傳》，都用一個傻孩子做主角，將生活演繹得啼笑皆非；韓少功的《爸爸爸》，阿來的《塵埃落定》，也不約而同地選定了弱智、癡呆者充當歷史中的重要角色。金童躋身於他們中間，可以說是相得益彰。是世界上傻瓜越來越多，還是作家、藝術家們變得越來越聰明了？

五

　　莫言被認為是鄉村作家，他的重要作品，都是表現農村生活的。但是，自從1984年進入解放軍藝術學院讀書以來，他久居京城，屈指已經16年，無論是從生活閱歷上，還是從一個作家要開拓自己的寫作疆域上來看，表現城市生活，都是很有必要的。

　　對於莫言，實現這個轉變是比較困難的。相似的例子，有陝西的賈平凹。後者定居故都西安已經逾二十年，卻仍然以鄉土氣息、農家風情見長，好不容易寫了一部以西安的都市生活為背景的《廢都》，還被人譏為是「廢鎮」，說他沒有寫出代表城市本質的現代的一面。莫言也存在同樣的難題。用他自己的話來說，初到北京，他連自行車都不敢騎，生怕在滾滾車流中撞了人或者被人撞。他寫於九〇年代初期的一個短篇小說，就是描寫一個外來人，在經過十字路口時，被紅綠燈、斑馬線、交通警察、汽車、自行車和行人等搞昏了頭，一直搞到精神失常的地步。

紅高粱上飛翔的自由精靈
──論莫言小說的精神特徵[1]

　　莫言獲得2012年度諾貝爾文學獎，是對莫言創作的高度肯定，也是中國當代文學發展到新的歷史階段後，一個水到渠成的結果，是中國當代文學贏得世界關注的一個醒目的標誌。從二十世紀七〇年代末期，即我們常說的新時期以來，中國文學華麗轉身，進入了一個面向世界、多元探索、蓬勃進取的時期，在三十餘年間，產生了一大批優秀的作家作品，堪與世界文學比肩者亦可以數出若干，他們以藝術的方式向世界傳遞了來自古老而又年輕的東方國度的資訊，他們顯示了正在經歷巨大的歷史轉型期的中國特色和中國經驗。莫言是這燦爛星河中的一顆明星，是其最傑出的代表之一。本文縱覽其三十餘年的小說創作，對其小說的基本特徵和發展軌跡進行有深度的闡述，並且力圖由此辨析中國文學如何傳達中國特色中國經驗，如何與世界文學對話的內在機制，即如何處理普世性和本土性的關係問題。

為農民和鄉土中國立言

　　莫言創作的一個精神特徵，是身為農民，為農民立言。在百年來的文學中，為農民代言者不在少數，但是，如莫言這樣，能夠作為農民自身，表現原生態的農民的精神狀態和情感方式的，卻極為難能可貴。代言和立言，一字之差，內在的區別卻不可以忽略。大體說來，代言者，是自覺到了某種歷史的和道德的使命感，有意識地為某一社會階層、族群或者團體的利益而發聲，代言者未必就是他所代言的群體中的一員；立言，更多地是出自個人的積鬱在胸不吐不快，在自我表達的同時，就本能地表達出某一社會階層、族群或者團體的心聲。

---

[1]　本文原載於《文學評論》2013年第1期。

　　從五四新文化運動、五四新文學運動以來到當下，就是通常所說中國現當代文學的時段，表現鄉村題材的文學作品，一直是個中分量非常重要的一個板塊。然而，在此前的中國古代小說中，農民形象卻是付之闕如的。譬如說《水滸傳》，在特定的語境下，被詮釋為是表現農民起義的作品，而且，就梁山義軍的基本構成，也確實是以農民為兵卒的。但是，梁山好漢一百零八將，有幾個是出身於農家而且以務農為業呢？宋江是鄆城縣小吏，盧俊義是京城豪門，林沖是八十萬禁軍教頭，就連黑旋風李逵，也是江州的獄卒；嚴格地說，只有阮氏三雄阮小二、阮小五、阮小七以打漁為生，是漁民。毛澤東在延安時期和斯諾談話的時候，說他從小讀了很多古書，《三俠五義》，《水滸傳》，《三國演義》，等等，這些作品都有其各自的魅力。讀到後來，毛澤東發現，這麼多書，竟然沒有表現中國農民的小說——

> 我繼續讀中國舊小說和故事，有一天我忽然想到，這些小說有一件事情很特別，就是裡面沒有種田的農民。所有的人物都是武將、文官、書生，從來沒有一個農民做主人公。對於這件事，我納悶了兩年之久，後來我就分析小說的內容。我發現它們頌揚的全都是武將，人民的統治者，而這些人是不必種田的，因為土地歸他們所有和控制，顯然讓農民替他們種田。[2]

　　一方面，這表明了毛澤東要在歷史和文化領域為中國農民爭得一席之地的思想淵源，並且和他在成為中共領袖以後所推行的文藝表現工農兵、為工農兵服務的方針一脈相承。另一方面，對於中國古代文學來講，現象的確如此。我國古代有許多詩人和作家，都表達過對農民生活艱辛的同情和憐憫，都表現過農村生活景象、田園風光，但是真正的農民形象，很少出現在他們的作品中。五四新文學運動以來，這個現象得到了徹底的扭轉。魯迅先生作為新文學的奠基人，寫了《阿Q正傳》，寫了《祝福》，寫了《風波》和《故鄉》。魯迅先生的小說，表現了兩個人物形象系列，

---

[2]　愛德格・斯諾《西行漫記》，董樂山譯，第109頁，三聯書店，1979年版。

一個是中國的知識份子，一個是中國的農民。在魯迅先生之後，出現了大批表現鄉村生活的作品。重要的有如廢名、蔣光慈、茅盾、沈從文、蕭紅、趙樹理、孫犁、周立波、柳青、高曉聲、路遙、賈平凹、陳忠實等。莫言的創作，首先應當放在這個序列中進行考察和鑒別。

新文學中的鄉村敘事作者眾多，佳作迭出，為什麼會如此呢？這是因為，無論是在數千年的歷史中，還是在二十世紀中國的現代化進程中，鄉村所占的比重，鄉村所需要面對的時代難題和時代困惑，特別重要。要想徹底改造中國，要將一個農業文明源遠流長的古老國度建設成現代化的國家，就必須花絕大的力氣徹底改變鄉村狀況。在二十世紀的中國，最劇烈最徹底的變遷，是發生在廣袤的農村，發生在人口最多的農民中間。而且，歷數二十世紀以來中國社會的重大事件，其發生的頻率空前密集，有人說是五年一小變，十年一大變，此語不差。而每一次的變動，都會給鄉村生活和農民命運造成巨大的衝擊和嬗變，也使鄉村生活和農民命運充滿了戲劇性衝突，無論是喜劇還是悲劇，而且往往是牽一髮而動全身，導致民族命運和國家形態的變化。從這一點上來講，決定了中國現當代文學中的鄉村生活描寫的極大的比重。但是，文學又是最講究個性的，最講究作家自己獨特的思索、獨特的藝術表現力的。那麼，同樣是表現鄉村生活，莫言和我們前面講到的這些作家之間，有什麼大的區別，有什麼東西可以作為莫言自己的獨特標誌呢？

表現鄉村生活的作家，或者是在鄉村生長起來的，或者是曾經有過鄉村生活記憶。比如說魯迅先生，他從小出生和生活在紹興城裡，但是因為母親家在鄉村的緣故，少年魯迅經常要跟母親到鄉村去，成年魯迅也曾經回到兒時的故鄉。魯迅看取鄉村生活，他採取的是什麼樣的角度，什麼樣的立場？魯迅先生作為一個時代的先行者，作為一個比較早地受到世界性的現代化思潮和民族獨立、個人覺醒、啟蒙潮流薰陶的作家，他從事文學創作，是要揭出病苦，喚醒人們的關注，尋找療救的注意，是要改造國民性。他是用啟蒙思想家的目光看待鄉村，表現鄉村，於是他寫出阿Q的愚昧，寫出華小栓、華老栓父子的無知，寫出閏土從少年時代充滿童心、充滿靈性，和人到中年、飽經滄桑，對於現實生活無限蒼涼的感慨。

　　魯迅也寫過《社戲》這樣的作品，幾個孩子劃著小船去看戲，戲看到沒有不要緊，重要的是那種童心盎然、其樂融融的氛圍。把這一點放大開來，可能就是沈從文筆下的詩意鄉村。沈從文寫鄉村，表現湘西邊城世界，他是在走出湘西之後，來到北平，來到上海和昆明，在遠離故鄉的地方，在城市和文化人中間，感受到現實生活中，城市裡的嘈雜、平庸、污穢，以及人際關係的扭曲和畸變，在這樣的感遇之下，回憶遙遠的湘西世界，把湘西的小小邊城，描繪成理想的桃花源，塑造出翠翠這樣的浪漫情懷映照下的超凡脫俗的女性形象。

　　趙樹理也寫鄉村，他是以什麼樣的眼光看待生活，從哪個角度截取鄉村生活的側面？趙樹理寫鄉村，以及和趙樹理同時代、同進退的那樣一批山西作家，被稱為「山藥蛋派」的作家群，馬烽、西戎、孫謙、胡正、李束為，他們表現鄉村，首先不是以作家的超然目光看取生活，而是同時在做鄉村的具體工作的。趙樹理說他的小說可以稱為「問題小說」。為什麼這樣講？趙樹理在太行山解放區的報社工作，他經常要下鄉，到鄉村去指導工作，比如說宣傳推行自由戀愛自由婚姻的新婚姻法，推行減租減息，指導基層政權的建設，在工作中發現了一些問題，這些問題又不是三言兩語可以直截了當地解決的，趙樹理說他就把它們寫成小說，希望讀小說的人們可以從中得到啟悟，得到點化。他的小說都是從問題入手。《小二黑結婚》寫鄉村推行自由戀愛、自由結婚的新婚姻法遭遇到老一代保守農民家長的抵制，一些工作經驗不足的青年幹部則徒有工作熱情，卻非常容易被某些表像所蒙蔽，無法正確地判斷形勢、推進工作。《李有才板話》，是寫減租減息和鄉村基層政權建設的。怎麼樣識別鄉村中哪些人是真正代表底層農民利益的積極分子，哪些人是舊時代的權勢人物，具有變色龍的才能，在新的時代善於順應時勢，隨機應變、同時又在大撈私利，作威作福的人。只有像出身農民的幹部老秦這樣，非常熟悉鄉村生活，到了鄉下，能夠很快和貧苦農民李有才們打成一片，才能迅速掌握鄉村的真實情況，幫助這樣一個小小的村莊，扶正祛邪，幫助農民建立一個真正代表農民利益的新的鄉村政權。在老秦之前來到鄉下的年輕工作幹部，書生意氣，官僚主義，就會被那些壞人，被那些假相，被有錢有勢又假裝進步的人遮蔽了雙眼，甚至認為壞人當道的閻家村是「模範村」。

　　到八〇年代，也有一批和莫言相似的，年齡相似、在表現鄉村生活現象上相似的一批青年作家，賈平凹、路遙等。他們的情況和莫言也有區別。以路遙為例。路遙的作品，《人生》和《平凡的世界》，在當代文學史上很有地位，而且在圖書市場上長銷不衰。我在大學生當中作過調查，也看到過別人從圖書出版方面做的調查，都表明路遙的作品《平凡的世界》廣受歡迎，在十幾年的再版中，達到一個非常大的數量，擁有非常多的讀者。路遙也是「鄉下人」，1949年出生於陝北清澗縣的一個貧困農民家庭，在極為貧寒的境遇中求學和成長，在縣城讀完了初中三年，也在中學裡經歷了「文化大革命」初期的三年，隨後有過短期的回鄉務農的經歷，又被調到延安地區從事文化工作，並且於1973年被推薦入延安大學中文系，掙脫了終身務農的桎梏。從自身的經歷出發，鄉村生活的困窘，個人處境的卑微，現代城市的召喚，使他聚焦於鄉村知識青年為改變自身命運而付出的沉重苦辛。路遙的小說寫的是接受過中學教育的、渴望走出鄉村的青年農民的坎坷，有才華、有抱負的知識青年想離開鄉村，想尋找和創造新的人生，所付出的艱辛和代價。在《人生》和《平凡的世界》中，這種追求表現出不同的結局。高加林在外面闖蕩一圈，由於種種情況的限制，又回到鄉村。孫少平真正走出了鄉村，不但走出了鄉村，而且確立了自己的人生追求、理想價值，不斷地追求，不斷地努力。這對我們很多的來自底層的、來自鄉村的青少年，都是很有親和力和感染力的。

　　而莫言，可以比較明確地把他確定為當代的農民式的作家，本色的農民作家。我們先引一段莫言的話：

　　　　我的祖輩都在農村休養生息，我自己也是農民出身，在農村差不多生活了二十年，我的普通話到現在都有地瓜味。這段難忘的農村生活是我一直以來的創作基礎，我所寫的故事和塑造的人物，甚至使用的語言都不可避免地夾雜著那裡的泥土氣息。最初，我總是習慣在記憶裡尋找往昔的影子直接作為素材，之後，寫作注重審視現實生活時候，有段時間總是覺得不太順手，直到重新回到故鄉高密，才終於找到問題的答案。所以，現在再從現實生活中挖掘素材的時候，我常常自覺地把它放在故鄉的背景中構建，尋找默契。……我

　　本質上一直是個地地道道的農民。[3]

　　莫言1955年出生於山東高密，他上學很早，六歲就跟著姐姐去上學，但是他讀到五年級，因為「文革」的緣故，就中斷了學業。對於鄉村的孩子，你不讀書幹什麼？就要下地勞動，而且是和成人一起勞動。莫言從十二歲到二十一歲，1976年當兵入伍離開家鄉之前，徹頭徹尾地當了近十年農民。像路遙、賈平凹等，也是在鄉村出生和成長，但是，他們在上中學讀書時，要到縣城去，離開了鄉村生活和土地，中學畢業後回到鄉村，勞動幾年後又被推薦上了大學。這樣的離去和歸來，使他們改變了觀察和體驗鄉村生活的角度，產生了疏離。莫言對於鄉村生活，對於鄉村的勞動，有著更為本真、持續和更為深入完整的體驗。莫言在二十一歲之前，就是一個本色的農民。路遙和賈平凹，在寫鄉村生活的時候，都有一些知識份子或者文人氣的氣質和思考。路遙寫陝北的黃土地，思考知識青年的出路何在，賈平凹寫商州的山和水，保留了對鄉村生活的純樸美好的記憶和欣賞，有著傳統文人的氣質。路遙也寫勞動，《人生》中寫高加林在村裡潑命幹活，近乎於自我懲罰的意味，付出那麼多的血汗和苦痛；但是，路遙寫沉重的勞動，勞動越是沉重越是艱辛，離開鄉村的願望就越是強烈。因為高加林在縣城讀過高中，他知道外面的世界很精彩，和鄉村生活差距很大。莫言寫《透明的紅蘿蔔》，勞動就是勞動，瘦骨伶仃的小黑孩在勞動工地上砸石頭，羊角錘都握不穩，讓錘子搖搖晃晃地落下來，每一次似乎都要砸到他的另一隻手上。他明明是力不勝任，承受不了那麼沉重的體力勞動，卻還得勉強為之。他也沒有試圖逃離，他無處可逃離。那麼，小黑孩的希望在哪裡呢？在小黑孩和大自然的親密聯繫，感受世界萬物，感受大自然那種獨特的感受能力，以及由此展開的神奇想像。

兒童視角、神奇意象和生命通感

　　莫言創作的第一次「爆炸」（借用莫言一篇短篇小說的篇名），是八

---

[3]　《文學視野之外的莫言》，《廣州日報》，2002年09月15日。

〇年代中後期。一九八一年五月，莫言在河北保定的《蓮池》上發表了小說處女作《春夜雨霏霏》，這尚且處於文壇試筆，是「小荷才露尖尖角」；到一九八五年春天在《中國作家》第二期發表《透明的紅蘿蔔》，堪稱是「映日荷花別樣紅」了。

《透明的紅蘿蔔》作品主人公黑孩，八九歲大一個小孩子，既是作品的主人公，又是作品中各種事件的在場者、觀察者和隱形的敘事者。這和我們通常的兒童文學是不一樣的。兒童文學作品，通常以孩子為主人公。但是他們或者是僅僅生活在一個兒童的世界，或者僅僅是在兒童和成人世界的關係上發生各種糾葛各種矛盾。《透明的紅蘿蔔》是一個孩子進入一個成人的世界，孩子在展開自己的心靈想像的同時，也在觀察、認識、體驗著那樣一個特定年代的成人生活的世界。黑孩的一雙眼睛，既看到現實生活的沉重，也看到現實生活的歡樂，同時還看到一個神奇的想像的世界。

在現實中無法逃離，無可逃離，小黑孩的救贖是在他獨特的感覺和想像的世界裡。他有一種超常的感覺能力，同時有一種獨特的理想追求。這樣一個孩子，他保持了對現實、對自然萬物的一種敏銳感受，一種奇特的通感，把聽覺、視覺、觸覺、嗅覺等都放大了數倍而且融為一體的那樣一種能力。如下面的引文——

> 黑孩的眼睛本來是專注地看著石頭的，但是他聽到了河上傳來了一種奇異的聲音，很像魚群在唼喋，聲音細微，忽遠忽近，他用力地捕捉著，眼睛與耳朵并用，他看到了河上有發亮的氣體起伏上升，聲音就藏在氣體裡。只要他看著那神奇的氣體，美妙的聲音就逃跑不了。他的臉色漸漸紅潤起來，嘴角上漾起動人的微笑。[4]

黑孩因為在成人的世界裡很難與他人交流，尤其因為他從頭到尾不說話，「莫言」，沒有語言怎麼交流？但是這個小黑孩，在用自己的全部感官，在與周圍的大自然，與鄉村生活的各種景物，進行交流，具有一種非

---

[4] 莫言《透明的紅蘿蔔》，莫言著《透明的紅蘿蔔》，第9頁，當代世界出版社，2004年。

常奇特的感覺能力。莫言自己說過，他十一二歲參加勞動，因為年齡小，於是派他一個人去放牛放羊，長達兩年，在放牛放羊的時候，經常坐在山坡上草叢裡與自然萬物交流對話，對自然萬物體察入微。這可以說是一種得自生活的獨特異稟吧。

小黑孩令我們感到神奇的，還不僅僅是特殊的感覺能力。他還有一種自己的追求，自己的嚮往。莫言的小說，一方面對於農村的那樣一種沉重的充滿了荒涼感的生活狀況，描寫得力透紙背，它表現這種生活舉重若輕，隨手拈來。另一方面，小黑孩的奇特感覺，朝什麼方向引申？朝他的理想追求，朝小黑孩的童心當中的理想，這種童心當中的理想，通過透明的紅蘿蔔表現出來。這隻蘿蔔個頭小，幾個人拿來吃的時候遺漏掉了，隨手放在打鐵用的鐵砧子上，然後在爐火的映照下突然煥發出奇光異彩。而且這種煥發，只有小黑孩看到了，被迷住了。這樣一個場面，寫得非常之美，非常傳神。

> 鐵砧踞伏著，像隻巨獸。他的嘴第一次大張著，發出一聲感歎（感歎聲淹沒在老鐵匠高亢的歌聲裡）。黑孩的眼睛原本大而亮，這時更變得如同電光源。他看到了一幅奇特美麗的圖畫：光滑的鐵砧子，泛著青幽幽藍幽幽的光。泛著青藍幽幽光的鐵砧子上，有一個金色的紅蘿蔔。紅蘿蔔的形狀和大小都像一個大個陽梨，還拖著一條長尾巴，尾巴上的根根須須像金色的羊毛。紅蘿蔔晶瑩透明，玲瓏剔透。透明的、金色的外殼裡苞孕著活潑的銀色液體。紅蘿蔔的線條流暢優美，從美麗的弧線上泛出一圈金色的光芒。光芒有長有短，長的如麥芒，短的如睫毛，全是金色，……[5]

從一隻普通的紅蘿蔔，上升到一個非常神奇的審美意象，小黑孩對著蘿蔔，不是因為嘴饞，不是因為肚子餓，一心要把這蘿蔔吃掉，而是被這爐火映照下的蘿蔔的熠熠生輝所吸引，喚起了他對美的追求的意識，激發了他的靈性和嚮往。

---

[5] 莫言《透明的紅蘿蔔》，莫言著《透明的紅蘿蔔》，第29頁，當代世界出版社，2004年。

　　緊接著，在短短兩年間，莫言一鼓作氣推出了《枯河》、《白狗秋千架》、《爆炸》、《金髮嬰兒》、《球狀閃電》等一批中短篇小說，不僅是以其井噴般的寫作眩人耳目，更以其鮮明而新穎的藝術風格吸引了眾多的讀者。《紅高粱》、《高粱酒》、《高粱殯》、《奇死》、《狗道》等系列中篇小說，輝煌壯麗洸成血海的紅高粱，敢愛敢恨縱情盡性的快意人生，盪氣迴腸慘烈悲壯的抗日故事，以至作品主人公「我爺爺」「我奶奶」的獨特稱謂，都使它不脛而走，名滿天下。「紅高粱系列」經張藝謀改編為《紅高粱》電影，推助後者捧得了柏林電影節的「金熊獎」，而莫言也借助這部電影，讓自己的作品贏得了更多的關注，而且走出了國門。

　　莫言的這一時期，以一種具有巨大的衝擊力的筆墨，描寫中國鄉村的歷史和現實生活，建構了齊魯大地上的「高密東北鄉」的文學領地，在八〇年代萬馬奔騰的文學創新競賽中，脫穎而出，震撼文壇。其藝術風格可作如下概括：

　　其一，童心盎然的敘事視角。孩子的目光，從《透明的紅蘿蔔》開始，在莫言的作品當中，就形成一個先後相承、不斷採用的一種敘述視角。不管作品講的是什麼年代，講的是什麼樣的故事，兒童的參與，兒童的觀察和思考，都給這些作品帶來了一種別致的、對讀者有很多的誘惑力的藝術元素。比如說《紅高粱》。《紅高粱》故事的主體，寫的是「我爺爺」余占鰲，「我奶奶」戴鳳蓮那一代人的故事。作品當中，既有成人世界的愛與死，情感與心靈，又有民族之間，中國農民和日本侵略者之間的殊死搏鬥。在《透明的紅蘿蔔》中，如果拿掉小黑孩，這個作品不能成立，在《紅高粱》當中，七八歲的小豆官，如果把這個人物拿掉，這個作品的主體恐怕不會受到大的傷害，但是恰恰是由於小豆官的在場、評述，不諳世事又強作解人，使得這個作品非常生動，非常鮮活，使這個故事有了一種童心童趣。莫言的作品裡，多採用兒童視角，或者是有一些心智不全的成人，仍然是以長不大的兒童的心態敘述故事，這在《豐乳肥臀》，《四十一炮》等作品裡都有很好的體現。《生死疲勞》中採用的西門鬧轉世的驢、牛、豬、猴子的輪迴，但是作品結末之處，卻是西門鬧最終投胎為人，作為新生兒，一開口就會講故事，奇哉神也。

　　其二，在寫實和幻奇之間自由穿行，而以象徵意象的營造為其熔接

點。孩子童心未泯，對真實和虛幻沒有嚴格的區分，似有特異功能。莫言的寫實，源於其遠勝過他人的足足二十年的鄉村生活經驗；幻奇，得益於瑪律克斯和拉美文學的魔幻現實主義，也植根於膠東半島地域文化中的浪漫、炫奇、誇誕不經的因子，植根於莫言那種天馬行空、無拘無束的藝術想像力。「透明的紅蘿蔔」、「紅高粱」、「枯河」、「球狀閃電」等，既貼合於鄉村生活經驗，又經過作家的生花妙筆超拔為或精美或豪壯的意象，從而使得質樸的鄉村圖景具有了神奇的魅力。紅高粱，本來是北方的田野上最為常見的農作物，讓人熟視無睹，無足稱道。但是，在莫言筆下，它成為自由奔放的生命的外化，融入了作品人物的命運：「我爺爺」余占鼇和「我奶奶」戴鳳蓮在高粱地裡英雄救美初次結識，在高粱地裡反抗包辦婚姻盡情野合，在高粱地裡和日軍血戰到底全軍覆滅……在這裡，象徵意象的營造，內在地接通了中國古典文學的血脈──象徵意象，不僅是古典詩歌的追求，在千古絕唱的《紅樓夢》中，大者從「太虛幻境」到女媧遺石，小者從一個謎語、一隻風箏到一首詩詞，都具有象徵性；同時，又與西方現代主義文學有某種暗合，如卡夫卡的《城堡》、薩特的《噁心》等。

其三，象徵意象的營造，得益於豐盈敏銳的藝術感覺。在莫言筆下，觸覺、嗅覺、視覺、聽覺、味覺等都變得分外靈敏，而且可以互相轉換，即所謂「通感」。莫言是以一種獨具的生命感覺和神奇想像，將心靈的觸角投向生生不息的大自然，獲得超常的神奇感覺能力，建構了一個充滿了生命的活力、生命的騷動的世界，一個農業民族在幾千年的生存和勞動中創造出來的屬於人的世界。農業，包括種植業和養殖業，都是創造活的機體，都是自然生命的誕生、成長、繁盛、枯朽的運動。萬物皆有生有滅，有興有衰，都以自己的生命活動同人的生命活動一起參加世界運行，既作為人們生存需要的物質環境，又作為人們的勞動對象，在幾千年間與人們建立了不可分割的密切關係。而且，作為農業勞動對象的自然物，不僅是有生命的，還是有情感有靈魂的，豐收的糧食，好像在酬答人們辛勤的汗水，馴化的禽畜，似乎能理解人們美好的心願；在人類自己的創造面前，人們驚呆了，彷彿冥冥之中有一個賦萬物以生命的神靈主宰著人和自然的命運。這也是我所說的莫言的農民本位的重要方面──他不但在情感和思

想上代表了農民，他的感覺世界的方式也是地道的農民式的。這表現在若干方面。例如，他的修辭方式，總是在人——植物——動物之間進行換喻。如前面引用過的《透明的紅蘿蔔》中對紅蘿蔔的描述：「紅蘿蔔的形狀和大小都象一個大個陽梨，還拖著一條長尾巴，尾巴上的根根須須象金色的羊毛。紅蘿蔔晶瑩透明，玲瓏剔透。透明的、金色的外殼裡苞孕著活潑的銀色液體。紅蘿蔔的線條流暢優美，從美麗的弧線上泛出一圈金色的光芒。光芒有長有短，長的如麥芒，短的如睫毛，全是金色，……」蘿蔔像陽梨，像麥芒，像人的眼睫毛，而且充滿了動態的生命。例如，《生死疲勞》中的西門鬧，在遭受不公正的處決死後，投入六道輪迴，就以轉生的可能性而言，天上的飛禽，山中的野獸，水中的魚蝦，惡狼猛虎，花魅狐妖，都是可以選擇的。但是莫言卻讓西門鬧投胎變豬，變牛，變驢，都是鄉村中常見的家畜。而《紅高粱》中，紅高粱成為狂放不羈、盡情盡興的余占鰲和戴鳳蓮的生命象徵。

不停頓的創新與超越

鄭板橋的題畫詩云：「四十年來畫竹枝，日間揮寫夜間思。冗繁削盡留清瘦，畫到生時是熟時。」不斷地求新求變，不斷地超越自己，開拓出新的局面，這是每一個出類拔萃的藝術家的共同追求。從發表第一個短篇小說《春夜雨霏霏》至今，莫言的創作已經逾三十餘年。回望既往，莫言正是在不斷地尋找和探索中，實現了重大的藝術突破，超越他人，超越自我，從而創造了新的藝術高峰的。對此，莫言有著充分的自覺。早在十餘年前，他就這樣說：

> 儘管我的「高密東北鄉」與福克納的「約克納帕塔法縣」毫無共同之處，但我還是願意坦率地承認我受過這位前輩作家的影響。我與福克納有許多可比之處，我們都是農民出身，都不是勤奮的人，都沒有受過正規的教育，但我與他的不同點更多。我想最重要的是福克納的創作自始自終變化不大，他似乎一出道就成熟了，而我是一個晚熟的品種。晚熟的農作物多半是不良品種，晚熟的作家也好不

　　到哪裡去。我從事小說創作二十年，一直在努力地求變化。就像我
　　不願意衰老一樣，我也一直在抗拒自己的成熟。這種抗拒的努力，
　　就使我的小說創作呈現出比較多彩的景觀。[6]

　　莫言是否超越了福克納的問題，這裡不擬討論，但是，莫言的藝術創
新的自覺，抗拒成熟的努力，既是難能可貴的，也是其創作動力持久保持
旺盛狀態，源源不斷地推出富有新變化的新作，一直在領跑著中國當代文
壇的重要原因。

　　莫言的創作甫一起步就達到了一個相當的高度，表現出一種汪洋恣肆
不擇地而湧流的自由放縱。但是，下一步邁向何方？詩云：「靡不有初，
鮮克有終。」經歷了「十年內亂」的血腥和壓迫而鬱結多年的思考和情感
需要釋放，改革開放帶來的歐風美雨啟迪了人們對文學的多樣化理解，八
〇年代的文學騰飛，催生出諸多的弄潮兒。但是，在後來的文學進程中，
許多人衰減了創新的活力，或者喪失了對文學的尊重和信仰，漸漸從人們
的視野中退隱，消失。莫言卻不是這樣。他沒有被已經取得的成就所陶
醉，他不屑於重複自我，而是將八〇年代文學的銳氣和熱情保持下來，在
一次次的文學探險中上下求索，在曲折的創新小徑上勇敢攀登。

　　當然，他也有低迷和困惑，有一時間失去了文學追求的方向感造成的
迷茫。在《紅高粱》等作品名滿天下之後，他曾經繼續家族小說的創作，
寫了《食草家族》和《歡樂》，也有過拓展文學題材的努力，寫了《天堂
蒜薹之歌》、《十三步》、《酒國》。但是，《食草家族》和《歡樂》顯
然失去了《紅高粱》等作品的歷史蘊含和自由意志，在審醜上走得過遠；
《天堂蒜薹之歌》、《酒國》等，在國外受到歡迎，在本土卻沒有引起充
分的關注。在福克納和瑪律克斯之後，外來文學影響的減弱，對中國作家
具有普泛性，如何啟動本土的文化資源卻仍然是一個問題。何況，還有市
場經濟時代對文學的衝擊和框範。這都讓莫言感到莫名的焦慮。

　　九〇年代初期，莫言寫了一個中篇小說，《你的行為使我們恐懼》。
作品的梗概是，被鄉間的朋友們稱為「騾子」的呂樂之，從農村走向城

6　《努力抗拒成熟——加拿大華漢網文化欄目負責人川沙採訪錄》，莫言著《說吧，
　　莫言——作為老百姓寫作》，第14頁，海天出版社，2007年。

市，帶著童年的生活記憶和鄉村音樂的旋律登上歌壇，以鄉村的清新質樸、雄健粗獷，給歌壇帶來新的氣象。他一舉成名，大紅大紫，贏得了世俗社會所追求的一切，在名聲、金錢和女人的漩渦中打轉，可謂是功成名就，志得意滿。可是，風水輪流轉，好景不長在，他以創新的姿態闖入歌壇，現在，那造就了他的成功的東西，反過來壓迫他追逐他──他以創新而成名，人們在熟悉了他以後，就不再滿足和陶醉昨日之他，而是強求他繼續出新，玩出新的花樣，形成新的風格。在強大的壓力下，呂樂之幾乎是走投無路，黔驢技窮，又不甘引退，只好出奇制勝，悄悄回到鄉間自閉，以求獲得新的音色，創造世界上從來沒有過的新唱法，創造「撫摸靈魂的音樂」。這種奇想，當然是來自莫言的大腦，不過，這比《紅高粱》中的活剝人皮還要慘烈的情節，怎麼會寫得出來？

按照心理分析學的無意識理論，作品是作家的心理的折射。呂樂之的那種苦悶和焦躁，似乎也透露出莫言自己的焦灼不安。八〇年代中後期，莫言以《透明的紅蘿蔔》一舉成名，出手不凡。他是以創新而出眾的，而且起點很高，這表明他的成熟，卻也為他後來的繼續創作，留下了很大的難題。就像一個歌手，一開始起的調子高了，接下來該怎麼唱，還有沒有後勁兒，如何再創新高，就成了嚴峻的考驗，他還能不能實現自我超越呢？

莫言很快地回到了所熟悉的鄉村生活和童年記憶的路子上，為了表達喪母的哀痛而寫出的《豐乳肥臀》，是他心靈和情感的又一次迸發燃燒。據我的追蹤研究，在此前的作品中，莫言並沒有對母親的形象進行過深刻的描繪，不只是情感的遮蔽，還是藝術的困惑，使他難以下筆。在《紅高粱》中的戴鳳蓮那裡，烈性情人和女中豪傑是其主調，其母性特徵並不突出；在《枯河》中，母親的形象只是一個配角，未能得到深度的刻畫；還有《歡樂》中的母親，坦率地說，儘管作家著墨不少，但是作品的某些具有生理刺激的描寫，遮蔽了其情感的抒寫。是莫言母親的去世，激發了他的情感和記憶，刺激了他的寫作欲望，在短短的兩三個月時間裡，揮筆寫下了曾經引起很大爭議、乃至在政治上被潑了很多污水的《豐乳肥臀》。哀悼生身母親之感情的真切，為作品提供了堅實的基礎，藝術想像的靈動，營造了瑰麗多姿的文學世界；儘管說，《豐乳肥臀》問世以後曾經遭受過指責並給莫言的命運帶來波折，但是，今天重新解讀它，卻仍然能夠

感受到作家那顆眷眷的戀母之心。

　　命運多舛的上官魯氏，因為只生女不生男，一連生了七個女兒，在家庭中的地位每況愈下，以致她再次臨產的時候，婆婆和丈夫寧願去關照即將生小駒的母驢而棄她於不顧；在她和驢子都難產、需要請人幫助的時候，家裡人又是以先驢後人的順序來對待她。就是這樣一個卑微的女人，卻不得不承擔起沉重的使命，獨自要撫養包括新出生的孿生姐弟金童玉女在內的九個孩子，而且，在後來的世事如棋、跌宕起伏中，她又先後收留了一群外孫和外孫女們，繼續哺育新的生命。高密東北鄉的土地上，各種勢力如同走馬燈一樣地輪轉，既有在日本人進攻之時的頑強抗爭，也有各路好漢相互拆臺、相互暗算，上官家那些長大成人的女兒們，先後與各個方面的頭面人物結成婚姻，不由自主地捲入了仇仇殺殺的漩渦中，敵友情仇之間鬥爭不已，甚至殃及她們的子女。是的，瀕臨渤海的膠東半島，在抗日戰爭和解放戰爭中，都是兵家必爭之地，八路軍、國民黨軍和日軍、偽軍之間的拉鋸戰，格外慘烈，後來還有康生在土地改革中大刮極左之風，招來國民黨還鄉團的瘋狂報復和殺戮。這樣的情形，在峻青《黎明的河邊》、《馬石山上》，馮德英的《苦菜花》、《迎春花》，張煒的《古船》和苗長水的《犁越芳塚》中，都有生動透闢令人心悸的描寫，可以與《豐乳肥臀》中的慘烈血腥的場面相互證明。也許，正是因為歷史的殘酷，生命的賤不如草，才激起了作家們對人性和母親的詠贊，博大的母愛才格外動人。在《苦菜花》中，就出現過母親代替參加了革命工作的娟子哺乳撫養年幼的外孫女的情節，在張煒的《古船》中，我們也不難感悟到作家的悲天憫人的情懷。在莫言筆下，則是基於不可抗拒的死亡而產生的對於生命的崇拜，因為崇拜生命，所以歌頌孕育生命、哺育生命、護佑生命的母親。是歷史的風霜使它變得堅強剛毅，「我變了，也沒變。這十幾年裡，上官家的人，像韭菜一樣，一茬茬的死，一茬茬的發，有生就有死，死容易，活難，越難越要活。越不怕死越要掙扎著活。我要看到我的後代兒孫浮上水來那一天，你們都要給我爭氣！」[7]這是擲地有聲的「母親宣言」。

---

[7]　莫言《豐乳肥臀》（增補修訂本），第255頁，中國工人出版社，2003年。

如果說，喪母的切膚之痛，再一次地激發了莫言最深摯的情感，構成了作品中母親樸素平凡而又大氣磅礴的襟懷，那麼，金童的出現和他作為故事的重要敘述者，讓莫言又接通了《透明的紅蘿蔔》和《紅高粱》中的兒童視角敘事。他的筆觸，再一次地搖曳多姿，左右逢源，讓他再度領悟到敘述的力量。《豐乳肥臀》成為莫言創作中一個重要的轉捩點，標誌著他再度走向輝煌，而且更加開闊。由此，莫言又推出了《檀香刑》、《四十一炮》、《生死疲勞》、《蛙》等一系列重要作品。這不僅是說，莫言的創作開始以長篇小說為主，作品的情感和敘事的容量都大為增強，更為重要的是，他把沉重的創傷性的歷史記憶，與主人公的個人命運融合得更為貼切，還在講故事的方法上，在故事的敘述者身分上，花樣翻新，層出不窮。他的重要作品，幾乎每一部都有鮮明的創新性。《檀香刑》將地方戲曲的「七字句」、「十字句」等唱詞結構和合轍押韻融入作品的語言構造，讓趙甲、趙小甲、孫丙、錢丁、眉娘等分別充當了各章節的敘事者，而且把作品分為「鳳頭」、「豬肚」、「豹尾」的三段式，其膽魄可嘉。《生死疲勞》採用了古典小說的章回體，語言上是文白雜糅，內容上則是化用了佛教的六道輪迴觀念，讓西門鬧經歷了豬、牛、驢、狗和猴子的生死輪轉。《蛙》的結構方式是多文體並置，既有書信體，也有劇本式，在藝術的表現力上，做出了很大的拓展。

生命的英雄主義和生命的理想主義

在經歷過九十年代之初的困惑和迷茫之後，從《豐乳肥臀》開始，莫言創作中的英雄主義、理想主義再度迸發出來，而且一發而不可收拾。

前面說到，莫言在《歡樂》、《食草家族》等作品中，對現實中的醜陋、悲淒，進行了決絕的揭露和控訴，其藝術情趣也趨向於審醜，即對一些醜陋、陰暗、卑污現象的傾力描寫。平心而論，這樣的寫作，也有其存在的充足理由。西方現代主義文學可以說在很大程度上就是審醜的文學。波德賴爾的《惡之花》首開其端，卡夫卡《變形記》中那個醜陋的、受傷的背上嵌入了黴爛的蘋果而在天花板上亂爬的大甲蟲，戈爾丁的《蠅王》中那一群從少年童真向獸性殘暴轉換的孩子，聞一多的《死水》中描繪的

那一溝藏汙納垢「五彩斑斕」的絕望死水……《歡樂》也是沿著這條線路前行的。教室裡充塞的高考之前的緊張和喧囂，縣種豬站散發熱乎乎腥氣的種豬精液，在母親的身體上亂跳、從衰老的胸脯跳入陰毛和陰道的跳蚤，用來殺蟲而過量使用的「六六六」粉瀰漫在田野上的刺鼻氣息，用暴力手段推行計劃生育政策形成的恐怖場面……你不能否認這就是鄉村中的現實之一種，也由此接近了那個最終絕望至極自殺身亡的落榜生永樂。《酒國》中「紅燒嬰兒」匪夷所思，不但有「嬰兒宴」，還有「肉孩飼養室」，在「紅高粱系列」中酒壯英雄膽，在「酒國市」，美酒成為殘害嬰兒饗宴助興的重要幫兇。《歡樂》和《酒國》都是極致寫作，把鄉村的凋敝、生命的困境和人性的荒誕、殘忍，都推到了無以復加的地步。這樣的寫作，固然痛快淋漓，卻因為它給出的生活圖景，背離了人們的切身體驗，或者說，因為其赤裸裸地剖析人性之惡，展覽醜惡，卻未能在這邪惡和殘忍中生發出真正令人深思的情思，在中國本土，它們很難讓人們喜愛和認同。

在此意義上，《豐乳肥臀》同樣是一個重要的轉捩點。「眼前無路想回頭」。這倒不是說，《歡樂》和《酒國》沒有得到應有的讀者迴響，就必然是敗筆；而是說，莫言的極致寫作，在將對醜惡和殘暴的描述推向極致以後，要麼就一再地強化這種趨向，要麼就需要做出必要的轉換。莫言的選擇是後者。從《豐乳肥臀》開始，莫言逐漸地變得有了溫馨，有了關愛，有了對人性和歷史的洞達寬容。在接通了《透明的紅蘿蔔》和《紅高粱》時期的浪漫、理想情懷的同時，其歷史視野更為廓大，被後現代主義理論家宣布已經終結的「宏大敘事」，莫言毫不猶豫地予以力挺。而源自鄉村的原生態的蓬勃生命力，也在更為質實的情景中，得到了新的展現。我將其稱之為生命的英雄主義，生命的理想主義。

殘酷、暴力、苦難、血腥，通常被讀者和評論家用來概括莫言的作品特徵，有人將其提升到「暴力美學」的高度以闡釋莫言，也有人提出了「殘酷敘事」以解讀莫言——

他的《紅高粱》系列推動八〇年代文學的尋根潮流。此後他便在這條鄉村敘事的道路上不倦地行走，賦予它以強悍的暴力主義的音

調。莫言是最重要的酷語書寫者，他的無休止的絮叨形成了風暴，像鼓槌一樣擊打著文學的表皮。《紅高粱》是一個初級文本，彷彿是一種原始的語典，收錄了通姦（野合）、縱酒、砍頭、剝皮等等基本暴力語彙。它們是一種證詞，被尋根者用以驗證「民族的原始生命力」的存在。但到了九十年代後期與二十一世紀初，這種驗證和頌揚已經變得不合時宜。尋根主義者開始重新詮釋和擴展他們手中的酷語，把它與「原始生命力」的語義分離，而後從暴力自身的形而上語義出發，將其逼入美學的極限。在新的書寫工藝中，酷語獲得了驚人的提純。莫言這時寫出的《檀香刑》，正是這種酷語文學的一個前所未有的範本。[8]

　　對此可以做出許多合理性的詮釋。比如說，漫長的中國歷史的血腥殘暴，從《尚書》記載的「會於牧野；罔有敵於我師；前徒倒戈；攻於後以北；血流漂杵」，到秦始皇的焚書坑儒和「坑趙卒四十萬」，從明成祖朱棣的「滅十族」到所謂康雍乾盛世的「文字獄」，從史籍記載的「人相食」、「易子而食」，到十殿閻羅、過奈何橋、下油鍋、鋸人體的駭人想像，從一次又一次的大規模戰爭，到改朝換代之際的暴行殺戮，再到近代以來的強敵入侵、軍閥混戰、抗日戰爭，和五六〇年代之交的大饑荒，「文革」時期的殘酷鬥爭，無情打擊，這恐怕是世所罕見的。「白骨露於野，千里無雞鳴」，「生女猶得嫁比鄰，生男埋沒隨百草」，「興，百姓苦；亡，百姓苦」，「萬家墨面沒蒿萊，敢有歌吟動地哀」，「卑鄙是卑鄙者的通行證，高貴是高貴者的墓誌銘」，歷代詩家以此得以「賦得滄桑句便工」。魯迅自稱，他的《狂人日記》得名於果戈理的同名小說，但是比後者「憂憤深廣」。面對數千年古國的沉重得令人窒息的「吃人」歷史，其憂憤何以復加？斯諾曾經詢問過毛澤東，為什麼輕捷明快的四二拍子的《國際歌》在中國傳唱時變成了沉重低回的四四拍子，毛澤東回答說，這是因為中國人承受的苦難太多太多。

　　細讀莫言的作品，在殘酷、暴力、苦難、血腥的描寫中，經常會有讓

---

[8] 朱大可《鄉村暴力美學之二：莫言的肉刑之歌》，朱大可新浪博客：http://blog.sina.com.cn/s/blog_47147e9e010005f1.html

人的生理心理受到強烈刺激的段落。但是，莫言並不是單純地一味地表現殘酷、暴力、苦難、血腥。透過這些描寫，他的作品中經常湧動著的，是對於中國農民的自由精神的一種推重和倡揚，是紅高粱地上飛翔的自由精靈。無論在什麼樣的不堪承受又不得不承受的困境中，人們都表現出一種不屈意志，一種自由選擇。

《透明的紅蘿蔔》中的小黑孩，家中無愛，身上無衣，瘧疾初愈，身單力薄卻加入成人的勞動中，砸石頭，拉風箱，都超出了他的體力所能承擔的極限。但是，他面對種種艱辛，硬是死撐到底，不曾逃避。他一是變被動為主動，從被迫接受到主動挑戰。菊子姑娘心疼他身體瘦弱難以承受鐵匠爐的煙熏火烤和超體力勞動，要強行帶他離開，他竟然在菊子的手腕上咬出兩排牙印，掙脫出來，堅決地守在鐵匠爐那裡。另一個情節是，小鐵匠要他把剛從爐火中取出的熾熱的鋼鑽子撿回來，黑孩在作品中接連撿了兩次。第一次因為不知尚未冷卻的鋼鑽子的厲害，把手心都燙焦了。但是，他出乎意料地再次出手，硬是忍著燒灼的劇痛把鋼鑽子握在手中，連旁觀的小鐵匠都無法承受，他卻泰然自若，雲淡風輕。他的另一種對抗苦難的方式是馳騁想像力，用亦真亦幻的世界對抗這冷酷殘忍的現實世界。

《枯河》中的小男孩小虎，在玩耍時從樹上墜落下來，把一同玩耍的村支書的小女兒砸壞了。在成人看來，這當然是對鄉村權威人物的絕大冒犯，會給小虎一家人帶來厄運，毀了一家人的前程。於是，父親和哥哥輪番毆打他，全無半點親情可言。小虎當然無力抵抗父兄的暴力，無力保護自己；毆打的場景的描寫也確實殘酷萬端。但是，小虎無法選擇暴力交加下的生存，他就選擇了死亡，在夜深人靜中逃出家門，而在枯河上死去，用自己的爬滿陽光的屁股向冷漠的家人和村民們示威，而感到一種報仇雪恨後的歡娛。

再說到《紅高粱》中「紅高粱精神」的提出，與余占鰲和戴鳳蓮那盪氣迴腸的愛情、捨命拼搏的抗戰。他們敢於在儒教傳統根深蒂固的孔孟之鄉反叛「父母之命，媒妁之言」，敢於用血肉之軀決戰現代武裝的日本侵略軍。我們習慣於說，個性解放，戀愛自由，是「五四」新文化運動宣導的啟蒙精神的重要組成，似乎它們需要覺醒了的新一代知識份子「先知覺後知」地向蒙昧的普通民眾進行傳導，莫言卻明確地宣布，余占鰲和戴鳳

蓮是農民的個性解放的先鋒。而且,他們的反叛和抗戰,沒有經過任何的啟蒙,只是順應生命的召喚和人性的本能。往深裡說,期盼個性解放,爭取自由發展,本來是每個人心靈中應有之義,或者說心中的「慧根」,只是看有沒有合適的契機得以醒覺,只是看你有沒有強大的生命爆發力,看你有沒有捨生忘死地進行追求的勇氣。

從《豐乳肥臀》到《生死疲勞》和《蛙》,莫言的創作,格局更為開闊,氣象更為壯觀,在近代以來的嚴酷血腥的歷史風雲中,烘托出中國農民的卑微而頑強的希望,執著而堅韌的抗爭。《豐乳肥臀》中的母親上官魯氏,是為了延續生命、傳宗接代這樣的念想而存在的,這是人類繁衍自身的需要,甚至也可以說是生物界的一種本能,各個物種都要盡力地繁衍傳承自己的後代。就其精神價值而言,這說不出有什麼形而上,說不出多麼的高邁超拔,但是她為此付出的常人難以承受的艱辛努力,穿越歷史的苦難動盪的堅忍不拔,卻是感人至極,充塞激蕩於天地之間。

而且,以我的測度,隨著年齡的增長,莫言面對苦難和血腥,產生了極強的悲憫情懷。他在《捍衛長篇小說的尊嚴》裡說過這樣一段話,可以引證他的審美態度:

> 聖經是悲憫的經典,但那裡不乏血肉模糊的場面。佛教是大悲憫之教,但那裡也有地獄和令人髮指的酷刑。如果悲憫是把人類的邪惡和醜陋掩蓋起來,那這樣的悲憫和偽善是一回事。《金瓶梅》素負惡名,但有見地的批評家卻說是一部悲憫之書。這才是中國式的悲憫,這才是建立在中國哲學、宗教基礎上的悲憫,而不是建立在西方哲學和西方宗教基礎上的悲憫。

而且,這樣張揚的背後是有厚重的歷史底蘊的,就是農民的信念、農民的執著、農民的質樸,中國農民強悍的生命力。這是中國農民的特徵中的另一面,不容忽視而今天又經常會視而不見的一面。我們說一個民族,一個國家,幾千年農業文明的傳統文化延續下來,一方面講,儒家也好、道家也好,都給我們增加了一個民族的向心力、凝聚力,但是它的真正的踐行者應該講是普通民眾,中國的廣大的農民。按照馬克思的理論,在現

代化的進程當中，農民會消亡，會無產階級化，當然未來的走向我們說不出，至少二十世紀我們看到，中國的農民再一次爆發出了強大的、蓬勃的生命力，像《紅高粱》寫的抗日戰爭也好，包括後來的解放戰爭，也是講農民組成的小米加步槍的軍隊，戰勝了裝備精良的部隊。到改革開放新時期，我們改革最重要的標誌是什麼？恐怕前面是各地農民自發的包產到戶，後面是農民工進城，中國這三十年，一百年歷史的進程，就是農民一次又一次地證明他們的生命力，證明他們即使活得很卑微，很艱難，但是他們有創造性、有生命力。追溯其基本動因，為什麼敢冒風險實行包產到戶，是因為吃夠了「大鍋飯」的苦頭，種了幾十年莊稼，連飯都吃不飽。為什麼含辛茹苦進城打工，是要改變家庭的經濟狀況，造福全家。從這個意義上，沒有什麼高深的理論，沒有多少形而上的思考，都是為了維持和改善生活的基本需要。就像魯迅所言，一是要生存，二是要溫飽，三要發展。但是，就是這些切近的現實的追求，在社會條件許可的情況下，付諸實行，才推動了歷史，創造了歷史。這才是我所說的生命的英雄主義、生命的理想主義的最終的立足點吧。

回到莫言的作品闡釋上來。《豐乳肥臀》鋪張了「生」，「生生不息」，雖然是一個普通的農家婦女，卻讓我們想到「天地之大德曰生」。《檀香刑》展現的是「死」的命題。如何坦然面對死亡，坦然走向死亡。孫丙是如此，錢丁也是如此。「民不畏死，何以死懼之。」德國殖民者在強大的軍事力量支持下在膠州半島修膠濟鐵路，孫丙們的奮起抗爭，與其說是出於民族大義，不如說是現實的傷痛。傳言中的每一條枕木之下埋著一根中國男人的辮子，使得被剪去辮子的男人失去了精氣神，和現實中的因為修鐵路造成的祖墳搬遷，破壞了固有的風水，似乎都很蒙昧可笑，但是，這不過是列強肆虐造成的現實的和精神的創傷的一種投射罷了。有其蒙昧的一面，也有其合理的一面。直接造成孫丙揭竿而起的事件，是兩個德國的工程人員在大庭廣眾之下，肆意地凌辱孫丙的年輕妻子和一雙小兒女。有壓迫就有反抗，這當然具有天然的合理性。此後，事件就像滾雪球一樣越滾越大，直至形成大規模的義和團起義，又在德軍的強大火力下歸於失敗。不過，莫言的關注點在於最後的酷刑，如其作品的命名《檀香刑》。面對這舉世罕見的刑罰，孫丙本來是可以逃脫的，小山子自願冒名

頂替代他去死，丐幫首領朱八爺率眾前往救他出獄。但孫丙拒絕了救援，自願地走向刑場。檀香刑令他痛不欲生是可想而知的，他卻頑強地唱起了貓腔。如果說，阿Q在赴死之前唱了一句戲文，是他沒有掂量出死亡的臨近，孫丙的唱戲，既是合乎其貓腔演員的身分，更有一種威武不能屈的超人氣概。進一步而言，不僅是孫丙，作品中的幾個主要人物，個個都不簡單。縣令錢丁，有膽有識，有強烈的民本意識，也有獨身闖入孫丙營帳的勇氣；劊子手趙甲，在他的職業生涯中，把殺人的刑罰做到了極致，也不當凡夫俗子相看；即便是窩窩囊囊地活了許多年的趙小甲，在危急的關頭，能夠捨身替孫丙擋住了鋒利的尖刀，為他的生命終點畫了一個令人刮目相看的驚嘆號。

還有《生死疲勞》中的西門鬧和藍臉，他們以各自的方式對抗著無法抵抗的命運。土地是農民的命根子，這樣的話我們聽得多了，也就習以為常。莫言卻通過兩個村民的頑強抗爭，他們對土地的執著不移的愛，令我們拍案驚奇。西門鬧因為其地主的身分，在土改運動中被處決，死後下了地獄，在長達兩年多的地獄生涯中遭受了各種酷刑，下油鍋被炸成了冒青煙的焦幹，「像一根天津衛十八街的大麻花一樣酥焦」，仍然不肯屈服，這樣的執著，讓西門鬧拒絕飲下孟婆湯，拒絕遺忘他的冤情和仇恨，帶著沉重的記憶，回到高密東北鄉，以驢、馬、豬、牛、猴子的身分經歷六道輪迴，旁觀世事變化。另一位村民藍臉，本來是西門鬧撿回來的凍餒瀕危的棄嬰，在西門家長大後當起了長工。好不容易分得了土地，他死守著自己的「一畝三分地」，在從互助組到人民公社的歷次運動中，死拖賴抗，堅決不放棄自己的土地所有權，遭受了那麼多的磨難，做了幾十年的個體農民，也印證了數千年間形成的農民與土地的生死相依不可分離的關係。

本文勾勒了莫言的創作歷程，從兩個方面闡發了莫言為中國農民立言的精神特徵：在審美特性上，基於鄉村世界的生命渾融所形成的藝術感覺和象徵意象的營造；在價值評判上，在殘酷、血腥、艱辛無比的生存境遇中張揚生命的英雄主義和理想主義。我們講改革開放三十餘年，可以總結很多，農民的貢獻，農民的創造性，是最為突出最為可敬的。他們承受最底層的、最艱辛的生活狀況，改變社會生活的面貌，改變中國的命運，也

改變了自身——這些改變，和國家工作人員、國企職工、軍人在三十餘年來的變化相比，恐怕是當代中國最為重要最為普遍的改變。從這個層面來講，莫言的小說正好印證了中國農民強大的生命力、創造力，生生不息，追求不已。這就是文學化了的中國特色中國經驗。不能說莫言就全部涵蓋了中國特色，但是他在很大的程度上強化了二十世紀中國農民的形象，農民的苦難和農民的追求，尤其是生命的英雄主義、生命的理想主義。這就是中國特色、中國經驗或者說中國的特質。

進一步而言，當下的中國文學既要有本土性，又要有普世性，要和世界文學有一個對話的平臺，兩者之間的平衡，分寸感是很難把握的。只講中國特色，那中國的裹小腳、抽大煙，直到「大煉鋼鐵」、「人民公社」云云，都是地地道道的土特產，但是卻無法贏得世界的目光。反之，簡單地照搬西方，克隆西方，那人家就看西方自己好了，何必要看它的仿製品呢？而莫言的意義就在兩個方面都做得非常出色。莫言的創作植根在中國的土地上，強調中國的本土性，同時，寫出中國農民的神髓，寫出中國二十世紀的苦難而輝煌的進程，它本身就是人類的共性、世界的歷史的有機組成部分。生命的英雄主義，生命的理想主義，是人類乃至生物界最基本的一種本能，這也是有人指責莫言創作缺少思想性的緣由；但是，它所具有的人類的普泛性，卻是毋庸置疑的，也是人類所不可或缺的吧。

秀威經典　　　　語言文學類　　PG1541　　新視野40

論莫言
——紅高粱上飛翔的自由精靈

作　　者 / 張志忠
責任編輯 / 盧羿珊
圖文排版 / 楊家齊
封面設計 / 葉力安

出版策劃 / 秀威經典
發 行 人 / 宋政坤
法律顧問 / 毛國樑　律師
印製發行 / 秀威資訊科技股份有限公司
　　　　　114台北市內湖區瑞光路76巷65號1樓
　　　　　電話：+886-2-2796-3638　傳真：+886-2-2796-1377
　　　　　http://www.showwe.com.tw
劃撥帳號 / 19563868　戶名：秀威資訊科技股份有限公司
　　　　　讀者服務信箱：service@showwe.com.tw
展售門市 / 國家書店（松江門市）
　　　　　104台北市中山區松江路209號1樓
　　　　　電話：+886-2-2518-0207　傳真：+886-2-2518-0778
網路訂購 / 秀威網路書店：http://www.bodbooks.com.tw
　　　　　國家網路書店：http://www.govbooks.com.tw

2017年8月　BOD一版
定價：500元
版權所有　翻印必究
本書如有缺頁、破損或裝訂錯誤，請寄回更換

國家圖書館出版品預行編目

論莫言:紅高粱上飛翔的自由精靈 / 張志忠著.
-- 一版. -- 臺北市:秀威經典, 2017.08
面; 公分. -- (新視野;40)
BOD版
ISBN 978-986-94686-8-8(平裝)

1.莫言 2.小說 3.文學評論

857.7   106008868

讀者回函卡

感謝您購買本書，為提升服務品質，請填妥以下資料，將讀者回函卡直接寄回或傳真本公司，收到您的寶貴意見後，我們會收藏記錄及檢討，謝謝！
如您需要了解本公司最新出版書目、購書優惠或企劃活動，歡迎您上網查詢或下載相關資料：http:// www.showwe.com.tw

您購買的書名：_____

出生日期：_____年_____月_____日

學歷：□高中 (含) 以下　　□大專　　□研究所 (含) 以上

職業：□製造業　□金融業　□資訊業　□軍警　□傳播業　□自由業
　　　□服務業　□公務員　□教職　　□學生　□家管　　□其它_____

購書地點：□網路書店　□實體書店　□書展　□郵購　□贈閱　□其他

您從何得知本書的消息？

　　□網路書店　□實體書店　□網路搜尋　□電子報　□書訊　□雜誌
　　□傳播媒體　□親友推薦　□網站推薦　□部落格　□其他_____

您對本書的評價：(請填代號　1.非常滿意　2.滿意　3.尚可　4.再改進)

　　封面設計____　版面編排____　內容____　文／譯筆____　價格____

讀完書後您覺得：

　　□很有收穫　□有收穫　□收穫不多　□沒收穫

對我們的建議：_____

_____

_____

_____

11466
台北市內湖區瑞光路 76 巷 65 號 1 樓
秀威資訊科技股份有限公司　　　收
BOD 數位出版事業部

....

（請沿線對折寄回，謝謝！）

姓　　名：＿＿＿＿＿＿＿＿　年齡：＿＿＿＿　性別：□女　□男

郵遞區號：□□□□□

地　　址：＿＿＿＿＿＿＿＿＿＿＿＿＿＿＿＿＿＿＿＿＿＿

聯絡電話：(日)＿＿＿＿＿＿＿＿＿＿　(夜)＿＿＿＿＿＿＿＿＿＿

E - m a i l：＿＿＿＿＿＿＿＿＿＿＿＿＿＿＿＿＿＿＿＿＿